W0397284

Mark Henwick est né en Afrique, où il a grandi au soleil. Plusieurs emplois de barman ont rapidement raison de son intérêt pour la philosophie et la psychologie. Il entame des études de science-fiction avant de décrocher un diplôme d'ingénierie et d'obliquer vers une carrière dans le marketing. Tous ces éléments lui ont servi à se lancer dans l'écriture. Quand il ne parcourt pas les montagnes Rocheuses, il vit avec sa famille dans le sud de l'Angleterre.

Du même auteur, chez Milady, en poche :

Amber Farrell :
Amber Farrell : L'origine
1. *La morsure du serpent*
2. *La voix du dragon*

Ce livre est également disponible au format numérique

www.milady.fr

Mark Henwick

La morsure du serpent

Amber Farrell – 1

Traduit de l'anglais (Grande-Bretagne) par Alison Jacquet-Robert

Milady

Milady est un label des éditions Bragelonne

Titre original : *Sleight of hand*
© 2012 Mark Henwick

© Bragelonne 2018, pour la présente traduction

ISBN : 978-2-8112-2729-6

Bragelonne – Milady
60-62, rue d'Hauteville – 75010 Paris

E-mail : info@milady.fr
Site Internet : www.milady.fr

I

Lundi

Deux ans avaient passé et je n'étais ni morte, ni morte-vivante, ce que je considérais comme un exploit. Pourtant, ce n'étaient pas les occasions qui avaient manqué. Même quand je n'en cherchais pas vraiment.

Mais pour le moment, j'étais en sécurité. Mon perchoir entre les poutres de toit de l'entrepôt de *Crate & Freight*, dans le quartier de Northfield, à Denver, était à quinze mètres du sol en béton. Les fusils d'assaut SCAR dans l'aire de chargement n'étaient pas pointés dans ma direction. Personne ne savait que j'étais là et ma cachette était plongée dans la pénombre. J'étais donc bien en sécurité – enfin si on peut dire. C'était même plutôt amusant.

Malgré tout, je savais quels dégâts un SCAR pouvait infliger. Ces types-là ne plaisantaient pas. S'il leur prenait l'envie de pointer une lampe de poche vers les recoins sombres du toit, ils auraient la surprise de découvrir leur visiteuse des ressources humaines rencontrée l'après-midi même. Sauf qu'elle s'était débarrassée de son bloc-notes et de ses grosses lunettes carrées et qu'elle portait à présent une combinaison noire et trimballait un appareil photo avec zoom. Vu ce qu'ils trafiquaient, ils ne prendraient pas la peine de poser des questions.

Il fallait que j'appelle la police. Je n'étais pas armée ce soir et de toute façon, je n'étais censée être qu'une discrète détective privée, pas une équipe d'intervention à moi toute seule. Je ne voulais pas courir le risque qu'ils m'entendent appeler les flics. Et pas question de voir débarquer la voiture de patrouille la plus proche, avec à bord deux agents blasés qui viendraient mettre les pieds dans le plat, pensant que l'appel venait d'une folle. Je voulais le SWAT, l'unité tactique d'élite de la police de Denver, prête à l'assaut. J'attendais donc que le transfert de prises de vue de mon appareil photo vers mon téléphone portable se termine pour les envoyer directement au capitaine José Morales avec tous les détails. J'avais ses coordonnées pour une tout autre raison, mais il m'en serait sûrement reconnaissant, non ?

Un incident bruyant au-dehors avec le dernier camion vida l'entrepôt, et je pris le risque de descendre. Escalader des structures urbaines était l'un de mes passe-temps d'adolescente ; là, les boulons saillants et les étais croisés rendaient la chose à peu près aussi difficile que de descendre une échelle. Je me tapis dans l'ombre d'une pile de palettes pour attendre que mon portable finisse de charger les photos.

Campbell Carter, P.-D.G. de *Centennial State Crate & Freight*, m'avait embauchée sur recommandation de mon logeur. Il soupçonnait certains de ses chauffeurs et responsables des expéditions de se faire de l'argent sur son dos. Rien de très grave, mais il voulait que le problème soit réglé. *Crate & Freight* était une grosse entreprise locale à Denver, et Carter le genre d'homme qui tenait à être réglo. Je savais qu'il comptait se présenter aux élections l'année suivante. Ses suspicions étaient parfaitement fondées : un groupe de chauffeurs se prenait une petite marge, juste assez pour espérer passer inaperçus. Jusque-là, un simple problème de routine. Mais Carter m'avait demandé de découvrir ce qu'il se passait et les marges n'étaient que la partie émergée de l'iceberg.

J'avais imaginé une couverture pour la journée avec l'aide de la responsable des ressources humaines de *Crate & Freight*. Elle m'avait même confié une vraie enquête qu'ils souhaitaient réaliser en me souhaitant un laconique « bonne chance ». J'avais visité le dépôt durant l'après-midi, mon bloc-notes à la main, et posé des questions abrutissantes sur la satisfaction au travail. Chaque réponse bredouillée, chaque regard fuyant, chaque visage brillant de sueur suggérait que quelque chose allait se passer ce jour-là.

Ils me mirent dehors à 17 heures, et j'étais de retour, par-dessus la barrière, à 21 heures. J'avais laissé tomber le bloc-notes et les lunettes. Je portais une combinaison noire, un bonnet de ski noir, des bottes noires et un maquillage de guerrière.

Le transfert de photos se termina et j'envoyai un message à Morales : « URGENT ! dépôt de C & F, Northfield. Voir photos. Grosse cargaison de drogue va partir. FUSILS ! Envoyer SWAT AU PLUS VITE. SMS, pas d'appels. Amber Farrell. »

Avec les photos, le message mit une éternité à partir. Je regardai fixement l'écran en me demandant comment ça allait se passer avec Morales. J'étais censée faire profil bas. Lui rendre service si besoin, et pas l'inverse. Je soupirai. Je ne tarderais pas à savoir ce qu'il en pensait.

Bien sûr, j'étais venue directement à l'endroit qu'ils n'avaient pas voulu me montrer cet après-midi : le vieil entrepôt. C'était un grand bâtiment à deux étages, avec une zone de chargement pour faire entrer et sortir les camions. L'endroit était rempli de palettes et de conteneurs prêts à être expédiés. D'habitude, il ne servait que de stockage, mais ce soir, ils avaient voulu charger des camions à l'abri des regards indiscrets. Sauf le mien. Et mes yeux étaient grands ouverts.

Je m'étais attendu à prendre des photos prouvant une perte du stock. Mais aucun signe de cela, du moins ce soir. Trente-deux semi-remorques devaient quitter l'enceinte avant le matin. Pour l'instant, une dizaine avaient pénétré dans l'entrepôt et avaient été chargés pile en face de ma cachette. D'après ce que j'avais vu, quatre d'entre eux étaient des cargaisons de routine. Les autres transportaient quelque chose en plus, caché dans un compartiment entre la cabine et la remorque. Vu le mal qu'ils se donnaient en termes de sécurité, et la taille et la forme des paquets, c'était de la drogue et des armes.

Toutes ces marchandises illégales sortaient d'un camion bleu garé le long de la zone de chargement. Je ne connaissais pas l'entreprise, *Ranchos Rigs*, mais la plaque d'immatriculation venait du Nouveau-Mexique. Parmi un groupe d'hommes nerveux, le chauffeur, Nokes, était le plus à cran. Il surveillait le transfert avec impatience et n'adressait la parole qu'à Guy Windler, le chauffeur de *Crate & Freight* en charge de l'opération. Windler n'était pas du genre à se laisser intimider, mais il semblait se méfier de Nokes.

Je vérifiai mon portable au cas où le vibreur ne marcherait pas. Rien. *Allez, Morales, l'heure tourne. Regarde tes fichus messages.*

Compte tenu de ce qui se trafiquait ici, le portail extérieur était fermé à double tour et les huit chauffeurs, le chef de chantier, le cariste et le responsable des expéditions étaient tous de mèche. Mais impossible de laisser un entrepôt de cette taille fermé pendant trop longtemps. D'autres chauffeurs allaient arriver. D'ici là, ces camions devraient être partis. Bien sûr, la police finirait par les retrouver, mais qui sait si les armes et la drogue seraient encore à bord. Et les villes de destination des camions partageraient le mérite de ce coup de filet.

Morales, si tu veux que tout le mérite revienne à la police de Denver, bouge-toi.

Pour l'instant, personne n'était revenu dans l'entrepôt. Je sortis de ma cachette et risquai quelques photos de la plaque d'immatriculation et du logo du camion bleu avec mon portable. Je les envoyai à Morales : « Véhicule de livraison. »

Je notai que le camion bleu avait été fermé. La livraison était terminée et Nokes allait vouloir s'en aller rapidement. Hors de question. Avec un peu de chance, il pourrait aider Morales à remonter toute la chaîne d'approvisionnement.

Je contrôlai les portières – verrouillées. Il y a plein de manières de saboter un camion, mais il fallait que je sois rapide et discrète. Je ne voulais pas non plus que mon implication soit évidente. Il n'y avait pas beaucoup de bonnes cachettes dans cet entrepôt, si on vous cherchait vraiment. Je commençai par un pneu. La roue avant gauche, où ce serait immédiatement visible. Avec une écharde fine arrachée à une palette, je perçai la valve pneumatique. Je m'allongeai pour voir si je pouvais atteindre le moteur par en dessous. C'est alors que la porte du quai de chargement, devant le camion, commença à se soulever.

Et zut.

L'énorme volet en acier mettrait environ quatre secondes à se relever suffisamment pour qu'on voie en dessous. Je retirai l'écharde et m'élançai vers le fond de l'entrepôt où se trouvait la seconde porte, fermée celle-ci. Trois secondes. À côté de l'entrée des camions se trouvait une porte du personnel non verrouillée.

Quelqu'un avait laissé un manteau d'employé sur une chaise près de l'entrée. Deux secondes. Je l'attrapai et l'enfilai en ouvrant la porte. Une. C'était un risque calculé de prendre le manteau, mais c'est ce que tout le monde dehors portait. Je refermai doucement la porte. Zéro. À travers la petite cloison vitrée, je vis Nokes se diriger vers son camion et regarder son pneu à demi dégonflé.

Zut de zut.

J'étais sortie de ma cachette et je n'avais gagné que quelques minutes.

Bon sang, Morales, qu'est-ce que t'attends ?

J'étais à l'autre bout de l'entrepôt, loin de l'agitation qui avait rassemblé tout le monde dehors, mais un autre camion allait arriver d'un moment à l'autre. Redresser le col rigide du manteau n'avait pas grand-chose d'un déguisement. Je longeai en courant l'entrepôt, manteau au vent comme Batman, et je me glissai dans l'espace sombre entre le bâtiment et le bureau du responsable des expéditions. Puis, je continuai jusqu'au bout pour jeter un coup d'œil prudent vers la zone centrale.

Une fine pluie s'était mise à tomber, formant des auréoles troubles autour des éclairages au sodium. D'énormes camions au regard vide et sinistre dans l'obscurité étaient alignés en rangs d'oignons, prêts à partir. L'agitation était concentrée autour du dernier camion chargé, l'un de ceux qui transportaient de la drogue. Il y avait un problème avec la pompe hydraulique. Apparemment, une rotule de direction s'était cassée lors de la manœuvre. Le camion bloquait à moitié la sortie de l'entrepôt. Sans cela, les autres seraient peut-être déjà partis. Un sacré coup de veine pour moi et la police de Denver.

Un groupe se tenait devant la cabine accidentée, rassemblé autour de Windler. Ce dernier ne faisait que quelques centimètres de plus que mon mètre quatre-vingts, mais son torse et ses épaules étaient largement développés. Sa carrure, la manière dont il baissait la tête, ses cheveux et sa barbe hirsutes d'un brun foncé me faisaient penser à un bison. Le regard dérangé et buté qu'il m'avait lancé cet après-midi durant ma visite semblait crier « hors de mon chemin ! ». Il avait refusé de répondre à mes questions et j'avais bien l'intention de faire remonter son comportement à sa hiérarchie.

Estes, le chef de chantier, se tenait à côté de lui, nerveux, les yeux rivés sur sa montre. Ils avaient abandonné le camion accidenté. Un autre s'était avancé et attendait là, moteur ronflant, pendant qu'ils transféraient le contenu du compartiment. Des phares venaient compléter l'éclairage au sodium sur le côté du bureau. Le responsable des expéditions, l'opérateur et l'un des chauffeurs restèrent pour aider, mais les autres commencèrent à se diriger vers leurs propres engins. Bon sang.

Mon portable tressauta. Je le sortis en protégeant l'écran.

Un message de Morales : « Encore à l'intérieur ? »

Pas trop tôt. Et il me prenait au sérieux. « Oui. Camions sur le point de partir. »

Des cris ramenèrent mon attention vers le groupe. Nokes était ressorti de l'entrepôt et se dirigeait vers Windler en gesticulant.

— … quelqu'un là-dedans. La pompe hydraulique de ton camion tombe en panne et un petit salaud a dégonflé mon pneu.

Je n'entendis pas la réponse de Windler. Il me tournait le dos et sa voix était noyée par les cris paniqués de Nokes.

— Je te dis qu'il y avait quelqu'un dans l'entrepôt. Et là-dehors, à trafiquer avec tes camions. Putain ! On est foutus ! Foutus !

Au temps pour notre coup de veine. Je n'avais rien à voir avec la pompe hydraulique. Il se faisait des films. Les chauffeurs revenaient vers les deux hommes. Mêmes ceux qui essayaient de changer de camion s'étaient arrêtés et s'approchaient. Il était temps de trouver une nouvelle cachette.

L'espace entre le mur de l'entrepôt et celui du bureau était juste ce qu'il me fallait. Je m'y glissai et grimpai en silence jusqu'au toit plat du bureau. J'étais assez proche pour suivre ce qui se passait, mais hors de leur ligne de mire. Et avec tous ces gens qui allaient et venaient, j'étais plus en sécurité ici qu'en bas. J'abaissai mon bonnet de ski et levai la tête pour observer le groupe.

Nokes s'était légèrement calmé et passait à présent un coup de fil. Windler se tenait devant les camions, les sourcils froncés. Estes était à côté de Windler et tapotait sa montre en lui parlant à l'oreille. J'arrivai tout juste à lire sur ses lèvres : « La prochaine équipe de conducteurs sera là d'une minute à l'autre. Il faut qu'on fasse quelque chose. On les sort ? » Windler secoua la tête comme pour éloigner des mouches. Il leva les yeux et s'adressa au groupe d'une voix forte.

— Nokes est persuadé qu'il y avait un intrus dans l'entrepôt. On ne peut pas prendre le risque que quelqu'un voie les fusils. Mettez-les dans ma remorque, prenez les pistolets à la place et planquez-les. (Il regarda autour de lui.) Dispersez-vous et fouillez l'endroit de fond en comble. Dedans, dessous, dessus, partout. Si vous voyez quelqu'un, tuez-le. Si besoin, on retiendra les gens au portail. Je trouverai bien une excuse.

J'envoyai un nouveau message à Morales : « Ils me cherchent. Grouillez-vous ! »

« On arrive, répondit-il. Planque-toi. »

Qu'est-ce qui avait bien pu inquiéter à ce point Nokes ? Ce n'était pas le manteau manquant, il en aurait parlé. Je n'avais laissé aucune trace. Il ne m'avait pas vue. Pas entendue. Sentie ? Je savais ce que je faisais. Je ne portais pas de parfum et, pour autant que je sache, je sentais meilleur que le manteau que j'avais volé. Peut-être qu'il avait vu juste pour les mauvaises raisons, comme pour la pompe hydraulique.

Le seul point positif, c'était que les chauffeurs qui me cherchaient ne partaient pas dans leurs semi-remorques. Mais s'ils prenaient leur traque au sérieux, ils finiraient par lever la tête. C'était à présent une course entre eux et l'équipe de Morales. Je me changeai les idées en tentant d'estimer combien de temps il faudrait aux hommes pour fouiller les lieux et en comparant le résultat au délai d'intervention dont le SWAT se vantait.

Désormais, tout était silencieux hormis les moteurs qui tournaient au ralenti. Je jetai un nouveau coup d'œil par-dessus le toit. Windler et Estes étaient encore là, Nokes sur le côté se disputait au téléphone. Tous les autres étaient partis à ma recherche. Rien de tel que de se sentir désirée en une soirée froide et humide. Vraiment, ça me faisait chaud au cœur.

Estes examina son pistolet à la lumière des phares et chargea une balle. Puis il le rangea dans la poche de son manteau, sans remettre la sécurité. Quel idiot. Les deux hommes se rapprochèrent du bureau.

— J'aime pas ça, marmonna Windler à moins de dix mètres de moi. Pas ce soir. Ça sent mauvais.

— Bon sang, Guy, il est juste nerveux.

Mais impossible de calmer Windler.

— Il y a eu quelque chose dans l'air toute cette foutue journée.

— Comment ça ? C'est juste la pompe hydraulique, ça arrive. Nokes a peur de son ombre.

— Non. Ce matin déjà. D'abord cette garce des ressources humaines qui est venue fourrer son nez ici. Y avait quelque chose de pas net chez elle. Ça sent mauvais, répéta-t-il.

— Écoute, on va le ou la trouver, dit Estes. Et fini les ennuis. (Il ricana et agrippa son entrejambe.) Si c'est une nana, on ne s'en débarrassera peut-être pas tout de suite.

Windler avait commencé à secouer la tête, irrité, quand des cris s'élevèrent devant le portail. Génial. La cavalerie était arrivée. Windler fut le premier à réagir. Il fit volte-face et courut vers la cabine du camion de rechange. Elle n'était pas encore reliée à la remorque et le moteur était allumé. Nokes l'imita.

Pas question ! Je sautai du toit, manteau au vent, et atterris à côté d'Estes.

Il se tourna vers moi, le choc et l'incrédulité sur son visage laissant place à la terreur. Ça devait être mon maquillage camouflage. Il chercha à tâtons son pistolet dans la poche de son manteau.

— Content de me voir ? demandai-je tout en attrapant son poignet avant de lui donner un coup de coude en plein visage.

Puis tout arriva en même temps. Le pistolet dans sa poche se déclencha et la balle transperça sa cuisse. Le camion de Windler commença à partir. Estes hurla et se serait écroulé si je ne l'avais pas retenu. L'équipe SWAT ouvrit le portail et déboula à l'intérieur. *Non ! non ! non ! Fermez le portail !*

— POLICE ! ON NE BOUGE PLUS ! résonna de toutes parts.

Quelqu'un criait mon nom. Des coups furent tirés. Je me tenais pile entre le camion et le portail. L'engin fonçait vers moi, quatre mètres de haut sur trois mètres de large, brillant et chromé, phares aveuglants et moteur rugissant, faisant jaillir poussière et gravier de tous côtés. Un sentiment d'incrédulité mal placé m'envahit. Il ne comptait pas s'arrêter. Aucune chance pour qu'Estes puisse s'écarter à temps. Je voulais qu'il finisse en prison, pas à la morgue. Je suis bien plus forte que j'en ai l'air ; je le soulevai et le dégageai d'un geste. Je suis aussi très rapide ; et ce fut presque assez.

Presque.

La cabine me heurta alors que je me jetais en arrière, m'envoyant valser dans l'air nocturne.

— UN HOMME À TERRE ! cria quelqu'un.

Hé ! Bon d'accord, il faisait sombre et je portais une combinaison et un manteau, mais quand même ! Puis le sol se dressa comme un énorme poing et me mit KO.

Froid. Sombre. Enfermée dans un espace étouffé, immobile. Je pleurais. Pourquoi ? Les sergents ne pleurent pas.

J'ouvris les yeux. De la pluie, et non des larmes, coulait sur mes joues. Des mains sur mon visage me pinçaient le nez, agrippaient ma mâchoire. Derrière, quelqu'un se dressait, à quelques centimètres. *Non ! Pas question que je retourne dans cette cellule.*

J'aspirai une bouffée d'air paniquée et me déchaînai. Je le frappai au menton et l'inspecteur Jennings grogna avant de tomber à la renverse.

— Farrell ! s'écria Morales. Arrête !

— Oh, merde. Désolée. Désolée.

Je me redressai. Grave erreur. L'espace d'une seconde, tout se brouilla autour de moi et je me retrouvai à quatre pattes à côté de Jennings. Au moins, il clignait des yeux et marmonnait.

Un médecin me dégagea d'un coup d'épaule et se pencha sur lui, en grommelant à propos des dommages collatéraux. Morales s'agenouilla à côté de moi, mais pas trop près.

— Ça va ? demanda-t-il.

Je grimaçai tandis que le brouillard dans ma tête s'effaçait. Le camion…

— Windler ? Nokes ?

Je me tortillai pour regarder, ma tête se mit à tourner et je retombai sur les fesses.

— Les types dans le camion ? Ils ont réussi à franchir le portail. On a probablement touché le conducteur avec une ou deux balles, mais on n'a pas eu le temps d'installer un blocus. Ils se sont enfuis mais n'iront pas bien loin.

Morales tendit prudemment la main et leva mon menton vers la lumière pour examiner mes yeux.

— Tu ne respirais plus. Pas de pouls.

— C'était le choc. Moins grave que ça en avait l'air. (Tout aussi grave, en fait. Ou ça l'aurait été pour n'importe qui d'autre.) Le cœur, les poumons, tout est en état de marche.

— Tu as besoin d'aller à l'hôpital ?

— Merci, mais je n'aime pas les hôpitaux. C'est juste des bleus et des bosses, de toute façon.

Mes épaules m'élançaient et j'étouffai un sifflement. Beaucoup de bleus et de bosses, mais je ne pouvais pas laisser des médecins m'examiner. Morales connaissait un peu mon histoire et sa question était surtout motivée par la curiosité. Je ne pouvais pas lui en vouloir. Il me pensait plus informée que je ne l'étais.

Je n'étais pas une vampire. Pour l'instant. Et si j'arrivais à stopper le processus, je n'en serais jamais un. En attendant, je ne pouvais pas prendre le risque de faire des radios ou des analyses de sang, pas plus que je ne pouvais violer mon accord avec l'armée. Et si Jennings avait tenté du bouche-à-bouche, ça aurait été une très mauvaise idée pour nous deux.

— Cet homme a une commotion cérébrale. Il va devoir rester en observation.

Le médecin me fusilla du regard lorsqu'on emmena Jennings sur un brancard.

— Je ne pouvais pas rester là, à le laisser me tripoter la poitrine et me baver sur le visage, dis-je à Morales, sur la défensive. Tu sais pourquoi… Et puis zut. Présente-lui mes excuses, tu veux ? Je lui paierai un verre la semaine prochaine. Et, euh, merci à toi aussi. Bon timing.

Morales grogna et se leva.

— Bon, si tu n'as pas besoin d'aller à l'hôpital, tu veux qu'on te ramène chez toi ?

Je commençai à secouer la tête, avant de me raviser. M'écrouler par terre serait mal vu.

— Non, merci.

Je me redressai en titubant. Pas génial, mais pas catastrophique. J'avais connu pire. Il me tendit un mouchoir.

— Tu devrais peut-être te débarbouiller, dit-il. Tu m'enverras ton rapport complet dès demain matin, 9 heures. Et tu te tiendras à ma disposition pour toute question supplémentaire.

— Oui, chef.

Super. Adieu ma grasse matinée. Mais au moins, il ne m'avait pas reproché de ne pas avoir fait profil bas.

— Maintenant, tire-toi de ma scène de crime, dit-il en désignant le portail d'un geste.

Je fus incapable de résister.

— Oh. C'est donc à ça que sert tout ce joli ruban jaune ?

2

Mardi

Eh bien, sauf si me retrouver au bureau constituait mon purgatoire personnel, j'étais encore en vie. J'avais sacrément mal, par contre. Je terminai mon rapport avant de m'étirer prudemment. Les bleus disparaîtraient, et les foulures et les entorses se remettraient d'aplomb. Je guéris exceptionnellement vite, mais être percutée par un camion n'est jamais une partie de plaisir.

Plutôt flippant, tout ça. Pile le genre de soirées que j'aime.

Rester assise à taper des rapports m'avait raidi le dos. C'était l'un des problèmes dus au fait de mesurer près d'un mètre quatre-vingts : davantage de surface à endommager. Mais, d'un autre côté, une personne normale aurait fini à l'hôpital, et encore, dans le meilleur des cas !

Morales avait eu son rapport. Celui-ci était pour Carter. Je signai mon mail « Amber Farrell, enquêtes privées et commerciales », je joignis le rapport ainsi que ma facture, avant de l'envoyer. Ainsi commença le processus qui renflouerait mon compte en banque en berne. Ce n'était pas trop tôt. Cette enquête avait duré bien plus longtemps que prévu et accepter de travailler au forfait s'était révélé une mauvaise décision. Certes, l'enquête avait été intéressante, et c'était important, mais j'avais dû mettre de côté le travail quotidien qui gardait mon affaire de détective à flot.

Pour l'heure, l'idée de ce travail de routine m'était insupportable. J'avais bien mérité de prendre mon après-midi. Mais que faire, aller nager et exhiber tous mes bleus ou aller courir pour me décoincer ? Ou les deux ? Comme ça, je pourrais me récompenser d'un steak pour le dîner, suivi d'un des légendaires desserts au chocolat de Lario. Rien que d'y penser, j'en avais l'eau à la bouche. Je tiens absolument à garder la forme et il faut bien faire des réserves d'énergie.

Avant de faire quoi que ce soit, je me connectai à mon compte bancaire pour payer Tullah. Elle avait accepté de travailler pour moi sachant pertinemment que les salaires ne seraient pas toujours payés en temps et en heure, mais je me sentais toujours coupable quand ils avaient du retard.

Ça, c'était fait. Je rassemblai les notes restantes sur mon bureau et les fourrai dans le dossier *Crate & Freight*. Windler devait être en garde à vue à présent, pour tentative d'homicide avec un véhicule, en plus d'un lourd casier judiciaire.

Mon portable sonna et, au même moment, la porte d'entrée s'ouvrit. C'était inhabituel car nous avions très peu de clients de passage, mais Tullah retiendrait l'arrivant quelques instants. L'écran de mon portable affichait un appel de Morales. *Ça promet*. Démanteler un trafic de drogue d'un coup de filet le ferait bien voir auprès de ses patrons. Et un petit merci du capitaine de la police serait la cerise sur le gâteau, ou plutôt sur le dessert au chocolat de Lario. La chaleur extérieure avait de nouveau déclenché l'air conditionné et j'imaginai avec envie la fraîcheur de la piscine. Il fallait que je fasse court.

— Capitaine Morales, bonjour, dis-je avec entrain.

— Farrell, on a un problème.

— Hum. « On », capitaine ?

Ma vision d'un après-midi de congé commençait à s'estomper, mais je ne comptais pas me laisser faire comme ça.

— Oui, « on », Farrell, et tu peux te dispenser de tes réflexions.

— Qu'est-ce qui se passe ? Ne me dis pas que Windler et Nokes se sont échappés ?

— Pour le moment, si.

Malgré cette note amère, je restais plutôt contente de l'opération, mais il fallait que je fasse avancer la conversation.

— OK. J'imagine que ce n'est pas pour ça que tu m'appelles.

— Non. Écoute, Farrell, on a fait fermer *Crate & Freight*.

— Bordel ! Carter ne va pas être content.

Et moi non plus – ma facture ne risquait pas d'être payée si les comptes de l'entreprise étaient bloqués.

— Effectivement, et c'est rien de le dire. C'est la première raison de mon appel, pour te prévenir. Il est furieux et il t'en veut.

L'avertissement me surprit. Le capitaine Morales n'était pas vraiment mon plus grand fan. Quand j'avais quitté la police, il est vrai que j'aurais pu camper sur mes positions et faire des histoires, ce qui n'aurait pas été très bon pour le lieutenant Morales qui cherchait alors à monter en grade. En l'occurrence, j'étais partie sans faire de bruit et il avait été nommé capitaine un mois plus tard, mais cela ne l'obligeait en rien à m'appeler pour me prévenir dans un cas comme celui-ci. Ça devait être sa façon de me remercier pour hier soir.

— OK. Merci.

J'hésitai. Ma paie allait être retardée et je ne voulais pas d'autre mauvaise nouvelle aujourd'hui, mais je savais que ce n'était pas tout.

— Quoi d'autre ?

— Farrell, il s'agit littéralement de tonnes de cocaïne. C'est du crime organisé à grande échelle. Quelqu'un d'autre va en pâtir.

Il n'avait pas besoin d'en dire plus. J'avais causé une perte astronomique à un chef du crime organisé. Ce qui n'était pas une situation enviable.

Le téléphone fixe sonna et j'entendis Tullah décrocher. Décidément, tout arrivait en même temps. Il fallait que je mette fin à cet appel.

— Compris. Merci encore, capitaine. Je serai prudente.

Il ne lâchait pas l'affaire.

— Tu as un endroit où aller ? Il faudrait que je puisse…

Sa réaction m'agaça. Il était bien placé pour se rappeler que je savais prendre soin de moi.

— J'ai déjà tout un tas de trucs à régler, si tu te souviens bien, *lieutenant* ? Et j'ai une entreprise à gérer. Faut que j'y aille. Salut.

— Bon sang, Farrell, les fédéraux vont vouloir…

Je raccrochai avec un soupir. Voilà que le baron de la drogue local voulait ma peau. *Attends ton tour. On verra bien si tu arrives à me trouver avant les vampires.*

Tullah passa la tête par la porte.

— Amber, une certaine Mme Kingslund demande à te voir et tu as un appel. M. Carter, sur la ligne 1.

Tullah semblait agacée. Carter ne s'embarrassait probablement plus de politesses. Qu'il ait une dent contre moi, d'accord, mais je ne voulais pas qu'il soit désagréable envers Tullah. Je soupirai de nouveau et tout espoir d'un après-midi de congé s'envola.

— Demande à Mme Kingslund si elle peut me laisser quelques minutes supplémentaires pour cet appel, s'il te plaît, répondis-je à Tullah.

— C'est d'accord, chérie, je vous entends, répondit un agréable contralto de l'autre côté du mur. Allez-y.

Mon bureau était un ancien débarras situé chez mon comptable. Mme Kingslund et moi n'étions séparées que par une très fine cloison. Je grimaçai. Pas l'idéal. Je me serais bien passée du « chérie », mais je laissai couler car je savais que sa première impression risquait de ne pas être terrible. Je ne pouvais pas faire attendre Carter plus longtemps. Je serrai les dents et décrochai le téléphone.

— Carter, ici Farrell…

Je m'apprêtais à faire mes excuses pour l'attente, avant d'aborder la manière dont il s'adressait à Tullah, mais je n'arrivai même pas jusque-là.

— C'est fini pour vous, Farrell, hurla-t-il dans le combiné. Je n'aurais jamais dû vous faire confiance. Greg m'a dit que vous étiez fiable et discrète, et je l'ai cru. Mais qu'est-ce qui lui a pris ? Quand j'en aurai fini avec vous, vous ne trouverez plus jamais de travail dans cette ville.

— Holà, Carter. On se calme et on recommence.

— Vous foutez pas de moi. Je ne vais pas perdre mon temps à vous parler plus longtemps que nécessaire. Vous avez trahi ma confiance en appelant les flics. Vous avez dépassé les bornes, c'est pas pour ça que je vous avais engagée. Vous…

— J'ai signalé à la police une grave activité criminelle, le coupai-je. Relisez le contrat, Carter. J'ai fait ce que j'avais annoncé et vous me devez mes honoraires.

— Je me contrefous de ce que vous pensez, vous avez fait foirer toute mon entreprise en allant fourrer votre nez partout, espèce d'incapable.

Un petit démon habite dans ma gorge et parle parfois à ma place.

— Incapable ? dit le démon d'une voix douce. Ce n'est pas moi qui me suis fait pincer à la tête d'un trafic de drogue.

Ce n'était probablement pas la meilleure chose à dire, mais tout espoir de conversation raisonnable étant de toute façon perdu, je n'en voulais pas trop au démon.

—Je vais te faire un procès, salope! cria-t-il avant que je ne raccroche.

—Je ne prends plus d'appels de sa part jusqu'à nouvel ordre, Tullah, et toi non plus, parvins-je à annoncer calmement.

Je bouillonnais de rage. Ses avocats n'arriveraient jamais à me coller quelque chose sur le dos, mais je ne pouvais pas me permettre de perdre du temps, ou de l'argent, au tribunal. J'inspirai profondément, tout en me forçant à ne pas penser aux cinq manières les plus douloureuses de tuer un homme à mains nues, et je tentai de me convaincre que Carter ne faisait que se défouler et qu'il n'irait jamais jusqu'au procès. Ou qu'il parlerait à ses avocats qui le ramèneraient à la raison. Peut-être même qu'un jour, je toucherais mon argent. Peut-être.

Je n'avais pas le temps de penser à cela pour le moment. J'avais ignoré mon travail régulier pour une dose d'excitation, belle réussite! Il me fallait une petite affaire de routine, qui payait bien. Si Mme Kingslund n'était pas partie, j'avais vraiment besoin d'elle.

Elle était encore là.

Tullah la fit entrer et mon cœur fit un bond. Oh. Cette Mme Kingslund-là. Entre ma colère contre Carter, ma surprise face à sa présence et ma crispation de douleur en me levant de ma chaise, je devais faire une drôle de tête. Elle ignora tout cela, avança vers moi et me tendit la main.

—Jennifer Kingslund. Appelez-moi Jen.

Elle balaya le bureau du regard durant notre poignée de main, ce qui ne prit pas longtemps, puis ses yeux se reposèrent sur moi.

—Alors appelez-moi Amber, répondis-je.

Ses iris avaient la couleur bleu pâle d'une chemise délavée. Gentils, mais méfiants. Je ne pouvais pas lui en vouloir. Elle était venue chercher un détective privé. Mon nom lui aurait appris que j'étais une femme, mais elle s'attendait peut-être à une Kathleen Turner dans *Un privé en escarpins*, en veste et robe chic. À la place, elle se retrouvait avec une version plus mate, plus grande, plus mince, avec des cheveux auburn mi-longs coiffés en queue-de-cheval, et une tenue de travail qui consistait en un jean slim et un simple tee-shirt blanc. Oh, et des contusions sur tout un côté. À sa place, je me serais méfiée, moi aussi.

— Après ce coup de fil, vous aimeriez peut-être une tasse de café chez *Papa Dee* ? dit-elle avec l'ombre d'un sourire.

— Bien sûr, allons-y.

J'attrapai un dossier client vierge et je fis un signe de tête à Tullah avant de sortir sous le soleil automnal de Denver. Mme Kingslund chaussa ses lunettes de soleil pour se protéger de la lumière vive et je l'imitai. Il faisait très beau, c'était peut-être l'une des dernières journées d'été indien, et des vagues de chaleur s'élevaient du bitume.

La fameuse Jennifer Kingslund. Que pouvait-elle bien me vouloir ?

3

— Désolée pour l'appel, dis-je en marchant. Je n'aurais pas dû le prendre pendant que vous attendiez à portée de voix. D'ordinaire, je suis bien plus discrète avec les affaires d'un client, mais je ne pensais pas qu'il apprécierait d'attendre.

— Campbell a tendance à s'énerver et j'imagine que ce n'est pas un bon moment pour lui, répondit-elle.

Bien sûr, elle avait dû entendre parler de l'affaire aux informations et faire le lien en entendant mon côté de la conversation téléphonique. Et évidemment, elle le connaissait. Elle agita une main élégante.

— Oublions ça pour le moment.

Jennifer Anna-Marie Kingslund était la P.-D.G. et propriétaire de l'une des plus grosses entreprises du Colorado, le groupe Kingslund. Elle possédait des hôtels, des restaurants, des salles de sport et des boîtes de nuit. Je me souvenais d'avoir entendu dire qu'elle travaillait aussi depuis peu dans les relations publiques.

Avec ses mariages qui s'étaient défaits en public et des rumeurs intrigantes de disputes en plein conseil d'administration, peu de gens à Denver ignoraient son identité. D'après les journaux, elle était soit un modèle pour les femmes d'affaires, soit attirante et extravertie, selon l'angle de l'article. Elle était connue pour défendre des causes locales – je ne pensais pas pouvoir être considérée comme telle et je me demandai bien pourquoi diable elle aurait besoin d'engager une détective privée.

Mais ce n'est pas le genre de question que l'on peut poser à une cliente potentielle.

Jennifer Kingslund pouvait se permettre d'embaucher les meilleures agences de la ville. Si elle avait une raison de s'adresser à moi, avec un peu de chance, elle me le dirait. Et dans le cas contraire, cela ne m'empêcherait pas d'accepter l'affaire. J'avais besoin d'argent. Payer Tullah dans l'espoir d'un virement rapide de *Crate & Freight* n'avait laissé qu'une soixantaine de dollars sur mon compte.

En chair et en os, elle semblait plus grande que sur les photos, bien qu'un peu plus petite que mon mètre quatre-vingts. C'était peut-être dû à ses jolis talons de créateur qui claquaient contre le trottoir. Elle était mince et portait une simple robe rouge qui lui arrivait juste en dessous du genou. Sa chevelure d'un blond scandinave, épaisse et virevoltante, semblait sortir de chez le coiffeur. La couleur me faisait penser à de l'or vieilli. Une fine chaîne pendait autour de son cou. Sa robe, sa coiffure, son sac et son collier avaient probablement coûté plus que ma garde-robe tout entière. Bref.

Si elle remarqua que je l'observais, elle ne le montra pas et ne me rendit pas la pareille. J'imagine qu'il n'y avait pas grand-chose à admirer hormis ma tenue décontractée et mes contusions. Ma ceinture et mes santiags étaient de toute première qualité, mais personne ne les remarquait jamais.

— Pensez-vous, dit-elle en levant le menton vers les étranges tourelles au-dessus de chez *Papa Dee*, qu'ajouter ces petites toitures ridicules a attiré ne serait-ce qu'un client supplémentaire ?

Je ris.

— Peut-être pas, mais au moins tout le monde sait où se trouve *Papa Dee.*

Nous entrâmes à l'intérieur, où il faisait frais et sombre même sans lunettes de soleil, et commandâmes deux cafés avant de nous asseoir dans un coin. Il n'y avait qu'une poignée de clients, essentiellement des employés des petits commerces alentour. Il était un peu tard pour le déjeuner. Les tables en bois avaient été débarrassées et le personnel commençait déjà à les dresser pour le dîner. Je jetai un coup d'œil à la ronde. La musique était basse et les clients dispersés dans le restaurant. L'endroit était confortable et suffisamment discret, si c'était ce qu'elle cherchait.

— Eh bien, euh, Jen, que puis-je faire pour vous ?

Elle n'entra pas tout de suite dans le vif du sujet.

— Vous avez été dans l'armée pendant un moment, pas vrai ?

— Oui, c'est là que j'ai appris la comptabilité.

Pas un mensonge, mais pas toute la vérité non plus. Je détestais me montrer évasive, mais il y avait certaines choses dont je ne pouvais pas parler. Si elle s'en rendit compte, elle ne le montra pas.

— Un passage par la police, aussi.

C'était une affirmation plus qu'une question, et elle aurait pu trouver l'information sur le site de l'agence ; j'acquiesçai sans un mot. Mon expérience dans la police impliquait d'autres choses dont je ne pouvais pas parler. Si elle faisait partie de ces clients qui voulaient un compte-rendu exhaustif de mon passé, j'allais devoir décliner, mais apparemment, elle ne faisait qu'engager la conversation.

— Vous m'avez été recommandée. (Elle vit la question se former sur mes lèvres et leva une main pour m'arrêter.) J'ai promis de ne pas dévoiler l'identité de la personne en question et je prends mes promesses très au sérieux. (Ses yeux se firent plus froids, plongés dans les miens). J'attends la même discrétion de votre part. Je veux votre parole que tout ce que je vous dirai à partir de maintenant restera absolument confidentiel. Si vous vous retrouvez dans la même situation qu'avec l'appel de Campbell, vous vous débrouillerez pour ne rien dévoiler à mon propos à quiconque, sans quoi nous ne pourrons pas faire affaire.

Les gens qui exposaient clairement leurs attentes ne me posaient aucun problème et je ne me hérissai pas. Mais j'étais un peu étonnée de la voir passer de Madame Sympa à femme d'affaires glaciale en l'espace de quelques phrases. Je retrouvais là sa réputation de dure à cuire du monde de l'entreprise. D'après mes souvenirs, elle avait hérité de parts dans un petit restaurant au bord de la faillite. Elle l'avait remis sur pied, racheté le reste des parts dont celles de deux ex-maris, et en avait fait l'entreprise prospère qu'elle dirigeait aujourd'hui. Je commençais à comprendre comment.

— C'est d'accord, acquiesçai-je en avalant une gorgée de café. Je vous donne ma parole.

— Très bien.

Son regard se radoucit légèrement. Elle se pencha en avant. En véritable experte de décryptage du langage corporel, je jouai moi aussi le jeu. Je me penchai à mon tour et elle commença à parler d'une voix basse et intense.

— Je crois que mon entreprise est victime d'une attaque. Je ne parle pas d'une simple attaque commerciale, mais d'une offensive criminelle et systématique qui vise à perturber mon activité au point de la faire s'écrouler ou de m'obliger à vendre. Mais je ne peux pas le prouver.

Elle s'interrompit pour voir si j'avais des commentaires, mais je la laissai continuer.

— C'est le pire moment possible. Comme vous le savez peut-être, ma nouvelle division, Kingslund Media, a été formée par le rachat d'une entreprise de relations publiques, Frankell-Maines.

Je hochai la tête ; j'avais lu tout cela dans les journaux. Elle reprit.

— Le financement est venu des banques et maintenir l'entreprise à flot tout en remboursant les prêts jusqu'à ce qu'elle soit viable nécessite beaucoup d'efforts. En attendant, ma réserve de capital est affectée à une offre publique d'achat que je prépare. Si l'une ou l'autre opération échoue, cela pourrait compromettre mon entreprise tout entière. Une simple rumeur de problème financier pourrait avoir un effet boule de neige. Je ne peux pas me rendre chez *Bell & Hewitt* pour demander à leurs agents de mettre leur nez dans mes affaires car tout le monde saurait qu'il se passe quelque chose. Pire encore, il pourrait y avoir une fuite au sujet du financement ou de l'offre d'achat.

Je hochai la tête. Je voyais bien le problème. *Bell & Hewitt* était la plus grosse agence locale de détectives privés, mais j'avais toujours eu l'impression que les entreprises faisaient plus appel à elle pour la galerie que pour obtenir des résultats.

— OK, dis-je. Je comprends pourquoi il vous faut un enquêteur moins connu et avec une certaine expertise financière. C'est pour cela qu'on vous a conseillé de venir me voir ?

— Non.

Son regard se fit méfiant quand je mentionnai la recommandation. J'étais de plus en plus curieuse de connaître le fin mot de l'histoire. Elle continua :

— J'y viendrai dans un instant. Tout d'abord, je dois dire que les attaques se sont intensifiées. Au début, ce n'étaient que des irrégularités financières mineures. Si j'ai raison, c'est désormais complètement incontrôlable. Je crains qu'un de mes principaux collaborateurs n'ait été kidnappé. Je suis sûre que certains membres du personnel sont partis après avoir été menacés. Il faut que ça s'arrête, tout de suite.

— Jen, je comprends le besoin de confidentialité, mais si je prends en charge votre affaire et que je découvre un crime, comme un enlèvement, nous n'aurons pas d'autre choix que d'en informer la police.

Il fallait que je pose cette limite. J'avais besoin de travail, mais pas au point de donner à Morales une excuse pour s'en prendre à moi. Elle n'avait pas l'air ravie, mais elle acquiesça. Mon respect à son encontre grimpa d'un cran. Entre compromettre son activité ou aider un employé, elle avait choisi la seconde option.

— Par ailleurs, je ne suis pas la police. (Je tapotai la table pour enfoncer le clou.) Je peux découvrir certaines choses pour vous et peut-être même empêcher que ça n'aille plus loin. Mais s'il faut mettre un terme aux agissements de quelqu'un, la police devra s'en charger. C'est elle qui a les grands costauds en uniforme avec pistolets, casques et gilets pare-balles.

Elle hocha de nouveau la tête. Comme elle semblait réticente à continuer son briefing, je continuai pour l'encourager.

— On pourra voir tout cela plus en détail et, si nous nous mettons d'accord, j'établirai une liste des tâches à effectuer, mais j'ai d'abord besoin d'en savoir plus.

Sa bouche se durcit, comme si elle appréhendait ma réaction. Son corps bascula légèrement en arrière. Elle semblait vraiment contrariée par ce qu'elle s'apprêtait à me dire.

— Je possède un grand terrain en dehors de la ville, sur la route US 285. Il s'appelle Silver Hills. J'ai un permis de construire pour un complexe hôtelier et un terrain de golf, mais la construction n'a pas encore commencé. Il était censé y avoir quelques travaux d'aménagement paysager préparatoires. Mais plusieurs équipes de travail… (Elle hésita, détourna les yeux, avant de finir :)… ont pris peur.

Je haussais des sourcils interrogateurs.

— Peur ? De quoi ? Des hommes armés, des menaces téléphoniques ?

Elle mit un moment à répondre.

— Non, quelque chose de complètement différent. Des loups, des empreintes de pattes sur tout le terrain, des choses qui disparaissent. L'endroit a été dévasté en une nuit. L'équipement a été ravagé.

Je soupirai.

— Eh bien, j'ai du mal à croire qu'il y ait des loups dans cette partie des Rocheuses, si proche de Denver. Des animaux sauvages, d'accord, peut-être un ours. C'est probablement une bande d'ados désœuvrés qui sont venus avec leurs chiens voler des trucs. Soyons claires : on m'a recommandée spécifiquement parce que quelque chose ou quelqu'un a fait fuir vos employés ?

Je reculai sur mon siège, croisai les bras et la regardai. De toute évidence, elle me cachait encore quelque chose.

— Oui, répondit-elle. J'en ai parlé à un ami qui a l'expérience de ce genre de choses, et on m'a dit qu'en cas de phénomènes étranges, vous étiez la personne indiquée.

Tout ça ne me plaisait pas du tout. Je voulais que le moins de personnes possible soient au courant de mon côté « étrange ». D'expérience, je savais qu'étrange voulait souvent dire dangereux. Et j'avais déjà passé suffisamment de temps à regarder par-dessus mon épaule. Mais en même temps, j'étais intriguée et, bien sûr, je n'oubliais pas mon compte bancaire au plus bas.

— Même si des choses étranges ont pu m'arriver, cela ne fait pas de moi une experte, dis-je avec prudence.

— En connaissez-vous un, ou une ?

Ses yeux étaient fixés sur moi et la femme d'affaires glaciale avait refait son apparition. Je secouai la tête.

— Non.

— Non, vous ne connaissez personne de mieux indiqué, ou non, vous n'acceptez pas l'affaire ?

J'avais besoin de travail. Je levai une main rassurante.

— Je vous propose quelque chose : je vais diviser le cas en trois, vos employés, vos finances et votre terrain de Silver Hills, et mener ma petite enquête pour chaque catégorie. Je vous ferai un rapport en fin de journée ou dès que je trouve quelque chose de significatif. Si je fais chou blanc pour l'une des catégories, je vous le ferai savoir et vous pourrez vous tourner vers quelqu'un d'autre si vous le souhaitez. Si je découvre qu'un crime a bien été commis, on fera appel à la police. En attendant, on continue comme bon nous semble.

— Marché conclu, répondit-elle aussitôt.

Une pointe de soulagement perçait dans sa voix. Je n'avais encore rien fait, mais j'avais déjà vu cette réaction auparavant : parler à quelqu'un avait déchargé une partie du fardeau.

— Je peux voir le contrat, s'il vous plaît ? demanda-t-elle.

Je lui passai les formulaires standard en double exemplaire et sirotai mon café tiède tandis qu'elle se penchait sur les documents. Elle prit des notes sur son smartphone au fur et à mesure et fit quelques modifications qu'elle parapha avant de continuer. Je soupirai en silence. J'allais devoir les vérifier et je détestais lire le jargon juridique.

La clientèle de *Papa Dee* se renouvela un peu : un couple sortit et s'embrassa avant que chacun monte dans sa voiture. Un gars dont le visage me faisait penser à un lapin en colère entra et s'installa à côté de nous. Il existe une convention que la plupart des gens respectent dans les cafés à moitié vides : chacun essaie de s'espacer, de ne pas s'asseoir juste à côté d'un autre client. Le type ouvrit son ordinateur portable et se plongea dedans. Un geek. Niveau zéro du savoir-vivre. Il n'était probablement venu que pour le Wi-Fi gratuit. Je soupirai. Rien d'alarmant, mais il nous faudrait parler bas si nous voulions continuer à discuter.

Le serveur s'approcha pour nous resservir du café. Il avait une démarche un peu arrogante et des mains carrées, solides. Je les imaginai me masser doucement le dos et je me trémoussai inconfortablement sur mon siège. Un coup d'œil me confirma qu'il avait d'épais cheveux noirs que je pouvais presque sentir sous mes doigts. Et un joli sourire. Je serrai les dents et fermai les yeux. *Bas les pattes. Interdit. Les règles sont les règles.*

De retour dans le monde réel, Jennifer avait signé les contrats et me les avait rendus. J'espérais qu'elle ne m'avait pas vu mater le serveur. Ou perçu ma réaction.

Je vérifiai ses modifications. Elles étaient tout à fait acceptables. Elle avait insisté sur les aspects de confidentialité, corrigé une coquille, ce que je voulais faire depuis un moment, et n'avait rien ajouté de dérangeant. Je paraphai à mon tour et je signai les deux exemplaires avant de lui en redonner un.

Elle pianota sur son téléphone, puis leva la tête.

— Parfait. Merci. J'ai transféré 5 000 dollars sur votre compte pour couvrir les frais préliminaires. Les coordonnées bancaires sont celles du contrat. (Son expression se fit ironique.) Ou, en tout cas, l'argent est là où il va quand il quitte mon compte, avant d'arriver sur le vôtre.

Je restai de marbre et réussis à ne pas brandir un poing victorieux. Avec 5 000 dollars, j'allais pouvoir payer les factures dues la semaine prochaine, et plus encore.

— Merci, répondis-je d'une voix plate. Mes rapports détailleront les frais.

Après avoir échangé nos numéros de portables et nos adresses mail, elle me tendit une clé USB.

— Elle contient des dossiers de mes comptes internes avec mon analyse, une liste des employés qui ont démissionné récemment avec leurs coordonnées, et celles de l'homme porté disparu pour lequel je m'inquiète particulièrement, Troy Huber. Et les vidéos de surveillance de Silver Hills.

Elle se mordit la lèvre et baissa les yeux sur la table.

— Amber, je sais que j'ai été évasive sur le problème de Silver Hills. Mais regardez la vidéo avant de vous décider. Vous comprendrez.

Lorsque je glissai la clé USB dans ma poche, elle me tendit aussi une photo et une paire de clés.

— Voici Troy et les clés de son appartement. Il habite à LoDo, dans le centre-ville. L'adresse est sur l'étiquette.

Je pris le tout en silence, avec un coup d'œil à la photo. Je me demandais pourquoi elle avait un jeu de clés de l'appartement de Troy.

— Qu'est-ce qu'il fait ?

— Il est le chef cuisinier du restaurant *Golden Harvest*. Il n'est pas venu travailler ce week-end et la police refuse d'enquêter pour l'instant. Toutes les informations sont sur la clé.

Je hochai la tête. *Golden Harvest* était un restaurant prestigieux, le plus cher de la ville. Pas un endroit que je pouvais me permettre, mais j'avais entendu dire que le chef valait vraiment quelque chose. Son absence n'allait pas passer inaperçue.

— Marié ? En couple ? De la famille dans le coin ?

Elle secoua la tête.

— OK. Je vais commencer par son appartement et je vous appellerai.

Elle me remercia d'un signe de tête et téléphona à son chauffeur pour qu'il vienne la chercher, avant de se tourner de nouveau vers moi.

— Je peux vous poser une question personnelle, Amber ?

— Bien sûr, répondis-je en haussant les épaules.

— Ces bottes sont vraiment superbes. Elles sont faites main, pas vrai ?

Je retroussai mon jean et tendis mes jambes sur le côté de la table pour lui montrer, confusément ravie qu'elle les ait remarquées.

— Exact. C'est l'œuvre d'un ami à moi.

— Elles sont toutes douces ! s'exclama-t-elle en touchant le cuir. Il fait ça professionnellement ?

— Bien sûr. Tenez, je vais vous donner son numéro.

Je tripotai mon portable et lui envoyai les coordonnées de Werner.

— Werner Schumacher ? Un fabricant de chaussures qui s'appelle Schumacher ?

— En effet, dis-je en riant. Votre voiture est arrivée.

Je montrai du doigt la limousine noire et le chauffeur qui franchissait la porte. Elle se leva, prit ma main et la serra.

— Merci, Amber. Appelez-moi dès que possible.

Elle commença à se diriger vers la sortie, puis s'arrêta comme si quelque chose lui était soudain venu à l'esprit. Elle se retourna et désigna mes bottes d'un geste.

— Vous montez à cheval ?

Je secouai la tête avec un petit sourire.

— Juste quelques heures quand j'avais quatorze ans.

— Oh. Tant pis. On pourra peut-être en faire ensemble, une fois cette histoire réglée. J'ai des chevaux. Au revoir.

Et elle disparut par la porte.

J'adorais sa certitude que tout allait s'arranger.

Je restai assise à observer une voiture faire une énième fois le tour du pâté de maisons, en me demandant pourquoi je n'avais pas pris mon pistolet en quittant mon bureau.

Mais surtout, je me demandais dans quelle galère je m'étais fourrée, en plus de tous mes autres problèmes. Peut-être qu'il y aurait besoin d'une détective privée, disons, en… Alaska ?

4

Au quatrième passage de la voiture, je me plantai devant elle, obligeant le chauffeur à piler.

— Hé, madame ! s'exclama-t-il en sortant la tête par la fenêtre. Regardez où vous allez !

Un bon point pour le « madame », même s'il me criait dessus. Après tout, je lui avais coupé la route.

— Désolée, je n'ai pas l'habitude de voir des voitures par ici à cette heure de la journée.

Je me dirigeai vers sa portière et m'arrêtai juste derrière son épaule, dans son angle mort, pour qu'il ait plus de mal à me tirer dessus, au cas où. Je me baissai avec difficulté pour regarder dans la voiture. Je ne vis rien de suspect, mais ça ne voulait rien dire.

— Vous cherchez quelque chose ? demandai-je d'un ton désinvolte et amical.

— Oui, justement. (Il remonta ses lunettes en cul-de-bouteille sur son nez et me jeta un regard.) Vous savez où se trouve le cabinet d'architecture *Tiley's* ?

Un sourire m'échappa. Ma paranoïa m'aiderait peut-être à rester en vie un autre jour, mais je ne pensais pas que ce type m'avait percée à jour.

— Bien sûr. Vous voyez le virage, là-bas, qui a l'air de mener au parking ? (Il hocha la tête.) Suivez-le jusqu'à l'autre côté du bâtiment. La route bifurque à gauche et le cabinet *Tiley's* se trouve tout au bout.

— Ah, merci ! Je tourne en rond depuis des heures.

Il repoussa en pure perte ses lunettes sur son nez en sueur.

— Désolé de vous avoir fait peur avec la voiture. Vous m'avez surpris.

Avec un signe de la main, il se dirigea dans la direction que je lui avais indiquée. Je le regardai suivre mes instructions. Franchement, il ne pouvait pas se lever pour aller demander à quelqu'un ? C'était comme si les hommes étaient scotchés à leur siège auto. Je retournai à mon bureau sans être attaquée par un autre chauffeur myope.

Tullah était partie à la fac. C'était le marché qu'on avait conclu, elle ne serait présente que quand elle n'avait pas cours. Parfois, sa mère venait la remplacer. Une femme impressionnante, Mary Autplumes. Une vraie Arapaho, elle était mariée à mon prof de kung-fu, maître Liu Leung, d'où le nom de famille à rallonge dont Tullah avait hérité : Autplumes-Leung.

Je ne savais pas trop qui, de Mary ou de Liu, m'effrayait le plus, mais leur fille était un véritable rayon de soleil. À part pour son nom de famille, le mélange lui avait plutôt bien réussi : Tullah avait le teint frais, des yeux légèrement bridés et de longs cheveux noirs. Toujours de bonne humeur, elle était un atout pour l'agence. Je n'avais pas hâte qu'elle soit diplômée et qu'elle trouve un vrai travail.

Pile comme je m'asseyais, mon portable sonna. Je vérifiai qui m'appelait avant de décrocher.

— Colonel, dis-je.

— Sergent. Demain après-midi, 14 heures, à votre bureau ?

Les banalités et les formalités n'étaient pas notre fort.

— C'est noté.

La ligne fut coupée. Je me connectai pour enregistrer le rendez-vous dans le calendrier, plus pour Tullah que pour moi. Je n'oubliais jamais les réunions avec le colonel Laine.

Enfin, je pus me poser et laisser s'exprimer ma colère. Ce n'est pas que j'avais un problème avec Jennifer Kingslund. Au contraire, je l'appréciais. Son histoire était un peu vague et elle ne m'avait pas tout dit, mais j'avais l'habitude. Non, ce qui m'énervait, c'était d'être obligée d'accepter ce boulot. Je détestais me retrouver dans cette position.

Et puis il y avait le côté « étrange ». Parfois, j'oublie ma situation durant des jours entiers et je me comporte comme une personne normale. Mais je n'en suis pas une, et je ne suis pas la seule. Des trucs « étranges » avaient déjà manqué de me tuer. Moins les gens en sauraient, mieux ça vaudrait pour moi. J'aurais dû m'enfuir en courant, mais je mourais d'envie de me plonger dans cette affaire. Au moins, je n'aurais pas à espionner un conjoint volage, aussi bien payé et sans danger que ce soit. L'adrénaline est addictive.

Les trucs étranges avaient commencé quelques années plus tôt. Je faisais un boulot que j'adorais dans les forces spéciales de l'armée, au sein d'un bataillon secret appelé Ops 4-10. J'avais un rôle précis et des objectifs concrets dans une unité que je respectais. J'avais des collègues qui surveillaient mes arrières, des amis et plus encore. Et tout avait changé du jour au lendemain, lors d'une nuit terrifiante dans la jungle sud-américaine.

Ma main se porta inconsciemment à ma gorge. Il n'y avait plus rien à présent, pas même une cicatrice, mais une sensation fantôme me picotait le bout des doigts, comme si je pouvais encore sentir la blessure. D'après le médecin de l'unité de secours, j'avais eu la gorge à moitié arrachée. Ce qui m'était arrivé présentait quelques avantages : j'avais guéri en cinq jours. Mais, entre autres désavantages, je m'étais réveillée en cellule d'isolement.

Je sortis un miroir du tiroir du bureau et j'observai mon visage, comme si je m'attendais à être différente aujourd'hui. Je vérifiai mes canines. Rien à signaler. Aucun signe de la bombe à retardement qui coulait dans mon sang.

Mon bureau était dépouillé, hormis quelques photos. Elles étaient là pour me donner de l'inspiration en cas de nécessité.

— Les gars, j'en ai besoin, là, murmurai-je.

J'attrapai la photo de mon père, Blane Farrell. Sur celle-ci, il se trouve à Wash Park, à Denver, et il est en train d'expliquer le fonctionnement de son dernier jouet. Une sorte de fusée dont le seul objectif semble être d'arroser tout le monde. Ses cheveux, toujours en bataille, se dressent dans tous les sens, mais ça lui va bien. Son visage séduisant est sérieux parce que les jouets, eh bien, c'est du sérieux. Sa chemise est ouverte, avec la moitié du col relevé et les pans sortis de son short. À ses pieds, il porte ses sandales favorites, toutes éraflées et griffées. Une fille dégingandée se tient à son côté, le sourire aux lèvres. Tout en bras et en jambes, elle dépasse de ses vêtements de garçon manqué ; son nez trop grand est parsemé de taches de rousseur. Son visage est tourné vers lui et c'est comme si le premier rayon de soleil printanier brillait sur elle après un hiver rude.

Mon père était mort quand j'avais quinze ans.

J'échangeai sa photo avec celle de Top, alias adjudant Gabriel Luther Wells. Il se tient au garde-à-vous avec l'aisance d'un homme qui a passé beaucoup de temps dans l'armée, qui n'a rien à prouver et n'a peur de personne. Il est gigantesque et surplombe complètement la fille dégingandée à son côté, même si celle-ci a un peu grandi. Elle est aussi au garde-à-vous, mais raide comme un piquet, ses genoux et ses coudes rentrés dans son uniforme. Elle a peur que ses galons de sergent flambant neufs lui tombent des bras, mais, malgré tout, on voit la joie briller dans ses yeux.

C'était le plus beau jour de ma vie.

Je n'attrapai pas la troisième. Ce n'était pas vraiment une photo, mais une plaque, un fin rectangle de granit noir de la taille d'un fond d'écran, poli, avec des lettres dorées dans le coin en bas à droite : « Tara Farrell ». Celle-ci était plus source de réflexion que d'inspiration.

Je savais exactement ce que mon père et Top me diraient : « Si tu as un boulot à faire, ma fille, fais-le. » Je soupirai. Qui a besoin d'inspiration quand on peut avoir un bon coup de pied aux fesses ? Il fallait que j'arrête de m'apitoyer sur mon sort et que je me mette au travail. En étant encore plus prudente que d'habitude.

Mais d'abord, il fallait que j'aille courir. Cela m'aidait parfois à gérer mes frustrations. Après quoi, je m'attaquerais au cas de Jennifer Kingslund. Je sortis les clés qu'elle m'avait données et lus l'adresse du centre-ville où habitait son chef cuisinier.

J'allai chercher mes affaires de jogging dans ma voiture et je me changeai dans mon bureau. Ma tenue de travail et mon ordinateur portable furent glissés dans mon sac à dos, avec un kit d'investigation pour scène de crime, les clés de l'appartement et la clé USB de Jennifer.

Je me dirigeai vers mon coffre-fort et, après un instant de réflexion, j'en sortis mon pistolet Heckler & Koch que je rangeai dans un petit sac autour de ma taille. Le HK Mk 23 était gros et lourd, mais j'y étais habituée et son pouvoir d'arrêt avait tout pour plaire. J'étais certaine que je ne tarderais pas à en avoir besoin.

5

Je descendis Parker Road, passai devant l'entrée de l'autoroute puis le réservoir de Cherry Creek, jusqu'à atteindre le petit parking en face du croisement de Chambers Road.

Je m'y garai et restai cinq minutes dans ma voiture, pour voir si d'autres véhicules m'imitaient. J'avais le sentiment d'être surveillée, mais personne ne me suivait.

Satisfaite pour le moment, je verrouillai les portières et m'élançai le long des sentiers qui menaient au lac, évitant les chemins pavés et sautant par-dessus les broussailles. Le poids de mon pistolet dans mon sac était inconfortable, mais il me rappelait de rester sur mes gardes. Tandis que je courais, le soleil de fin d'après-midi allongeait les ombres et la chaleur commençait à retomber.

À mi-parcours environ, au bord du lac, la course avait dissipé mon stress. Je terminai en marchant à travers les peupliers et sautant par-dessus les canaux d'irrigation et les troncs d'arbres tombés. Je m'arrêtai à l'ombre des saules pour m'étirer et jeter un coup d'œil alentour. Sans la foule estivale, l'endroit était calme, mais j'avais toujours le sentiment d'être observée. C'était même de pire en pire. Je plongeai mon tee-shirt dans l'eau et le renfilai trempé pour me rafraîchir, puis je me dirigeai à petites foulées en direction du parking.

Je venais tout juste de rejoindre le sentier principal quand mon voyeur attaqua. Les broussailles le dissimulaient suffisamment pour que je m'approche sans le voir et il bondit sur moi comme un chat sur un oiseau. Malheureusement pour lui, la journée m'avait mis les nerfs en pelote et j'étais dans mon élément.

Il visa ma tête, trop haut. Ma réaction fut instinctive, aiguisée par de longues heures d'entraînement : je me baissai et pivotai, utilisant son élan pour l'envoyer valser avant de faire un roulé-boulé sur le sentier. Nous nous relevâmes en même temps. Il portait une tenue de jogging comme les autres promeneurs, mais la sienne était sombre, parfaite pour le camouflage. Pas bête. Il était légèrement plus grand que moi, plus costaud, mais plus élancé que corpulent. Dans une compétition de force, je savais qu'il me battrait. Il était aussi vif, mais j'avais appris à me battre à rude école.

Il s'approcha à toute vitesse sans prendre la peine de feinter, dans l'espoir d'un résultat rapide. Trop prévisible. Je contrai ou esquivai ses coups de poing. Mon unique riposte le frappa en plein estomac avec assez de force pour mettre KO la plupart des hommes.

Il s'en remit comme si de rien n'était et baissa la tête comme un taureau pour charger de nouveau. Ça allait être dur. Cette fois, il changea d'approche et, au lieu de me lancer un coup de poing circulaire, il me percuta sous le menton de sa gauche. Je l'avais vu venir et je suivis le mouvement pour amoindrir la douleur, mais mon amour-propre en prit un sacré coup. J'avais été trop confiante ; pas question de me faire avoir une seconde fois. Il n'aurait pas dû réussir à assener un coup. J'étais furieuse et j'allais le lui faire payer.

Une fille prit le virage en courant à cinquante mètres de nous.

Il tordit le bras, leva le coude et relâcha le poing. Dans un nuage de poussière s'élevant du sentier, il me tapa alors dans la main.

— Bon sang, David ! Tu es fou de me sauter dessus comme ça ! m'exclamai-je, les mains sur les hanches.

Puis, nous éclatâmes de rire ; la joggeuse fit un détour pour nous éviter en nous regardant comme si nous étions deux tarés en train de se rouler par terre.

— Sacrée Amber, toujours aussi rapide. Il faut bien que j'essaie de prendre l'avantage.

— Tu m'as suivie ?

Il sourit.

— Non. Je me suis garé et j'ai reconnu ta voiture. Le capot était encore chaud, je me doutais que tu faisais le tour du lac.

C'était préoccupant. S'il pouvait prédire mes mouvements, d'autres le pourraient aussi. Mes pensées avaient dû transparaître sur mon visage.

— Un problème ? demanda David.

— Oh, je ne sais pas. Peut-être. J'avais le sentiment qu'on m'observait cet après-midi. (Je regardai le sentier en plissant les yeux et en me frottant la nuque.) On discute en marchant ou tu veux vraiment courir ?

— Parler, ça me va, dit-il en m'emboîtant le pas.

Il ouvrit la bouche comme s'il allait ajouter quelque chose, avant de la refermer. Il balaya le sentier du regard.

— Qui a réussi à te faire un bleu ? demanda-t-il.

Ce n'est pas ce qu'il s'apprêtait à dire. Il faudrait que je découvre de quoi il retournait.

— Un camion.

Il lâcha un petit rire. J'avais rencontré David trois mois auparavant et il avait bouleversé ma vie. Pas romantiquement parlant, même s'il était plutôt mignon.

Deux ans plus tôt, quand j'avais repris connaissance après mon attaque, je m'étais retrouvée ligotée dans une cellule d'isolement. J'en avais encore des cauchemars. L'armée avait fini par me laisser partir, à contrecœur, sous certaines conditions. Tout ce qui s'était passé avec l'Ops 4-10, et surtout ce qui m'était arrivé à la fin, était classé secret défense. J'avais dû couper tout contact avec mon ancienne unité. Je devais me soumettre à des contrôles réguliers de mes progrès. Si les scientifiques de l'armée me soupçonnaient de devenir un danger public ou, pire encore, si j'infectais quelqu'un, je retournerais illico dans ma cellule d'isolement. En attendant, j'étais censée « chercher des moyens d'infiltrer ou d'entrer en contact avec toute communauté associée avec le type d'attaque subie ». Ils n'arrivaient toujours pas à se résoudre à écrire le mot « vampire ».

Mon seul indice pour cette tâche était la certitude que j'avais senti, dans les deux sens du terme, les vampires qui avaient traqué et tué l'unité que je dirigeais dans la jungle. C'était difficile à décrire, mais j'étais certaine d'être capable d'identifier un vampire à l'odorat. Et j'avais raison.

David était, comme il disait, un Aspirant, une personne en cours de transformation. Il émanait cette légère odeur de vampire et était devenu mon ami. Je l'espionnais. L'idée me rongeait l'estomac et je n'avais toujours pas parlé de lui au colonel lors de nos réunions régulières. J'étais choquée de voir à quel point j'avais changé ces deux dernières années. Fini d'obéir aveuglément aux ordres.

— Alors, comment ça va ? demandai-je d'un ton neutre.

— Ça va bien. Très bien même, dit-il en emplissant ses poumons avant de soupirer avec contentement. Je ne te l'avais pas dit, mais depuis que j'ai commencé à m'entraîner avec toi et à suivre tes conseils, j'ai grimpé trois échelons. Trois mois, trois échelons.

—Super!

Je repensai à sa description du processus d'Aspirant et mon cœur se serra.

—Attends, ça veut dire...

—Oui. Ça veut dire que je suis prêt.

Il regardait droit devant, le sourire aux lèvres, le regard perdu dans le vague. Ou tourné vers quelque chose que je ne voyais pas. J'espérais que ce qu'il voyait dans le lointain était une bonne chose. Que cela vaudrait tous les efforts qu'il avait déjà faits et tous les sacrifices qu'il aurait encore à faire. Par-dessus tout, j'espérais que c'était ce qu'il lui fallait. Mais même si mon opinion sur les vampires avait beaucoup changé depuis mon attaque, je savais que ce n'était pas ce qu'il me fallait à moi.

Comme s'il avait lu dans mes pensées, son humeur changea et il m'attrapa le bras.

—Amber, je t'en prie, change d'avis. Au moins, viens leur parler.

—Non.

J'enlevai sa main de mon bras aussi gentiment que possible. Nous avions déjà eu cette conversation auparavant.

—Je ne crois que je puisse simplement leur parler. Et je ne veux pas devenir une vampire. Fin de l'histoire.

Je continuai d'avancer et il n'eut d'autre choix que de me suivre.

—D'après ce qu'ils nous ont dit, tu n'auras peut-être pas le choix. Tu as été mordue et tu es déjà en bonne voie. Il paraît que, si tu changes sans le soutien de la communauté, tu risques de devenir folle. Ou de mourir, Amber.

Je soupirai.

— Écoute, tu as été mordu pour la première fois à l'époque de notre rencontre, il y a trois mois ? (Il hocha la tête.) Et ils t'ont dit qu'il fallait trois morsures pour compléter la transformation ?

Il acquiesça de nouveau, les yeux dans le vide. Ce qui accompagnait la morsure semblait avoir eu un profond effet sur lui.

— Et la dernière va avoir lieu sous peu, maintenant que tu as terminé ton entraînement d'Aspirant ?

Mon cœur tressaillit de nouveau à l'idée. Encore une morsure et quelque chose de terrible pourrait arriver à mon ami.

— Dis-moi, que se passe-t-il si un Aspirant ne réussit pas à terminer son entraînement ? Ou s'il décide d'arrêter ? Est-ce qu'il devient fou et meurt ?

— Non, je ne crois pas, répondit-il de mauvaise grâce.

— L'effet s'estompe. Le corps s'en remet.

Je n'insistais pas seulement pour son bien. C'était aussi important pour moi. J'avais un nœud au creux de l'estomac à l'idée que je me faisais des illusions.

— Je ne crois pas que ça s'applique à ton cas, dit David en levant les bras en signe d'exaspération. On s'est mis d'accord pour garder le secret entre nous et c'est difficile de trouver des raisons de poser toutes ces questions. Et même si j'obtenais une réponse, je ne suis pas censé parler de cela aux non-Aspirants. Si seulement tu voulais bien venir leur en parler toi-même…

J'attendis. Il finit par continuer.

— Notre entraînement est soigneusement supervisé. J'ai l'impression que, sans cela, le processus serait très dangereux. D'après ce que j'ai réussi à comprendre, quelqu'un qui se fait mordre dans la nature par un vampire suffisamment puissant peut recevoir la dose complète en une fois et court un vrai danger.

Il tentait de me tirer les vers du nez. Je ne lui avais dit que le strict minimum, mais David était futé et il en avait tiré les conclusions qui s'imposaient.

Je levai la main pour l'arrêter.

— On en revient à ce que je disais. Tu as été mordu il y a trois mois. J'ai été mordue il y a plus de deux ans. Je suis stable, David. Ça n'arrivera pas, d'accord ?

Un vent froid toucha ma joue et glaça la sueur de ma course. Je frissonnai.

— Mais en tout cas, je suis là pour toi et toi pour moi. Quoi qu'il arrive. OK ?

Je lui tendis ma main. Il la serra sans hésitation.

— Bien sûr. Mais eux aussi sont là pour moi. Et tu n'as personne d'autre.

Je ne le contredis pas. Je ne voulais pas lui expliquer que l'armée américaine couvrait mes arrières. Et regardait par-dessus mon épaule.

Nous étions arrivés au parking qui accueillait désormais plusieurs autres voitures ainsi qu'un camion qui vendait des glaces. Trop de tentation. J'ouvris la bouche pour parler, mais David ricanait déjà.

— Oui, je sais. Madame la ninja veut une glace aux pépites de chocolat. Je m'en charge.

Comme cela m'épargnait de chercher de l'argent dans mon sac avec le canon de mon Heckler & Koch qui dépassait, je décidai de le laisser vivre, pour cette fois.

Nous nous adossâmes contre ma voiture pour déguster nos glaces. Ça ne valait pas le gâteau au chocolat de Lario, mais ça ferait l'affaire pour aujourd'hui. David mangea en silence, balayant des yeux le parking.

— Écoute, David, dis-je après avoir terminé. Il faut que je te dise quelque chose parce que je m'inquiète pour toi. Promets-moi de ne pas t'énerver.

—Vas-y, dit-il avec un regard en coin.

Je m'interrompis lorsque deux gamins passèrent à portée de voix. Je me rapprochai de David et baissai légèrement la voix.

—Vu de l'extérieur, d'après ce que tu m'as raconté, je ne vois pas la différence entre cette communauté de vampires et un culte bidon.

Il s'agita légèrement, mais ne dit rien.

—Je veux parler spécifiquement de ce sentiment « eux et nous » qu'ils créent dans ta tête.

—Ce n'est pas comme ça.

—OK. Tu es certain que ce n'est pas comme ça et tu es intelligent, mais tu vois ça de l'intérieur et moi, je suis à l'extérieur. J'ai l'impression que les Aspirants sont isolés de leurs anciens amis avant de pouvoir passer les échelons. Mais oublions ça pour le moment. (J'inspirai profondément et j'arrêtai de marcher sur des œufs.) Tu es resté assez mystérieux, mais j'ai cru comprendre qu'il y avait quelques dizaines de vampires à Denver. C'est ça ?

J'attendis qu'il acquiesce avant de continuer.

—Je ne sais pas combien il y a d'Aspirants, mais une vingtaine j'imagine ? Dont trois ou quatre à ton niveau, sur le point de devenir vampires ?

Il grommela et détourna le regard. Je savais que j'y étais presque.

—Et ce n'est pas une année spéciale avec une flopée d'Aspirants ? Ça fait un moment que ça dure ?

Il tressaillit. Il savait où je voulais en venir. Je m'interrompis et j'attendis.

—Oui, finit-il par soupirer. Où sont passés tous les vampires ?

—Je crois qu'on serait au courant si des vampires se retrouvaient avec un pieu en plein cœur. Ce qui nous laisse trois options, d'après moi. Une, les vampires ne vivent pas aussi longtemps qu'ils l'affirment. Deux, quelque chose d'autre que les humains tue les vampires. Trois, et c'est ce qui m'inquiète vraiment, la transition d'Aspirant à vampire tourne mal plus souvent qu'ils ne le disent. Ça pourrait expliquer pourquoi ils isolent les Aspirants des autres personnes.

— Ou quatre, ils déménagent, dit David.

Bien. Je l'avais peut-être contrarié, mais il réfléchissait.

— OK, quatre. Mais, vu ta description de la communauté, ça ne semble pas être le cas. Et pourquoi ne pas t'expliquer tout cela ?

Au diable l'armée, je voulais savoir pour moi-même. C'était frustrant. Nous devions garder notre amitié secrète : David n'était censé parler à personne et moi, j'essayais de surveiller les vampires de Denver sans qu'ils s'en rendent compte. Mais cette situation ne nous aidait pas à dénicher des informations.

La majorité de ce que je savais sur les vampires, je l'avais apprise au côté du colonel en prévision de ma remise en liberté. Les vampires ne brûlaient pas au soleil et ne fuyaient pas les icônes religieuses. Ils vivaient en communautés et parvenaient à rester cachés, malgré leurs besoins en sang humain. Mais certains détails m'échappaient. Des choses importantes, comme savoir combien de temps on avait après avoir été mordu avant de se transformer. Ou comment savoir si la transformation était imminente. Et s'il existait un moyen d'inverser le processus.

— Tu as raison, dit-il. Tout à fait raison. Il faut que j'obtienne des réponses avant la dernière étape.

Il sautilla sur la pointe des pieds et commença à s'échauffer. Je voyais bien qu'il n'était pas prêt à en parler davantage. Peut-être qu'il était comme moi et que courir était un bon moyen de cogiter. Le coin de ses lèvres se releva légèrement.

— Je suis sûr qu'ils répondraient à tes questions si tu leur demandais. Bon, il faut que j'y aille.

J'en avais assez dit. Je ne pouvais pas vivre sa vie à sa place.

— Quoi qu'il arrive, David, je suis là pour toi, en tant qu'amie.

Il cessa de sautiller et me regarda dans les yeux. Je le regardai se débattre avec sa conscience.

— Merci. Écoute, tu sais que je ne suis pas autorisé à te parler de ce qui se passe quand je les rencontre. Mais j'y suis arrivé un peu en avance hier soir. Et j'ai entendu quelque chose que je n'aurais probablement pas dû. Ton nom.

Je haussai les sourcils et mon cœur fit un bond. Qu'est-ce qui se passait ?

— Il y a une réunion du comité de sécurité…

Je ne pus pas m'en empêcher, j'éclatai de rire, ce qui était vraiment malpoli.

— Les vampires ont des comités ? Bon sang, David, tu vas me faire ton argumentaire de vente ?

Il esquissa un sourire pincé, mais continua.

— Amber, c'est du sérieux. Le comité de sécurité s'occupe des problèmes, notamment des vampires qui tournent mal.

Un frisson me parcourut l'échine à ces mots, mais il ne remarqua rien. Il passa ses doigts dans ses cheveux noirs bouclés.

— Je n'ai rien entendu qui suggère qu'ils te considèrent comme un problème, juste comme un sujet de préoccupation. Je ne devrais pas t'en parler, mais tu m'as dit avoir le sentiment d'être observée ? Je parie que tu as raison.

J'étais mitigée. Un problème de sécurité pouvait vouloir dire n'importe quoi. Après tout, je m'étais attendue que la communauté vampire finisse par réagir à mon furetage. Je ne pouvais rien y faire pour le moment, à part rester sur mes gardes.

— C'est pour ça que tu es un peu tendu aujourd'hui ?

Il hocha la tête. Il ne pouvait pas se permettre d'être vu avec moi si je constituais vraiment un problème de sécurité. C'était peu probable, mais il jouait gros.

— Merci, David. J'apprécie vraiment. La prochaine fois, c'est moi qui régale.

Après avoir cogné son poing contre le mien, il s'éloigna à petites foulées vers le parc pour faire son circuit complet – avec un peu de chance sans jaillir d'un buisson sur une autre femme, cette fois.

Je n'avais jamais eu de frère et David remplissait un peu ce rôle. Je m'en voulais de ne pas lui dire tout ce qui se passait. J'avais besoin de lui pour rassembler des informations sur mon état de santé et tenter de trouver un remède. Mais il fallait qu'il devienne un vampire pour m'être d'une quelconque utilité, et je détestais cela. J'espérais qu'en fin de compte, David serait heureux de ce qu'il deviendrait, même si j'essayais moi-même de l'éviter. Et j'espérais surtout que nous resterions amis.

Mais un grave incident était arrivé un an plus tôt : j'avais tué trois vampires. Si le fameux comité de sécurité l'apprenait, cela risquait de tout gâcher.

Tout en m'étirant, j'observai les autres voitures. J'aperçus un visage familier : le geek de chez *Papa Dee*. Je souris. Il ne ressemblait pas du tout à quelqu'un qu'un patron du crime engagerait. Je ne l'ignorai pas, mais il ne m'inquiétait pas plus que ça.

Il y a deux ans, après quelques vaines tentatives de trouver un boulot de comptable, j'avais réussi à convaincre le colonel de me pistonner pour entrer dans la police. Tout allait bien jusqu'à ce qu'un an plus tôt, trois hommes tuent deux officiers de police et kidnappent une fillette, Emily Schumacher. J'étais dans les parages et j'avais littéralement flairé leur piste.

C'était la première fois que je croisais des vampires depuis cette fameuse nuit dans la jungle. Cette fois, soit j'avais fait d'énormes progrès, soit ils n'étaient pas au niveau. Quoi qu'il en soit, le résultat était le même : ils étaient morts tous les trois.

L'histoire qui avait fini aux infos était fabriquée de toutes pièces, mais arrangeait bien le lieutenant Morales et le colonel Laine, et ne faisait aucune mention de ma présence ou de celle des vampires. Les corps avaient disparu dans les laboratoires de l'armée. Morales avait été nommé capitaine. J'avais quitté la police. Emily était rentrée chez ses parents. Et son père m'avait fabriqué les plus belles bottes du monde.

Loin des projecteurs, le capitaine Morales, le colonel Laine et moi avions eu une longue discussion. Nous nous étions mis d'accord sur le fait qu'il existait une communauté vampire cachée à Denver, mais qu'en temps normal, celle-ci restait du bon côté de la loi ; les trois morts devaient être des renégats. Je devais continuer mes recherches et tout rapporter à l'armée. Laine tiendrait Morales informé. Je restais à la disposition de Morales et, si des vampires enfreignaient la loi, il pourrait faire appel à moi.

J'avais passé l'année précédente à redouter que la communauté vampire ne découvre la vérité sur les trois renégats et ne s'offusque de mes actions, ou bien s'intéresse à moi d'un peu trop près. À présent, voilà que mon nom était cité par un comité de sécurité.

Je m'inquiétais aussi pour David. Vu le danger potentiel pour mes amis et ma famille, j'essayais de garder mes distances. J'avais interdiction de voir mes anciens amis de l'armée. Je voyais encore ma famille : ma sœur avocate, Kath, et ma mère, Stacy, mais nous nous étions un peu perdues de vue durant mes années de service et je n'avais rien fait pour y remédier. David était mon seul nouvel ami et non seulement je lui mentais et je l'espionnais, mais je le mettais aussi en danger.

Quant aux amants… Je souffrais d'une infection potentiellement incurable et les scientifiques de l'armée ne pouvaient même pas me dire si c'était contagieux. Alors malgré les allusions de ma mère à un éventuel mariage et à des petits-enfants, j'étais « en pause » pour une durée indéterminée. J'étais une femme en bonne santé avec des désirs sains sans le moindre exutoire.

Je cessai de m'étirer avec un soupir et, lorsque je repartis en voiture, personne ne me suivit.

Je m'arrêtai à une salle de gym près du bureau, à laquelle je n'étais plus abonnée depuis longtemps. La chance était de mon côté et Sol présent à la porte. Il était tellement mignon que, sans mon célibat forcé, j'aurais mis avec plaisir à exécution toutes les suggestions provocantes que je lui susurrai à l'oreille. Dix minutes plus tard, il me laissait entrer pour me doucher et me changer, tandis qu'il allait se passer la tête sous le robinet d'eau froide.

Après quoi, je me rendis au bureau pour vérifier mes mails et mes messages sur le répondeur. Une demi-heure plus tard, j'étais de retour sur l'autoroute I-25, direction le centre de Denver tandis que la nuit tombait.

Le centre-ville allait être une autre paire de manches.

6

Le chef cuisinier de Jennifer Kingslund, Troy Huber, vivait au cinquième étage d'un immeuble récent, coincé entre deux vieux entrepôts transformés en appartements, dans un coin constellé de boîtes de nuit et de restaurants. C'était un bon quartier. Pas du tout dans mon budget, évidemment. Je passai devant l'immeuble et me dirigeai vers les boulevards pour trouver une place de parking.

Depuis que j'avais quitté mon bureau, j'avais de nouveau la sensation d'être suivie. C'était une bonne occasion de secouer le panier pour voir ce qui allait en sortir. La patience n'était pas mon fort.

Je me garai et attrapai mon sac à dos. La 16e rue était très animée, entre les derniers salariés qui rentraient chez eux et les premiers clients des restaurants. Tout le monde marchait d'un bon pas et la moitié allait dans la même direction que moi, ce qui ne m'aiderait pas à repérer si quelqu'un me filait. L'Ops 4-10 n'était pas spécialisé dans les opérations en milieu urbain, mais j'avais suivi l'entraînement de base. Varier son allure, ne pas regarder derrière soi, attendre que quelqu'un se détache de la foule.

Le temps s'était rafraîchi et la pluie menaçait, mais les terrasses des restaurants restaient bien remplies. Une autre fois, je me serais peut-être assise pour boire un café et regarder passer les gens. Denver était l'endroit parfait pour cela, mais je ne me souvenais pas de la dernière fois où j'avais été assez insouciante pour me laisser tenter.

L'appartement de Troy était à quelques pâtés de maisons au sud. Je m'en éloignai d'un pas lent et je traversai la rue en direction d'un fast-food, profitant des vitrines pour regarder derrière moi. Je commandai un hamburger et restai devant la boutique, prenant mon temps pour jongler avec la sauce et les sachets de sel avant de prendre quelques bouchées.

C'est alors que je le vis.

Sans rien laisser paraître, je jetai le reste de mon hamburger dans la poubelle avant de retraverser la rue en direction de l'appartement.

Ce n'était pas vraiment le roi de la discrétion. Il faisait environ un mètre quatre-vingts et portait un jean marron foncé et une veste ample, qui devait cacher un pistolet. Il avait remonté la rue derrière moi et avait traversé à ma suite, s'arrêtant à quelques magasins de là. Il tourna la tête d'un mouvement brusque lorsque je me remis en route et me suivit immédiatement.

Après avoir dépassé l'entrée du parking, je disparus dans une allée transversale et je m'éloignai en courant, remerciant le ciel d'avoir mon bon gros pistolet dans mon sac à dos.

Je n'avais pas l'intention de semer mon poursuivant, même si j'en étais probablement capable. À la place, je me glissai derrière une benne à ordures et je sortis mon HK. J'enlevai la sécurité en tentant de guetter le bruit de ses pas. Que portait-il aux pieds déjà ? Des baskets ? Des bottines ? Une erreur de débutante de ne pas l'avoir noté.

L'allée était bordée par de hauts murs en briques de bureaux et d'appartements. Elle servait aux livraisons et était ponctuée de portes de garage, de quelques portes ordinaires et d'une ou deux fenêtres. L'endroit était sombre et les rares éclairages au-dessus des portes de livraison ne faisaient qu'obscurcir encore davantage les ombres. Avec toutes ces briques nues, l'acoustique aurait dû être parfaite.

Je tendis l'oreille. Dans la rue principale, une portière de voiture claqua. Un moteur pétarada. Les bruits de circulation s'insinuaient dans l'allée. Puis, tout proche, quelqu'un grogna de douleur. Accroupie, je contournai la benne, les deux mains sur mon pistolet, pour jeter un coup d'œil dans l'allée.

M. Discret était allongé à plat ventre par terre, immobile, un bras cassé. Sa veste était à moitié arrachée et deux hommes encore plus costauds se tenaient au-dessus de lui. L'un prenait son pistolet et l'autre me regardait. Pas la police, donc. Je sentis un picotement sur ma peau et, par habitude, je leur donnai des noms de cible. Croc 1 et Croc 2 me semblaient appropriés. Ils portaient même des costumes assortis.

Je retins le rire hystérique qui suivit la montée d'adrénaline. Les différents groupes à ma poursuite se battaient pour moi et les deux vampires faisaient tache avec leurs costards noirs en plein été. En journée, je les aurais vus arriver à un kilomètre. Ils n'avaient réussi à me suivre qu'en filant mon poursuivant.

Ils avancèrent lentement vers moi. Croc 1 tenait le pistolet de M. Discret entre l'index et le pouce. Il semblait désireux de montrer qu'il ne comptait pas se servir de l'arme, mais ça pouvait être une feinte. Je les laissai s'approcher. J'étais à peu près certaine que c'étaient des représentants de la communauté vampire locale, je me devais donc de les traiter avec un certain respect tant qu'ils ne me donnaient pas de raison d'agir autrement.

Lorsqu'ils furent à vingt mètres de moi, j'ouvris la bouche.

— Ça suffira, messieurs.

Je n'avais pas abaissé mon pistolet et, même si je ne les visais pas, je n'en étais pas loin. Ils s'arrêtèrent. L'odeur cuivrée de vampire me picota le nez, couverte d'un parfum sucré. De la cannelle ?

Je désignai d'un signe de tête l'homme allongé derrière eux.

— Merci pour ça. Comment va-t-il ?

— Il a perdu connaissance, dit Croc 1. Je vais décharger son pistolet et le jeter à la poubelle, d'accord ?

Je hochai la tête, sans les quitter des yeux. Je regardai Croc 1 enlever lentement le chargeur, vider la chambre et jeter le tout dans la benne.

Ils lancèrent un regard noir au HK entre mes mains, mais, hé, je ne leur avais pas demandé de jeter le flingue. Je ne leur tirerais pas dessus s'ils n'étaient pas armés, mais je ne comptais pas le leur dire.

— Dites-moi si je me trompe, dis-je lentement, mais je crois avoir eu le plaisir d'être sauvée par deux vampires de Denver en chair et en crocs.

Ils n'esquissèrent pas le moindre sourire. Peut-être que le pistolet avait tué leur sens de l'humour. Ou peut-être que sourire dévoilait leurs crocs et avait une tout autre signification.

— Tu vas venir avec nous, dit Croc 2.

— Toute résistance serait futile, comme dirait l'autre ? soupirai-je. Messieurs, merci pour votre aide ce soir. Mais c'est moi qui tiens le pistolet et je ne compte pas vous suivre.

— Tu te trompes, dit Croc 1 d'une voix trop forte.

Croc 2 gâcha tout en tressaillant. Je parle peut-être beaucoup, mais je suis observatrice. Je réagis au quart de tour, et bondis sur le mur en brique. Juste assez pour me donner de la hauteur et prendre par surprise Croc 3 qui s'était faufilé derrière moi, sans faire le moindre bruit. Je fis un salto arrière par-dessus sa tête et je tentai de le frapper de ma botte. Hollywood Style. Ça n'avait aucune chance de marcher, mais, de toute façon, Croc 3 avait déjà bougé. Il était sacrément rapide. Mais pas tout à fait assez pour éviter Croc 1 et 2 qui avaient chargé comme une paire de dobermans.

Je perdis l'équilibre en retombant par terre, ce qui leur laissa le temps de me sauter dessus. Le premier recula avec un grognement surpris lorsque je le cognai en pleine mâchoire. De la main gauche, car la droite tenait toujours le HK, mais ce n'était pas un problème. Le deuxième attaqua à son tour et m'assena un bon coup dans les côtes, m'arrachant un petit cri. Je le frappai au visage avec mon arme, mais un troisième coup me percuta la mâchoire et je vis trente-six chandelles.

« Si ça ne marche pas, change de tactique », m'aurait dit Top. Je fis marche arrière pour me dégager et levai mon pistolet.

— Je n'hésiterai pas à m'en servir si nécessaire, dis-je en visant le visage de Croc 1, et ils ralentirent. On est quittes, les gars. Du balai et fichez-moi la paix.

Malheureusement, ça ne marcha pas non plus. Soit ils ne me croyaient pas, soit ils s'en moquaient, ce qui m'inquiétait vraiment. Croc 3 commença à s'écarter doucement ; dans quelques instants, ils seraient déployés et je ne pourrais pas en venir à bout. Il fallait que je les oblige à m'attaquer tous en même temps.

Je fis volte-face et je descendis l'allée en courant dans l'obscurité. Vu la rapidité avec laquelle Croc 3 avait réussi à se glisser derrière moi, il devait y avoir un autre accès. J'étais prête à parier qu'une des quelques portes donnant sur l'allée débouchait sur un bâtiment en cours de rénovation. Je les entendais courir juste derrière moi. J'avais l'horrible impression qu'ils auraient pu aller beaucoup plus vite et qu'ils se contentaient de me mener où ils voulaient. Ce qui voulait dire qu'un autre costard noir m'attendait quelque part. À peine avais-je eu cette pensée que je le vis tourner au coin de l'allée droit devant, son ombre se découpant sous les réverbères. Il se mit à foncer vers moi. Une option en moins.

L'une des portes donnant sur l'allée semblait être entrouverte ; je l'enfonçai d'un coup d'épaule et la franchis. J'avais raison, ce vieil entrepôt allait être transformé en appartements. Des cloisons étaient empilées contre les murs, des boîtes de carrelage et des paquets de ciment jonchaient le sol. Croc 3 avait dû passer par là pour se glisser derrière moi. La journée de travail était finie depuis longtemps et il avait dû débrancher l'alarme, si bien que je ne pouvais pas m'attendre que quelqu'un me vienne en aide. Je refermai la porte et glissai le verrou pile au moment où le premier costard la percuta. Le battant était en contreplaqué et ne les retiendrait pas longtemps, mais je n'avais pour le renforcer qu'un banc que je poussai devant.

Je traversai l'intérieur du bâtiment en courant et je m'élançais dans l'escalier quand un pied traversa la porte. Une main suivit et commença à tripoter le verrou. Ne pas oublier : éviter d'être percutée de plein fouet par ces cocos-là. J'entendis la porte s'ouvrir, repoussant le banc sur le sol. J'atteignis le deuxième étage avant de trouver ce qu'il me fallait : de solides mâts en bois. J'en attrapai un d'environ un mètre et demi de long, plus un autre plus court, et je grimpai à l'étage suivant. En contrebas, j'aperçus les quatre vampires dans l'escalier, des ombres mouvantes contre les rayons de lumière zébrée qui entraient par les fenêtres côté rue. Ils étaient horriblement silencieux, hormis les halètements et le claquement de leurs chaussures contre les marches en bois nu.

Au moins, ils haletaient. Ce qui suggérait qu'ils se fatiguaient.

Le HK avait retrouvé sa place dans mon sac quand ils empruntèrent la dernière volée de marches. Je me tenais sur le palier, brandissant le long mât à deux mains comme un étendard militaire et prenant appui sur ma jambe arrière. J'essayais d'avoir l'air confiante, mais mon cœur battait la chamade et ma bouche était sèche. Je n'avais pas la moindre idée de comment assommer un vampire ou le convaincre de s'arrêter. Je savais les tuer, mais c'était une solution de dernier recours.

Lorsqu'ils me virent, ils ralentirent : première erreur. Puis ils se dirigèrent droit vers moi : deuxième erreur. Et en ligne, l'un après l'autre : troisième erreur, et la pire. Étant plus nombreux, ils auraient dû en profiter pour m'assaillir de toutes parts.

Le premier se retrouva avec le plus petit morceau de bois, en appui sur mon pied avant, en pleine figure. Ce n'était pas dangereux, mais il leva les mains devant son visage pour se protéger et baissa sa garde. Je le frappai dans l'estomac avec l'extrémité du mât, assez fort pour le propulser en arrière sur les autres. Mais pas suffisamment pour rompre ses organes internes, espérai-je. Je ne voulais vraiment pas donner aux vampires d'autres raisons de s'en prendre à moi.

Lorsqu'il tomba en arrière, je vis clairement des crocs dans sa bouche ouverte.

Le deuxième se prit le côté du mât sur le menton et s'écroula avec une mâchoire fracturée.

Le troisième réussit à me frapper au visage lorsque je le projetai dans l'escalier et à m'arracher mon mât.

Croc 3 fut le quatrième à m'attaquer. Il était adepte de kung-fu et très doué. Sa succession de coups rapides et vrillés commença rapidement à percer mes défenses. J'encaissai quelques attaques en les bloquant partiellement afin de riposter de plus belle. Il semblait capable d'ignorer chaque coup au corps que je réussissais à porter et il continuait à protéger sa tête. J'étais en difficulté, je souffrais et je me fatiguais plus vite que lui. Il n'avait qu'à continuer jusqu'à ce que je déclare forfait.

Puis il tenta un coup de grâce, comme dans les films.

Son élégant coup de pied passa au-dessus de ma tête lorsque je me baissai. D'un poing tout sauf élégant, je le frappai fort dans l'entrejambe, tout en balayant sa jambe sous lui. Il s'écroula par terre, plié en deux, en gémissant comme un petit chien malade. Bonne nouvelle ! L'un au moins des inconvénients majeurs du genre masculin s'appliquait aux vampires.

Le premier essaya de se relever. *Dix sur dix pour l'effort, mec, mais pas quand tu peux à peine respirer.* Je le cognai péniblement et il s'effondra de nouveau.

Le deuxième était encore dans les choux. Il semblait souffrir d'une fracture de la mâchoire et d'une commotion cérébrale. Je descendis l'escalier en courant.

Le troisième avait une jambe cassée et il devait avoir lui aussi une commotion cérébrale après avoir dévalé toute une volée de marches. Il ne bougeait pas du tout. C'était Croc 1. Par habitude, je vérifiai son pouls, ce qui, réflexion faite, semblait une drôle d'idée pour un vampire. Mais il avait bien un pouls et ses yeux s'entrouvrirent.

Je reculai d'un pas.

— La prochaine fois, une invitation écrite serait peut-être une meilleure idée, annonçai-je. Comme ça, mon refus sera moins douloureux.

Je n'étais pas certaine qu'il soit assez alerte pour me comprendre. En tout cas, ça ne le fit pas rire. Je finis de descendre l'escalier en courant, puis je sortis du bâtiment.

Quelques personnes étaient attroupées autour de M. Discret, l'une d'entre elles au téléphone. Je me dirigeai dans la direction opposée, faisant mine de n'avoir rien remarqué.

Je tournai au coin de l'allée pour me mettre hors de vue avant de m'appuyer contre un mur. Ma respiration était encore haletante et j'avais récolté une nouvelle collection de bleus et de courbatures, mais j'étais en meilleure forme que mes adversaires. J'avais pris le dessus sur quatre vampires ! Euphorique, je dressai un poing victorieux. Ils étaient plus rapides et plus forts que moi, mais ils venaient tout juste d'apprendre à se battre. J'avais été à dure école et j'avais appris à gagner.

Je revins rapidement sur terre. Rien n'était réglé. Aucun des deux groupes n'allait abandonner là ses efforts. J'étais à peu près sûre qu'ils ne savaient pas ce que je faisais dans le quartier. Le meilleur endroit où me réfugier pour le moment devait être l'appartement de Troy Huber, à deux pas de là. Je me calmai et m'y rendis d'un pas lent, simple promeneuse dans la nuit. Ou presque.

7

Une fois arrivée à l'immeuble de Troy, ma respiration était redevenue normale, mais mes doigts tremblaient encore sur la poignée. Le contrecoup de l'adrénaline. Je remarquai la caméra de surveillance en me dirigeant vers l'ascenseur qui me conduisit au cinquième. Je sortis une paire de gants en latex de mon kit et les enfilai.

Une main dans mon sac à dos, tenant le HK, je poussai la porte de l'appartement 503. Il était plongé dans le noir.

— Troy ? lançai-je en allumant la lumière, au cas où il serait revenu.

Mais l'endroit semblait inoccupé et je ne reçus aucune réponse. Je verrouillai la porte derrière moi. Je lâchai mon sac à dos, me laissai glisser par terre et émis un long soupir. Étrangement, je me sentais beaucoup mieux, à présent. Comme quand j'étais dans l'armée. J'étais toujours stressée avant une opération, mais une fois qu'elle avait commencé, les dés étaient jetés.

Je devais m'attendre que les deux groupes fassent une nouvelle tentative.

Le patron du crime trouverait un remplaçant pour M. Discret et ce remplaçant serait peut-être meilleur, se servirait peut-être d'un fusil de sniper ou que sais-je encore. Il fallait que je prenne l'initiative. Si je pouvais découvrir l'identité du criminel, la lutte serait plus égale. Je pourrais même faire appel à la police si j'arrivais à mettre la main sur des preuves concrètes. Je m'y mettrais dès demain.

Les vampires réessaieraient eux aussi. C'était rassurant qu'ils se soient donné tant de mal pour me capturer, plutôt que pour me tuer. Si les choses dégénéraient, je devrais probablement me tourner vers le colonel. Mais je ne voyais pas comment précipiter les choses ou en découvrir plus à leur sujet ; j'avais beau détester l'idée, pour le moment, il n'y avait plus qu'à attendre.

Une fois ces décisions mentalement archivées, il me restait à assurer mon gagne-pain en faisant ce pour quoi j'étais venue. Je sortis une paire de surchaussures en plastique et les enfilai par-dessus mes bottes. Très sexy.

Debout au milieu de la pièce, j'étudiai les lieux. L'appartement donnait sur le ruisseau d'Elditch Park. Ma première impression fut celle d'un espace de vie agréable avec des murs couleur crème et des meubles en bois de qualité. Suivie immédiatement d'un *trop bien rangé*. Troy était un célibataire très ordonné. Ou alors il avait une femme de ménage. Ou quelqu'un avait tout nettoyé de fond en comble.

Le salon ouvrait sur deux chambres, une grande avec la même vue sur le parc et une seconde parfaite pour un nain agoraphobe. Je décidai de commencer par là. Troy était un fervent cycliste et il gardait son beau vélo de course dans la chambre d'appoint sur une bâche en plastique bleu, devant un mur de photos prises lors de courses cyclistes dans tout le Colorado. Une commode en pin contenait un méli-mélo d'accessoires colorés. Tout semblait à sa place.

L'état de la chambre principale n'était pas plus révélateur. Le lit était fait au carré avec un simple drap. Des vêtements étaient accrochés dans le placard, semblant abandonnés. Je vis que les vestes et les pantalons étaient dépareillés et les chaussures simplement balancées au fond.

— Pas si bien rangé là-dedans, Troy, murmurai-je.

L'espace de rangement au-dessus de la penderie accueillait des valises, vides toutes les deux. Je pris une chaise pour vérifier si quelque chose, comme une empreinte dans la poussière, semblait indiquer la disparition d'une troisième valise. Mais rien. Il y avait des draps de rechange dans un sac en plastique, mais pas d'autre literie.

Un tas de magazines gisaient en pile près du lit : une revue d'entreprise qui présentait Troy et son restaurant, le *Golden Harvest*, des magazines de cuisine et de vélo, et quelques revues d'intérêt général.

Son rasoir, sa brosse à dents et son dentifrice se trouvaient encore dans la salle de bains. S'il était parti en voyage sans en parler à personne, il n'avait pas pris de valise et n'avait rien emporté de prévisible.

La cuisine semblait beaucoup servir. Tout avait été lavé et rangé. Dans le frigo, une laitue à demi flétrie gisait à côté d'une bouteille de lait dont la date limite de consommation était ce week-end.

De retour au salon, j'aperçus deux photos encadrées, les deux de Jennifer Kingslund – l'une avec Troy devant le *Golden Harvest* et l'autre où elle était seule. Un journal local était posé sur la table, ouvert sur une photo de Troy acceptant un prix pour une course cycliste. Je vérifiai la date : la semaine passée. Il portait un tee-shirt très reconnaissable et un short orné d'un motif à losanges noir et jaune. La tenue était si originale que je retournai dans la chambre d'appoint pour passer en revue ses affaires de vélo. Elle n'y était pas.

Je retournai au salon. La pièce sentait le propre, mais c'était une odeur désagréable et stérile. Je me mis à quatre pattes, maudissant mes bleus et mes bosses, et reniflai le tapis. À côté de la table basse, quelqu'un l'avait lavé avec de l'eau de Javel. Il était d'une teinte plus claire et l'odeur était très puissante.

Après avoir enlevé les objets sur le dessus, je déplaçai la table. Le dessous du pied était taché par quelque chose qui ressemblait à du sang séché, comme si une petite quantité avait coulé avant que le tapis n'ait été nettoyé.

Ça me suffisait. Je me redressai lentement, puis j'attrapai mon portable. Elle décrocha immédiatement.

— Jen, c'est Amber, on peut se parler ?

— Une seconde.

J'entendis des bruits de fond tandis qu'elle finissait une conversation, avant de revenir en ligne. Elle était de nouveau en mode femme d'affaires, malgré l'heure tardive.

— Je vous écoute, dit-elle.

— Je suis chez Troy. Je peux vous poser quelques questions ?

— Allez-y.

— Vous m'avez dit qu'il n'était pas venu au travail ce week-end. Quand a-t-il été vu pour la dernière fois ?

— Il a quitté le restaurant vendredi vers 23 h 30. J'ai vérifié auprès du personnel. C'est tout ce que je sais.

— Savez-vous s'il emploie un service de nettoyage ?

— C'est un logement de fonction, Amber. On paie pour que le ménage soit fait tous les vendredis.

Ah. C'est pour cela qu'elle avait les clés. Une question en moins sur ma liste, mais il me restait quand même quelques interrogations personnelles.

— Est-ce que vous le connaissez assez pour savoir s'il est ordonné ?

— Troy ? Non. Nous nous sommes vus chez lui à l'occasion. Ce n'était pas sale ni rien, mais ce n'était pas rangé. Le célibataire par excellence.

— Jen, vous me trouverez peut-être indiscrète, mais il faut que je sache. Y a-t-il quelque chose de personnel entre Troy et vous ?

— Vous voulez savoir si nous sommes amants, c'est ça ? Non. Il n'est pas mon genre et, de toute façon, ce n'est pas une bonne idée à l'heure actuelle.

— OK, Jen, voilà ce que je pense, dans le pire des cas. Il était en tenue de sport, sur le point de sortir ou tout juste rentré. Certains de ses vêtements de cyclisme ont disparu, mais le vélo est toujours là. Soit une personne qu'il connaissait est passée le voir, soit quelqu'un de très doué est entré par effraction sans abîmer la porte et a attendu son retour. Il y a eu une lutte, du sang a coulé. Quelqu'un a lavé le tapis à l'eau de Javel. On l'a transporté hors de chez lui enroulé dans son couvre-lit ou dans sa couette.

Je fis une pause, mais Jennifer ne dit rien, même si j'avais entendu sa respiration sifflante pendant que j'exposais ma théorie. Je continuai.

— Mais je peux aussi vous donner une tout autre version. Il n'aime pas avoir de couverture sur son lit. Il a renversé du vin rouge sur son tapis et l'a nettoyé. Il est sorti faire du jogging et non du vélo. Il s'est fait renverser par une voiture et a fini à l'hôpital, quelque part.

— Non. J'ai demandé à mon assistant de vérifier tous les hôpitaux. Rien.

— Bon travail. Jen, si c'est une scène de crime, plus on attend, moins la police aura de chance de faire quelque chose. Par exemple, il y a une caméra de surveillance dans le hall d'entrée. La police pourra se procurer rapidement la vidéo. Les voisins doivent aussi être interrogés et ils seront beaucoup plus coopératifs avec la police. Je ne suis pas certaine qu'un crime ait eu lieu ici, mais je vous conseille de l'appeler ce soir.

— Est-ce qu'ils vont me prendre au sérieux, Amber ? Et agir assez rapidement ?

— Une requête de votre part a un certain poids, mais, pour être honnête, c'est compliqué pour les policiers de passer du temps à enquêter sur une disparition quand ils doivent s'occuper de viols et de meurtres.

Je réfléchis rapidement.

— Je ne peux pas tout faire seule. Mais je peux faire appel à une autre agence pour qu'elle s'occupe de la disparition de Troy. Je peux les mettre au courant tout en gardant ce problème séparé du reste, pour ne pas trahir le secret professionnel. Ils pourront peut-être le trouver ou découvrir des indices sur ce qui est arrivé afin que la police y accorde plus d'attention.

Elle réfléchit à ma proposition. Je l'imaginais assise dans son fauteuil de P.-D.G., dans son luxueux bureau, et je me demandais quels rouages tournaient dans son esprit – combien cela allait lui coûter ou si Troy pouvait être trouvé rapidement.

— Très bien, Amber, dit-elle. Je suis d'accord. Que dois-je faire ?

— Venez ici. Appelez la police depuis l'appartement, faites-la venir à vous.

— J'arrive.

Elle raccrocha. Je fis défiler les noms sur mon téléphone, puis j'appuyai sur « appel ». Une voix profonde et rocailleuse, comme le bruissement des cailloux dans une rivière, me répondit. Nous avions déjà travaillé ensemble et je l'aurais gardé dans mes contacts rien que pour entendre cet accent du Sud des États-Unis se déverser comme du miel dans mon oreille de temps à autre.

— Victor ! Comment ça va ?

— On fait aller, Amber. Qu'est-ce qui te prend de m'appeler quand je suis en congé à me reposer chez moi ?

Je ris.

— Tu n'es jamais en congé. Et tu sais, ce petit bouton sur ton téléphone ? Ça sert à l'éteindre.

— Toujours aussi maligne. Qu'est-ce qu'il te faut ?

Victor Gayle était à la tête de la plus importante des petites agences d'investigation de la ville. Il se spécialisait plutôt dans la sécurité et les gardes du corps, mais ses employés faisaient aussi de bons détectives privés.

— J'ai besoin que tu enquêtes sur une disparition, Vic.

— Oh, tu veux que je découvre pourquoi tu n'as pas de clients ?

— Ha ha, très drôle. Non. Je travaille sur une enquête parallèle et je ne peux pas m'occuper des deux. La police va être impliquée, mais je ne crois pas qu'elle traite l'affaire sérieusement sans preuves supplémentaires. Ou peut-être qu'on pourra trouver le gars et clore cette partie de l'enquête.

Je récapitulai brièvement les informations que j'avais sur Troy, ce que j'avais trouvé et ce que je n'avais pas trouvé chez lui. Je sentais bien que Victor était curieux de connaître le lien avec mon enquête, mais il n'insista pas. Il déclara qu'il m'enverrait un rappel de ses honoraires et promit de mettre quelqu'un sur le coup dès le lendemain matin.

Peu après que j'eus raccroché, l'Interphone sonna. Je vérifiai l'écran – Jennifer et son chauffeur – et leur ouvris la porte de l'immeuble. Il serait bien de vérifier si le système d'Interphone vidéo enregistrait les images. Puis je déverrouillai l'entrée de l'appartement.

— Amber !

Jennifer passa la porte et me regarda, horrifiée. Je n'avais pas oublié la bagarre, mais je ne me rappelais plus que j'en portais les traces. Les bleus n'étaient pas encore apparus, mais mon menton était à vif et ma lèvre fendue.

— Ah, oui, dis-je en me frottant doucement le visage. J'ai pris un raccourci dans une allée en venant et deux mecs m'ont attaquée. Ce n'est rien.

Elle me dévisagea.

— Ce n'est pas rien.

Je l'ignorai et, après les avoir prévenus de ne toucher à rien, je lui fis faire le tour de l'appartement pour lui montrer les détails que j'avais remarqués et les conclusions que j'en avais tirées. Puis, je lui rendis les clés et lui donnai les coordonnées de Victor.

— Il est temps d'appeler la police, Jen. Et temps que je m'en aille. Les inspecteurs me verront peut-être sur les vidéos de surveillance, et, s'ils vous posent la question, vous devrez leur dire que je mène l'enquête. D'ici là, faites comme si vous étiez simplement venue et que les indices que je vous ai montrés vous avaient inquiétée.

Un étrange petit sourire flottait sur ses lèvres lorsqu'elle sortit son téléphone. Quand son correspondant décrocha, elle s'exclama d'une voix enjouée :

— José, bonjour ! C'est Jen.

Je marquai un temps d'arrêt. Elle n'appelait quand même pas le capitaine Morales ?

— Oui, je vais bien, dit-elle. Je suis désolée de te déranger à cette heure, je sais que tu travailles dur, mais je ne savais pas vers qui d'autre me tourner. Tu m'as déjà aidée et j'espérais que tu puisses le refaire. Je suis tellement inquiète.

J'avais du mal à ne pas éclater de rire. Je savais que le capitaine Morales était heureux en ménage, mais ce n'était pas une défense contre ce genre d'attaque venant de Jennifer. Et c'était bien pensé de sa part. Si elle réussissait à persuader

Morales d'envoyer une brigade, l'affaire serait prise plus au sérieux que si le policer de permanence s'en chargeait.

Une autre fois, il faudrait que je découvre comment elle avait connu Morales. Je lui fis un signe de la main avant de quitter l'appartement.

8

De retour dans le parking, je m'approchai prudemment de ma voiture, mais personne ne m'y attendait. J'affrontai la circulation nocturne pour rentrer chez moi, à Aurora.

Même le bas de gamme est trop cher pour moi. Aurora fait partie de l'agglomération de Denver, mais c'est une ville à part entière, avec des bons et des mauvais quartiers. Je vivais dans un studio attenant à une maison dans le quartier le moins cher de la ville. Ça me convenait parfaitement. Il y avait une kitchenette, une minuscule salle de bains, un lit et un endroit pour stocker une partie de mes affaires. Le reste était au garde-meubles.

Le seul inconvénient était que la porte menant à ma chambre donnait sur le perron et que le soir, on pouvait toujours y trouver Mme Desiarto. Mme Desiarto était une *mamma* italienne de la vieille école, transplantée dans la banlieue de Denver. Dans un village italien, elle aurait eu plein de gens à qui parler. Maintenant que ses enfants avaient fui le nid, elle n'avait que moi et son mari. Je soupçonnais que le loyer reflétait cet état de fait et j'essayais de m'asseoir pour papoter certains soirs.

Quelle que soit l'heure à laquelle je rentrais, elle semblait toujours être là, assise dans son fauteuil à bascule en rotin. Elle affirmait que ses hanches douloureuses l'empêchaient de dormir.

À mon arrivée, je remerciai le ciel qu'il fasse nuit et qu'elle ne puisse pas voir mon visage.

— Amber, tu travailles encore trop tard.

— Peut-être que j'étais avec un ami, cette fois, répondis-je en m'appuyant contre un poteau.

Elle rit, ce qui n'était pas très gentil. Ce n'était quand même pas si invraisemblable.

— Tu n'as pas d'amis, Amber. Regarde-toi. Tu es maigre à faire peur. Ce n'est pas naturel.

— Ça l'est pour moi, madame Desiarto, soupirai-je. Mais vous avez raison, j'étais au travail et j'ai encore des choses à finir.

— Un homme aurait l'impression d'être sur un lit de pierres avec toi. Il faut que tu manges, que tu te détendes. Trouve-toi un homme. Il faut que tu penses à fonder une famille, tu sais.

J'avançai vers ma porte. Une fois qu'elle était lancée, j'étais bonne pour entendre toute l'histoire de sa rencontre avec son mari et comment elle s'y était prise pour l'attraper dans ses filets. Si je ne partais pas maintenant, j'en avais pour un bout de temps.

— Je suis désolée, madame Desiarto, une autre fois peut-être. Bonne nuit.

Je m'échappai et glissai dans la chaleur sombre de ma chambre. Je restai debout dans le noir quelques instants avant d'allumer la lumière. Ce n'est qu'alors que je sortis la main de mon sac à dos et relâchai mon pistolet.

Je lançai le tout sur le lit, puis je m'assis pour taper le rapport du jour sur mon ordinateur portable. Je l'envoyai à Jennifer avec un bref compte-rendu de ma visite chez Troy accompagné de mes soupçons et de mes recommandations, même si nous en avions déjà parlé.

Je jetai un coup d'œil à la pendule et grimaçai. Encore une journée à rallonge. Éplucher des rapports financiers à cette heure ne me disait rien ; à la place, je cherchai sur la clé USB la vidéosurveillance de Silver Hills.

C'était une vidéo accélérée en noir et blanc. La caméra et les lumières étaient probablement reliées à un détecteur de mouvement et à un minuteur. L'enregistrement commençait par quelques prises de vue en lumière naturelle d'une zone avec des bulldozers et des conteneurs. Il ne se passait rien. L'heure en bas indiquait le début de soirée. Puis deux autres vues où le minuteur s'était déclenché et les lumières brièvement allumées, mais sans autre activité. L'heure indiquée était 21 h 30.

La suite me fit me redresser en catastrophe.

Entre l'éclairage de sécurité directionnel et les limites d'une caméra de surveillance en noir et blanc, l'enregistrement n'allait pas gagner d'oscar, mais le détecteur de mouvement se déclencha et la caméra passa en mode vidéo, filmant ce qui ressemblait à une meute de loups déferlant sur le chantier. Je mis sur pause et revins quelques secondes en arrière. L'image était floue, mais je ne cherchais pas à voir les détails.

Les ouvriers avaient utilisé des conteneurs pour stocker l'équipement en dehors des heures de travail, une alternative répandue pour éviter de sécuriser tout le site. Un conteneur est relativement peu cher et peut être transporté par camion. Très robuste, il fait environ deux mètres cinquante de haut. Un loup fait un peu moins d'un mètre à l'épaule. Soit le loup que je regardais à côté du conteneur faisait largement plus d'un mètre, soit il y avait un jeu de perspective que je ne comprenais pas. Les autres étaient tout aussi gros.

Je finis par relancer la vidéo. Elle ne durait que quelques secondes supplémentaires avant que l'écran ne vire au noir. Le minuteur indiquait 21 h 53. Je rembobinai juste avant la fin et mis de nouveau sur pause. Quelque chose ressemblant à une pierre arrivait droit sur l'objectif de la caméra. Pas mal pour un loup, d'arriver à lancer des pierres.

Je repassai image par image et je fis une seconde découverte saisissante. L'espace de deux prises de vue, dans le coin en haut à droite, on apercevait brièvement une paire de jambes humaines. Comme si quelqu'un avait traversé le site en courant, se croyant hors-champ. Tout nu. Au milieu d'une meute de loups énormes.

J'éteignis la vidéo. Pas étonnant que Jennifer n'ait pas su comment aborder le sujet. Il n'y avait aucune chance pour ce soit une meute de loups ordinaire accompagnée d'un lanceur de pierres. Depuis que j'avais été mordue par un vampire, l'idée que d'autres choses étranges puissent exister me semblait bien plus plausible. J'avais la chair de poule.

Il fallait que j'aille voir la scène. Et que j'en parle à Jennifer, mais ce soir, il était trop tard. Je lui envoyai un autre mail pour lui dire que je souhaitais me rendre sur place dès que possible.

En repensant à tout ce qui se passait, la menace du patron du crime et des vampires, je me rendis compte que je devrais éviter de rentrer dormir chez Mme Desiarto. Je ne voulais pas de dommages collatéraux en cas d'attaque. Je pourrais peut-être dormir au bureau ou dans ma voiture. Mais pas ce soir. J'avais des courbatures partout et je m'étais déjà couchée tard la nuit précédente. Je rangeai mes affaires, je pris une autre douche et je me couchai, m'assurant d'avoir mon HK à portée de main.

Le pistolet ne me fut pas d'une grande aide cette nuit-là.

Ce rêve-ci m'était déjà familier.

Je flotte sur l'eau, les yeux fixés sur un ciel d'un bleu radieux. Je me fais lourde, je coule. L'eau se referme sur moi. Le ciel se ride, déformé. Je respire l'eau, je ne m'étouffe pas, mais je ne reçois pas d'oxygène. Il est trop tard pour lutter. Je n'ai plus d'options. Je n'ai qu'à abandonner et je serai en paix. C'est si simple. Quelques minutes et je pourrai me reposer, dans l'obscurité fraîche. Plus d'efforts. Plus rien à craindre. C'est mieux ainsi.

Je me redressai brusquement sur mon lit, haletante et couverte de sueur.

Une nuit comme les autres dans la vie d'Amber.

9

Mercredi

Je me réveillai assez tôt pour voir le soleil se lever, car il arriverait peut-être un jour où je ne pourrais plus le faire. Le jeu en valait particulièrement la chandelle ce matin-là, comme pour me rappeler ce que j'avais à perdre. La cellule d'isolement de l'armée n'avait pas de fenêtre. Et cet après-midi, je devrais esquiver les questions du colonel.

Je jetai un rapide coup d'œil dans le miroir ; les bleus d'hier cachaient certains de la journée précédente. Mes lèvres étaient un peu plus gonflées d'un côté, ce qui n'était pas franchement une réussite. Je soupirai. Au moins, mes diverses entorses et foulures avaient guéri. Certes, mon corps semblait un peu malmené pour le moment, mais il restait solide et en bonne santé. Tout l'exercice que je faisais m'avait sculpté un corps de coureuse, mince et élancé. Mes gènes d'Arapaho hérités de mon arrière-grand-mère transparaissaient dans mon teint de bronze et mon nez trop effilé pour être séduisant. Le côté celtique ressortait dans mes cheveux auburn et mes yeux verts. Pas grand-monde au balcon, mais, comme l'avait si bien dit Mme Desiarto lors de notre dernière discussion, il n'y avait en ce moment personne d'autre que moi pour apprécier la vue.

Mais en dessous ? Je me rapprochai du miroir pour étudier le visage qui me faisait face. *Est-ce à ça que ressemble un vampire ?*

J'enfilai un jean et, pour changer, une chemise d'homme. Le col haut cacherait certaines des contusions sur mon cou. Puis je remplis deux sacs de vêtements à garder dans le coffre de ma voiture et j'attrapai le reste des fruits pour les manger sur le chemin.

Arrivée au bureau, je sortis mon dossier *Crate & Freight* pour noter l'adresse de Windler. À en croire les infos, il n'avait pas encore été arrêté. Je comptais chercher des indices sur l'identité du baron de la drogue, et la maison de Windler était un bon endroit pour commencer. Restait encore à voir comment j'allais régler cela avec Morales…

J'entendis Tullah arriver à 9 heures et elle passa aussitôt la tête par la porte.

— Toc, toc, dit-elle avec un sourire.

— Entre, Tullah.

Elle posa un gobelet de café sur mon bureau.

— Sens-moi cette od… Mon Dieu, Amber ! Qu'est-ce qui t'est arrivé ?

— Oh non. Mon mascara a coulé ?

— Amber ! Ce n'est pas drôle, tu as encore pris des coups.

— Oui. J'ai emprunté un raccourci dans une allée et je me suis fait attaquer. Ils le regrettent plus que moi.

— Tu t'es fait attaquer dans une allée hier soir ? Ouah, à croire que les allées sont des endroits dangereux à éviter après le coucher du soleil, dis donc !

Je laissai échapper un petit rire. Les jeunes ont bien trop recours au sarcasme.

— Enfin bref, continua-t-elle en glissant la main dans sa poche, c'est un peu tard pour hier soir, mais maman m'a dit de te donner ça.

Elle posa un bracelet dans ma main. Il était superbe, fait de rangées de petites perles en pierre de différentes couleurs, avec un fermoir doré.

— C'est très joli ! Merci. Ou merci à ta mère. Mais pourquoi ? dis-je en levant les yeux vers Tullah.

— C'est un charme de protection. (Elle leva les yeux au ciel.) Oh, je sais, ce n'est pas comme si tu avais besoin de protection.

Je souris.

— Ce n'est pas ce que je voulais dire, Tullah. Je me demandais pourquoi elle me donnait quelque chose d'aussi joli. Ce n'est pas mon anniversaire, ni rien. Mais d'accord, parlons du bracelet. Il est censé me protéger du mal ?

La réponse de Tullah fut plus sérieuse que je ne m'y attendais.

— En fait, la magie ne marche pas vraiment ainsi. C'est difficile de définir le bien et le mal dans un sort, mais il te préviendra si quelqu'un qui est proche de toi a de mauvaises intentions. Il picotera.

Je croyais aux vampires, cela va sans dire. Je commençais à croire aux loups-garous après hier soir. Mais j'avais un peu de mal à croire qu'un bracelet puisse discerner les intentions des gens.

— Je sais que ta mère s'intéresse à tout ça. Je ne savais pas que toi aussi.

Je haussai les sourcils. Tullah était une étudiante sans histoires. Croyait-elle vraiment à ce genre de choses ?

— Un peu, répondit-elle d'un ton neutre. Vas-y, mets-le.

Je glissai le bracelet autour de mon poignet, puis j'enclenchai le fermoir. J'aimais beaucoup le rendu sur ma peau.

— Le motif est un œil de loup, dit-elle. Le loup est ton animal totem.

Après la vidéosurveillance d'hier soir, l'idée me donna un étrange frisson.

— Eh bien, je la remercierai la prochaine fois que je la verrai. Mais pour en revenir à ma première question, pourquoi m'offre-t-elle cela maintenant ?

— Elle t'aime bien. Et peut-être qu'elle pense que tu en as besoin. (Elle marqua une pause.) N'essaie même pas de le payer, ça porterait carrément malheur.

Mon portable bipa et je l'attrapai. J'avais reçu un message de David : « Pb ! Urgent ! Café. 30 minutes. »

10

Nous nous retrouvions toujours au même café, *First Base*, à un pâté de maisons du Civic Center Park. L'endroit était calme, avec des boxes à l'ancienne que nous appréciions et des clients réguliers qui permettaient de repérer immédiatement les visages non familiers. Un grand miroir courait sur le mur du fond et offrait une bonne vue sur les allées et venues. *First Base* torréfiait et moulait ses propres grains, baignant l'endroit des bruits et des odeurs d'un véritable café.

Il était peu après 10 heures quand je me glissai sur la banquette en face de David. Il avait déjà passé commande. Habillé pour aller travailler à sa compagnie d'assurances, il était tellement plus élégant que mon habituel partenaire d'entraînement que je dus me retenir pour ne pas tendre la main et lui ébouriffer les cheveux.

David leva un regard grave vers mon visage et mes lèvres.

— Ce n'est pas mon coup de poing, pas vrai ? demanda-t-il avant de baisser les yeux. Je crois savoir ce qui t'est arrivé.

— Oui, répondis-je d'un ton délibérément léger. Quatre gars en costard ont essayé de me kidnapper dans le centre-ville hier soir. Les choses se sont envenimées. Tu sais quelque chose ?

David secoua la tête.

— Presque rien, mais c'était la folie hier soir quand ces gars sont revenus. Qu'est-ce qui se passe, Amber ?

— J'espérais que tu pourrais me le dire.

— Bon sang, Amber, j'en sais rien. Il y a quelques jours, tout allait comme sur des roulettes. Grâce à toi, j'avais passé les tests physiques les plus durs de ma vie, même si en échange tu n'avais obtenu que quelques vagues indices sur ton état. (Il n'aimait pas quand je parlais « d'infection »). Alors oui, je te fréquentais même si c'était contraire aux règles. Je ne voyais pas le problème.

Deux avocats du cabinet d'en face passèrent devant notre table avec du café et des viennoiseries. David attendit qu'ils soient hors de portée de voix.

— Maintenant, tout le monde ne parle plus que de toi. Tu t'es débarrassée de quatre gars hier soir et le comité de sécurité ne va plus te lâcher. Et moi non plus, s'ils apprennent que je t'ai parlé. Ils prennent la question de la confidentialité très au sérieux. Ils ont encore insisté sur ce point hier soir. Je vais peut-être devoir m'arrêter à la dernière étape à cause de ça.

Je tendis la main. Il ne se déroba pas quand mes doigts glissèrent sur sa gorge et confirmèrent ce que les odeurs de café avaient caché à mon odorat. David avait été mordu une nouvelle fois la nuit dernière. Il ne restait plus que quelques petites bosses aux endroits où la peau cicatrisait et une odeur de vampire un peu plus prégnante. Un frisson me parcourut, que je dissimulai en pressant mes bras l'un contre l'autre et en m'appuyant dessus.

— Troisième morsure ? demandai-je et il hocha la tête. C'est la dernière étape, non ?

— Le début de la dernière étape, dit-il à voix basse. Sans garantir que ça se termine bien pour moi s'ils estiment que je suis un maillon faible. Amber, d'après ce que j'ai entendu, ils voulaient simplement discuter, hier soir.

— Tu en es sûr ? À cent pour cent ? Pour moi, quatre types en costard impliquent le genre de discussion où je finis attachée et les yeux bandés dans une pièce insonorisée. Tu dis qu'ils ne sont pas comme ça, mais tu n'en sais rien, David. Tu dis qu'ils tiennent à leurs secrets, mais tu ne sais pas ce que ça signifie. Imagine à quel point j'ai du mal à y croire.

Il fronça les sourcils en regardant son café.

— Tu as raison, ils ne traitent pas cette histoire comme je m'y attendais. Alors qu'est-ce que je rate ? Qui m'induit en erreur, toi ou eux ?

— Je ne sais pas.

Je me frottai le visage et pris une décision que je repoussais depuis trop longtemps. Je tendis la main et attrapai l'une des siennes.

— David, je ne suis pas sûre de pouvoir répondre à tes questions, mais j'ai des choses à te dire. Écoute-moi jusqu'au bout. Je prie pour que ça ne change rien entre nous.

Je le regardai dans les yeux. Qu'y voyais-je ? De la confiance ? De la méfiance, en tout cas. Allais-je perdre mon ami ? Je m'étais rendu compte que je ne pouvais pas continuer ainsi. Il fallait que je lui avoue la vérité, mais bon sang, je ne pouvais pas imaginer le perdre, et pourtant ce serait peut-être la meilleure chose pour lui vu la situation.

— Tu as déjà compris que j'ai été dans l'armée. (Il hocha la tête.) Une des raisons pour lesquelles je ne t'en ai pas parlé, c'est que tout ce que je suis sur le point de te raconter est classé secret défense.

Il ne semblait pas trop savoir que faire de cette information, et je continuai.

— Ma vie est entre tes mains, David.

— Tu es sûre de toi ? demanda-t-il.

Je l'étais. Si j'allais lui avouer que j'étais censée l'espionner, je me sentais obligée de lui offrir quelque chose en retour. Une emprise sur moi qui pourrait me renvoyer tout droit en cellule d'isolement. Ce n'était peut-être pas une décision des plus intelligentes.

Courage et saute le pas. Ma vieille devise.

— Il y a deux ans, quand j'ai été mordue, j'étais en Amérique du Sud, sous couverture, pour aider des forces locales à se débarrasser d'un baron de la drogue. Jusqu'alors, elles n'arrivaient à rien car il avait conclu un marché avec quelques vampires pour sa défense. Mais on ne savait rien de tout ça. Mon équipe était en mission de reconnaissance lorsque des vampires nous ont attaqués. Et j'ai été infectée. Les autres membres de mon équipe se sont tous fait tuer.

J'eus du mal à garder une voix égale tandis que des images de cette nuit remontaient à la surface. Mon équipe. Mes ordres. Ma faute.

— L'armée ne croyait pas aux vampires avant cette opération, et soudain, les preuves étaient là : des cadavres de vampires et moi, plus morte que vivante. Ils ont tout fait rapatrier et je me suis retrouvée dans une cellule, menottée. (De soudaines sueurs froides me firent frissonner.) Tu ne peux pas imaginer ce que j'ai ressenti. J'ai dû passer un marché pour sortir de là pour de bon. Je suis à leur botte, David, ils me surveillent. Je suis censée leur dire tout ce que je découvre sur les vampires.

David se crispa, et mon cœur fit un bond, mais il ne retira pas sa main.

— Je ne t'ai pas mentionné. Crois-moi, je t'en supplie.

— Je te crois, répondit-il à voix basse.

— Tout ça, le comité de sécurité qui mentionne mon nom et les quatre sbires d'hier soir, c'est peut-être simplement la communauté vampire de Denver qui a entendu parler de moi et qui souhaite me rencontrer. Ou alors ils savent tout et veulent m'empêcher de parler à l'armée.

— Mais ce n'est pas tout, pas vrai ?

David était l'un des gars les plus futés que j'avais jamais rencontrés.

— Non, ce n'est pas tout. Il y a un an, j'étais officier de police. (J'avalai une gorgée de café en essayant de trouver les mots justes.) Est-ce que tu te souviens d'un incident aux infos à l'époque, deux policiers tués et une fillette kidnappée ?

Il hocha la tête.

— Les trois hommes responsables ont été tués. D'après les journaux, par une équipe d'intervention. Mais c'est faux. (J'inspirai un grand coup et je le regardai droit dans les yeux.) C'étaient trois vampires et c'est moi qui les ai tués.

Cette fois, il tressaillit franchement.

— C'est ce que tu fais ? Tu es une sorte de chasseuse de vampires ?

— Non ! J'étais juste dans les parages au bon moment. (Je lui serrai la main, comme pour le forcer à comprendre.) Mais il fallait qu'ils meurent, David. Tu comprends ?

Il réfléchit et se détendit légèrement. Sa main n'avait pas bougé. Je m'autorisai à espérer que notre amitié survivrait.

— Oui, je crois que tu as raison, répondit-il avec l'esquisse d'un sourire. Donc je ne suis pas sur ta liste ?

— Non, et je n'ai pas de liste, de toute façon.

Je me mordis la lèvre. David balaya le café du regard.

— Alors comment fais-tu pour dénicher des vampires à Denver ?

Impossible de ne pas sourire.

— C'est juste du travail de fond, tu sais. J'ai un travail à plein-temps de détective privée. Mais quelques soirs par semaine, j'écume les lieux susceptibles d'attirer des vampires : des bars, des boîtes de nuit, des *rave party*. Les endroits en marge de la société. Comme je te l'ai dit, les vampires dégagent une odeur distinctive, même si je suis la seule à la sentir. Une odeur de cuivre. Mais je n'ai rien trouvé. Juste des pistes et des rumeurs. Beaucoup d'imposteurs.

— Une perte de temps, dit David. Jusqu'à ce que tu tombes sur moi.

— Par pur hasard.

Nous avions tous les deux participé à la même course pour une œuvre caritative et j'avais aperçu David qui peinait à trouver son rythme. Il allait s'épuiser bien avant d'avoir fini, si bien que j'avais couru à côté de lui et je l'avais défié de suivre ma cadence. Nous avions franchi ensemble la ligne d'arrivée et l'accolade qui avait suivi m'avait confirmé ce que j'avais soupçonné durant la seconde moitié de la course : il sentait le vampire. Il m'avait fallu plusieurs autres rencontres pour aller plus loin avec lui.

David retira sa main.

— Je comprends que tu ne veuilles pas devenir une vampire. Que tu veuilles en savoir plus sur eux pour tes propres raisons. Et que tu doives transmettre certaines informations. Merci de ne pas avoir donné mon nom. Mais maintenant que tu peux entrer en contact avec eux par mon intermédiaire, tu dois le faire.

— Peux-tu me garantir que je pourrai quitter l'entrevue si je le souhaite ?

J'attrapai cette fois ses deux mains entre les miennes. J'avais l'impression de m'engouffrer dans une brèche irrévocable, mais la voie sur laquelle je me trouvais était plus confortable que la précédente.

Je pris une profonde inspiration et me mordis de nouveau la lèvre avant de reprendre la parole.

— David, tu es le frère que je n'ai jamais eu. Le jour où tu feras partie de la communauté vampire, si tu m'affirmes que c'est sans danger, j'accepterai de rencontrer l'un d'entre eux. Juste un, avec toi. À l'endroit de mon choix.

— Je te promets de le faire, si je peux, dit-il en serrant fort mes mains.

Nous étions silencieux lorsque la serveuse passa devant notre table en réprimant un sourire. J'imaginais bien de quoi nous avions l'air, mais je m'en moquais.

— Tu veux bien répondre à certaines questions ? demanda David.

Nos mains se reposèrent sur la table, détendues.

— Vas-y.

— Pourquoi l'armée se préoccupe-t-elle autant de toi ?

Je grimaçai.

— Eh bien d'abord, ils ont pris un risque en me relâchant de ma cellule d'isolement. Et il y a d'autres choses dont je ne peux pas parler. Des choses que j'ai apprises lors de mon passage dans l'armée. Ils n'ont jamais rien dit, mais j'imagine bien leur réaction si je n'étais plus… d'une discrétion à toute épreuve. Ce serait fatal. Pour le reste, sur le plan physique, sans fausse modestie, je suis…

— Oui, oui, létale, m'interrompit David avec un sourire. On ne voudrait pas que tu te retournes contre eux. Qu'est-ce que la communauté vampire gagne à te parler si tu es si proche de l'armée ?

— Je peux peut-être leur être bénéfique. Faire le relais entre eux et le gouvernement. Une personne de confiance. Ils ne peuvent pas rester cachés pour toujours, David.

Il prit l'idée en compte sans protester. Il aurait pensé à tout cela avant d'avoir emprunté la voie qu'il suivait. C'était son genre.

— Et ce dont on a parlé hier ? demandai-je. Tu as découvert ce que devenaient les vampires ?

Il avait l'air décontenancé.

— Amber, tout comme il y a des choses que tu ne peux pas me dire…

— OK, mais…

— Je ne peux pas t'en dire plus, mais ce n'est pas le processus pour devenir… vampire qui est en cause. C'est dangereux pour toi qui es toute seule, mais pas pour moi.

Il avait été sur le point de dire autre chose. Je mourais d'envie de creuser, mais je ne voulais pas prendre le risque pour le moment. J'étais contente des progrès que nous avions faits et j'avais encore beaucoup de questions plus simples à lui poser. Les scientifiques de l'armée, l'unité « Obs », avaient été incapables de me dire quoi que ce soit sur la progression des symptômes du vampirisme et j'avais quelqu'un de l'autre côté de la table qui le vivait.

— Je peux te poser quelques questions personnelles, dans ce cas ?

J'aurais laissé tomber s'il avait eu l'air réticent, mais il n'eut pas besoin d'y réfléchir à deux fois.

— Je ne te promets pas de répondre à tout.

— Je peux voir tes dents ?

— Elles sont normales, dit-il en retroussant légèrement sa lèvre.

La serveuse vint remplir nos tasses. Dieu sait ce qui lui vint à l'esprit cette fois. J'avais lu quelque part qu'on vérifiait les dents d'un cheval pour voir s'il était en bonne santé ; peut-être pensait-elle qu'on était deux culs-terreux qui se croyaient encore à la ferme. Au moins, je pouvais arrêter d'inspecter constamment mes dents.

— Des cauchemars ?

— Parfois. (Il leva les yeux.) Et toi ?

— Tout le temps. Vraiment horribles.

— Amber, on dirait que c'est ton subconscient qui lutte contre ta transformation.

Mais c'était peut-être aussi le stress post-traumatique. Il ne fallait pas que je panique au moindre symptôme. Zen. J'avais un autre sujet important à aborder. Je me trémoussai, mal à l'aise. Je n'avais jamais été très douée pour parler de ce genre de choses.

— Est-ce que tu as des envies ? Irrépressibles ?

— Tu vas devoir être un peu plus précise, dit-il.

Il essayait de rester impassible, mais le coin de ses yeux se plissait. Bon sang, il se moquait de moi !

— De sexe, marmonnai-je en rentrant la tête dans les épaules.

— Tu en pinces sévère pour quelqu'un ?

— Pas quelqu'un. Juste en général.

Il éclata de rire, un petit bruit sec, et je me rendis compte que ce n'était pas un sujet facile pour lui non plus.

— Eh bien, ce n'est pas pire que d'être un ado. Je ne sais pas, Amber. (Il lâcha un soupir et regarda le plafond en guise d'inspiration.) Je suis hyper attiré par l'une des Mentors. Il paraît que c'est courant. J'ai l'impression que ça empire avant de s'améliorer, que les jeunes vampires sont particulièrement – comment dire – chargés à bloc. Le sexe et le sang vont de pair. Ça ne disparaît pas, je crois, mais c'est moins facile à gérer pour les nouveaux. Ils nous isolent pendant un moment pour plus de sécurité.

Il regarda sa montre.

— Tu dois retourner au travail, dis-je.

— Je leur ai dit que je prenais un congé sabbatique. Ils étaient d'accord car les affaires vont mal. Mais du coup, je dois débarrasser mon bureau.

— On se voit à la course de samedi ?

David hocha la tête.

— J'y serai.

Je sortis deux portables neufs à cartes prépayées de mon sac et les posai sur la table, un pour lui et un pour moi.

— Des téléphones intraçables, dit-il avec un sourire. Mission top secrète !

— Avec juste un contact dans chaque répertoire. On s'en servira pour s'appeler ou s'envoyer des messages.

Il se leva et mit le portable dans sa poche. Sa main en ressortit avec une clé portant une étiquette. Il me la tendit.

— C'est la clé de chez moi. Si quelque chose tourne mal. Si tu as besoin de quoi que ce soit. Je sais que je peux compter sur toi, Amber.

— Tu peux, répondis-je d'une voix rauque.

Et il était parti.

11

De retour au bureau, je trouvai Tullah assise en pleurs derrière son ordinateur. Elle se leva et se jeta dans mes bras.

— Hé, hé, hé, qu'est-ce qui se passe ?

Je ne l'avais jamais vue dans cet état. Elle était toujours joyeuse et pleine d'entrain.

— Ce n'est pas juste ! dit-elle. Ils ont mis fin à notre bail. On doit être parties la semaine prochaine.

Je la serrai dans mes bras tandis qu'elle sanglotait, maudissant dans ma barbe Campbell Carter et Greg Whitman, notre logeur, même si je m'y attendais. Carter était le plus gros client de Whitman. Un salaud comme Carter chercherait tous les moyens possibles de me nuire et Whitman ne pouvait pas se permettre de lui tenir tête. Il n'avait même pas eu le cran de venir me dire lui-même qu'il avait cédé.

Tullah avait raison, ce n'était pas juste. Je n'aurais rien pu faire d'autre et j'allais quand même être punie. Je ne pouvais pas m'appesantir sur la question. Aller crier sur Whitman ne mènerait à rien. La meilleure chose à faire était de rendre ce contretemps insignifiant. Et pour cela, j'avais besoin de Tullah.

— Tullah, tu vas devoir être forte pour moi. Pour nous, je veux dire. Je ne peux pas interrompre le travail que je fais en ce moment, donc je vais devoir compter sur toi pour arranger ça.

Quand je la relâchai, elle hoqueta et se moucha. Puis elle sortit son bloc-notes.

— Que veux-tu que je fasse ?

Sa voix tremblait encore un peu, mais le pire était passé.

— D'abord, évidemment, trouve-nous un nouveau bureau. J'imagine qu'on va devoir payer un peu plus. Tu sais combien on gagne et ce qu'on peut se permettre.

Elle déglutit et hocha la tête. Je prenais un risque mais je lui faisais confiance. Depuis la crise, des immeubles entiers de bureaux étaient vacants et elle pourrait nous trouver un bon plan quelque part.

— Deuxièmement, il faut que tu trouves quelqu'un avec un camion ou un fourgon qui puisse transporter des affaires. Un voyage te suffira pour déménager, il y a juste l'équipement informatique, les téléphones, les meubles de rangement et le coffre. Tu devras aller au magasin discount pour acheter deux bureaux et des chaises bon marché.

Elle griffonna tout cela.

— Va à la banque, retire 1 000 dollars. Fais transférer les lignes téléphoniques. Commande de nouvelles cartes de visite et du papier à en-tête. Change le site Internet. Rédige une lettre d'autorisation que je puisse signer.

Son stylo s'arrêta et elle leva les yeux.

— Ça suffira pour le moment. Je suis là jusqu'à 14 heures. Après, appelle-moi sur mon portable en cas de problème.

Je la laissai s'occuper de tout cela. J'en informerais le colonel cet après-midi et Jennifer quand je la contacterais ce soir. Et j'aurais fait le tour de nos clients actuels.

— Tullah, lançai-je. Ta mère pourrait peut-être t'aider, si ce n'est pas trop demander ?

— Bien sûr ! C'est une très bonne idée, Amber !

Je l'entendis appeler Mary et lui expliquer ce qu'il se passait.

— Elle viendra cet après-midi. Je vais commencer à chercher un nouveau local. Comment se passe l'affaire Kingslund ? demanda-t-elle.

— Ça commence à devenir intéressant. Je dois téléphoner à certains anciens employés pour essayer de voir si les circonstances de leur départ avaient quelque chose de suspect.

— Oooh, super.

Elle retourna à ses occupations. J'envoyai un mail à Jennifer pour obtenir sa permission de me présenter comme une consultante indépendante faisant une analyse de ressources humaines pour son entreprise. Elle me donna le feu vert presque immédiatement.

Je jetai un coup d'œil à ma montre. Plus que quelques heures avant l'arrivée du colonel. Mieux valait en tirer parti, plutôt que me mettre les nerfs en pelote. Je savais que notre entretien allait être compliqué.

J'attrapai le téléphone et un bloc-notes et je me mis au travail.

12

À 14 heures pile, la porte s'ouvrit.

Le colonel était un militaire de la vieille école. Sa famille avait été dans l'armée avant même d'arriver en Amérique. Depuis, les fils avaient fait toutes les guerres, depuis celle d'Indépendance jusqu'à l'opération Tempête du désert. Le colonel marchait comme s'il savait qu'ils regardaient tous par-dessus son épaule.

J'avais vu un jour une vieille photo de lui à l'université : un étudiant américain typique, détendu et souriant face à l'objectif. Je me demandais par quel processus il avait fini avec ce visage d'acier et ce regard gris borné.

Il avait été un sacré bon officier à la tête de l'Ops 4-10. Après l'opération en Amérique du Sud, il avait été transféré pour diriger l'unité Obs. Quand tout tourne mal, il faut bien que quelqu'un porte le chapeau. Lui et moi avions une relation inconfortable à présent. Ce n'était pas étonnant, j'imagine, puisque j'étais responsable de son transfert.

C'était devenu une sorte de rituel : je sortis immédiatement, avec un signe de tête à Tullah. Le colonel Laine me tint la porte comme le gentleman vieux jeu qu'il était quand ça l'arrangeait.

Je glissai mes lunettes de soleil devant mes yeux pour me protéger. Le regard du colonel se fit plus perçant encore.

Le fourgon était garé en face, avec caporal Sans-nom au volant. Je l'avais déjà vu plus d'une dizaine de fois avec le colonel et je supposais qu'il faisait partie de l'unité, mais il ne m'avait jamais été présenté. Personne ne portait de badge à son nom dans cette équipe.

Le colonel ouvrit la porte pour que l'on monte à l'arrière. L'habitacle était exigu, avec deux sièges boulonnés au sol qui se faisaient face, séparés par une table. Du matériel médical et informatique occupait la place restante. Un panneau coulissant blanc menait à la cabine. La seule lumière venait des néons au-dessus de nos têtes. L'ensemble était blanc, éblouissant et impersonnel.

Nous nous glissâmes dans les sièges et le fourgon démarra. Je posai ma veste sur le dossier. Je détestais ce fourgon. Il me rappelait la cellule d'isolement ; je me sentais piégée. Je remontai mes lunettes sur ma tête et retroussai ma manche gauche au-dessus de mon coude.

— Vous êtes armée, sergent, commenta-t-il en vérifiant la batterie et en desserrant les sangles du petit appareil d'analyse sanguine.

— Les choses sont un peu tendues à Denver en ce moment. Dans le cadre de mon dernier contrat, j'ai aidé à démanteler un trafic de drogue et l'organisation cause des problèmes.

Il attacha l'appareil à mon bras.

— C'est ce qui est arrivé à votre visage ?

— Plus ou moins, répondis-je, les yeux fixés sur l'appareil.

Je sentis l'étrange contact des microcapteurs et la piqûre de l'aiguille. Ce n'était pas très douloureux et l'aiguille ne ratait jamais la veine, mais j'étais toujours mal à l'aise à ce stade.

L'unité me surveillait désormais par l'intermédiaire de ces analyses sanguines et chaque test que le colonel réalisait donnait à peu près les mêmes résultats. Il mesurait un groupe de protéines dans le sang appelées prions, plutôt qu'un virus ou une bactérie, comme ils le pensaient au début. Un prion est minuscule, bien plus petit qu'un virus, et n'est pas vivant comme peut l'être un virus. Ces prions étaient des chaînes de protéines enroulées les unes sur les autres et combinées de diverses manières. Dans d'autres types d'infections, les prions entraînaient des troubles fatals du système nerveux. Mais pas les prions vampiriques. À en croire les analyses, j'avais un taux constant de prions vampiriques dans mon sang depuis l'attaque. À quel taux je serais considérée comme une vampire, l'Obs refusait de me le dire. Les scientifiques s'étaient contentés d'expliquer que, si les taux augmentaient, il faudrait me surveiller de plus près, ce qui était une manière polie de dire que je retrouverais ma cellule.

Le résultat afficha 0,42. Le chiffre oscillait légèrement d'un test à l'autre, sans tendance discernable. Cette fois-ci, il était plutôt élevé, mais somme toute, j'étais soulagée en défaisant les sangles.

— Je peux le garder ? demandai-je en montrant l'appareil.

— Pourquoi ?

— Ça pourrait m'aider à vérifier.

— Vous avez quelque chose à m'annoncer ? dit-il en haussant un sourcil.

— Pas encore, répondis-je en m'efforçant de me détendre. J'ai rendez-vous avec quelqu'un à l'odeur prometteuse et je voudrais confirmer mon intuition grâce à l'appareil.

— Il me faut des détails, sergent. Nom et adresse.

Il ouvrit son ordinateur portable et me regarda par-dessus l'écran.

— Pas encore, répétai-je. Si je vous donnais les noms de tous ceux qui prétendent être des vampires, vous crouleriez sous les imposteurs. (Je refermai son ordinateur d'autorité, luttant pour conserver mon calme.) Colonel, peut-on mettre au clair l'objectif de tout cela ?

— Que voulez-vous dire ?

— L'armée a beaucoup investi dans l'unité Obs depuis mon infection. Dans quelle intention ?

J'insistai autant que je l'osais. Qui sait quelles instructions il avait à mon sujet ? Il resta si longtemps silencieux que je crus avoir été trop loin, puis il soupira et s'installa plus confortablement.

— Je suis en charge de deux projets principaux : trouver si les paranormaux constituent une menace pour les États-Unis et évaluer si l'armée peut en tirer bénéfice.

— Et le meilleur moyen d'accomplir cela est de m'envoyer rôder dans les environs à la recherche de vampires ? Et si j'en trouve, vous comptez ignorer la Constitution, les attraper en pleine rue et les jeter dans une cellule ? Qu'est-ce que vous y gagnerez ? L'Obs m'a sous la main depuis deux ans et n'est même pas capable de me dire…

— Ça suffit !

Il leva une main. Je me rendis compte que j'avais haussé la voix. Comment avais-je perdu mon sang-froid aussi rapidement ?

— Désolée, dis-je en m'appuyant contre le dossier de ma chaise.

— Vous avez une proposition, sergent ?

J'essayai de calmer les battements de mon cœur. Le colonel gérait bien mieux la situation que je ne m'y attendais. Il fallait que je reste calme et logique pour qu'il approuve ma proposition.

— Oui. Mon contact n'est pas encore un vampire, à l'en croire. Il est en cours de transformation. S'il en devient un, il m'a promis d'essayer d'organiser une rencontre. Ils doivent bien savoir qu'ils ne peuvent pas rester cachés pour toujours.

Je crois qu'ils essaient eux aussi de trouver un moyen d'entrer en contact.

J'omis de préciser qu'ils avaient déjà envoyé quatre hommes à ma poursuite. Je voulais garder la main sur une éventuelle rencontre. Il grommela.

— Ça pourrait être une bonne idée. Mais il faudrait que je sois présent.

Je le regardai. Il était coriace, mais l'âge ralentit. Je n'étais pas certaine qu'il puisse résister à un vampire si les choses tournaient mal. Au moins, il admettait que mon approche avait du mérite.

— On peut essayer.

Je serrai l'appareil d'analyse contre moi. Il n'avait pas dit que je pouvais le prendre, mais il n'avait pas non plus refusé.

— Mais je ne peux plus… (Je me raclai la gorge, mon cœur au bord des lèvres.) Je ne peux plus jouer les espionnes, pas plus que je ne peux retourner dans cette cellule.

Il m'observa. J'attendis patiemment. J'avais posé mes limites. Allait-il les accepter ?

Enfin, il reprit la parole.

— Vous avez changé.

— Oui. C'est différent.

— Comment cela ?

— Au début, les vampires concernés étaient ceux d'Amérique du Sud ou ceux de l'an dernier, en ville. (Mes mains étaient moites.) Ceux-là devaient être éliminés. Point barre. Mais plus je me rapproche de ceux d'ici, plus je prends conscience qu'ils sont différents.

Comme il ne dit rien, je continuai.

— Et puis il y a moi. Je serai peut-être bientôt une vampire à mon tour. J'essaie de lutter, mais si j'échoue ? Les scientifiques ne me disent rien. Ils attribuent tous mes symptômes à du stress post-traumatique sans les prendre au sérieux. Ils ne savent rien. Et si ça m'arrive, colonel ? Une citoyenne loyale, patriote, fière d'avoir servi son pays et qui serait prête à continuer, et une vampire. Qu'est-ce que vous diriez, dans ce cas ?

— Vous posez une question difficile, se contenta-t-il de répondre.

Mais il n'avait pas dit que je me retrouverais de nouveau en cellule d'isolement. Ça comptait beaucoup pour moi. Il frappa sur la cloison de séparation et Sans-nom fit demi-tour direction le bureau.

— Et les autres paranormaux ? demandai-je.

— Tels que ?

— Les elfes. Les sorcières. Les fées. Les loups-garous. Les démons.

Je l'observai mais son visage resta de marbre. Il devait être un sacré joueur de poker.

— Vous avez autre chose à m'annoncer, sergent ? demanda-t-il d'un ton pince-sans-rire.

Je haussai les épaules et j'attendis.

— Oui, nous enquêtons sur toutes sortes d'activités paranormales. Nous avons eu des signalements crédibles de loups-garous, mais pas de preuves tangibles. L'Obs estime qu'ils sont extrêmement dangereux. Extrêmement.

Il me regarda. Comme je n'ajoutai rien, il sortit un papier de son bloc-notes en haussant les épaules.

— Nous avons continué à surveiller le trafic Internet et nous pensons qu'une *rave* illégale va être organisée par ZK la semaine prochaine. Vous suivez toujours cette piste ?

Je soupirai. Quand nous avions commencé à discuter des endroits où l'on serait susceptibles de trouver des vampires, les *raves* illégales avaient été évoquées. J'avais assisté à suffisamment d'entre elles pour en éliminer la majorité. Le seul groupe qui m'inquiétait encore se faisait appeler ZK, diminutif de Zeklesh, dérivé du mot signifiant « gueule de serpent » en navajo. C'était un gang de motards qui touchait à tout, et notamment à la drogue. Il organisait des *raves* pour couvrir d'autres activités. Les membres étaient un peu limite. S'il y avait un lien avec le vampirisme dans le milieu de la *rave*, j'étais prête à parier qu'ils y étaient mêlés.

— Oui, répondis-je en prenant son papier.

Il faudrait que je vérifie auprès de mes contacts pour confirmer à la dernière minute le lieu de l'événement.

— Ce n'est pas tout, sergent, dit le colonel en refermant son bloc-notes et en me transperçant du regard. J'ai eu un rapport de Morales au sujet de *Crate & Freight*.

C'est pas vrai, Morales allait tout gâcher.

— D'après lui, vous avez fait ce qu'il fallait, vu les circonstances, continua le colonel.

J'essayai de cacher mon soupir de soulagement.

— Mais il s'en est fallu de peu avec l'inspecteur Jennings. Je dois vous prévenir, si vous infectez quelqu'un, je ne pourrai rien faire. (Il s'interrompit.) Je prédis que vous et la personne infectée vous retrouveriez en isolement. Toute l'affaire tomberait immédiatement aux mains du Conseil de sécurité nationale. Et une fois fait, impossible de revenir en arrière.

Il resta silencieux une minute et je digérai cet avertissement avec un mélange d'appréhension et de soulagement. Pas d'injonction à faire profil bas. Juste une remarque sur Jennings qui avait essayé de me faire du bouche-à-bouche.

Je hochai la tête. Mon pouls commençait à se calmer.

— Vous étiez sérieuse quand vous disiez que vous seriez fière de porter de nouveau l'uniforme ? Vous retourneriez au 4-10 ? demanda-t-il.

— Sans hésiter, colonel. (Je baissai la tête et fermai les yeux, surprise par la force de la réaction que ses mots avaient suscitée en moi.) Mais on ne peut pas entrer deux fois dans le même fleuve.

— Héraclite ? dit-il avec surprise.

— Ce n'est pas parce que je n'ai pas de diplôme universitaire que je ne sais pas lire, répliquai-je d'un ton plus brusque que prévu.

— Désolé.

Je ne me souvenais pas de l'avoir jamais entendu s'excuser auparavant.

— Pourquoi n'avez-vous pas terminé le lycée pour intégrer l'université ?

— J'étais trop occupée à être un soldat.

Ce n'était pas la raison, mais je ne comptais pas lui parler des problèmes que j'avais eus ou de la promesse faite à mon père.

Le reste du voyage se déroula en silence, chacun observant l'autre, plongé dans ses propres pensées.

En sortant, je lui annonçai que nous allions changer de bureau et que j'apprécierais que notre prochaine rencontre ait lieu dans nos nouveaux locaux, plutôt que dans le fourgon. À ma grande surprise, il hocha simplement la tête.

Je regardai le véhicule s'éloigner en me demandant pourquoi j'avais toujours eu l'impression d'avoir déçu le colonel. Était-ce parce que je m'étais plantée en Amérique du Sud ou tentait-on de me manipuler ?

Au bureau, Tullah m'avait laissé trois notes :

« Partie visiter un local avec maman, on déménage peut-être demain. »

« Rappelle le capitaine Morales. »

« Mange ce que maman t'a apporté. »

13

Je rallumai mon portable pour rappeler Morales, ignorant le message qu'il m'avait laissé sur mon répondeur.

— Tu as raté ses clés sous le canapé, me dit-il sans préambule.

— Quoi ?

— Troy Huber. Ses clés étaient sous le canapé, Farrell. Tu as réussi à trouver le sang et à décrypter le reste de l'appartement, par contre.

Il semblait inutile de nier avoir été sur place et avoir briefé Jennifer sur ce qu'elle devait signaler.

— Merci. Pas très sérieux d'avoir raté les clés. Comment vous traitez l'affaire ?

— Enlèvement, pour le moment.

— La vidéosurveillance ?

— Un problème inexpliqué avec les caméras ce jour-là.

Je ruminai cela ; cette histoire ne me disait rien qui vaille.

— Tu ne m'as pas appelée pour parler de ça.

— Non. J'ai plusieurs autres choses à te dire. Premièrement, je suis au courant que tu travailles pour Mme Kingslund, bien sûr.

— Je ne discute pas de mes enquêtes en cours, capitaine.

— Je ne veux pas en discuter, Farrell, je te le dis, un point c'est tout. Mme Kingslund est une amie proche et je comprends le besoin de confidentialité pour ces questions délicates. Je dis simplement qu'on devrait rester en contact pour échanger toute information pertinente.

C'était une bonne idée, mais je vérifierais avec Jennifer avant de faire quoi que ce soit.

— Ce ne serait pas toi qui m'aurais recommandée auprès d'elle, par hasard, capitaine ?

— Je ne peux pas en parler, Farrell.

— Ouille.

Ça devait être lui, mais je ne pouvais pas vraiment l'insulter pour m'avoir envoyé un client quand j'en avais le plus besoin.

— D'accord, alors quel est l'autre problème ?

— *Crate & Freight.* On n'a pas trouvé Windler. Mais on a mis la main sur le camion qu'il conduisait, sur la 6e avenue près de Buckley.

— Qu'est-ce que je peux faire ?

— Je voudrais que tu viennes au poste pour jeter un œil au dossier de preuves. Tu as observé ces types et tu verras peut-être quelque chose qui nous a échappé.

— J'arrive tout de suite.

Ça tombait bien, garder un œil sur Windler était exactement ce qu'il me fallait.

— Apporte tout ce que tu estimes pertinent.

— C'est noté, capitaine.

Le portable de Jennifer était éteint, si bien que je lui envoyai un rapide mail pour lui annoncer que la plupart de ses anciens employés semblaient avoir eu des raisons valables de partir, sans lien avec une autre entreprise. Mais je voulais continuer à creuser pour l'un d'entre eux. Je suggérai qu'on se voie le jour suivant pour en discuter.

J'avais reçu un mail de Victor, mais comme il n'annonçait pas « Trouvé ! », je le laissai de côté pour plus tard. Je pris les en-cas que Mary m'avait apportés et je les mangeai en chemin vers le commissariat. Ils étaient délicieux. J'avais deux raisons de la remercier à présent, pensai-je en regardant mon bracelet œil de loup.

Morales n'était pas là, mais il avait laissé des instructions au sergent de permanence, Bill Carver. Bill me faisait penser à moi durant la brève période où j'étais une petite jeune dans la police. Il me taquina sur mon boulot de détective privée tandis qu'il me préparait une carte pour entrer dans le bâtiment. Je lui racontai des mensonges éhontés sur les affaires que je prenais en charge et mon style de vie extravagant depuis mon changement de carrière. C'était agréable de faire de nouveau partie de l'équipe, aussi peu que ce soit, et, le sourire aux lèvres, je descendis au bureau où les preuves m'attendaient.

La tâche semblait colossale. Il y avait une synthèse papier des preuves et de ce qui avait été examiné jusque-là. La liste semblait complète. Je pris deux boîtes au hasard pour vérifier. Rien ne sortait du lot. L'équipe qui avait travaillé là-dessus ne semblait pas avoir fait les choses à moitié. Vu l'importance de l'affaire, Morales avait dû mettre ses meilleurs éléments sur le coup.

Je recommençai du début et passai chaque boîte en revue, dans l'ordre. La plupart renfermait le contenu de l'appartement de Windler à Aurora, des choses qui traînaient ou avaient été jetées à la poubelle. Rien ne semblait avoir été oublié.

Je laissai mes contributions dans une nouvelle boîte et je les ajoutai à la liste : quelques photos prises de loin de Windler et des autres chauffeurs rencontrant des gens. Il y avait toujours une petite chance pour que quelqu'un reconnaisse un visage. J'avais aussi des fichiers audio de l'équipement de surveillance que j'avais utilisé. Ceux-ci faisaient principalement allusion au problème de perte de stock de Carter, mais peut-être qu'un commentaire en passant mettrait la puce à l'oreille de quelqu'un.

Il était tard et je m'apprêtais à partir quand je feuilletai le dossier contenant des informations sur la vie personnelle de Windler : tickets de stationnement, dossier médical et autres. J'allais le mettre avec le reste lorsqu'un nom de rue me sauta aux yeux.

C'était sur un formulaire d'assurance suite à un accident datant de l'année précédente. Aux petites heures du matin, Windler s'était garé devant une maison située à Aurora mais à l'opposé de chez lui. Au 982, Hector Street. Un camion de passage avait heurté le côté de sa voiture. Le chauffeur, un homme honnête, s'était arrêté pour noter les détails.

Il n'y avait rien d'autre de remarquable, mais le nom d'Hector Street était gravé dans ma mémoire car c'est là qu'avaient vécu les vampires responsables du kidnapping, un an plus tôt. Il n'y avait aucune raison pour que les deux affaires soient liées, mais c'était la seule piste que j'avais et la rue était sur mon chemin.

Je jetai un coup d'œil à ma montre. Il était 23 heures passées ; trop tard et trop peu d'informations pour justifier un rapport à Morales. Je laissai juste une note dans le dossier indiquant que j'allais vérifier l'adresse de l'incident, avant de replacer soigneusement les fichiers et les boîtes.

Le trajet me prit une demi-heure. Hector Street était à peu près comme dans mon souvenir, excepté que l'année précédente je l'avais arpentée en plein jour.

À l'époque, je n'avais pas de plan précis en tête. Je voulais simplement voir où les vampires renégats avaient vécu. J'avais senti leur odeur qui émanait de la maison et j'avais continué mon chemin, vaguement surprise qu'il n'y ait rien d'autre de spécial ; juste de la poussière et des mauvaises herbes, comme partout ailleurs.

Hector Street était une rue malfamée et il était minuit, mais j'étais armée et de toute façon, il n'y avait pas un chat.

Je me garai, pris une lampe de poche et des gants, et je descendis lentement la rue au son rythmé de mes bottes contre la chaussée. De la musique ou des bruits de télévision s'élevaient de certaines maisons, mais la plupart étaient plongées dans le noir et le silence.

Les vampires avaient habité au 1105. Depuis, la maison avait été vendue et semblait bien plus joyeuse. Il n'y avait plus la moindre odeur de vampire.

Je continuai mon chemin ; vers le numéro 990, les maisons devenaient uniformes : des boîtes carrées avec deux fenêtres sur rue qui ne se différenciaient que par les efforts fournis par certains habitants pour aménager un espace de parking privé ou un jardin un peu mieux entretenu. La maison du 982 était aussi peu remarquable que les autres. Elle faisait le coin et possédait une allée où était garée une vieille Buick.

Mon souffle colorait l'air glacial. La rue transversale s'appelait Monroe Street et était encore un cran en dessous : davantage de voitures garées dans la rue, des jardinets étroits et mal entretenus, de la peinture qui s'écaillait, des portes et des fenêtres abîmées. Mais enfin, certains de ces habitants étaient probablement propriétaires, ce qui était plus que je ne pouvais en dire.

Je bâillai ; rien à signaler. Je voulais aller me coucher, si ce n'est chez les Desiarto, du moins au bureau. Je fis quelques pas dans Monroe Street avant de m'arrêter brusquement.

L'odeur était ténue mais bien présente. Un vampire était là, ou l'avait été récemment. Au même moment, je me rendis compte que les renégats de l'année passée n'avaient pas eu la même odeur que les quatre types que j'avais battus hier. Et l'odeur de ce soir était la même que celle des renégats.

Je glissai la main dans ma veste pour vérifier que j'avais bien mon HK. Le sentir dans ma main était rassurant. Je le sortis de son étui, mais le laissai à l'intérieur de ma veste comme si je gardais simplement ma main au chaud et je descendis la rue, tentant de trouver la bonne maison.

C'était apparemment le numéro 248. D'autres demeures avaient une lampe allumée sur le perron, un rai de lumière sous les portes mal ajustées ou des rideaux illuminés de l'intérieur. La 248 était plongée dans le noir. Je ne suis pas du genre à me laisser emporter par mon imagination, mais on aurait dit que la maison attendait en retenant son souffle.

Je me faufilai sur le côté, mon HK sorti et prêt à l'emploi. C'était le bon endroit, sans aucun doute. L'odeur était plus forte, mélangée à d'autres. Je me faisais peut-être des idées, mais la bâtisse dégageait une impression de froid. Cachée dans l'ombre, j'enfilai mes gants, puis je me dirigeai vers l'arrière, mon pistolet pointé droit devant moi.

Les ordures empilées devant la porte de la cuisine m'anesthésièrent le nez au point de ne presque plus sentir l'odeur de vampires. Je contournai la pile et j'atteignis la porte, fermée à l'aide d'un verrou standard. N'importe quel détective privé digne de ce nom aurait eu des crochets dans sa poche et franchi l'obstacle en quelques secondes. J'allai vérifier les fenêtres.

La seconde était mal fermée et le loquet sauta quand j'appuyai dessus. Une fois la fenêtre ouverte, je tendis l'oreille. Aucun son ne se faisait entendre, mais mon nez percevait quelque chose d'autre, à présent : une odeur de mort.

Je me glissai à l'intérieur et je me retrouvai dans une salle à manger carrelée, à côté de la cuisine. Même dans le noir, l'endroit était répugnant. Une moto à demi assemblée se trouvait dans un coin, le moteur posé sur de vieux journaux.

La table et les chaises étaient couvertes de déchets : vêtements, emballages de plats à emporter, restes de nourriture et bouteilles de bière vides.

La puanteur de mort était écœurante, recouvrant tout le reste. On entendait de petits bruits venant des maisons voisines qui semblaient se trouver sur une autre planète. Je savais qu'il n'y avait ici pas âme qui vive.

Mon HK pointé devant moi, je traversai prudemment la cuisine. La clé de la porte arrière était accrochée à la poignée par une ficelle. Je la déverrouillai au cas où il me faudrait sortir en vitesse, puis je commençai à faire le tour de chaque pièce.

Je n'en eus pas pour longtemps. La maison était petite et les rats me menèrent droit à lui. Il était dans le salon, allongé sur le canapé. Vu la *rigor mortis*, il était mort depuis environ une journée.

Je m'assurai que personne d'autre ne se trouvait dans la maison et que les rideaux étaient bien fermés avant de retourner près de lui. Je marquai une pause avant d'allumer ma lampe de poche. Je comptais l'utiliser avec parcimonie parce que ma vision nocturne était très bonne. Et puis, il n'y avait rien de plus suspect qu'une lumière de lampe de poche dans une maison vide. Mais surtout, je ne voulais pas le regarder. J'avais vu mon lot de cadavres dans l'armée et dans la police. Ça ne s'arrangeait pas avec le temps et j'avais le sentiment que celui-ci n'allait pas être beau à voir.

La main plaquée contre la lampe pour réduire le faisceau à une simple lueur rouge, je regardai ce qu'il restait de Guy Windler. C'était aussi horrible que je le redoutais. Ce type avait essayé de me renverser, mais personne ne méritait de finir comme ça. Son corps s'était recroquevillé sur lui-même, mais pas à cause de la décomposition. Il avait été vidé de son sang. Puis son torse avait été écrasé et son cœur arraché de sa cage thoracique. Les rats s'étaient attaqués à son visage et au reste de ses organes. Son cadavre puait le vampire.

Je réussis à atteindre la porte de derrière avant de rendre mes tripes dans le jardin poussiéreux. Une fois remise, je retournai à l'intérieur et j'appelai Morales depuis la cuisine.

— Farrell ! Tu as vu l'heure ?

Son murmure hargneux m'apprit que je l'avais tiré du lit. Je l'entendis fermer une porte.

— Farrell ! Tu es là ? Qu'est-ce qui se passe ?

— J'ai trouvé Windler, capitaine, réussis-je à dire d'une voix rauque.

Je sentais presque le cerveau de Morales évacuer le sommeil. Nous avions des noms de code datant de l'incident de l'année précédente. Je continuai.

— C'est une morsure de serpent. Très moche. J'ai besoin de tes experts au 248 Monroe Street à Aurora. Et vite. Je ne sais pas si quelqu'un va venir nettoyer tout ça.

— Tu vas bien ?

— Oui, mentis-je.

— Ils seront là dans trente minutes. Et moi aussi. Attends-moi, Farrell, compris ?

— Oui, capitaine.

La ligne fut coupée et je me retrouvai seule avec le cadavre et les rats dans l'obscurité étouffante. Au moins, Morales n'avait pas perdu de temps à me demander ce que je faisais ici toute seule. Ça viendrait plus tard.

Je restai plantée là, à réfléchir à ce que j'avais brièvement aperçu. Les blessures sur sa gorge. La manière dont ses mains s'étaient crispées en forme de griffes. Sa chemise avait été arrachée et ses avant-bras portaient des tatouages de serpents à sonnette, gueules ouvertes, leurs crocs encadrant ses épaules. C'était le tatouage du gang ZK, Zeklesh. La gueule du serpent.

Morales et moi nous étions mis d'accord sur « morsure de serpent » comme nom de code pour les vampires. Mais la connexion ne s'arrêtait peut-être pas là.

14

Jeudi

— Fabuleux. Tu me sauves la vie.

J'avalai une gorgée du café que Tullah m'avait apporté. Elle m'inspectait soigneusement. J'imagine que trouver sa patronne endormie à son bureau dans ses vêtements de la veille était source d'inquiétude.

— Au moins tu n'as pas de nouveaux bleus, dit-elle.

— Ah zut, j'ai oublié. J'étais censée en récupérer d'autres hier soir.

— Qu'est-ce que tu faisais ?

— C'est une longue histoire. Une longue nuit, répondis-je en m'étirant. On a retrouvé le chauffeur de *Crate & Freight*. Il est mort. Tué par son ou ses partenaires.

— Ce n'est pas qu'il ne le méritait pas, vu qu'il a essayé de t'écraser, mais pourquoi a-t-il été tué ? La police a arrêté une dizaine d'autres chauffeurs qui faisaient tous la même chose.

— Bonne question, mais ce n'est pas tout à fait exact. C'est lui qui était en contact avec la personne aux commandes.

Tullah était très au fait des affaires en cours pour quelqu'un que j'avais engagé pour répondre au téléphone et faire du classement. Nous nous étions rencontrées à l'un des cours d'arts martiaux de son père, alors que je débutais comme détective privée, et nous avions engagé la discussion. Elle m'avait expliqué qu'elle avait du temps libre entre ses cours durant la journée et qu'elle ne voulait pas rester chez elle ou à la bibliothèque. Je ne pouvais pas vraiment me permettre de l'embaucher, mais finalement ça fonctionnait. Et elle m'apportait du café le matin.

— J'ai eu ton message disant que tu allais visiter un nouveau local, comment ça s'est passé ? demandai-je.

— Oh ! Désolée, je suis un peu dans le cirage, dit-elle en se levant d'un bond. J'ai trouvé l'endroit parfait, hier. Euh… Il a fallu que je le prenne tout de suite. (Elle me jeta un regard anxieux.) Quelqu'un va venir avec un camion. On déménage dans une heure. Enfin, si c'est d'accord ?

Je ris.

— Vas-y, continue, décris-le-moi !

— C'est un peu plus grand qu'ici et déjà meublé, donc on va faire quelques économies. Le loyer est d'à peine 100 dollars de plus par mois. Et les charges sont moins élevées. Les lignes téléphoniques seront transférées d'ici quelques jours. Oh, et le préavis est de trois mois.

— Super ! Et où est-ce ?

— Sur Colorado Boulevard. Au sud de l'autoroute, au croisement d'East Evans et de Colorado. Ça te va ?

Je haussai les sourcils. C'était bien pour le loyer et pratique pour aller à l'université.

— C'est génial, Tullah, je te dois une fière chandelle.

Elle eut l'air ravie et commença à courir dans tous les sens pour vider les meubles dans des cartons. Je l'aidai et tout fut bientôt fini.

— Je vais prendre une douche, puis le petit déjeuner, déclarai-je avant de sortir.

Une demi-heure après, grâce à Sol et aux vêtements de rechange dans mon coffre, j'étais présentable pour mon rendez-vous avec Jennifer qui aurait lieu un peu plus tard. J'entrai d'un pas joyeux chez *Papa Dee*. Cet endroit allait me manquer, pensai-je en regardant autour de moi.

Hmm.

Je récupérai ma commande et j'ouvris ma veste pour que l'étui de mon pistolet accroché à mon épaule soit bien visible. Puis, j'allai m'asseoir en face de tronche de lapin et je refermai son ordinateur portable.

— C'est malpoli de jouer à l'ordinateur au petit déjeuner, dis-je en arborant mon plus beau sourire de sergent. Vous allez me dire pourquoi vous me suivez ou il va falloir que je sorte l'artillerie lourde ?

Ses yeux, qui ressemblaient exactement à ceux d'un lapin effrayé, balayèrent rapidement mon visage, la table vide d'à côté et la crosse de mon HK qui dépassait de ma veste.

— Vous… vous ne pouvez pas me menacer, bredouilla-t-il. Mes collègues savent où je suis.

— Oh, je n'en doute pas. Et je ne vous menace pas. Mais vous n'avez pas répondu à ma question.

Je m'attaquai à mon petit déjeuner. Le fait que je ne l'aie pas plaqué contre son siège semblait lui avoir redonné du courage. Il tendit la main vers sa poche, puis se figea lorsque je relevai brusquement les yeux. Très lentement, il glissa sa main à l'intérieur et en sortit une pièce d'identité ainsi qu'une lettre officielle.

— Lieutenant Henry Krantz, lus-je à voix haute. Administration de la paie dans l'armée. Et une lettre d'introduction du Département des anciens combattants. Je suis très impressionnée. Vous n'avez toujours pas répondu à ma question.

— Je contrôle les pensions d'invalidité, lâcha-t-il.

Je le regardai, incrédule.

— Vous contrôlez les 200 dollars que je touche par mois ?

— Toutes ces sommes s'additionnent, mademoiselle Farrell, répliqua-t-il sèchement. Même si j'acceptais la légitimité de votre déclaration, j'ai déterminé que vous ne présentez aucune blessure physique durable liée à un accident de service. Et, bien qu'un professionnel qualifié soit nécessaire pour déterminer votre état psychiatrique…

Il s'interrompit et jeta un coup d'œil nerveux à mon arme avant de se reprendre et de continuer d'une voix chevrotante.

— … il semblerait que vous exerciez un emploi lucratif de détective privée, ce qui réfuterait l'existence d'un dommage psychiatrique durable.

J'aurais pu débattre du côté « lucratif », mais je me contentai de manger un autre morceau de toast en le regardant. Je n'aimais pas la tournure que prenait la conversation. Officiellement, je n'étais plus dans l'armée, en dépit du fait que j'étais encore sous les ordres de mes supérieurs. Ils me versaient une commission sous couvert d'une pension d'invalidité d'ancien combattant.

Il se lécha les lèvres.

— Donc, même si j'acceptais la légalité de votre déclaration, je jugerais votre indemnité superflue.

— C'est la deuxième fois que vous parlez de légalité. Qu'est-ce que vous voulez dire par là ?

Il semblait gagner en confiance à mesure qu'il parlait.

— Vos déclarations correspondent à un grade de sergent E5 avec un taux de 20 % sans personne à charge.

Je haussai les épaules. Je n'avais fait aucune déclaration, mais c'était le bon grade et c'était probablement ce qui était écrit dans l'accord que j'avais signé.

Krantz tenta de cacher son expression triomphante.

— Mais il n'y a aucune trace de salaires versés à votre nom après le camp d'entraînement, ni même aucun dossier militaire, jusqu'aux déclarations en question. Vous n'avez jamais obtenu le grade de soldat, mademoiselle Farrell, encore moins celui de sergent. Vous n'avez jamais été dans l'armée.

Il se cala sur son siège, content de m'avoir pincée.

Je finis mon petit déjeuner et avalai une gorgée de café. Mon absence de réaction le perturba, mais il était assez sûr de ses faits pour siroter son propre café.

— Vous n'êtes pas habilité à consulter mon dossier, dis-je.

Il rit et balaya mon commentaire d'un revers de la main.

— Ridicule. Vous essayez de me dire que vous étiez dans les forces spéciales, c'est ça ? Mademoiselle Farrell, si vous aviez été dans l'armée, vous sauriez que les forces spéciales ne recrutent pas de femmes. Et, de toute façon, j'ai quand même accès à leurs fiches de paie.

Je réprimai un éclat de colère.

— Pas toutes, à l'évidence. Dites-moi une chose, Krantz. Pourquoi aurais-je fait cela ? Quel serait l'intérêt ?

C'était complètement absurde. L'argent n'était rien, mais c'était affligeant… Exaspérant. Krantz se pencha en avant comme s'il s'apprêtait à me révéler une information vitale.

— J'ai découvert que vous n'étiez qu'une petite partie d'un large complot pour escroquer les contribuables et détourner l'argent des anciens combattants. (Il se lécha les lèvres et ses petits yeux de lapin se firent sérieux.) Vous n'en avez probablement pas conscience et le montant peut vous sembler dérisoire, mais je peux vous affirmer que cette fraude représente au total plusieurs millions de dollars. Mon travail pour le moment est de découvrir comment elle est perpétrée. Je ne m'intéresse pas vraiment à votre cas, en tant que tel. Je veux trouver la personne au sein du Département des anciens combattants qui l'a mise sur pied et comment elle fonctionne. Je veux dire, quelle commission prenez-vous et comment transférez-vous le reste ? Et à qui ?

Il se balança sur sa chaise.

— Si vous jouez cartes sur table, je pourrai vous aider. Vous n'encourrez peut-être même pas de poursuites pénales.

Je le regardai sans rien dire. Il essaya de nouveau.

— Vous avez postulé pour rejoindre l'armée, fut un temps. Cela témoignait d'un sens du patriotisme de votre part et j'admire cela, croyez-moi. Maintenant, pensez aux ravages que cette fraude cause à ce pays. Je vous en prie, retrouvez ce patriotisme et aidez-moi à régler le problème.

Je l'attrapai d'un coup sec par son plastron avant qu'il ait le temps de se retourner. Ses yeux s'écarquillèrent et il se débattit en vain contre mon emprise.

— Écoutez-moi bien, Krantz. Vous avez peut-être mis le doigt sur une arnaque aux indemnités. Peut-être que ce complot coûte très cher et a besoin d'être stoppé. Mais ne venez pas me dire que j'en fais partie, et ne vous avisez surtout pas de suggérer que je ne suis pas patriote.

Je le repoussai contre son siège, avant de sortir. Tous les yeux étaient tournés vers moi. Ce n'était pas comme cela que j'avais voulu dire au revoir à *Papa Dee*, mais à ce moment précis, je m'en moquais.

Je retournai au bureau d'un pas lent. Le camion de Tullah était arrivé et le chauffeur chargeait nos affaires. Elle sentit que je n'étais pas d'humeur à papoter et se contenta de me donner l'adresse du nouveau local pour que j'en informe Jennifer.

Il fallait que je me sorte tout cela de la tête afin d'avoir les idées claires pour le déjeuner. Jennifer n'allait pas être ravie d'entendre ce que j'avais à lui dire.

15

Jennifer arriva dans nos nouveaux locaux à midi. Je l'entendis parler à Tullah et je sortis de mon bureau pour la saluer.

— Bonjour, Amber !

Elle pivota sur ses talons aiguilles avec un large sourire. Elle portait cette fois une magnifique robe bleue, simple et élégante, avec une veste unie.

Je ne savais pas si je devais lui serrer la main ou lui faire la bise. Nous avions été très informelles l'une envers l'autre, mais je devais maintenir une certaine distance avec les clients. Je ne voulais présumer de rien.

Elle résolut le problème en m'embrassant sur chaque joue, à l'européenne.

— Bonjour, Jen, répondis-je. Merci d'être venue. Que pensez-vous de notre nouveau bureau ?

— Il me plaît bien. Très lumineux. Et bien situé.

— Merci. C'est grâce à Tullah. Elle a trouvé l'endroit et conclu la transaction.

Tullah sourit timidement. Je désignai d'un geste mon bureau.

— Allons nous asseoir.

— Oh, chérie, j'ai réservé une table pour déjeuner, dit Jennifer.

Je devais avoir l'air réticente, car elle se hâta de continuer.

— C'est au *Moulin*, une table à l'écart. Je me suis dit que ce serait plus simple pour nous rendre à Silver Hills après.

— Ah, d'accord.

Je n'étais pas habillée pour sortir déjeuner, mais plutôt pour rester au bureau et aller visiter un site en construction. Pas vraiment à la hauteur du *Moulin*, encore un restaurant dont j'avais entendu parler mais que je ne pouvais pas me permettre. Je passai une main dans mes cheveux.

— Donnez-moi quelques instants pour aller chercher des affaires.

Je retournai dans mon bureau et je sortis mon Walther PPK et son étui du coffre. Il n'a pas le même pouvoir d'arrêt que le HK, mais il est plus petit et plus léger, facile à glisser sous une veste. Raison pour laquelle c'est le préféré de James Bond. Mais bon, lui aurait préféré mourir que d'être vu dans la veste négligée que j'enfilai.

Je passai un peigne dans mes cheveux avant de me regarder dans le miroir. Au moins, le plus gros de mes bleus avait disparu. Avec un soupir, j'attrapai mes notes préliminaires et mon kit d'investigation et j'allai rejoindre Jennifer. Tullah nous salua d'un grand sourire et d'un signe de main.

Je m'attendais à voir le chauffeur dehors et je m'arrêtai une seconde pour regarder autour de moi, mais Jennifer se dirigea d'un bon pas vers une autre voiture. J'en restai bouche bée. J'avançai et je caressai la carrosserie. Je devais me retenir pour ne pas la lécher tellement elle était belle.

— Vous montez ou vous restez là à baver ? demanda Jennifer en riant.

Son rire était contagieux.

— D'accord, d'accord, je monte. C'est bien la première fois que je vais voyager dans une voiture rose !

Ce n'était pas n'importe quelle voiture rose, mais une luxueuse Mercedes Roadster. À la base, une voiture aux performances incroyables. Et Jennifer l'avait fait peindre d'un profond rose poudré. Je me glissai sur le siège en cuir crème en me trémoussant de plaisir.

Elle fit ronfler le moteur et la voiture se glissa dans la circulation dans un petit crissement de pneus. Je me détendis pour profiter de la balade. La conversation était animée et Jennifer conduisait avec dextérité.

Bien trop vite à mon goût, la voiture s'arrêta devant le *Moulin*. Jennifer lança les clés au voiturier, m'attrapa le bras et nous conduisit à l'intérieur.

La plupart des restaurants haut de gamme de Denver se trouvaient en centre-ville ou près de zones commerciales. Le *Moulin* était allé à contre-courant en s'installant de l'autre côté de l'A-70, sur une parcelle avec vue sur le Peaks Park et le Foothills Country Club.

L'architecture ne suggérait en rien un moulin, avec son agréable espace ouvert à plusieurs niveaux et, tout en haut, des tables qui donnaient sur le jardin et le parc au-delà. L'ocre chaleureuse du sol carrelé reflétait le soleil et donnait de l'éclat à la pièce.

Si le maître d'hôtel ne me trouvait pas assez bien habillée, il n'en laissa rien paraître. Ses yeux s'illuminèrent à la vue de Jennifer et il se mit aux petits soins pour elle. De toute évidence, elle mangeait souvent ici et lui parla dans un français courant. Quand il se détourna, je la vis sourire et lever les yeux au ciel.

— Oh allez, murmurai-je. Vous adorez ça.

Avec plus de chichis que je n'en avais vus de ma vie, on nous installa enfin à notre table devant deux spritz. Jennifer avala une longue gorgée en admirant le jardin bien tenu avant de se tourner vers moi.

— Bon, dit-elle. Passons aux choses sérieuses. Il faut qu'on discute de l'affaire.

Je hochai la tête et sortis mes notes. D'habitude, je n'en avais pas besoin, mais j'avais eu très peu de temps pour tout vérifier. Les finances en particulier, que j'avais passées en revue la veille au soir, dans une tentative désespérée de me sortir la scène de Monroe Street de l'esprit.

— On commence par Troy ? demandai-je et Jennifer acquiesça. Le capitaine Morales semble être au courant de notre relation professionnelle. Puis-je partager des informations avec lui ?

— Bien sûr, mais merci de poser la question.

— Victor a retrouvé des amis cyclistes de Troy. Il a raté une course à laquelle il s'était inscrit, pour la première fois. Il n'a eu aucun contact avec sa famille sur la côte Est. Le capitaine Morales m'a confirmé que c'était bien du sang sur le tapis. Les clés de Troy étaient sous le canapé. Je crois qu'il a effectivement été enlevé. Les caméras de surveillance étaient éteintes le jour J et personne ne se souvient d'avoir vu ou entendu quoi que ce soit. Le kidnapping a donc été prévu et mené à bien par des professionnels.

Jennifer se racla la gorge.

— Est-ce une vengeance contre moi ou y a-t-il quelque chose que j'ignore dans le passé de Troy ?

Je regardai le dossier devant moi, mais je ne l'ouvris pas.

— Jen, Victor n'a rien découvert dans la vie personnelle de Troy qui justifierait quelque chose comme cela. Pas de dettes de jeu, pas de vices secrets. Le pire que nous ayons trouvé est que son père voulait qu'il reprenne l'entreprise familiale, ce qui a causé une grosse dispute.

— Et ?

Je fus frappé par sa ressemblance avec David. Elle savait que j'avais quelque chose à dire et que j'essayais de gagner du temps.

— D'après ses amis, il s'était entiché de vous, dis-je avant d'avaler une gorgée de spritz. Ils croient aussi que vous vous en êtes servi pour le garder quand il a reçu une offre incroyable de la part d'une chaîne en Californie.

Jennifer me jeta un regard furieux.

— Je vous ai dit…

Je levai une main pour l'arrêter et elle se reprit immédiatement.

— Désolée, Amber. Vous n'avez pas dit que vous les croyiez. Et peu importe de toute façon, c'est ce qu'ils pensent, eux.

— Je n'imagine pas que vous soyez le genre de personne à utiliser le sexe pour empêcher un employé de partir, dis-je. Et Troy n'a jamais dit cela. Au contraire. Mais plus il le niait, moins ses amis le croyaient.

Jennifer regarda le jardin, toujours furieuse.

— En tant que tierce partie, je savais que le *Golden Harvest* était votre restaurant signature, dans votre ville natale. Si j'étais une personne avec l'impression erronée que vous étiez aussi impliquée personnellement avec Troy, le kidnapper aurait été un bon moyen de causer une perturbation et des dommages financiers, au moins pour un temps.

Les entrées arrivèrent et notre conversation s'interrompit jusqu'à ce qu'elles soient posées devant nous. Je mangeai en continuant mon briefing. Dire que je n'avais même pas encore abordé les points difficiles…

— Victor est encore à la recherche de Troy. Mais j'ai bien peur qu'avec chaque jour qui passe, il y ait moins d'espoir.

Je m'arrêtai en voyant les ombres dans ses yeux. Je baissai la tête et feuilletai mes notes.

— En ce qui concerne le reste du personnel, je me suis intéressée à ceux qui étaient partis. Je n'ai réussi à parler qu'à certains d'entre eux, mais, à une exception près, je pense que c'est une perte de temps pour moi et d'argent pour vous.

— Alors pourquoi le taux de rotation est-il en hausse ? demanda-t-elle d'un ton sec.

— Il a effectivement été en hausse, mais je ne suis pas sûre qu'il le soit encore. Je pense que la faute en incombe à votre service RH et à votre récent rachat de Frankell-Maines.

— La faute s'arrête à mon bureau, Amber. Quelle raison avancez-vous ?

— Le mélange de différentes cultures d'entreprise.

Là, je m'avançais peut-être un peu. Ma carte de visite annonçait détective privée, pas consultante en entreprise. Mais en tant que sergent, j'avais dû forcer des hommes et des femmes de différents services à coopérer et je savais que les moindres changements d'habitudes pouvaient déclencher des conflits.

— Pour couronner le tout, continuai-je, il y a de grosses différences de salaire entre les différentes divisions de votre entreprise depuis le rachat. Les anciens employés à qui j'ai parlé avaient parfaitement conscience de ce que gagnaient leurs homologues aux relations publiques.

Jennifer semblait pensive et le silence tomba de nouveau tandis que les serveurs débarrassaient nos entrées.

— Et l'exception que vous avez mentionnée ? demanda-t-elle lorsqu'ils furent partis.

— Je veux parler à Geoff Hansen qui a quitté le service financier. C'est juste une intuition.

Elle hocha la tête, ses yeux bleus mi-clos. Le plat principal arriva et l'on mangea en silence pendant un moment. La nourriture était délicieuse, bien plus agréable que le reste de notre conversation risquait de l'être.

— Les finances, dit simplement Jennifer.

Mon estomac se serra. Elle m'avait donné beaucoup d'informations, jusqu'à la cible de son prochain rachat, Tucker Beacon, une entreprise dirigée par un garçon du coin qui avait réussi, Jack Tucker.

— Je n'ai que les dossiers que vous m'avez donnés, donc il y a peut-être quelque chose qui m'échappe, dis-je avant d'inspirer un bon coup. Vous n'avez pas les liquidités pour construire un complexe hôtelier, encore moins pour racheter l'entreprise de Tucker. Vous pouvez à peine maintenir la division des relations publiques à flot dans le climat actuel. Vous ne pourrez pas obtenir le soutien nécessaire des banques sans perdre le contrôle.

Jennifer renversa sa tête en arrière et éclata de rire.

Plusieurs clients levèrent les yeux de leur repas. Des serveurs nous jetèrent un regard avant de reprendre leur travail. Le maître d'hôtel nous fit un grand sourire depuis sa chaire étrangement ecclésiastique ; des clients joyeux étaient bons pour les affaires, et que les gens remarquent que Jennifer Kingslund déjeunait au *Moulin* était encore mieux.

Une fois qu'elle eut contrôlé son rire, elle se pencha et me serra la main.

— Je suis désolée, c'était malpoli. Ma nature méfiante me joue des tours. Je ne vous ai pas donné tous les chiffres, et d'après ceux que vous avez, votre analyse est exacte, mais je ne m'attendais pas que vous soyez capable d'arriver à cette conclusion.

Elle sortit de son sac un résumé d'une seule page, similaire au mien à l'exception d'une section intitulée « trésor de guerre ». Je pris ma feuille dans mon dossier et je posai les deux documents côte à côte.

Jennifer passa les chiffres en revue et corrigea mon résumé, augmentant considérablement les liquidités disponibles. Elle attendit avec impatience tandis que je prenais des notes dans la marge.

Je me grattai la tête. J'avais l'impression d'être de retour sur les bancs de l'école.

— Avec le financement des banques, que vous devriez pouvoir maintenir pendant trois ans, vous pourriez dégager les coûts de votre complexe hôtelier, mais je ne vois toujours pas comment vous pouvez racheter en même temps Tucker.

Elle sourit.

— C'est l'inverse, Amber.

Je fronçai les sourcils et regardai de nouveau les chiffres.

— Non, même si vous repoussez la construction du complexe, vous ne pouvez toujours pas vous permettre le rachat.

Je réfléchis, avant d'ajouter :

— Enfin, pas à l'évaluation à laquelle vous êtes cotée, sauf si vous avez passé un autre marché avec une banque ou un partenaire prenant en charge une plus grosse partie de l'entreprise.

— Absolument pas, chérie, les banques peuvent toujours courir.

Elle finit sa dernière bouchée et avala une gorgée de spritz. Puis elle reprit la parole à voix basse.

— Je ne suis pas certaine de développer Silver Hills, mais cette simple menace a déjà fait baisser de quinze pour cent l'évaluation de Tucker. Il a énormément investi dans son complexe et les affaires ne sont pas bonnes. Tucker a pris trop de risques, il est en mauvaise posture et pressé de vendre. Mais seulement tant que tout le monde reste persuadé que Silver Hills va être construit.

Je comprenais son plan. Vu de l'extérieur, sans pouvoir mieux cerner la situation, je n'avais donc pas grand-chose à ajouter et je me contentai de hausser les épaules.

— OK, laissons ça de côté pour le moment, dis-je. Je dois encore vérifier certains chiffres plus en détail et étudier vos analyses pour voir s'il y a eu fraude.

— Je suis étonnée que vous ayez aussi bien saisi la situation, et aussi vite. C'est important, Amber, mais pas autant que Troy. (Elle sourit.) Et j'ai un autre boulot pour vous si vous vous lassez d'être détective.

— Merci.

Je rangeai les résumés modifiés et me raclai la gorge.

— J'ai quelque chose à vous demander. À quoi bon faire tout cela ? Vous avez dépensé de l'argent pour un complexe que vous n'avez pas l'intention de construire et vous prévoyez de racheter Tucker Beacon, ce qui va lourdement grever vos finances. Ce n'est pas comme si cette entreprise était novatrice. Il n'y a pas de synergie entre vous, les deux entreprises ont des moyens limités, vous ne ferez donc pas d'économies. Ça ne rime à rien. Pourquoi le faire ?

Son regard était de nouveau glacial.

— Rappelez-moi qui est à la tête d'une entreprise de plusieurs millions de dollars et qui dirige une agence comprenant une seule salariée ?

Je levai les mains en signe de capitulation.

— Ça ne fait qu'un an, bien sûr, dis-je pour me défendre.

Elle rit et la tension se dissipa aussi soudainement qu'elle était apparue.

— Je dirai à *Bell & Hewitt* de se méfier. Quoi qu'il en soit, c'est en marche. Jack et moi avons fait une déclaration ce matin. Je l'ai laissé dire que nous préparions une fusion, pour qu'il puisse sauver la face, mais c'est moi qui achète.

Le repas se termina mieux que je ne l'avais anticipé. Discuter avec Jennifer était un peu comme chevaucher un tigre : imprévisible et excitant, mais gare aux chutes !

Elle fit signe au serveur de lui apporter l'addition.

—Allons voir le site de Silver Hills.

Et tous les trucs étranges, pensai-je.

16

— Vous parlez bien français, remarquai-je tandis que nous nous éloignions du restaurant en direction de l'A-70.

J'avais cru que le maître d'hôtel ne nous laisserait jamais partir tellement il semblait content de parler dans sa langue maternelle.

— Je suis allée à la fac à la Sorbonne.

— Pour étudier quoi ?

— La philosophie, répondit Jennifer avec un petit rire. Ce qui explique bien des choses, j'imagine. Après trois ans, on n'a plus jamais la tête à l'endroit.

Elle ne me demanda pas ce que j'avais étudié, heureusement. Ou peut-être savait-elle déjà que j'avais quitté l'école très tôt.

Lorsqu'on tourna vers les contreforts le long de la route 285, Jennifer fit vrombir le moteur et la voiture répondit immédiatement. Jennifer conduisait vite. Si nous avions eu des ailes, nous nous serions envolées. J'adorais ça, mais, comme beaucoup de choses agréables, c'était illégal.

— Combien avez-vous dépensé jusqu'à présent en amendes pour excès de vitesse ?

— Pas un seul dollar, chérie. Mais je dois dire que je n'ai pas autant le temps de conduire que j'aimerais, donc j'en profite. Merci pour l'occasion.

— Tout le plaisir est pour moi.

Voyager dans une décapotable aussi rapide et confortable par une belle journée m'avait remonté le moral.

— Vous savez, dit Jennifer, vous êtes la deuxième personne la plus détendue à s'être assise sur ce siège passager.

Je balayai sa remarque d'un signe de la main en riant, mais ma curiosité était piquée.

— Vous savez ce que vous faites. Qui était le premier ?

— Mon dernier mari.

— Il aimait votre conduite ?

— Oh que non, il ne m'a accompagnée qu'une fois. Il était tellement soûl que j'ai dû l'assommer et l'emmener à l'hôpital.

Je renversai la tête en arrière vers le ciel bleu et je ris de plus belle. Ça faisait longtemps que je ne m'étais pas autant amusée.

Bien trop tôt, la voiture quitta la 285 pour emprunter plusieurs petites routes escarpées qui se terminèrent par un chemin fermé par un portail. Jennifer l'ouvrit et se gara près de l'amas de conteneurs et de préfabriqués que j'avais vu sur la vidéosurveillance. Il avait plu ici hier soir et le sol était encore souple. La Mercedes s'en sortit bien, mais elle allait devoir être nettoyée en rentrant. Je vis tout un tas d'empreintes sur la terre boueuse, presque effacées par la pluie, le vent et les pas d'autres personnes.

J'attrapai mon kit médico-légal à l'arrière. Jennifer troqua ses talons contre des baskets.

— Qu'allez-vous faire ? demanda-t-elle.

— Moi ? Je vais voir si les loups nous ont laissé des petits cadeaux dans les bois, dis-je en me dirigeant vers l'endroit d'où semblaient venir les empreintes — ou bien vers où elles retournaient, c'était difficile à dire.

D'après ce que je voyais, la piste remontait vers un mur de feuilles de tremble, ponctué çà et là de bandes de pins d'un vert profond ; je la suivis.

Je m'enfonçai dans les bois, Jennifer sur mes talons, et j'emplis mes poumons de l'odeur douce et pure des arbres. Un pur bonheur. L'air sentait les heures insouciantes passées au grand air et en famille. Des journées pleines de joie où mon plus lourd fardeau était la main de mon père ou de ma mère qui se posait occasionnellement sur mon épaule. Je chassai cet agréable souvenir. J'étais là pour le travail et j'étais responsable de la sécurité de Jen.

— C'est dangereux ? demanda Jennifer d'un air insouciant.

Je n'aurais pas vu d'inconvénient à ce qu'elle reste dans la voiture, mais j'aimais le fait qu'elle soit assez confiante pour m'accompagner. En vérité, je ne savais pas si c'était dangereux ou non. Le colonel m'avait mise en garde contre les loups-garous et je ne voyais pas ce que cela pouvait être d'autre, vu leur taille, la pierre qui avait brisé la caméra et cette jambe nue. Rôdaient-ils dans les parages en plein jour ? L'équipe de travail n'avait rien signalé de tel, mais elle n'avait pas bougé du site de construction.

J'étais certaine qu'Hollywood se trompait tout autant au sujet des loups-garous que des vampires. Je ferais confiance aux bonnes vieilles billes de plomb lancées à grande vitesse pour dissuader quiconque de nous déranger. Mais j'avais choisi le petit Walther plutôt que le HK en raison de la forme de ma veste. Mauvaise idée.

— Qu'est-ce qui ne l'est pas ?

Elle laissa tomber sa question.

— Que voulez-vous dire exactement par « des petits cadeaux » ?

— Je veux juste voir si les loups font la même chose que tous les autres animaux sauvages et si nous pouvons trouver des traces de leur passage…

Je suivis la piste du mieux possible, cherchant aux alentours lorsqu'elle se perdait au milieu des aiguilles de pin ou des pierres jusqu'à ce que je retombe dessus. Jennifer était d'une grande aide maintenant qu'elle avait compris ce qu'on cherchait ; elle avait des yeux perçants et un nez fin.

Je raclai l'écorce odorante des arbres et glissai dans mes petites bouteilles les excréments âcres que je trouvais. Je pris des photos de chaque empreinte distincte en plaçant une petite règle à côté. Pour les plus grosses, je fis des moulages avec de la mousse à prise rapide. Des écureuils grimpaient aux arbres pour nous échapper et des geais protestaient au-dessus de nos têtes.

À mesure que nous avancions, les bois changeaient de caractère. Il n'y avait plus ni écureuils ni geais. L'endroit était silencieux, presque sacré, et dominé par les pins. L'épais feuillage vert formait de grandes ombres sur notre chemin. Le vent soupirait. Nos pieds s'enfonçaient en silence sur des lits moelleux de vieilles aiguilles. Nos voix se muèrent en murmures et je me surpris à regarder par-dessus mon épaule. Je n'étais pas tant préoccupée par ce que je voyais que par ce que je ne voyais pas. Il y avait quelque chose. Mon estimation du danger grimpait à chaque pas et je m'en mordais mentalement les doigts. C'était une chose d'être venue seule, mais une autre de faire courir ce risque à Jennifer. J'ouvris l'étui de mon Walther.

Ce fut un soulagement lorsque les pins laissèrent enfin place aux genévriers, aux peupliers et aux trembles. Lorsque nous émergeâmes dans l'espace tacheté de lumière, une ombre nous surplomba comme un couperet, nous faisant sursauter. Un faucon s'envola avec un cri perçant, s'insurgeant contre notre présence. Jennifer lâcha, comme moi, un petit rire nerveux.

Nous nous retrouvâmes au bord d'une petite falaise. La piste pointait vers cet affleurement rocheux. Je regardai en contrebas. Il faisait une trentaine de mètres, une ascension relativement facile, mais impossible à faire à quatre pattes. À un peu plus d'un kilomètre de là, j'apercevais un chemin de terre accessible en 4x4.

— C'est la falaise du Faucon, dit Jen. Elle marque l'extrémité de ma propriété de ce côté.

Elle resta un moment les yeux fermés, l'air béat ; le soleil de l'après-midi lui dorait le visage.

— Alors, vous en dites quoi ? finit-elle par demander.

— J'en dis que votre domaine est magnifique, Jen, répondis-je, ce qui me valut un petit coup dans les côtes. Bon, d'accord. Vous aviez peut-être raison, il se passe des choses étranges. J'en saurai davantage une fois que j'aurai les résultats d'analyse.

Ma réponse sembla la satisfaire pour le moment. Je grimpai sur le plus haut rocher et j'essayai de me mettre à la place d'un loup-garou. Le vent m'apporta les odeurs sèches du début d'automne, avec la promesse du froid à venir. Les animaux étaient sensibles aux changements de saison. En contrebas, le chemin de terre entrait et sortait des bois comme un serpent paresseux sous le soleil. Je l'observai en visualisant une meute de loups-garous arriver en voiture, escalader la falaise sous leur forme humaine, puis se métamorphoser pour aller faire la samba près des conteneurs. Mais pourquoi ?

Les yeux fermés, j'imaginai la nuit, le bruissement de la fourrure, l'excitation grandissante. Les hurlements dans l'air froid et nocturne. La chasse haletante à travers la forêt tranquille.

Jennifer déambulait quelques mètres en dessous de moi. Je baissai les yeux vers elle, intruse, et je la vis à travers les yeux d'un loup.

— Ce serait une erreur de construire un complexe hôtelier ici.

Je n'avais pas la moindre idée de ce qui m'avait poussé à dire cela. C'était complètement déplacé, même si je le pensais vraiment. Je me secouai légèrement et descendis de mon rocher. *Mais qu'est-ce qui m'a pris ?*

Jennifer ne s'offusqua pas. Elle plissa les yeux dans ma direction.

— Je n'en ai pas l'intention, à vrai dire. Je ne veux même pas d'une antenne-relais. Il faut juste que Jack me croie décidée à construire.

Je voyais clairement son visage et je savais qu'elle était sincère, mais elle n'aurait pas dû me le dire.

Nous commençâmes à revenir sur nos pas, avec prudence. Le soleil était plus bas et éclairait davantage les bois. L'ambiance inquiétante de l'aller avait disparu. Maintenant que nous n'avions plus besoin de nous arrêter pour trouver les traces des loups, le trajet ne nous prit que vingt minutes, sans la moindre alerte.

À l'orée de la forêt, je m'arrêtai pour toucher le tronc d'un arbre, comme mon père l'avait toujours fait. Je sentis le souvenir de sa main m'ébouriffer les cheveux.

Je rangeai mon kit dans le coffre de la Mercedes, jetant un regard envieux aux collines boisées. Peut-être que Jennifer m'autoriserait à venir courir ici. Certes, l'endroit était flippant, mais ça me plaisait.

Depuis quelques minutes, j'avais vaguement conscience d'entendre un pick-up approcher et je vis un véhicule noir franchir le portail en contrebas. Je sortis de ma rêverie avec un sursaut. Un frisson d'inquiétude fit se dresser les cheveux sur mon cou et mon bracelet me picota.

— Jen, est-ce qu'ils peuvent être perdus ?

— Non, la route ne mène qu'ici. Amber, je...

— Monte dans la voiture ! Si ça tourne mal, n'hésite pas à les renverser et enfuis-toi.

— Amber, qu'est-ce que tu vas faire ?

— Je vais essayer de les chasser. Reste dans la voiture. Essaie de téléphoner.

Je la poussai vers le siège du conducteur avant de commencer à descendre à grands pas. Le véhicule s'était arrêté à une centaine de mètres et je jurai en voyant qu'il bloquait délibérément le portail.

J'avais mon Walther, mais il n'était d'aucune utilité à cette distance. Il ne ferait qu'alerter les intrus qui avaient peut-être un fusil dans leur pick-up. Non, il fallait que je m'approche d'eux sans qu'ils se rendent compte que j'étais armée. Le Walther ne ressemblait pas à un pistolet jusqu'à ce qu'on l'ait sous le nez.

Deux hommes sortirent du véhicule et se dirigèrent vers moi, tandis que le chauffeur restait à sa place. Quatre-vingts mètres. Le plus grand des deux avait un visage bronzé, un nez crochu, une mâchoire carrée et de profondes rides d'expression sur le front. Il avait des cheveux noirs et épais en queue-de-cheval. Ses sourcils se rejoignaient au-dessus de ses yeux froncés. Le plus petit avait le genre de silhouette en forme de tonneau qui cachait parfois une très grande force. Ses cheveux tombaient en boucles grasses sur ses épaules. Ses doigts étaient boursouflés comme ceux d'un noyé et il portait dans la main droite une batte de base-ball. Soixante mètres.

— Salut, les gars ! Vous êtes sur une propriété privée, lançai-je. Je vais devoir vous demander de partir.

Monosourcil était vêtu de marron avec une veste bien taillée et des chaussures de ville couvertes de boue. Bouffi était en tenue de motard, veste noire en denim, vieux jean et grosses bottes noires. Sous un tee-shirt noir lui aussi, des serpents tatoués s'enroulaient sur ses biceps. Quarante mètres.

Toute leur attention était focalisée sur moi et ils souriaient, détendus et confiants. Monosourcil dit quelque chose en me désignant.

— Trop plate, cria Bouffi en riant. Je te la tiendrai. Je veux la blonde.

Il secoua son bras droit, comme s'il avait hâte de se servir de sa batte. Vingt mètres. C'était l'heure de la baston. Mes bras se relâchèrent, prêts à réagir.

J'entendis la Mercedes rugir derrière moi et je bondis, profitant de leur brève inattention. Bouffi était le plus proche de moi.

— Merde ! cria-t-il en balançant instinctivement sa batte.

Il était plus rapide qu'il en avait l'air et il réussit à me porter un coup sur la tête lorsque je me baissai. Son mouvement brusque l'amena à trop se pencher et il perdit l'équilibre quand mon épaule percuta ses côtes de toutes mes forces. Avant même qu'il touche le sol, j'avais sorti le Walther et je visai le visage de Monosourcil.

— Dis-lui de rester à terre et fais sortir l'abruti du pick-up, ou je te descends.

À cinq mètres, le Walther ressemble bien à un vrai pistolet, et le canon d'une arme ressemble à l'œil de la mort lorsqu'on le regarde de près. Sa main se figea à mi-chemin de sa veste et redescendit lentement.

— Benny, sors de là, lança Monosourcil d'une voix rauque par-dessus son épaule sans me quitter des yeux.

Bouffi se redressa d'un bond. Je lui tirai dans le genou et je repointai mon pistolet sur Monosourcil avant même que son copain soit retombé par terre. Benny, à moitié sorti du pick-up, s'immobilisa.

— Si Benny n'est pas là dans cinq secondes, tu peux dire adieu à ton visage, dis-je. Cinq.

— Benny ! Dépêche, espèce de con !

Benny arriva à « trois ». Il était plus jeune et plus petit que les deux autres, blême et tremblant. J'enregistrai cela tout en gardant Monosourcil à l'œil. Il avait l'air d'un vrai salaud et était de loin le plus dangereux des trois. Derrière moi, j'entendis la Mercedes descendre la colline et s'arrêter. Vu le bruit, elle devait être à ma droite, mais je n'osais pas vérifier. Tant que Jennifer ne se mettait pas devant moi, tout allait bien.

Je baissai légèrement le Walther et visai le torse de Monosourcil.

— Maintenant, ouvre lentement cette veste et sors ton pis tolet entre ton pouce et ton index. Lentement. Juste le pouce et l'index.

Monosourcil obéit sagement sous mon regard attentif. L'idée qu'il serait plus simple de simplement lui tirer dessus m'avait traversé l'esprit, et il le savait.

— Pose-le par terre, en douceur.

L'arme semblait être un Glock de calibre 9 mm.

— À présent, tirez-moi tous les deux ce tas de merde par là-bas.

Je donnai un coup de pied à Bouffi qui gémissait par terre en agrippant sa jambe. Il couina lorsque les deux autres le traînèrent. Ma balle avait transpercé sa rotule et le moindre mouvement de jambe allait être douloureux pendant un bon bout de temps. Tant mieux.

— Jen ?

— Je suis dans la voiture, Amber. Dix mètres derrière toi. Je n'ai pas de réseau sur mon portable, répondit-elle d'une voix tendue mais ferme.

— Va vers le pick-up et sors-en tout ce qui ressemble à une arme ou à un téléphone. Et tout ce qui te semble intéressant.

Tandis qu'elle s'exécutait, je ramassai le Glock et obligeai les trois hommes à vider leurs poches.

J'avais quatre options. Je pouvais les abattre et laisser le nettoyage aux animaux, mais ce n'était pas mon genre. Je pouvais les torturer pour trouver qui les avait envoyés ici. L'idée me retourna encore plus l'estomac. Je pouvais envoyer Jennifer appeler la police. Ces ordures n'arriveraient jamais à nous coller quoi que ce soit sur le dos, mais réussir à les inculper d'agression à main armée serait difficile et chronophage. Impliquer la police enverrait aussi un certain message à leurs chefs, et ce n'était pas celui que je voulais faire passer. Je choisis la quatrième option.

Lorsque Jennifer eut terminé, je les fis traîner Bouffi jusqu'au pick-up ; il poussa des cris perçants jusqu'à ce que Monosourcil le fasse taire. Benny enleva sa ceinture et s'en servit comme d'un garrot sur la jambe de Bouffi, puis monta à côté de lui à l'arrière du véhicule. Je fis asseoir Monosourcil sur le siège du conducteur. Il était resté silencieux presque tout du long, m'observant de près. Je savais que, si j'avais relâché mon attention, il en aurait immédiatement profité. Il était le leader du groupe et semblait être du genre à garder rancune jusque dans la tombe.

Je pointai les deux pistolets sur son nez.

— Tu as l'air d'avoir une bonne mémoire. Quand tu penseras à moi, souviens-toi de l'œil de la mort qui te regarde. (Je heurtai légèrement les canons l'un contre l'autre pour enfoncer le clou.) Si tu revois ça, ce sera ta dernière vision. Je ne sais pas qui t'a envoyé ici ou pourquoi, et je m'en moque.

Dis-leur que la prochaine fois, il n'y aura pas de balle dans le genou ni de survivants. Maintenant, tirez-vous.

Monosourcil démarra et descendit le chemin, faisant tourner les pneus dans la boue. Je marchai derrière sur quelques mètres pour m'assurer qu'il voyait bien les pistolets pointés sur lui. La voiture prit le virage et j'écoutai avec attention le bruit du moteur s'évanouir au loin. Sans s'arrêter.

Mes épaules se relâchèrent. C'était une chose de faire ce genre de chose avec toute une brigade armée derrière moi, mais une autre de tenir tête à trois types avec seulement deux pistolets de petit calibre.

Je me tournai en rangeant le Walther dans son étui et le Glock dans la poche de ma veste. Jennifer se tenait derrière moi, pâle et tremblante. Je la serrai dans mes bras.

— Ça va ? demandai-je.

Elle hocha la tête.

— Et vous ? Je l'ai vu vous frapper…

Elle leva la main et effleura le côté de mon crâne.

— Aïe ! Bon sang, encore des bleus, dis-je en lui attrapant le poignet. Mais ça va, c'est juste un petit coup.

— Amber, vous étiez géniale ! Calme et…

Je posai un doigt sur ses lèvres pour l'interrompre.

— C'est mon métier, donc ça n'a rien de génial. Mais ce n'est pas le tien et je suis bien plus impressionnée par la manière dont tu as réagi.

Je me tournai brusquement et revins vers le site, gênée. Qu'est-ce qui me prenait de la toucher ainsi et de la tutoyer ? Je sortis quelques sachets de mon kit médico-légal et je ramassai tout ce qui se trouvait par terre. Jen avait déniché un portable dans le pick-up et quelques notes manuscrites que je voulais examiner. Il y avait aussi un second Glock et des munitions. Le contenu de leurs poches comprenait des portefeuilles et des téléphones. Et une photo de Jen. Jusqu'à ce moment, j'avais été rongée par le doute qu'ils avaient été après moi et que je l'avais mise en danger.

J'éteignis tous les portables et je jetai un coup d'œil aux notes qui indiquaient le chemin jusqu'à Silver Hills.

— Qui est au courant que tu es ici, Jen ?

— Toi et moi. Je n'ai pas dit à mon assistante où j'allais.

— Ton portable était allumé cet après-midi ?

— Pas avant que j'essaie d'appeler la police. Je l'ai éteint au restaurant et je n'ai pas pris la peine de le rallumer. C'est généralement inutile par ici. Pourquoi ?

Je soupirai et m'allongeai pour regarder sous la voiture.

— Quelqu'un nous a traquées.

Après quelques minutes à me rouler dans la boue et à salir ma veste, j'aperçus enfin quelque chose d'anormal. Une petite boîte était cachée au-dessus du pare-chocs arrière ; une sorte de mouchard.

Je demandai à Jen de reprendre l'autoroute, dans la direction opposée à Denver. Sur une aire, je plaçai le mouchard sur un camion transportant des rondins. Puis nous fîmes demi-tour pour retourner chez Jen, dont la maison surplombait le Country Club de Denver.

En chemin, j'appelai Victor afin d'organiser une sécurité rapprochée pour Jen, malgré ses protestations. L'attaque sur son entreprise s'était transformée en attaques personnelles. Jusqu'à ce que l'on découvre qui était derrière tout cela, il y aurait d'autres tentatives et je ne pouvais pas être tout le temps là.

17

Il était un peu plus de 18 heures quand la voiture franchit le portail automatique de la maison de Jen. Une plaque indiquait que l'endroit s'appelait Manassah.

J'étais passée en mode « évaluation des menaces », étudiant les manières dont un intrus pourrait franchir les clôtures, forcer les fenêtres et les portes, si bien que je regardai à peine la maison en elle-même.

Quand l'équipe de Victor arriva et commença son propre tour de la propriété, je pus en apprécier toute la beauté. Je savais que Jen restait parfois dans un logement de fonction près de son bureau quand elle travaillait tard, mais elle m'avait avoué que cela lui donnait l'impression d'être à l'hôtel. Ici, sa personnalité se ressentait dans les moindres détails. C'était là qu'elle vivait la plupart du temps quand elle était à Denver. Là qu'elle recevait, aussi. Quant à son ranch, c'était plus un refuge privé pour le week-end.

L'équipe de Victor aurait préféré qu'elle s'installe dans l'appartement du centre-ville, plus facile à sécuriser. Mais Jen était intraitable et un compromis fut trouvé avec trois gardes sur place, un au centre de commande et un au niveau du portail. Avec une rotation toutes les six heures. La dépense me fit grimacer, mais Jen l'approuva. Tandis qu'ils s'installaient, elle me prit à part.

— Amber, qu'est-ce qui a déclenché tout ça ?

— Je ne sais pas ce qui a changé, Jen, répondis-je avec un haussement d'épaules. Le plus évident, c'est qu'on a signalé à la police l'enlèvement de Troy, donc, qui que ce soit, ils savent que tu es au courant de leur existence. Je ne sais pas pourquoi la situation a dégénéré à ce point, mais de toute évidence la menace est à présent dirigée contre toi.

— Je t'ai embauchée. C'est nouveau aussi.

— Mais personne n'est au courant, hormis toi, moi, ton chauffeur peut-être. Et Tullah, bien sûr.

Deux des gardes apparurent dans le couloir, les bras chargés d'équipements encombrants, et nous dûmes nous presser l'une contre l'autre pour les laisser passer. Jen toussota.

— On nous a suivies jusqu'à Silver Hills.

— J'ai déjà fait vérifier tes autres voitures à la recherche de mouchards. Mais j'imagine qu'ils auraient pu te prendre en filature jusque chez Whitman pour notre rendez-vous.

Nous nous dirigeâmes vers son salon pour nous poser sur des sièges tandis que les gardes allaient et venaient, vérifiant le matériel de communication et les angles morts.

— Tu m'as surprise, là-bas, dit Jen. Je veux dire, la manière dont tu t'es débarrassée d'eux à la fin. Tu n'as pas l'intention d'appeler la police ?

— Non, sauf si tu y tiens vraiment. Je sais, je ne suis pas très logique. Je t'ai dit qu'on signalerait le moindre crime.

— Pas de problème. Je te fais confiance. Je me rangerai à ta décision, je veux simplement comprendre pourquoi.

— Réflexion faite, j'ai peut-être eu tort, répondis-je lentement. Mais je voulais envoyer un message à leur chef. Et je veux découvrir son identité, pas le voir passer à travers les mailles du filet à l'occasion d'une procédure juridique qui n'aboutira pas ou qui ne pincera que des voyous de bas étage. J'espère trouver des infos dans les affaires qu'on a prises. Ce sont des membres d'un gang, pas des professionnels. À part peut-être Monosourcil.

— Monosourcil ?

Je souris.

— Une vieille habitude. C'est le nom que j'ai donné au leader. J'ai surnommé celui que j'ai blessé Bouffi parce que ses mains étaient toutes boudinées. Et le chauffeur s'appelait Benny, apparemment.

Jen détourna le regard, comme si elle n'était pas sûre de ce qu'elle allait dire.

— Je crois que tu aurais pu découvrir directement qui donnait les ordres.

— Oui, probablement. Je connais les techniques. (Je fronçai les sourcils.) Je ne suis pas quelqu'un de gentil, Jen.

Elle émit un petit rire.

— Ton raisonnement est contradictoire, Amber. Je ne t'aurais pas arrêtée. J'ai entendu ce qu'a dit le gros lard. Je t'aurais même aidée ! Qu'est-ce que ça fait de moi ? Non, Amber, connaître et faire sont deux choses bien différentes.

Elle s'installa plus confortablement sur son siège, pensive, ses mains courant nerveusement sur les accoudoirs.

— Peux-tu rester ici ? demanda-t-elle. Il y a une chambre d'amis en face de la mienne. S'il te plaît ?

Je m'étais demandé où je dormirais ce soir-là. Je voulais me tenir à l'écart de chez Mme Desiarto, mais j'avais vraiment besoin d'une bonne nuit de sommeil et l'idée de dormir au bureau ou à l'arrière de ma voiture n'était pas très séduisante. Il était très tentant de camper ici tout en travaillant sur l'affaire de Jen, mais cela allait à l'encontre des règles de base de tout détective privé. L'indécision devait se lire sur mon visage.

— Je me sentirais bien plus en sécurité, Amber. Je suis sûre que ces gars savent ce qu'ils font, mais je t'ai vue en action. Et la chambre a sa propre salle de bains avec une superbe baignoire. Des repas à la demande. Et ce serait plus simple pour les briefings, non ?

Je ris ; je croyais savoir ce qu'avait ressenti le capitaine Morales l'autre soir au téléphone. Au moins, elle était un peu plus détendue et c'est vrai qu'il serait plus simple d'être sur place.

— La baignoire a suffi à me convaincre, dis-je. J'en ai besoin tout de suite. Mais il faudra ensuite que j'aille régler certaines choses. Je serai de retour ce soir. Est-ce que ton chauffeur pourrait me déposer à mon bureau pour que je récupère ma voiture ?

— Pas de problème.

Elle me donna les clés et les codes d'accès. Sa femme de ménage m'apporta des serviettes et un peignoir, en échange de mes vêtements boueux qu'elle promit de me rendre plus tard.

Quelle baignoire ! Elle s'enfonçait dans le sol et il y avait des lumières sous l'eau. Le décor était en marbre italien et, en journée, j'aurais pu admirer les jardins par la baie vitrée. Sachant que les gardes de Victor étaient dehors, je fermai les stores. La femme de ménage avait fait couler le bain et ajouté quelque chose de parfumé et mousseux pendant que je me déshabillais. Je me glissai dans l'eau bien chaude. Un pur bonheur. Je décidai immédiatement qu'il fallait plus de bains de ce genre dans ma vie.

Une demi-heure plus tard, j'avais légèrement le tournis mais je sentais bien meilleur, et je retournai au salon dans mon peignoir d'emprunt en me peignant les cheveux.

Jen feuilletait un rapport, mais elle le mit de côté et se leva d'un bond.

— Tu as l'air presque détendue, Amber. Tes vêtements ne vont pas être prêts tout de suite. Tu veux boire quelque chose en attendant ? proposa-t-elle en se dirigeant vers un bar bien fourni.

— Du rhum. Sans glaçons, s'il te plaît. Un vieux rhum, ajoutai-je en voyant l'étalage de bouteilles.

Elle revint avec mon rhum et un brandy pour elle-même.

— Guyanais, quinze ans d'âge, dit-elle avec désinvolture en me tendant mon verre. Il devrait être assez corsé.

Je sirotai le liquide d'un brun doré, doux et chaux dans ma bouche. Le paradis. La saveur explosa sur ma langue : un goût de mélasse avec une note de vanille et d'écorce d'orange. Je fermai les yeux pour mieux le savourer. Ouah. Je n'avais jamais pris conscience de la différence entre le rhum que je pouvais m'acheter et celui que des gens comme Jen buvaient.

Nous restâmes assises un moment à boire en silence, parfaitement à l'aise. Je posai mes jambes sur un tabouret. J'allais avoir du mal à me sortir de ce canapé plus tard, mais je m'en moquais. Je n'avais jamais été dans une maison si luxueuse, mais au lieu d'être mal à l'aise, je me sentais comme chez moi, grâce au rhum, au bain, à Jen, ou à une combinaison de tout cela.

Jen prit des tapas fraîchement préparées sur le bar et les posa sur le canapé entre nous deux. Je mordis dans un poivron farci. Un autre « ouah ». Le goût était délicat et en même temps presque entêtant ; par comparaison, tous les autres poivrons farcis que j'avais eu l'occasion de goûter semblaient insipides.

— Bon sang, ces poivrons sont incroyables, murmurai-je.

Jen me lança un regard étrange.

— Oh, c'est Carmen qui les a faits. Contente que ça te plaise.

Elle n'était pas vraiment dédaigneuse, mais elle était probablement tellement habituée à des ingrédients hors de prix et à des repas gastronomiques qu'elle en avait oublié le goût de la nourriture normale. Si je ne me taisais pas, elle allait croire que je me nourrissais exclusivement de MacDo. J'aurais pu me mettre sur la défensive en y pensant, mais je fus distraite par le morceau de calamar frit et croquant que j'avais en bouche. Je me retins pour ne pas gémir.

— Est-ce qu'il y a un lien entre cette attaque et les trucs étranges ? demanda Jen, interrompant ma petite orgie culinaire.

Je me redressai et haussai les épaules.

— Il est trop tôt pour le dire.

— Qu'est-ce qui se passe, Amber ?

— Je suis désolée, il me faut un peu plus de temps.

— Non, je me suis mal exprimée. Je ne parle pas seulement de Silver Hills, je veux dire en général. Quelles sont ces choses étranges qui existent et qu'est-ce qui fait de toi une experte en la matière ?

J'hésitai. Je voulais parler à quelqu'un d'autre que l'équipe Obs ou le capitaine Morales, mais outre le fait que Jen risquait de me prendre pour une cinglée, il y avait toujours la menace de cette cellule d'isolement si l'armée apprenait que j'impliquais des civils dans l'histoire.

Comme si elle lisait l'indécision dans mon regard, Jen se pencha et me serra le bras.

— Une femme pleine de mystères. Ne t'inquiète pas. Je suis très patiente, Amber. Tu me diras quand tu seras prête.

Je la remerciai d'un sourire et chassai les olives aillées d'une gorgée de rhum.

— Tu as mentionné ton dernier mari, dis-je pour changer de sujet. Tu as quelqu'un d'autre en vue ?

Elle éclata de rire.

— Sûrement pas ! Après ce qu'il m'a coûté ? Hors de question. Et toi ?

— Oh, je me satisfais de moi-même.

— Petite coquine, dit-elle en haussant les sourcils, avec une expression faussement choquée.

— Tu sais ce que je voulais dire.

Mon regard noir se transforma en gloussements, ce qui était toujours mieux que de rougir.

— Où vis-tu ? Tu as une maison ? demanda-t-elle.

— Non. Je loue une chambre à Aurora. Je n'ai jamais voulu acheter. Enfin, pour être honnête, je n'ai jamais rencontré un banquier assez soûl pour me prêter de l'argent lorsque j'étais moi-même assez soûle pour vouloir en emprunter.

Jen agita la bouteille de rhum.

— Je suis sûre que je pourrais mettre la main sur un banquier.

Je soupirai.

— Une soirée à s'enivrer avec un banquier. Très tentant, mais non merci. Je dois…

— Oui, tu me l'as dit, m'arrêta-t-elle.

La femme de ménage entra et m'annonça que mes vêtements étaient prêts, à l'exception de ma veste. Ramper par terre avait laissé des tâches, et elle était terriblement désolée, mais elle n'arrivait pas à les enlever et craignait que le vêtement ne soit irrécupérable.

— J'ai une veste que tu peux utiliser, dit Jen. C'était…, enfin, elle n'a jamais servi. Et elle devrait t'aller.

Le temps de m'habiller et de revenir au salon, Jen l'avait apportée.

— Je ne peux pas accepter, Jen.

Je la pris, mais je n'osais pas la mettre. C'était la plus belle veste en cuir que j'avais jamais vue. Caramel, toute douce, doublée de soie avec un superbe double col. Elle devait bien valoir l'équivalent d'un mois de salaire.

— Bien sûr que si, insista-t-elle. C'est ma faute si ta veste est fichue, donc c'est à moi de la remplacer. De toute façon, il fait trop froid pour sortir sans rien.

Elle me l'enfila malgré mes protestations et remonta la fermeture Éclair. La taille était parfaite. Après une brève hésitation, elle sourit.

— Parfait, dit-elle. Va régler tes affaires. On se verra plus tard.

Le chauffeur vint me chercher, et il n'y avait plus le temps de protester. En sortant, je me demandai ce que tout cela allait me coûter. J'avais appris très tôt cette leçon. Dans la vie, rien n'était jamais gratuit.

18

Le chauffeur de Jen s'appelait Kingston, appris-je en route vers mon bureau. À part cela, il n'était pas très bavard. Malgré tout, quand il s'en alla, je me sentis seule. Et j'avais froid. J'étais bien contente d'avoir la veste.

Tullah m'aurait appelée si quelque chose d'important était arrivé dans la journée, mais par habitude, je vérifiai mes mails et mon répondeur. J'avais un bref rapport de Victor. Comme Troy restait introuvable, je lus le mail en diagonale. Il n'indiquait qu'une liste de possibilités qui avaient été écartées. Victor inclurait désormais Jen dans nos futurs échanges.

Je sortis les informations du colonel au sujet de la *rave* de ZK, puis je me connectai à l'un des sites d'annonce. Après quelques fausses pistes, je finis par trouver l'adresse de la soirée. C'était un ancien centre commercial, trop petit et trop proche des grands pour survivre. Il avait en sous-sol une large zone de livraison idéale pour une *rave*. Aucun voisin à portée de voix. La seule préoccupation de la police serait la drogue et elle aurait probablement la main légère, à moins que les choses ne dégénèrent.

Pas question que j'aille en voiture à la *rave* demain soir. Outre les dégâts potentiels, je savais que la police relevait régulièrement les plaques d'immatriculation et je ne comptais pas apparaître dans des bases de données. Mon nouveau bureau était à deux minutes de marche de la station Colorado Boulevard et la *rave* était à environ cinq minutes de la station Dry Creek. Je laisserais ma voiture ici et je prendrais le métro.

ZK organisait la soirée, mais le son et la lumière seraient pris en charge par deux équipes du nom d'Electric Breath et Beat Gear. Je me frottai le front ; je les connaissais et la soirée promettait d'être hardcore. Au moins, je ne détonnerais pas avec mes habits de tous les jours. Pour certaines *raves*, j'étais obligée de me déguiser en vampire pour me fondre dans la masse, ce qui ne me faisait pas vraiment rire.

J'éteignis l'ordinateur. Je sortis du tiroir de mon bureau la machine à analyse sanguine et je l'accrochai à mon bras. Quelques minutes plus tard, elle me confirma que j'avais encore gagné un point : 0,43. Rien d'inquiétant pour l'instant. Je voulais continuer à vérifier à différents moments pour voir si ce que je faisais ou ressentais influençait le résultat.

Après l'avoir démonté et nettoyé, j'échangeai le Walther contre le Heckler & Koch. Je rangeai aussi dans le coffre tout ce que j'avais pris aux trois hommes à Silver Hills, excepté les deux Glocks que je nettoyai à leur tour avant de les emballer dans des sacs en plastique. Puis, je fermai à clé et je regagnai ma voiture avec les Glocks dans un carton.

Morales voulait qu'on parle et il n'était pas encore trop tard. Je lui envoyai un texto pour savoir s'il préférait discuter de vive voix ou au téléphone, ce soir ou demain. Il répondit aussitôt, me demandant de le retrouver à Monroe Street à 23 heures. Ô joie, encore une journée à rallonge. Au moins, j'avais le temps de passer à mon garde-meubles, ce qui était une autre de mes tâches à accomplir ce soir.

Je glissai la main derrière mon GPS modifié et j'en sortis une carte d'identité au nom de Mme Abigail Welchester avec ma photo, ainsi qu'une clé pour le garde-meubles d'Abigail au *Central Self Store*, près de la gare Union Station. J'avais accidentellement gardé certains de mes faux papiers en quittant l'armée. Ouh, la vilaine.

Le gardien n'eut pas l'air de se soucier que Mme Welchester vienne si tard. Ma clé ouvrit le portail et il leva à peine la tête quand je descendis en voiture les allées bordées de conteneurs cadenassés. Tout au bout, dans la zone bon marché, au milieu d'une rangée de dix autres identiques, se trouvait mon box de stockage. Seul le numéro marqué sur la porte permettait de l'identifier. Je me serais crue de retour à l'armée.

Je rangeai les Glocks à l'intérieur, avec le fusil de chasse que je n'étais pas non plus censée posséder. Il faisait sombre et la lumière la plus proche n'éclairait pas l'intérieur, mais ma vision nocturne était bonne. Je voyais là mon ancienne vie, bien pliée, accrochée, scellée sous plastique ou rangée dans des boîtes. Fini, terminé.

Mon uniforme était pendu au rail tout en haut. L'uniforme que, d'après Krantz, je n'avais jamais porté, l'uniforme que, d'après l'armée, je ne devais plus porter, l'uniforme que j'avais passé dix longues années à mériter. J'ouvris la housse en plastique et je glissai ma main à l'intérieur pour compter les galons sur les manches et me rassurer sur le fait que tout ça n'était pas qu'un rêve.

Puis je claquai la porte et j'appuyai mon front contre le métal froid et indifférent.

J'avais une sacrée bonne raison de laisser cet uniforme ici. Il me rappelait tout ce que j'avais perdu. Et, par-dessus le marché, Krantz m'affirmait à présent que je n'avais jamais été dans l'armée. Dans l'Ops 4-10, j'avais participé à des opérations secrètes, mais je comprenais à présent avec douleur ce que croiraient la plupart des gens : pas de trace, pas de preuve. Il n'en restait rien.

Laisse tomber, pensai-je. Et si je retournais à Manassah pour m'enivrer ? Si je laissais quelqu'un d'autre porter le fardeau ? Dieu sait que j'avais beaucoup donné, pourquoi ne serait-ce pas à mon tour de recevoir ? *Parce que je ne peux pas.*

Je me retournai pour contempler la lune trouble dans le ciel nocturne. Son éclat argenté était tamisé par les lumières crues. Au-dessus de Silver Hills, elle serait brillante, claire, pure, et cette vision me serra le cœur. Je voulais parler à la lune sans le brouillard et autres parasites urbains, je voulais vénérer sa beauté froide en chantant dans la nuit immaculée, je voulais que ma voix flotte sur le vent, je voulais courir nue à travers les bois, sans rien entre moi et l'air pur.

Bon sang, Amber, tu te plantes complètement de créature surnaturelle, là ! Trop de rhum, pas assez de sommeil.

Je refermai ma veste, puis je remontai en voiture. *Ça suffit.* J'allais être en retard à Monroe Street.

Morales avait meilleure mine que la nuit précédente. Son équipe lui avait dégagé un espace dans le salon de la maison de Monroe Street et elle travaillait discrètement à trier, étiqueter, emballer et photographier les preuves. Le corps et les rats avaient disparu, Dieu merci, mais l'odeur demeurait.

Le costume gris léger de Morales semblait sortir tout droit de la boutique avec son pantalon au pli impeccable que même un sergent instructeur ne pourrait critiquer. J'avais toujours pensé qu'il avait l'air prêt à passer aux infos, et pour cause. Son visage était carré, ses traits adoucis par une barbe de trois jours soigneusement entretenue, et plus plein que lorsqu'il était lieutenant. Ses cheveux étaient toujours d'un noir de jais et peignés en arrière, ses yeux vifs sous ses sourcils bien dessinés. Il rendait bien à l'écran et le chef le savait.

— Capitaine, quelle élégance, dis-je en lui serrant la main.

— Merci, Farrell.

Il accueillit mon compliment d'un air suspicieux et désigna un siège d'un pouce. Son équipe avait apporté des fauteuils pliants et une table. Nous nous assîmes l'un en face de l'autre.

— Personne n'est passé se débarrasser du corps, dit-il sèchement.

— Tiens donc. La voiture de patrouille dans la rue et le ruban jaune tout autour de la maison ont dû les décourager. Qui l'eût cru ?

La mâchoire de Morales tressauta.

— On a attendu jusqu'à midi. Je ne pouvais pas étouffer une enquête pour meurtre plus longtemps. Je n'avais pas d'assez bonne raison d'attendre davantage.

Je haussai les épaules ; ce qui était fait était fait. L'équipe Morsure de serpent était entrée sans bruit la nuit dernière et je n'avais pas de raison de soupçonner qu'ils avaient délibérément fait planter l'affaire. Je désignai le désordre d'un geste.

— Est-ce qu'il y a quelque chose dans tout ce bazar qui nous donne une piste ?

— Presque rien pour l'instant. On va devoir vérifier toutes les empreintes. La police scientifique a beaucoup à faire. D'après les autres chauffeurs de *Crate & Freight*, Windler était l'homme clé. Il doit y avoir quelque chose ici.

Hier soir, nous étions allés à l'essentiel et je m'attendais à présent à me faire enguirlander pour être venue seule. Pour me contrarier, il commença par tout autre chose.

— Il n'y a pas de doute, c'étaient des vampires ? demanda-t-il en désignant de la tête l'endroit où le canapé s'était trouvé la veille. Pas un taré de passage ou un gang ?

J'acquiesçai.

— D'après la police scientifique, il était probablement encore en vie quand on lui a ouvert le torse, dit Morales. C'était pour faire passer un message ou bien c'est normal pour les vampires ?

Des frissons me parcoururent le corps.

— Je pense que c'était un message. Windler était le seul à savoir qui était derrière tout ça. Il a été tué par des vampires. Soit les vampires sont responsables, soit ils travaillent pour la personne responsable. Mais on dirait que tous les vampires ne se valent pas, capitaine. Ce groupe est différent des vampires locaux. Et les trois de l'an dernier l'étaient aussi.

— Tu as identifié une communauté vampire locale ? (Il se redressa et se pencha sur la table.) Je croyais que je devais être tenu au courant de tous les développements.

— Tu crois bien, mais je n'en suis pas encore là. Je vais peut-être, je dis bien peut-être, être introduite. Si c'est le cas, tu le sauras.

— Il faut que je sois là, Farrell, tu ne peux pas y aller toute seule comme hier soir, je…

Je l'interrompis.

— Ce n'est pas juste, Morales, et tu le sais. Tu n'as déjà pas apprécié être réveillé au milieu de la nuit quand j'ai trouvé le corps. Imagine si je t'avais appelé pour te dire que je venais ici parce que j'avais un pressentiment et que j'ai reconnu le nom de la rue cité dans un autre cas sans aucun lien apparent ?

— Tu aurais pu appeler quelqu'un d'autre.

— Ah oui ? Et qui, vu ce à quoi on a affaire ? Le sergent de garde au commissariat du coin ?

Il passa sa main sur son visage.

— C'est pas faux, admit-il.

Il sortit une carte de son portefeuille et me la tendit.

— Le lieutenant Edmunds est le contact pour le projet Morsure de serpent. Toutes les personnes ici présentes sont sous sa responsabilité et le projet est sa priorité numéro un. Il est joignable à ce numéro vingt-quatre heures sur vingt-quatre, sept jours sur sept, jusqu'à nouvel ordre. Son équipe ne sait rien à ton sujet, hormis que tu es une consultante sur cette affaire. Sers-toi de ce numéro, Farrell.

— Merci.

Edmunds était là la nuit dernière. Il avait l'air compétent et, mieux encore, il maîtrisait bien sa curiosité à mon sujet. Sa petite équipe était arrivée prête à faire des dégâts, équipée de gilets pare-balles et de détecteurs de mouvement. Ils ne pouvaient pas savoir ce qu'ils risquaient d'affronter, mais ils étaient bien préparés. Honnêtement, je ne pensais pas qu'un vampire reviendrait dans la nuit pour nettoyer derrière lui, sinon je ne les aurais pas laissés seuls.

Je mis la carte dans ma poche.

— Je l'appellerai si je tombe sur un crime impliquant des vampires. Mais si la communauté est respectueuse de la loi, tu ne participeras pas aux rencontres sans leur accord.

J'observai une veine pulser sur le front de Morales et je comptai jusqu'à dix avant qu'il ne reprenne la parole.

— Et si on te mettait un mouchard pour pouvoir te localiser en cas de problème ? Tu ne sais pas dans quoi tu vas te fourrer.

— Je ne vois pas comment ça pourrait fonctionner, capitaine. Et j'ai quand même une petite idée de ce qui m'attend. Je promets de te tenir au courant.

— Un de ces jours, Farrell, tu vas te retrouver face au FBI et ils ne te laisseront pas t'en tirer comme ça. Ils s'intéressent de plus en plus à ces histoires et ils vont te mettre la main dessus, je te le garantis.

— Ce n'est pas de mon ressort, capitaine. Je leur dirai juste d'aller parler au colonel. On verra bien comment ils s'entendent avec lui.

Morales esquissa un semblant de sourire avant de le cacher derrière sa main. Puis, il redevint sérieux.

— Qu'as-tu pensé de l'équipe spéciale hier soir ? Je veux dire, on a le bon matos ? Qu'est-ce qui est le mieux ?

Je haussai les épaules.

— Tout ce qui bouge peut être détecté. Tout ce qui saigne peut mourir.

— Et si ça ne saigne pas ?

— C'est que c'est déjà mort.

— Pas très rassurant, vu les circonstances.

Je haussai de nouveau les épaules avant de changer de sujet.

— Donc pour l'instant, on sait juste qu'il existe un lien entre le trafic de drogue et d'armes à *Crate & Freight*, ZK et des vampires venus d'ailleurs. Mais on n'a pas d'autre piste.

Morales acquiesça d'un grognement.

— Et Nokes ?

— Ian Nokes. Conducteur pour *Ranchos Rigs*, vient d'Albuquerque. C'était son camion personnel au dépôt et il était là de sa propre initiative. Il a disparu dans la nature.

— À qui appartient la maison ? demandai-je.

— Au macchabée, par l'intermédiaire d'une société écran qu'on a découverte cet après-midi. Une vraie impasse.

— Revenons-en à *Crate & Freight*, dis-je en pianotant sur la table.

Quelque chose me perturbait au sujet de toute cette organisation.

— Au moins huit conducteurs, une entreprise qui achemine des marchandises à travers presque tous les États-Unis. Vu la taille de cette cargaison et les compartiments créés exprès… Ça devait être un centre de distribution majeur.

Morales hocha la tête, extrêmement contrarié.

— Le trafic de drogue à Denver est sur le déclin. J'aimerais te dire que c'est grâce à la police, mais il semblerait que ce soient des problèmes de rivalité entre gangs.

— Histoire d'éliminer la concurrence ? demandai-je et Morales acquiesça. Ça ne peut pas être ZK, c'est juste un gang de motards. Ses membres jouent simplement les gros bras, non ?

— Au début, oui. Mais plus maintenant. Ils font partie du crime organisé à grande échelle et j'ai entendu dire qu'il y avait un nouveau chef, un certain Hoben, qui avait décidé de passer à la vitesse supérieure.

— Donc, en toute logique, il leur faut une entreprise légale de façade. Ce serait *Crate & Freight* ?

Carter se lancerait dans le crime organisé plutôt qu'en politique ? Mais Morales secoua la tête.

— Trop petit et uniquement orienté transport. Utile, mais pas suffisant.

— Mais on pourrait penser qu'ils voudraient posséder l'entreprise s'ils comptaient s'en servir comme système de distribution. Sinon, pourquoi pas le groupe Kingslund en guise de couverture ? demandai-je d'un ton désinvolte.

Morales leva la tête.

— Pardon ?

— Tu dis que *Crate & Freight* n'est pas une assez grosse boîte. Peut-être que Kingslund l'est. Et si ZK cherchait à prendre le contrôle du groupe ? Comment s'y prendraient-ils ?

— Il faudrait d'abord se débarrasser de Je… de Mlle Kingslund. Elle n'est pas du genre à vendre. Mais c'est bien le type d'entreprise qu'ils chercheraient : de bonne taille, privée, beaucoup de débouchés, une portée nationale, des activités diversifiées. À quoi tu penses, Farrell ?

Je fronçai les sourcils.

— Je pense que je suis bien contente qu'on lui ait organisé une garde rapprochée cet après-midi. L'équipe de Victor Gayle.

— Je le connais. Il propose un bon service de sécurité. Qu'est-ce qui a déclenché cette décision ?

Nos regards se croisèrent au-dessus de la table. Je détournai les yeux en premier.

— Il y a eu un incident et au moins l'une des personnes impliquées avait des tatouages ZK.

Morales avait l'air prêt à bondir sur ses pieds et à m'arrêter sur-le-champ ; je me dépêchai de continuer.

— Si je trouve des preuves solides qui tiennent la route au tribunal, je te le dirai.

— Montre-moi assez de membres de ZK au même endroit et je les arrête quoi qu'il en soit, dit Morales.

— Monsieur ?

L'un des membres de l'équipe ouvrit la porte et glissa la tête dans l'entrebâillement. Morales leva les yeux.

— On vient d'être prévenus, monsieur, les journalistes sont en chemin. Il a dû y avoir une fuite.

— D'accord, merci. Ça devait arriver tôt ou tard. Je suis étonné qu'on ait réussi à garder le secret si longtemps, dit-il avec un soupir avant de sortir son portable. Il faut que j'y aille. Je ne veux pas attirer l'attention sur cette affaire.

— Tu veux que je te dépose ? proposai-je. Ils ne reconnaîtront pas ma voiture.

Je voyais les méninges tourner dans sa tête, mais il finit par accepter. Cinq minutes plus tard, nous croisâmes le camion de la chaîne de télévision. Je pris en direction de Colfax pour retourner en ville.

Lorsque je laissai Morales au QG, je mentionnai la *rave* de ZK prévue la nuit suivante et à laquelle je comptais participer.

Je lui dis que je l'appellerais si je trouvais quoi que ce soit d'intéressant, et il décida de s'en satisfaire pour le moment.

Il était une heure du matin passée quand je revins à Manassah ; je vérifiai qu'une nouvelle équipe de sécurité était en place et alerte. Je parlai à chacun des gardes et passai de nouveau en revue leurs procédures.

Le salon était plongé dans le noir, mais je distinguai la bouteille de brandy pratiquement vide à côté du siège de Jen. Un bon moyen de surmonter le stress de la journée, j'imagine. J'étais surprise d'être à ce point désolée de ne pas avoir été là pour elle. Je quittai mes bottes et j'empruntai le couloir sur la pointe des pieds pour rejoindre mon lit.

19

Vendredi

J'étais au bureau, occupée à étudier les finances de Jen, quand Tullah entra avec du café. Les nouveaux locaux comportaient un petit espace où l'on pouvait en préparer nous-mêmes, mais j'appréciai malgré tout.

Je désignai une chaise en face de mon bureau. J'avais retiré le bracelet qui était posé sur la table.

— Réexplique-moi ça, s'il te plaît, Tullah.

Elle eut l'air nerveuse et se figea.

— C'est un charme de protection que maman a fait pour toi. Il t'avertit en cas de danger.

— Ça marche. Il m'a picoté hier quand Jen et moi étions en danger.

— Génial ! dit-elle, mi-ravie, mi-inquiète. Qu'est-ce qui s'est passé ?

— Je te le dirai plus tard. Quand les gens te donnent un porte-bonheur, ils essaient ensuite de te faire croire que toutes les bonnes choses qui te sont arrivées se sont produites grâce à eux. Là, ce n'est pas la même chose, pas vrai ?

— Non. Ce n'est pas du toc, mais… (Elle se racla la gorge.) Il faut que tu en parles à ma mère. Je suis censée ne rien dire, désolée.

— OK. Dis à Mary que je veux lui parler, s'il te plaît. Je ne l'ai toujours pas remerciée. Et aussi pour la nourriture de mercredi qui était sacrément bonne.

Je ramassai le bracelet et je le remis autour de mon poignet. En tout cas, il était très joli.

— Tu fais aussi ce genre de choses ? demandai-je.

— Un peu. Mais je ne suis pas…

— Je comprends. J'attendrai de parler à Mary. Bon, il faut que je me remette à ces dossiers. Il y a un paquet sur ton bureau qui doit partir par coursier ce matin. L'adresse est dessus.

Il s'agissait des échantillons de Silver Hills pour le colonel. Il faudrait que je lui téléphone à ce sujet.

— Tu as l'air fatiguée, Amber, dit Tullah en s'éloignant.

— Je ferai la grasse matinée demain.

Tu parles.

J'avais bien avancé sur les dossiers financiers. Ce n'était pas tant qu'une fraude avait été commise, d'après ce que je pouvais voir, mais plutôt que l'entreprise prenait trop de risques. Rien d'inhabituel, mais pas ce à quoi je m'attendais vu la stratégie que Jen m'avait décrite. J'avais l'impression que quelque chose clochait dans les chiffres, mais je n'arrivais pas à mettre le doigt dessus.

Mon portable sonna et je décrochai.

— Bonjour, maman !

— Amber, tu ne m'avais pas dit que vous aviez déménagé. Je suis passée à ton ancien bureau et ils m'ont dit que tu étais à côté de l'université désormais.

— Oui, on a déménagé hier. Je crois que le propriétaire avait besoin du local et Tullah nous en a trouvé un meilleur.

Je ne voulais pas l'inquiéter en lui racontant toute l'histoire.

— Oh. D'accord. Peu importe. J'appelais juste pour que tu viennes déjeuner à la maison dimanche.

— Ce serait super, maman. Midi et demi ?

— Oui, très bien. Est-ce qu'il y a quelqu'un que tu veux nous présenter ?

Je fermai les yeux très fort. Peut-être que je pourrais demander à David de se faire passer pour mon petit ami. Non, ça ne ferait qu'empirer les choses.

— Non, maman, personne de spécial en ce moment.

Elle fit son petit claquement de langue habituel. Je lui dis que j'étais occupée et elle me laissa.

Tullah se tenait devant mon bureau avec une enveloppe de livraison express. Je l'ouvris avec un mauvais pressentiment. Tullah le sentit elle aussi et resta pour regarder.

Le courrier venait d'un certain William Davies, associé chez Weissman Porter LLP, l'un des meilleurs cabinets d'avocats de Denver. Je le lus rapidement. Il commençait par : « Nous agissons pour le compte de M. Campbell Carter, président-directeur général de *Centennial State Crate & Freight Incorporated* (ci-après « notre Client »), au sujet d'un contrat entre… »

Zut. Il avait convaincu ses avocats d'entamer une action civile à mon encontre. Le tribunal ne lui donnerait jamais raison et il n'avait aucune chance d'obtenir des dommages et intérêts, même si je ne me défendais pas. C'était par pure malice de sa part. Il voulait me couler, créer le plus de problèmes possible pour m'empêcher à jamais de travailler à Denver.

Je jetai le courrier dans un tiroir.

— Ne t'en fais pas, Tullah. Il bluffe. De toute façon, c'est après moi qu'il en a, pas toi.

— C'est nous, Amber, comme tu l'as dit hier.

Je lui souris.

— Tu as raison, c'est nous. Mais ne t'inquiète pas. Je m'en occupe.

Tullah partit à l'université avant le déjeuner, plus réservée que je ne l'avais vue depuis longtemps. Je laissai les finances de Jen de côté. Je savais ce qu'il me restait à faire de ce côté-là et j'avais d'autres tâches à accomplir pour la journée.

Je téléphonai au colonel Laine. Il décrocha immédiatement, comme toujours. Un jour, je l'appellerai au milieu de la nuit, juste pour voir.

— Sergent ?

— Colonel, j'ai quelques informations pour vous. Je ne vous dérange pas ?

— Allez-y.

— Je vous ai envoyé un paquet par coursier pour des analyses en laboratoire. Ce n'est pas en rapport avec les vampires.

— Qu'est-ce que c'est ?

— J'espère que vous pourrez me le dire. Je ne veux pas influencer l'analyse en en discutant.

Je ne pouvais pas m'empêcher de le taquiner. Il verrait bien assez tôt de quoi il s'agissait.

— Autre chose. J'ai discuté avec un certain lieutenant Krantz de l'administration de la paie.

— Que diable voulait-il ?

— Il enquête sur une fraude relative aux indemnités des anciens combattants. Il m'a affirmé que je n'avais jamais été dans l'armée et donc que toute indemnité d'invalidité qui m'était versée était frauduleuse.

Le colonel ne jura pas, mais son silence était chargé de colère.

— Je vous présente mes excuses, sergent. Je vais m'en occuper immédiatement, finit-il par dire d'une voix tendue. Mais vous comprenez qu'il n'y aura jamais aucune trace de votre passage dans l'armée qu'il pourra consulter.

— Bien sûr, colonel. Je savais à quoi je m'engageais. C'est juste… M'entendre dire qu'il n'y a rien. Et les conclusions que Krantz en a tirées. C'est un peu dur à avaler.

Il fit de nouveau ses excuses et, lorsqu'il raccrocha, je me sentais un peu mieux. J'allais en avoir besoin pour le prochain appel. Je fus obligée de chercher le numéro. Et, à la réflexion, c'était mauvais signe. Au moins, j'avais sa ligne directe et je n'aurais pas à passer par le standard.

Je savais qu'elle laisserait sonner au moins trois fois. C'était sa manière de montrer qu'elle était toujours occupée. Au bout de quatre sonneries, je commençais à me demander si elle n'allait pas me laisser tomber sur sa messagerie. Elle décrocha à la cinquième.

— Salut, Kath.

— Amber ?

Elle semblait surprise d'entendre ma voix. Pas étonnant outre mesure. Je n'appelais pas très souvent ma sœur et nous nous étions perdues de vue. Nous étions proches avant que je ne m'engage dans l'armée. Ce souvenir me rendit triste. Nous échangeâmes des salutations maladroites, telles deux inconnues mal à l'aise l'une avec l'autre.

— Alors, qu'est-ce que je peux faire pour toi ? demanda-t-elle.

— J'ai un service à te demander.

— Oui ? dit-elle d'une voix circonspecte.

— Tu es au courant pour *Crate & Freight* ?

— Oui.

Je sentais qu'elle ne voulait pas en parler, mais, puisque j'étais arrivée jusque-là, autant en finir.

— Je travaillais pour Carter. Il pensait que ses chauffeurs se prenaient une marge sur les livraisons. J'ai trouvé des preuves d'un trafic de drogue et j'ai appelé la police. À présent, il me poursuit en justice à cause des problèmes que cela lui a causés. Je me demandais…

— Écoute, Amber, m'interrompit-elle. Si tu as signalé un crime à la police, il ne peut rien contre toi, et ce serait le cas même si tu n'avais pas eu de contrat avec lui. D'ailleurs, même si vous aviez un contrat stipulant que tu ne parlerais pas à la police, cela n'aurait aucune valeur au tribunal. Il ne peut rien faire.

Elle s'arrêta un instant et j'étais sur le point de rebondir quand elle reprit.

— Mais je ne peux pas t'aider, je suis trop occupée.

— Oh.

— Amber, il faut vraiment que j'y aille. Tiens-moi au courant des suites de l'affaire. Au revoir.

Je réussis à la saluer avant de me retrouver seule au combiné. Enfin, je ne pouvais m'en prendre qu'à moi-même si elle était devenue si distante qu'elle ne voulait pas m'aider. À présent, il allait falloir que je trouve un moyen d'invoquer par magie un avocat gratuit.

Je fis le tour du pâté de maisons en voiture pour aller me chercher à déjeuner. Cela me donna le temps de me remettre et c'était un bon moyen d'exercer ma paranoïa et de voir si quelqu'un surveillait le bureau. Il n'y avait personne.

Une fois de retour, je sortis du coffre tout ce que j'avais récupéré après l'attaque de Silver Hills. Les cartes d'identité étaient des contrefaçons. Les cartes de crédit étaient aux mêmes noms. J'envoyai le tout à Morales avec un mot pour lui indiquer que les cartes avaient probablement appartenu à des membres de ZK. Qu'il se débrouille avec ça. Je mis le liquide trouvé dans les portefeuilles dans une enveloppe que j'adressai à l'organisation caritative *Volonteers of America* sur Latimer Street. Voilà, ZK aidait la communauté. En quelque sorte. Pour les téléphones portables, j'avais besoin d'aide. J'appelai Jen.

—Jen, est-ce que tu connaîtrais un geek qui puisse me donner une liste de tous les numéros appelés par ces portables et une version papier de tous les textos ? Sans les allumer.

—J'ai pile la personne qu'il faut. J'envoie immédiatement mon chauffeur la chercher. Ne quitte pas.

Elle parla à quelqu'un d'autre, puis revint en ligne.

—Tu vas bien, Amber ?

J'essayai de me reprendre. Ce n'était pas anodin que Jen soit capable de sentir mon humeur au téléphone moins d'une semaine après m'avoir rencontrée.

—Ça va, je t'assure. Et toi ? Tu n'avais pas trop mal à la tête ce matin ?

—Non, chérie, j'ai de l'entraînement. On remet ça ce soir ? Tu veux que je trouve un banquier ?

—Non, mais merci quand même, ris-je. Je préférerais juste boire un verre en ta compagnie, à vrai dire, mais pas ce soir. Je rentrerai tard. Peut-être demain. Enfin, si tu n'es pas occupée.

—Moi et mes ombres en virée en ville ? Non. Amber, je sais que les gardes du corps sont une bonne idée, mais ils sont sacrément casse... Disons juste qu'ils ne sont pas super pour faire la fête. Enfin bref, c'est noté pour demain soir. Carmen cuisinera pour nous.

Elle raccrocha et je reposai mon téléphone, contente bien qu'un peu inquiète. Nous avions beau bien nous entendre, était-ce une bonne idée d'accepter un rencard avec une cliente ?

Je me forçai à penser à autre chose et je passai le reste de l'après-midi à tenter d'en savoir plus sur ZK et leur ascension de simple gang de motards à grosse organisation criminelle.

20

La chaleur était retombée lorsque je me garai près de l'académie d'arts martiaux *Liu Leung Wu Shu Kwan*. C'était un nom très ronflant pour une vieille salle, mais baptiser un lieu dojo ou *kwan* le rendait spécial. J'avais toujours un petit frisson d'excitation quand je franchissais la porte.

Je me changeai avant de me diriger vers le gymnase principal. L'air sentait l'huile que maître Liu utilisait pour son parquet. Et la sueur, bien sûr. L'endroit respirait l'effort physique. L'acharnement. C'est probablement ce que je cherchais : quelque chose de cathartique pour chasser les problèmes de la journée.

La classe de maître Liu commençait à se rassembler. Elle était composée principalement d'hommes et de femmes qui étaient partis tôt du travail, avec une pincée de femmes au foyer dynamiques. Hé, peut-être même un ou deux hommes au foyer, qui sait. La plupart d'entre eux prenaient le cours très au sérieux.

Je m'inclinai devant maître Liu et fis un signe de tête aux autres. Je pourrais peut-être passer un peu de temps avec lui après, mais ce n'était pas garanti. Maître Liu était content que je vienne m'entraîner seule la plupart du temps.

Je n'avais certainement pas besoin de suivre son cours. Toutes les formes que nous allions répéter étaient déjà ancrées dans mes muscles. Pire, je devrais peut-être faire certains exercices avec un partenaire, ce qui ne serait pas une bonne idée pour celui-ci.

Mon sourire stupide se transforma en grimace lorsque je repensai à ce qui venait de me traverser l'esprit. Mais à quoi je pensais ? Ce n'était pas la bonne manière d'aborder les arts martiaux. Je m'arrêtai, retournai à l'avant et m'inclinai devant les autres étudiants. Ils m'imitèrent. Ils n'avaient pas la moindre idée de ce qui se passait ou des raisons de mon geste, mais ce n'était pas grave. Moi, je le savais. C'était important à mes yeux.

En plus d'être un instructeur d'arts martiaux très pragmatique, maître Liu était très à cheval sur le respect et c'était l'une des raisons pour lesquelles j'étudiais avec lui. J'allai m'agenouiller sur le tatami en tentant d'évacuer de mon esprit l'arrogance acerbe qui m'avait envahie. Qu'est-ce qui m'arrivait ? Pourquoi est-ce que tout me tapait sur les nerfs dernièrement ? Et pourquoi réagissais-je ainsi ? L'infection en était-elle responsable ? Ou était-ce juste le stress ?

Aucune réponse ne me vint et je soupirai avant de commencer mes étirements. Quelques légers exercices m'aidèrent à me vider la tête. Mon esprit s'emplit des sensations dans mes muscles, celles d'un corps qui fait ce qu'il est censé faire. Je savourai ces moments.

Une fois échauffée, j'étais détendue, sereine. J'enfilai des gants d'entraînement et j'affrontai le sac de frappe. Je rassemblai mon *qi* et concentrai mon énergie. Je commençai par des coups droits à hauteur de tête, en me focalisant sur la rapidité et l'équilibre, avec des combinaisons aléatoires. Puis j'incorporai des coups au corps, j'allai au contact du sac, frappant de toutes mes forces. De la sueur perlait sur mon front et mes muscles me brûlaient. Bon sang, que c'était bon !

Je changeai de style : karaté, boxe, kung-fu, boxe thaïe, et ainsi de suite. Coups droits, de côté, vrillés, divers enchaînements. J'étais perdu dans l'instant ; le temps semblait s'étirer.

Quelque part dans le brouillard d'effort, une pensée errante me traversa l'esprit. Je ferais un enchaînement encore meilleur si j'avais Campbell Carter en face de moi. La colère s'embrasa dans mon ventre. Ma vision se brouilla jusqu'à ce que je ne voie plus que le sac et son visage imprimé dessus. « *Vous ne trouverez plus jamais de travail dans cette ville.* » Ma jambe jaillit et frappa le sac avec un bruit sourd très satisfaisant tandis que j'imaginais percuter les côtes de Carter. Trois de plus, aussi forts et rapides que possible, alternant haut et bas. Le lieutenant Henry Krantz. « *Vous n'avez jamais obtenu le grade de soldat, encore moins celui de sergent.* » Je frappai Krantz avec une série de coups de poing droite-gauche, puis un coup de pied, avant de finir par une tempête de coups au corps qui l'anéantiraient. Je changeai de posture pour lui assener trois coups de poing sur la tête en terminant par un cri *kiai* de karaté. Puis je me rendis compte que je visualisais le visage de Kathleen sur le sac – « *Je ne peux pas t'aider, je suis trop occupée* » – et je m'arrêtai net.

Derrière moi, dans le *kwan*, le silence était total.

J'étais pantelante, mes bras étaient lourds, des rivières de sueur coulaient le long de mon visage. Bon sang, ce sac n'était qu'un sac ! Et comment pouvais-je vouloir blesser ma sœur ainsi ?

Une main se posa doucement sur mon épaule. Je fis volte-face. Tous les étudiants me regardaient, bouche bée. Merde, j'avais dû me donner en spectacle, et pas dans le bon sens du terme. Certains avaient l'air complètement terrifiés.

Liu plaça sa paume contre mon torse. Ses yeux cherchèrent les miens et s'y plongèrent.

— On a déjà parlé de ça, Amber.

Je hochai la tête. C'était tout ce que je pouvais faire.

— Il y a une colère terrible ici, à l'intérieur, dit-il en appuyant contre ma poitrine, et ici. (Il posa la main contre mon estomac et je tressautai.) Une vieille colère. Il faut qu'elle sorte. Mais pas de cette façon. Ce n'est pas le moment. Ni l'endroit.

— Je suis vraiment désolée, *shi fu*.

Je m'inclinai, la sueur me piquait les yeux. Rien d'autre que de la sueur. Reste formelle, Amber.

— Je vous ai couvert de honte.

— Non, Amber, pas du tout, sourit-il. Mais M. Sac va avoir besoin d'un peu de temps pour se remettre. Maintenant, va répéter les enchaînements qu'on a travaillés pour promouvoir l'équilibre et l'harmonie. En silence.

Il se retourna vers la classe.

— Recherchez seulement la paix et le contrôle de la forme.

Son commentaire était peut-être général, mais je savais qu'il s'adressait avant tout à moi. Je baissai les yeux.

— Oui, *shi fu*, murmurai-je.

Si mes joues n'avaient pas été rougies par l'effort, ç'aurait été de honte. L'art et l'enseignement de Liu parlaient de contrôle et d'équilibre, pas de baston, de coups de poing et de cris. Je me sentais complètement idiote. La capacité à frapper quelque chose ou quelqu'un très fort n'avait rien d'un grand talent et n'était pas admirable en soi, même si ça pouvait se révéler utile. D'après Liu, le vrai art consistait à ne jamais frapper. Le pire, c'était ce que Liu n'avait pas vu : j'étais tellement en colère contre ma sœur que j'avais imaginé la blesser.

Mais, quoi qu'il en soit, la colère m'avait éclairci l'esprit. Je retournai vers le tatami et je commençai mes formes. Durant l'heure qui suivit, mon monde se constitua de mouvements imitant les rivières, les océans et les nuages. Fatiguée et en sueur, j'étais en paix.

Je partis avant que maître Liu n'ait terminé son cours suivant. Je ne voulais pas évoquer de vieilles colères. Des choses terribles m'étaient arrivées, mais je les avais enterrées. C'était du passé. Aucune d'elles n'aurait dû m'affecter à ce point. Et surtout, je ne voulais pas l'impliquer si c'était un signe que les prions vampiriques commençaient à prendre le contrôle.

Je retournai au bureau et revérifiai mon taux de prions. Il était toujours à 0,43, pas le plus élevé que j'aie jamais eu, mais au-dessus de la moyenne de l'année passée. Je restai assise un bon moment à observer, mal à l'aise, la machine. Je ne voyais pas ce qui pouvait causer cette hausse. À part ma transformation en vampire, bien entendu. Je rangeai l'équipement. Peut-être que le stress de surveiller si fréquemment mon taux de prions ne faisait que l'augmenter.

Sachant que je ne pourrais jamais aller à la *rave* armée de pistolets, je les laissai dans le coffre, puis je quittai le bureau. Dans la voiture, j'échangeai la superbe veste de Jen pour un vieux blouson en jean, avant de me rendre à pied jusqu'à la station de métro. J'avais le sentiment d'être observée, mais je mis cela sur le compte de la paranoïa. Je ne pouvais pas sursauter à chaque ombre.

J'avais une soirée qui m'attendait.

21

Le temps que j'arrive à la *rave*, la soirée battait son plein. Même de l'extérieur, je sentais la musique vibrer à travers la semelle de mes bottes. Des générateurs montés sur remorque étaient alignés sur le côté du vieux centre commercial pour alimenter la fête en électricité.

Je franchis les portes, descendis les marches et je me retrouvai dans un maelström de lumière et de son. En plus des lasers tournants et des projecteurs pivotants, il y avait sur un mur une énorme collection d'écrans plasma qui éclairaient la majeure partie de la piste de danse et diffusaient des images de lave, comme la gorge d'un volcan en colère. Le mur opposé était une série assortie d'écrans vacillant entre des captures vidéo des danseurs sur la piste et des danseurs préenregistrés, en synchronisation avec la musique. Je détestais, ça me rappelait de mauvais souvenirs.

Je refoulai tout cela et je me glissai sur le côté de la pièce, jusqu'à ce que l'écran vidéo soit dans mon dos. Je restai un moment à observer les danseurs. La piste était à peu près divisée entre ceux qui dansaient le shuffle à gauche et la tecktonik à droite. Au centre, là où les deux styles se rencontraient, les corps formaient une masse houleuse qui se balançait et bondissait en rythme.

Les deux filles d'Electric Breath étaient déchaînées. À tour de rôle, elles faisaient le DJ et animaient la piste de danse avec leurs chorégraphies. Beat Gear était responsable de l'éclairage. J'avais déjà repéré des membres de ZK qui s'occupaient de la sécurité. Ils avaient embauché quelqu'un pour tenir les deux bars installés à chaque extrémité.

La foule se composait d'un mélange de gothiques et de danseurs endiablés, avec quelques motards pour le contraste. L'endroit était bondé et tout le monde semblait passer un bon moment. Je me détendis et j'inspirai profondément.

Corps brûlants, sueur, drogue, cigarette, alcool et parfum. Une pointe chimique qui pouvait être des drogues dures. Beaucoup de gens qui s'amusaient en ce vendredi soir. À certaines *raves*, on pouvait se retrouver défoncé simplement en respirant l'air, mais ici, la foule était principalement composée de danseurs. Je restai à la périphérie. Un autre jour, j'aurais peut-être passé un bon moment, mais j'étais un peu sur les nerfs, même après ma session au dojo, et ma paranoïa me démangeait. Et je voulais aller me coucher à une heure raisonnable. Après toutes mes longues journées, j'avais l'impression d'être un zombie. Non, oubliez ça. Je ne savais pas comment se sentait un zombie et je ne voulais pas le savoir.

Mon bracelet ne me picotait pas, mais je n'en tirerais aucune conclusion avant d'avoir parlé à Mary. Je ne savais pas si l'avertissement fonctionnerait tout le temps ou bien une seule fois. Et qu'est-ce qu'un bracelet magique considérait comme de mauvaises intentions ? Mieux valait ne pas s'y fier.

Je fis une dernière tentative en me forçant à danser jusqu'au milieu de la piste, sautillant parmi les gens. C'était plutôt amusant, mais le cœur n'y était pas. Je ne repérai rien de nouveau jusqu'à ce que j'arrive de l'autre côté. J'avais émergé près du bar et des dizaines de membres de ZK étaient affalés contre le mur. Ils prétendaient sûrement assurer la sécurité, mais en réalité, ils mataient juste les danseurs. Je parierais qu'ils vendaient aussi de la drogue. C'étaient des ZK de la vieille école, des motards aux tatouages colorés. Pas des vampires, mais il y avait un relent dans l'air. Peut-être qu'ils en avaient fréquenté dernièrement. Je ne voyais pas de morsure évidente, mais bon, il faisait sombre. J'approchai, l'air de rien, en faisant semblant de regarder autour de moi.

— Yo, meuf ! T'as trouvé ce que tu cherchais ? cria l'un deux par-dessus la musique.

— Yo, meuf, non ! lui répondit mon petit démon.

Il se détacha du mur d'un mouvement brusque, mais l'un de ses amis lui attrapa le bras et il se calma. Oooh. Ils étaient sages ce soir. On n'embêtait pas le client. J'en avais assez vu. Je quittai le sous-sol pour retrouver l'air frais.

En émergeant dans le hall d'entrée froid et plus calme, je vis un groupe qui partageait des cigarettes, discutait et riait. Je reconnus l'un d'eux, un mécanicien qui m'avait aidée à retaper ma voiture quand je pouvais me le permettre. On s'était déjà croisés à quelques *raves*. Il était sympa. Je lui fis signe et il s'avança vers moi.

— Salut, Rom ! Tu vas bien ?

— Amber ! Ouah. Pas mal, dis donc ! Tu restes pas ?

Il me serra dans ses bras. J'en profitai pour me retourner et regarder derrière moi, par-delà les videurs de ZK à la porte. Rien.

— Non, je le sens pas, ce soir. Finalement, j'ai pas envie de danser.

Je glissai les mains dans mes poches et rentrai la tête dans mes épaules, mes yeux virevoltant de droite à gauche.

— Dommage. Electric Breath déchire.

— C'est vrai. Vas-y, profite.

Je lui tapai sur l'épaule avant de reprendre mon chemin. À peine sortie du hall, je sentis qu'on m'observait de nouveau. La démangeaison familière empirait de seconde en seconde. Des gens arrivaient encore à la *rave*, mais d'autres partaient et je n'arrivais pas à déterminer qui m'épiait. J'avais bien regardé autour de moi en parlant à Rom, mais personne ne semblait se détacher du lot.

J'avais besoin de mon HK resté dans mon coffre-fort. Les clés du bureau étaient dans ma voiture et ma voiture était au bureau. Génial. Il était temps de bouger de là.

22

Je me dirigeai vers la station de métro. Une dizaine de personnes allaient dans la même direction. De toute évidence, je n'étais pas la seule à avoir décidé de ne pas venir en voiture à la *rave*. Il y avait là une combinaison de gens ordinaires qui rentraient chez eux après une fête. Des filles qui semblaient plus jeunes fermaient la marche. Les vrais danseurs étaient encore à l'intérieur et y resteraient jusqu'au petit matin.

La nuit était fraîche et assez humide pour que je remonte mon col. Il ne manquait plus que cela, un brouillard atmosphérique. Arrivé à la station, le pseudo-groupe se dispersa et chacun alla attendre sur son quai, direction sud ou nord.

J'appelai Morales et je parlai en espagnol quand il décrocha.

— Salut, chéri.

— Tu es soûle, Farrell ?

— Tu m'as manqué ce soir, mon cœur, tu aurais adoré, il y avait plein d'amis de Guy.

— Guy Wilder ? Les membres de ZK étaient à la *rave* ? Assez pour que ça vaille le coup d'en arrêter certains ?

— Oh oui, des tas. Tu sais bien, au vieux centre commercial de Dry Creek. Tu pourras toujours les rejoindre un peu plus tard.

— OK, je vais les arrêter pour avoir organisé une *rave* quand ils commenceront à fermer et que les gens ne seront plus sur mon chemin. On verra bien ce que ça donne, soupira-t-il. Ce n'est pas comme si j'avais déjà une tonne de boulot.

— Moi aussi je t'aime, mon cœur, répondis-je avant de raccrocher.

Quand le métro arriva, je montai à l'avant de la deuxième rame et je m'assis dans le sens inverse de la marche. L'intérieur était très bien éclairé et chauffé. Je tentai de rester assise calmement, sans bouger, mais j'étais plus nerveuse que jamais.

Un homme monta dans la rame située devant moi et s'assit en me tournant le dos. Je me tortillai pour l'observer. Il portait un anorak noir, idéal pour dissimuler un pistolet. Il était grand et se déplaçait avec l'aisance d'un athlète. Le col de son anorak était relevé et je n'apercevais que ses cheveux blond cendré coupés court. Il portait un jean ample et des baskets. À part moi, il était le seul à ne pas être accompagné. Et si c'était lui ?

Deux filles excentriques montèrent dans ma rame dans un nuage de parfum bon marché et de dope. La blonde avait l'air dans les vapes, ses yeux mi-clos sous ses cheveux en nid d'oiseau. Elle portait de grandes bottes noires et un trench en cuir dont le col relevé formait un éventail derrière sa tête. Son amie était asiatique, vietnamienne à mon avis, et elle faisait probablement le désespoir de ses parents. Elle était vêtue d'un corset noir victorien qui dégageait son cou et ses épaules, dévoilant sa peau tatouée de taches de léopard. Sous sa jupe en cuir, ses jambes étaient couvertes de collants résille et, aux pieds, elle portait des rangers noires. Les deux étaient lourdement maquillées : une épaisse couche de rouge à lèvres noir et de l'ombre à paupières qui leur donnait l'air de ratons laveurs endormis. La Vietnamienne avait dessiné des gouttes de sang aux coins de ses lèvres. Lorsqu'elle me vit la regarder, elle se redressa, toute guillerette, et me fit un grand sourire et un signe de la main.

Je fis mine de rien et détournai le regard. Bon sang, sa tenue ne devait pas tenir chaud ! En tout cas, il n'y avait pas de quoi cacher une arme. Les deux filles se dirigèrent vers l'arrière de la rame et s'assirent ensemble, têtes penchées l'une contre l'autre, partageant les écouteurs d'un lecteur MP3 et hochant le menton en rythme avec la musique tout en papotant. Très polyvalentes.

J'avais du mal à bien voir derrière elles tout en restant discrète, mais je distinguai néanmoins un couple monter dans le métro, main dans la main, avant que les portes ne se referment. Puis la rame s'ébranla.

Je ne devais pas me laisser submerger par la paranoïa. Rien n'allait arriver dans le métro. Il faudrait juste que je reste sur mes gardes en sortant.

À la seconde station, l'athlète descendit et s'éloigna. Un suspect – et le plus prometteur – en moins. Plusieurs autres personnes montèrent mais je ne me donnai pas la peine de les ajouter à la liste. La chaleur commença à me détendre et mes yeux se fermèrent à moitié. Je jetai un coup d'œil à l'arrière de la rame et je vis que les filles au look gothique ne me prêtaient plus la moindre attention. Trop occupées à se rouler des pelles, comme on dit. Beurk ! J'en profitai pour scruter le second couple, derrière elles, mais il me tournait le dos et ne s'intéressait pas du tout à moi.

La station Colorado arriva enfin et je descendis, en jetant un regard désinvolte autour de moi. Le couple sortit de la rame et s'éloigna sans un regard, en boutonnant leurs longs manteaux. Un énième couple qui avait décidé de pimenter sa soirée en allant à une *rave* illégale. Encore deux autres suspects éliminés.

Puis les filles sortirent d'un pas chancelant et allèrent s'effondrer sur un banc. La blonde avait la tête entre ses mains et la Vietnamienne murmurait à son oreille en lui caressant le dos. Je voulais m'arrêter pour vérifier que tout allait bien, mais, si on me suivait, je ne voulais pas attirer l'attention sur elles.

Avec un soupir, je commençai à marcher. Personne ne me suivit. Ma paranoïa allait peut-être me garder en vie, mais elle risquait aussi de me mettre les nerfs en pelote inutilement. Je descendis le Colorado Boulevard jusqu'à Evans, puis je traversai la rue pour regagner ma voiture. Arrivée devant, mon nez tressauta, mais je fus trop lente. Ils étaient deux et avaient dû se déplacer à une vitesse surhumaine pour me surprendre ainsi.

Je tentai de feinter à gauche pour ensuite virevolter à droite et attaquer. Mais mon geste mourut avant même de commencer. C'était comme essayer de déplacer un bloc de béton. Je ne réussis qu'à me cogner le nez contre la voiture. Ils avaient aussi une force surhumaine.

— Ne vous débattez pas, s'il vous plaît. Nous sommes beaucoup plus forts et rapides que vous, me dit à l'oreille une voix douce, féminine, inspirant la confiance. Nous n'avons pas l'intention de vous faire de mal.

Je tournai la tête pour la fusiller du regard. C'était la femme du couple dans le métro. Non, pas une femme, une vampire. *Et zut, je me suis fait complètement avoir.*

— Alors pourquoi vous me prenez par surprise et me balancez contre ma voiture ? dis-je.

— Nous voulons vous parler. Seriez-vous venue avec nous si nous vous avions demandé gentiment ?

Elle me sourit, toute gentille et raisonnable. Et elle avait raison. Si deux vampires s'étaient pointés pour me demander de les suivre, je me serais enfuie ou je les aurais attaqués. Ça m'aurait fait une belle jambe, avec ces deux-là. Ils étaient d'une autre trempe que les quatre de LoDo.

— Peut-être pas, admis-je. Pour aller où ?

Cette conversation commençait à devenir irréelle. Ses yeux restaient plongés dans les miens, pour autant que je puisse en juger dans l'obscurité.

— Le maître voudrait vous rencontrer, dit-elle.

— Le maître des vampires de Denver, c'est ça ? C'est censé me rassurer ?

Elle se pencha vers moi et je tressaillis. C'était une réaction involontaire, mais j'étais sans défense et elle était assez proche pour me faire tout ce qu'elle voulait. Me mordre, par exemple. Dès qu'elle vit ma réaction, elle recula.

— Je suis désolée, je n'avais pas l'intention de vous alarmer. Je vous assure qu'on ne vous veut aucun mal, aucune violence ne vous sera faite sans provocation de votre part, dit-elle d'un ton prudent.

Elle réfléchit un instant, puis ajouta :

— Je le jure sur mon Sang.

J'entendis presque la majuscule dans sa voix et, étrangement, cela me réconforta. Je me sentais un peu mieux quant à la situation. Je me tournai vers l'homme à ma droite.

— Et vous ?

Son sourire était un peu crispé. J'eus le sentiment qu'il n'était pas ravi de cette promesse.

— Ce qu'elle dit m'engage aussi. Mais puisque vous ne pouvez pas le savoir, je le jure aussi sur mon Sang, nous ne vous voulons aucun mal.

Je me retournai vers la femme.

— D'accord. Vous voulez que je vous dise que je vais vous suivre gentiment ?

La main autour de mon poignet gauche se détendit légèrement. Comme je ne bougeai pas, elle recula et me relâcha. Je lançai un regard noir à l'homme, qui l'imita.

Je me retournai lentement et nous nous observâmes tandis que je me frottais les poignets. Ils étaient tous les deux plus grands que moi, vêtus de longs manteaux contre le froid. Je distinguais à peine leurs traits.

— Votre téléphone, s'il vous plaît, dit l'homme.

Je le lui tendis et il l'éteignit avant de le poser dans la boîte à gants. Mon nez me faisait mal après avoir percuté la voiture et, lorsque je le touchai, une goutte de sang se détacha. Zut.

— J'ai le nez qui saigne, dis-je d'une voix méfiante. Ça va poser problème ?

Je jurerais qu'ils se moquaient de moi.

— Oh, non, dit l'homme. Nous nous sommes nourris avant de sortir.

Non, pas un homme, un vampire.

— Veuillez monter à l'arrière, mademoiselle Farrell, m'enjoignit la vampire en ouvrant la portière.

J'obéis. Elle s'assit à ma gauche et l'homme fit le tour pour monter à ma droite. J'étais coincée entre eux deux sur la banquette arrière.

— Cette voiture n'avance pas toute seule, dis-je.

Mais après tout, qu'est-ce que j'en savais ? Je me souvenais vaguement d'un film de Dracula où une diligence conduite par des chevaux allait seule jusqu'au château. De nouveau, j'eus le sentiment qu'ils étaient amusés.

La portière avant s'ouvrit et un troisième vampire monta en voiture, dans un nuage de parfum bon marché et de dope. Pas étonnant que je n'aie rien senti dans le métro.

Elle s'assit sur le siège du conducteur, mon siège, et se retourna pour me regarder par-dessus son épaule aux taches de léopard.

— Oh, qui voilà, dis-je d'un ton sarcastique. Jolis tatouages, Minette.

Elle me lança un sourire froid avec un soupçon de crocs sous ses lèvres noires.

— On t'a bien eue, Bambi.

Le démon dans ma gorge répliqua en mauvais vietnamien :

— Ça ne marchera pas une deuxième fois, petite sœur, et rira bien qui rira le dernier.

Ses yeux s'écarquillèrent légèrement et son sourire se crispa, mais elle ne répondit pas lorsqu'elle régla mon siège à sa convenance.

La femme à côté de moi émit un petit rire amusé.

— Nous ne devrions pas vous parler plus que nécessaire, mademoiselle Farrell. Et je regrette, dit-elle en montrant un bandeau noir, mais nous allons devoir vous couvrir les yeux.

Je la fusillai du regard, mais elle resta de marbre et attendit patiemment, le bandeau à la main. Enfin, je tournai la tête d'un geste énervé et je la laissai l'attacher. C'était un bon bandeau. J'étais dans le noir complet.

La voiture démarra en douceur. Donc les vampires savaient conduire, même un vieux modèle à boîte manuelle comme celui-ci.

— Une dernière question, dis-je. Qu'est devenue l'autre fille ?

— Elle va bien, dit la vampire à l'avant.

— Assez, dit la voix à ma gauche, et je me tus.

J'étais coincée là, kidnappée dans ma propre voiture. La situation n'était pas vraiment sans espoir, mais le mouchard de Morales me semblait tout à coup bien plus intéressant qu'hier. Un peu trop tard.

Comme je n'avais rien d'autre à faire, j'essayai un vieux truc appris à l'armée qui consistait à visualiser des mouvements complexes. Je décrivis mentalement les formes liées au calme que m'avait apprises maître Liu. Ce qui aida un peu.

23

La voiture ralentit, prit un virage, puis s'arrêta, me tirant de ma méditation. Une fenêtre s'ouvrit et se referma. Sans un mot. Peut-être qu'ils lisaient tous dans les pensées ou qu'ils maîtrisaient le langage des signes. J'avais l'impression qu'on venait de passer la sécurité et qu'on attendait que le portail s'ouvre, mais, si c'était le cas, il s'ouvrit en silence. Après un bref instant, la voiture se remit en marche et le bruit des pneus changea : nous roulions sur une allée en gravier.

La voiture s'arrêta de nouveau et les portières s'ouvrirent. L'air était froid, mais empli d'odeurs de plantes. Des buddleias, comme chez Mme Desiarto. Du chèvrefeuille et du jasmin. Les vampires aimaient les plantes à floraison nocturne. Plutôt logique. Même s'ils n'avaient pas de problème avec le soleil, ils semblaient préférer la nuit.

— Sortez par ici, s'il vous plaît, mademoiselle Farrell.

La vampire me guida hors de la voiture, sa main sur ma tête pour que je ne me cogne pas contre la carrosserie. Quelle amabilité.

— Avancez lentement, s'il vous plaît, dit-elle en me tenant par le bras doucement mais fermement pour m'aider à contourner la portière. Il y a des marches.

Je montai d'un pas hésitant quelques degrés en pierre polie et je franchis une porte. Je sentais de nouveau le changement dans l'air. Il faisait plus chaud et plus humide, avec un soupçon d'odeur de cuisine, de vernis à meubles et de quelque chose d'autre. Sous mes pieds, le sol était en bois et nos talons cliquetaient contre sa surface. La pièce était grande et résonnait légèrement. Le bruit des pas qui s'éloignaient me réconforta ; j'étais seule avec mon escorte. Le quelque chose dans l'air ressemblait à l'odeur de mes kidnappeurs, cuivre et cannelle. J'étais chez un vampire. L'effet calmant de la méditation dans la voiture s'était évaporé et la peur me tordit de nouveau l'estomac. Je voulais arracher le bandeau et me débattre.

Immédiatement, sa voix résonna calmement à mon oreille.

— Mademoiselle Farrell, nous ne vous voulons pas de mal. Calmez-vous.

— C'est beaucoup demander, vu qu'on m'a kidnappée et emmenée les yeux bandés dans un repaire de vampires.

— Je comprends. Le bandeau va bientôt être retiré, répondit-elle en me serrant le bras d'une main rassurante. Puis-je vous poser une question ?

— Pourquoi pas.

Je savais qu'elle cherchait à me distraire, mais je ne risquais rien à jouer le jeu. Peut-être qu'elle baisserait sa garde et que je pourrais de nouveau tester cette force et cette rapidité surhumaines.

— Qu'avez-vous fait dans la voiture ?

Alors que je cherchais à comprendre la question, elle continua :

— Je demande parce que vous avez changé.

— Changé ? dis-je, perplexe.

— Vous êtes devenue très calme, tout d'un coup. J'entends les battements de votre cœur, mademoiselle Farrell. Je sens la composition chimique de votre sang. Dans la voiture, c'est presque comme si vous vous étiez endormie.

Je frissonnai.

— Je méditais, c'est tout.

— Non, mademoiselle Farrell, ce n'est pas tout. J'ai déjà observé des gens méditer. Vous avez changé. On pourrait même dire que votre aura a changé. Je n'aime pas ce mot, mais il convient.

Je haussai les épaules sans chercher à comprendre.

— Si vous le dites, mais j'étais simplement en train de méditer.

Nous étions désormais dans une nouvelle aile du bâtiment et nous entrions dans une autre pièce. L'acoustique changea très légèrement. Le sol était couvert de moquette et il faisait plus chaud que dans le hall d'entrée. Elle me lâcha le bras et ses mains se posèrent sur mes épaules pour me faire pivoter. Le bandeau fut détaché.

Elle me paraissait différente. Dans la rue sombre, son visage m'avait semblé dur, anguleux. À la douce lumière de cette pièce, elle était sereine, belle, mystérieuse, et même étrangement familière. *Et mortellement dangereuse,* pensai-je, *elle n'est plus humaine. C'est une vampire. Ne l'oublie pas.*

Si elle lisait dans mes pensées, elle n'en laissa rien paraître, ou peut-être que cela ne l'atteignait pas plus que mon regard noir. Son visage était sérieux, ses yeux baignés d'ombre et perçants. Ses mains étaient encore sur mes épaules.

Et maintenant ? On mordille un bout ? Mon estomac se souleva de nouveau et je sentis mes muscles se crisper. Fuir ou lutter ? Je savais qu'elle était forte et très rapide, mais ses collègues n'étaient pas là. Je n'aurais peut-être pas de meilleure occasion. J'étais dos à un mur, ce qui ferait un bon tremplin. Je regardai par-dessus son épaule pour tenter de repérer la sortie.

— Mademoiselle Farrell, je vous en prie. Nul besoin de faire battre votre cœur plus vite et de submerger votre système d'adrénaline. Nous ne vous voulons aucun mal.

C'était la quatrième ou la cinquième fois qu'elle disait cela. Elle attendit que mes muscles se relâchent. Si je comptais tenter quelque chose, il fallait que je la prenne par surprise et ça allait être compliqué vu qu'elle lisait en moi comme dans un livre ouvert.

— Vous vous tenez sur un monte-charge qui va descendre pour vous conduire à une salle d'audience. Il vous y rejoindra bientôt. Restez calme et prudente.

Elle s'interrompit avant de reprendre d'un ton presque soucieux.

— Efforcez-vous d'être respectueuse.

Avant que j'aie le temps de réagir, elle me relâcha et recula d'un pas. Des portes incurvées en verre m'entourèrent en un murmure et se refermèrent avec un petit bruit sec qui me fit sursauter. Le sol s'abaissa, doucement mais sûrement.

Un autre sursaut d'adrénaline me transperça. Je ne savais pas ce qui allait m'arriver, mais il semblait maintenant impossible de faire marche arrière. Je me raidis et je me mis sur la pointe des pieds lorsque l'ascenseur s'arrêta et les portes s'ouvrirent, mais la salle d'audience me fit l'effet d'une douche froide. Elle était encore plus sombre que la pièce du dessus, mais la lumière était bleu foncé et diffuse. L'endroit semblait vide. J'avançai d'un pas et j'attendis que mes yeux s'habituent.

Je réprimai une envie de glousser, ayant peur de céder à l'hystérie. La pièce ressemblait à l'idée qu'on pouvait se faire d'un repaire de vampires souterrain et moderne.

Le sol était en pierre. Dans l'obscurité, je distinguais des lignes pâles en travers. Je m'agenouillai pour les toucher. La pierre était froide et dure, avec une finition brillante et un réseau de veines sur la surface noire ; du granit poli peut-être, ou du marbre. Un peu trop glissant en cas d'affrontement. Une pensée horrible me traversa l'esprit : *très facile à nettoyer, ne risque pas de tacher.* Je réprimai fermement l'idée.

J'avais d'abord cru la pièce silencieuse, mais j'entendis bientôt un bruit presque imperceptible, un bruit étrange et pourtant familier, attirant. Lorsque je tournai la tête pour tenter d'en localiser la source, j'eus un énorme choc. Mes yeux, désormais plus habitués à la pénombre, avaient distingué des silhouettes menaçantes alignées tout autour de la pièce. Je me figeai avant de me relever d'un bond. Elles restèrent immobiles. Mon cœur se calma peu à peu.

Je m'approchai des murs et elles ne bougèrent toujours pas. Avais-je été effrayée par de simples statues ? Je les observai : elles étaient presque humaines, mais difformes.

Je fis quelques pas supplémentaires. Mes bottes ne faisaient aucun bruit sur le sol. Il n'y avait pas d'écho dans la pièce. Je distinguai les statues et des chaises le long des murs. Le bruit subliminal devenait sensiblement plus fort à mesure que j'avançais et je m'aperçus que quelque chose clochait avec les murs derrière les statues. Je ne voyais pas bien, mais j'avais l'impression qu'ils bougeaient. Je frissonnai.

De l'eau ? Je tendis une main prudente entre deux statues et touchai le mur, avant de retirer précipitamment ma main comme si je m'attendais à m'électrocuter. Mes doigts étaient mouillés. Je les reniflai et les frottai l'un contre l'autre. Le liquide était froid, non huileux, transparent et sans odeur. Pas question de goûter, mais on aurait dit qu'un voile d'eau glissait sur le mur avant de disparaître dans un interstice au sol. Le bruit venait de là.

Ayant résolu ce petit mystère, je reculai et respirai un grand coup pour me calmer. Si les vampires sentaient la peur, la meilleure chose à faire pour le moment était de rester calme, détendue.

Mais où était le maître vampire ? Peut-être m'avait-il oubliée, pensai-je avec un optimisme mal placé. Il serait étrange de m'avoir fait kidnapper pour ensuite me laisser poireauter là. Ou peut-être était-ce une tactique d'intimidation pour me montrer qui tenait les rênes. Quoi qu'il en soit, autant profiter de l'attente pour explorer l'endroit.

Je m'intéressai à la statue la plus proche. C'était la seconde de la rangée. Elle devait faire deux mètres de haut et semblait être en pierre noire, ou très foncée. Si elle m'avait paru difforme, c'était parce que sa tête n'était pas humaine, mais celle d'un chacal. J'avais sous les yeux une statue d'Anubis, sculptée dans une seule pierre, de superbe facture. On aurait dit le *David* de Michel-Ange, version égyptienne.

La statue à sa droite représentait un humain, plus petit, de ma taille environ, un samouraï avec des lames courtes et longues à sa ceinture. De nouveau, superbe. Les vêtements étaient en tissu, soyeux au toucher.

La statue à sa gauche était aussi humaine, nue, presque aussi grande qu'Anubis et… euh… très bien proportionnée. Un casque de style grec protégeant le nez et les joues était renversé légèrement en arrière, dévoilant quelques boucles de cheveux dans la pénombre. De sa main droite, il tenait une lance qui reposait au sol. *Mais comment a-t-on réussi à sculpter cela ?*

C'était peut-être l'obscurité, mais j'étais certaine de n'avoir jamais rien vu d'aussi finement réalisé. Je tendis la main pour toucher le bras d'Anubis.

— Impressionnant, non ?

24

Je sursautai et fis volte-face.

— Ne me surprenez pas comme ça, espèce de taré ! criai-je, poings levés, prenant instinctivement une pose de combat.

Il y eut un bref silence avant que la voix venant de l'autre bout de la pièce reprenne, sur le ton de la conversation.

— Là d'où je viens, on vous aurait empalée pour un tel manque de respect.

Le démon prit le contrôle de ma voix avant que je ne puisse l'étrangler.

— Là d'où je viens, on vous aurait planté un pieu en plein cœur, tranché la tête et abandonné en plein soleil. Un peu vieux jeu, je l'avoue, mais nous sommes très traditionnels.

Puis mon cerveau rattrapa ma langue et je fermai la bouche d'un coup sec, pétrifiée. J'attendis que le maître vampire de Denver vienne m'achever. Mais il n'y eut qu'un sifflement que je finis par identifier : un rire. Les vampires riaient ? J'avais vu David le faire, mais il n'était pas encore un vrai vampire.

— Mon Dieu ! On m'avait prévenu à votre sujet, mademoiselle Farrell. Mais plus j'en apprends, plus je suis intrigué.

Il était assis dans un fauteuil contre le mur. Enfin, un trône serait une meilleure description. Le siège était placé sur une estrade et avait un dossier en éventail, comme la queue d'un paon. La faible lumière éclairait vaguement la silhouette du vampire.

— Vous avez refusé ma première invitation..., commença-t-il.

— Votre première invitation ? l'interrompis-je. Vous voulez dire, quand vous avez envoyé une bande de voyous me kidnapper ? Un peu grossier comme invitation. Ils étaient arrogants et incompétents.

Je le vis incliner la tête.

— J'admets qu'ils étaient trop sûrs d'eux et mal préparés. Je pense que votre réaction a été une leçon et une punition en elle-même. Je vous présente aussi mes excuses et je vous assure qu'envoyer mes associés les plus chevronnés, comme je l'ai fait ce soir, n'est pas arrivé depuis très longtemps.

Je me demandai ce que « longtemps » voulait dire pour un vampire et en quoi être kidnappée par des sbires haut placés était un honneur. Les battements de mon cœur se calmèrent ; une discussion valait mieux qu'un affrontement. J'essayai d'occulter l'idée que peut-être, les vampires aimaient simplement bavarder avant le dîner.

— Je devrais être flattée que vous ayez envoyé votre équipe de choc ? Ça reste un kidnapping, et c'est illégal, si je ne m'abuse.

— Seriez-vous venue si je vous avais envoyé une invitation, comme vous l'avez suggéré mardi dernier ?

— Touché.

Il y eut un bref silence au cours duquel je lançai un regard noir vers l'endroit où devait se trouver son visage, ce qui n'eut pas l'air de le troubler.

— Diana vous tient en haute estime, dit-il.

— Est-ce la grande ou la Vietnamienne aux épaules tachetées ?

Je pariais sur la grande. Je ne pensais pas que Minette m'appréciait.

— La grande, comme vous dites.

— Eh bien, je ne sais pas sur quoi elle se base. La relation entre un kidnappeur et sa victime est un peu artificielle, pas vrai ? (C'était mesquin, mais j'étais en colère.) Mais elle a néanmoins juré sur son Sang qu'il ne me serait fait aucun mal.

Je n'avais pas tout à fait le cran de demander s'il avait l'intention d'honorer cette promesse.

— En effet, répondit-il avant de soupirer et de lever les mains. Toutes mes excuses. J'espère que cet entretien va se révéler important pour nous deux et que vous pourrez fermer les yeux sur l'irrégularité des dispositions prises. Si vous le permettez, j'aimerais que nous recommencions. Soyez la bienvenue à la Maison Altau, mademoiselle Farrell.

Je me balançai nerveusement d'un pied sur l'autre. S'il jouait avec sa nourriture, il prenait son temps. Les battements de mon cœur ralentirent encore un peu.

— Merci, dis-je, cherchant à être polie. Puisque je suis votre invitée, monsieur Altau, vous pourriez peut-être m'expliquer pourquoi cette rencontre est si importante pour vous.

— Je vais y venir. Mais d'abord, ayant connu de nombreuses cultures…

Je frissonnai un peu. Chaque fois que je commençais à le trouver presque humain, voilà qu'il disait quelque chose comme ça.

— … je suis à l'aise avec de nombreuses formules de politesse. Mais je suis américain à présent et j'aimerais suivre les coutumes locales. Puis-je vous appeler Amber ? Et vous pouvez m'appeler Skylur.

Kidnapper les gens n'est pas vraiment une coutume locale, pensai-je, mais je réussis à étrangler le démon avant qu'il laisse s'échapper cela.

— D'accord, dis-je à contrecœur. Skylur Altau ? Vous n'êtes pas d'ici, hein ? J'imagine qu'un maître vampire ne risque pas d'être un garçon du coin, mais j'avoue que vous n'êtes pas ce à quoi je m'attendais.

Il rit. Le pire, c'est que son rire était agréable à présent. Que trafiquait-il dans ma tête ? Comment pouvais-je être calme, enfin à peu près, et papoter avec un maître vampire dans son cachot en pensant qu'il avait une belle voix ?

— Je vous en prie, ne nous confondez pas avec les vampires d'Hollywood. Les Athanate sont très différents. Et, à vrai dire, Amber, j'étais ici bien avant qu'arrière-grand-père Farrell monte à bord de ce rafiot en Irlande.

J'absorbai sa réponse. Il avait fait ses recherches à mon sujet. Puis je relevai le terme qu'il avait utilisé pour décrire ses vampires.

— Les Athanate ?

— Diana vous en parlera plus tard, répondit-il avec un signe de la main. Il est important que vous compreniez ce que nous sommes si nous devons travailler ensemble. Mais avant que la conversation ne dévie de nouveau, j'aimerais aborder la raison pour laquelle vous m'intéressez autant. Cela se résume à une simple question : qu'êtes-vous ?

— C'est écrit sur ma porte, Skylur, répondis-je avec un petit rire. Je suis détective. Je mène des enquêtes commerciales et privées.

— C'est ce que vous faites, Amber, et cela m'intéresse, mais ce n'est pas ce que vous êtes.

— Je ne vous suis pas.

J'avais une petite idée de là où il voulait en venir et ça ne me plaisait pas.

— Voyons voir. Nous reparlerons de l'armée plus tard, mais commençons par le plus récent : vous avez quitté la police quand vous étiez encore une bleue — c'est bien comme cela qu'on dit ? Après juste six semaines, ici même à Denver. Votre dossier n'évoque rien qui sorte de l'ordinaire. Apparemment, c'était une décision mutuelle. Aucune mention de l'incident survenu la semaine précédant votre départ, ce qui est étrange, non ?

— Il n'y avait pas besoin de le mentionner, dis-je, l'estomac noué. Il y a eu un rapport séparé sur cet incident. J'ai juste fait une erreur de débutante et je me suis retrouvée dans une situation qui aurait dû être gérée par des policiers plus expérimentés. Heureusement, le SWAT est arrivé à temps.

Je connaissais cette petite histoire sur le bout des doigts.

— Et là, Amber, vous venez d'éluder la vérité.

Je rechignai à répondre. En dire plus risquait de m'enfoncer encore davantage. Et je ne voulais pas mentir. S'il pouvait entendre mes battements de cœur et sentir les pics d'adrénaline dans mon sang, il était un vrai détecteur de mensonges ambulant. J'avais juré de m'en tenir à mon histoire, ce qui me semblait une bonne idée pour un tas de raisons.

— Et le seul point positif dans cette affaire, continua-t-il, c'est que le SWAT est arrivé à temps pour que l'histoire concoctée par vous et le lieutenant Morales soit plausible – ou presque.

Il m'observait dans l'ombre tandis que je m'efforçais de calmer ma respiration et mon pouls, en me demandant quelle était ma meilleure option. Enfin, la moins mauvaise, plutôt. Il n'avait pas mentionné le colonel, donc peut-être qu'il n'en savait pas autant qu'il le croyait, même si je ne voyais pas bien comment cela pourrait m'aider.

— Votre décision aurait été une erreur pour n'importe quel autre policier débutant. Vous êtes entrée dans un bâtiment où trois hommes, que vous saviez armés et dangereux, retenaient un enfant en otage. Et vous n'avez pas attendu de renforts. Contre trois hommes, armés de fusils, qui avaient abattu deux policiers un peu plus tôt. Vous n'aviez qu'un pistolet. Et ils n'étaient pas humains.

Que pouvais-je dire ? En vérité, je ne savais pas pourquoi j'avais agi de cette manière. Je me souvenais de l'odeur, je me revoyais accroupie sous la fenêtre, en pensant « vampires ». Je savais ce qu'ils comptaient faire à la fillette et je n'avais que très peu de temps pour agir avant qu'elle ne meure et que tout dégénère. Et puis, je l'ai entendue crier. Après cela, j'étais entrée par une fenêtre du rez-de-chaussée en un roulé-boulé. La suite était plus floue, fragmentée. Les éclats de verre qui tombaient lentement, comme des flocons de neige. Moi qui tirais comme j'avais appris à le faire dans l'Ops 4-10 – pan, pan, pan – torse, torse, tête. Le coup de fusil qui m'avait manquée d'un cheveu. Le dernier vampire qui était tombé par la fenêtre. On était au cinquième étage et je n'avais pas eu l'intention de le pousser. On aurait dit qu'il tombait au ralenti et j'ai vu ses yeux s'écarquiller de surprise, avant qu'il ne s'écroule comme une pierre.

Je me souvenais d'Emily qui criait lorsqu'elle m'a vue descendre l'escalier, couverte de sang. Et puis, à la fin, je me souvenais qu'elle s'accrochait à moi tandis que le SWAT déboulait à l'intérieur comme une bande de robots fous. Pour le reste, ma mémoire me jouait des tours, sauf parfois dans mes cauchemars.

Là, debout devant le maître vampire, ma peur était retombée, balayée par ma colère. Puisque j'avais touché le fond, je ne pouvais pas tomber plus bas.

— Vous devriez apprendre à mieux contrôler vos vampires, crachai-je.

Il leva les mains, comme pour me calmer.

— Amber, ce n'étaient pas mes vampires et je ne vous en veux pas de les avoir tués. Au contraire, j'aimerais vous remercier du fond du cœur. Vous avez résolu une situation qui m'avait pris au dépourvu.

— Vous n'êtes pas fâché ? demandai-je bêtement.

— Je vous suis reconnaissant de les avoir tués. Ils le méritaient. Si nous avions eu plus de temps, un avertissement peut-être, nous les aurions capturés et nous aurions trouvé d'où ils venaient et ce qu'ils faisaient à Denver. Je regrette de ne pas avoir eu cette opportunité, mais, vu les circonstances, tout s'est passé pour le mieux.

Mes jambes tremblaient et ce bâtard lisait probablement le soulagement sur mon visage. *Attention, Amber, tu n'es pas encore tirée d'affaire.*

— Je suis désolé de vous avoir inquiétée. C'est parfaitement compréhensible, étant donné la situation, mais croyez-moi, ce n'était pas mon intention. Ce n'est pas le fait que vous ayez tué ces « vampires » qui m'intéresse. C'est que vous en ayez été capable. J'essayais d'expliquer qu'il n'est pas possible pour une humaine de faire ce que vous avez fait.

— Et pourtant je l'ai fait.

— Il s'ensuit donc que vous n'êtes pas humaine, conclut-il.

— Ou que votre affirmation est fausse, répliquai-je d'une voix faible.

Pas tirée d'affaire du tout.

— Si je vous demandais de me parler de votre expérience dans l'armée, que me diriez-vous ?

Bon sang, encore des trucs dont je n'avais pas le droit de parler.

— J'ai beaucoup apprécié l'armée. J'y ai appris la discipline, l'endurance physique, la confiance et tout ce dont j'ai besoin pour le travail que je fais à présent.

— Décidément !

Il éclata d'un rire franc.

— Vous êtes vraiment douée pour dire quelque chose de passablement vrai tout en ne révélant presque rien.

J'essayai de ne pas me trémousser comme une élève devant le principal.

— C'est vraiment incroyable qu'il en reste si peu de preuves, n'est-ce pas ? Votre dossier militaire est étrangement mince. Vous étiez au camp d'entraînement. Après quoi, on ne trouve même pas trace de votre grade ou de votre salaire, si l'on ignore cette photo sur votre bureau, jusqu'à ce que vous quittiez l'armée en tant que sergent avec une indemnité d'invalidité.

Il se tut et attendit. Au moins, il n'affirmait pas que je n'avais jamais été dans l'armée.

— Peut-être. Dur à dire.

Mes réponses étaient de plus en plus courtes. Je ne pouvais pas révéler grand-chose. J'avais renoncé à ce droit d'une signature. C'était comme s'il avait lu dans mon esprit.

— Ils vous ont fait signer toutes sortes de documents, je n'en doute pas. J'imagine qu'en tant qu'Américain, je devrais respecter ces documents. Et je suppose que, pour l'instant, vous ne m'en direz pas beaucoup plus sur votre passé. Vous le ferez avec le temps. Mais il y a des choses que je dois savoir, ce soir, si vous devez travailler pour moi. (Il se leva.) J'ai besoin d'évaluer votre force.

Mon estomac se noua. J'avais l'impression que quelqu'un comprimait ma poitrine et appuyait sur mes yeux. Des doigts gris s'enfonçaient dans mon crâne. Je reculai en trébuchant. Il était à l'intérieur de ma tête. La pièce était d'une noirceur suffocante. Je voulais m'enfuir en courant, mais mes muscles refusaient de m'obéir. Mes jambes se dérobèrent et je tombai à genoux. Je ne voyais plus rien. Je ne savais pas où il était. Il semblait être partout à la fois, ainsi que dans ma tête.

Je parvins à lever une main pour le repousser.

— Pitié, non.

Ma voix semblait venir de très loin.

— Il est temps de rentrer à la maison, Amber, murmura-t-il soudain à mon oreille.

Je tombai à la renverse en tentant de reculer.

— Ton Sang nous appelle. Tu es restée trop longtemps sur la voie. Tu es perdue. Seule. Nous t'attendons. Rejoins-nous, Amber, ta place est parmi nous. Tu y es presque.

— Vous aviez promis, haletai-je.

J'essayai de me relever, mais en vain.

— Je ne te veux aucun mal, Amber. Sincèrement. Je peux faire disparaître ta douleur et ta colère. C'est ce que tu veux, pas vrai ? Il n'y a plus rien pour toi dans ton ancienne vie.

— Non, non.

J'avais la tête qui tournait. Une voix à l'intérieur de mon crâne murmurait *plus de douleur, plus de colère, c'est si simple, laisse-toi aller*. Je criai et couvris mes oreilles de mes mains, mais elle ne se tut pas. Je ne pouvais pas la faire taire car elle faisait partie de moi. Une tentation si douce. *Rentrer à la maison. Me reposer. Trouver ma place.*

— Si simple, soupira-t-il. Un si petit pas en avant. Cesse de lutter. Je sais que tu le veux. Plus de peur. Offre-moi ton Sang et je t'aiderai à traverser.

Laisse-toi faire, laisse-le faire et tout s'arrêtera. Il n'y aura plus de bataille, plus de douleur, plus de peur.

— NON ! NON ! hurlai-je.

J'avais déjà fait face à ce mensonge auparavant. Ne plus sentir la peur, c'était comme être morte. Je sanglotai. Je ne pouvais pas mourir. J'avais encore des choses à faire. Je devais faire taire cette voix dans ma tête. Pas question de laisser sortir la trouillarde qui vivait en moi. Plus jamais. J'essayai de me défendre avec mes poings. Sans succès.

Aussi vite que cela avait commencé, tout s'arrêta.

Ma vision était revenue et j'étais agenouillée par terre, en pleurs, contre la surface froide et rigide du sol. J'avais l'impression d'avoir subi une sacrée raclée. Tous mes muscles étaient à l'agonie, comme si j'étais couverte de bleus de la tête aux pieds.

Il y eut un bruit derrière moi et, avant que je puisse réagir, des mains me hissèrent et me déposèrent doucement sur un siège.

— Espèce de salaud, dis-je en tremblant de tout mon corps.

— Oui. Mais mieux vaut que je vous teste moi-même plutôt que quelqu'un d'autre s'en prenne à vous de cette manière. Ils pourraient toujours vous vaincre, j'imagine, mais à présent je sais que vous lutterez. Et que vous aurez une chance.

Il retourna au bout de la pièce, s'assit de nouveau dans l'ombre et me laissa tranquille quelques minutes.

— J'ai un travail pour vous, Amber, finit-il par annoncer.

— Pourquoi accepterais-je, après ce que vous venez de faire ?

Mes lèvres étaient engourdies et ma voix pâteuse, mais il me comprit.

— Parce que nous serons là pour vous quand vous en aurez besoin. Ce qui arrivera tôt ou tard. Je sens l'appel de votre Sang.

Il changea de position, et mon cœur s'accéléra.

— Si vous faites cela pour moi, vous verrez que nous sommes une bien meilleure option que l'alternative.

— Qu'est-ce que vous voulez ? Pourquoi ne pouvez-vous pas le faire vous-même ?

J'avais beau me sentir mal, ma curiosité prit le dessus.

— Pourquoi ? Parce que j'ai besoin de quelqu'un qui ne soit pas tout à fait un Athanate et qui ne fasse pas partie de la Maison Altau. Et ce que je veux : pour commencer, simplement que vous alliez au gala de charité de la fondation McIntire-Harriman la semaine prochaine pour récupérer un message et me le faire parvenir.

— C'est tout ?

— C'est tout. Vous serez comme une lampe qui attire les papillons de nuit. (Il s'interrompit et la pièce sembla s'assombrir de nouveau.) Ne le laissez pas prendre le contrôle. Ne me trahissez pas.

— Arrêtez !

Je me recroquevillai. Heureusement que j'étais sur une chaise et que je ne pouvais pas tomber.

— Ne pas laisser qui prendre le contrôle ? Qu'est-ce que je dois faire exactement ?

— Diana va vous expliquer.

Il se leva et fit mine de partir. Une pointe de colère m'embrasa.

— Stop ! Bon sang, comment voulez-vous que je travaille si je m'attends à être mordue tout le temps ?

Il hocha la tête, un simple mouvement dans la pénombre.

— Je vais émettre une interdiction. Aucun membre de ma Maison, ou m'ayant prêté serment, ne tentera de vous mordre. Remontez par l'ascenseur, ajouta-t-il en désignant le mur opposé. Diana vous ramènera chez vous.

Malgré mon épuisement, être congédiée si brutalement fit resurgir ma colère.

— Et pas de paiement ? Je suis censée travailler gratuitement ?

— Très bien. Je vais vous payer en informations, Amber. Voici : il est *vital* que vous vous rendiez au gala pour le bien de votre autre cliente, Mme Kingslund.

Et il était parti. Je me traînai jusqu'au-devant de la pièce pour tenter de voir où il avait disparu et comment, mais c'est comme s'il s'était fondu dans l'ombre. Il ne restait aucune trace de sa présence. Je frissonnai.

Je retraversai la pièce en titubant, m'arrêtant pour admirer de nouveau Anubis. Je ne m'étais pas trompée. La statue était dure et lisse comme de la pierre, mais tiède au toucher. Très perturbant maintenant que le maître vampire, l'Athanate, n'était plus là. Je grimpai dans l'ascenseur. Il fallait que je sorte de là.

25

Diana attendait là où je l'avais quittée, les sourcils légèrement froncés. Et le bandeau toujours entre ses mains.

J'étais tellement épuisée que je ne tentai même pas de discuter. Elle me conduisit, yeux bandés et chancelante, jusqu'à l'arrière de la voiture. Quelqu'un monta à l'avant. À en juger par l'odeur persistante de drogue et de parfum, c'était la Vietnamienne. Par-dessous, les effluves de cuivre et de cannelle perçaient clairement dans l'habitacle.

Je m'adossai contre le siège et la voiture démarra. Mes pensées vagabondaient. Comment se faisait-il qu'ils sentent la tarte aux pommes ? Je me sentais lourde, étourdie, nauséeuse, comme si j'avais la gueule de bois.

— Ça va passer, Amber, dit Diana. Le test de Skylur était extrême, mais ça va passer. Je suis désolée, nous ne nous sommes pas présentées, continua-t-elle comme si nous venions de nous rencontrer à une soirée. Je m'appelle Diana Ionache et mon amie Bian Hwa Trang.

Un sourire fatigué m'échappa, mais je retins le démon avant qu'il ne fasse une remarque sur le nom de Bian. Bian Hwa voulait dire « fleur secrète ».

— Vous connaissez mon nom, marmonnai-je.

— Oui. Je dois vous briefer sur ce que Skylur vous a demandé de faire, mais je préférerais qu'on se retrouve dans la semaine.

— Ça me va.

Je n'étais pas en état de discuter pour le moment.

— Vous prenez rendez-vous ou vous vous pointez à l'improviste ? demandai-je en me frottant le front. C'est tellement étrange de vous parler, vous n'avez pas idée.

Elle me toucha brièvement le bras.

— Je comprends, dit-elle. J'espère que cela vous paraîtra moins étrange à l'avenir. Nous ne sommes pas vos ennemis, ni en tant qu'humaine et surtout pas en tant qu'Athanate. Je vais vous donner un numéro à appeler quand vous serez prête à nous rencontrer. Le billet pour le gala vous sera envoyé lundi.

— Skylur m'a dit que vous me parleriez de vous. Que je devais en savoir plus pour qu'on puisse… travailler ensemble. Et que vous étiez une meilleure option que l'alternative.

— En effet, dit Diana. Il existe deux groupes d'Athanate dans le monde. Un peu comme des partis politiques ou des clans, si vous voulez. La Maison Altau fait partie du clan Panethus. Nous pensons que les Athanate et les humains doivent vivre en symbiose, dans une relation mutuellement bénéfique.

— Et les autres ?

— Les Basilikos pensent que les humains doivent être élevés comme du bétail. Les deux groupes ont toujours été au coude à coude. Si les Basilikos se retrouvaient seuls à la tête des Athanate, sans que nous soyons là pour les contenir…

J'imaginai bien ce qu'elle ne disait pas. Ils pourraient conquérir le monde. Mon cerveau, fatigué, essaya de venir à bout de sa pensée. Il y avait quelque chose qu'il fallait que je sache, au sujet des vampires – des Athanate –, au sujet de leurs effectifs. J'essayai de former une phrase, mais je réussis seulement à demander :

— Les Athanate ont des enfants ?

— Non, dit Diana.

Ce mot contenait un monde de douleur et je frissonnai.

— Je prendrai plus de temps quand nous viendrons vous voir. Mais pour le moment, commençons par le plus simple. *Athanate.* Vous ne parlez pas grec, si ? Enfin, ce que vous appelez le grec ancien.

Je secouai la tête. J'avais à peine le temps de lire, alors apprendre une langue morte…

— Ah, dommage. Ça aurait aidé. Ils nous ont pris beaucoup de mots. Leur terme *athanatos* signifie littéralement « non-mort » ou « immortel ». Il dérive de notre mot *athanate*, qui signifie éternel. Et pas mort-vivant, comme les gens l'ont cru par la suite. Athanate est le mot qui nous représente, notre peuple, notre langue, notre culture et nos institutions. Un nom et un adjectif.

Tout un peuple avec sa propre culture et ses institutions, caché parmi nous pendant des milliers d'années. J'étais sous le choc.

— C'est ainsi que les Grecs vous appelaient ? demandai-je. Athanate ?

J'entendis le sourire dans sa voix quand elle répondit.

— Non. Ceux qui connaissaient notre existence nous appelaient *Demos Kryptos*, le peuple secret. Et non, comme on l'a dit plus tard, le peuple de la crypte. Non, Amber, Athanate est le nom que nous nous donnons.

— Donc vous ne pouvez pas mourir ?

— Les Athanate peuvent mourir, Amber. Vous savez pertinemment que nous pouvons être tués. Un pieu en plein cœur nous tue aussi bien qu'un humain. Une balle qui transperce les organes vitaux aurait le même effet. Mais le soleil et l'eau bénite ne marcheront pas. Et l'ail ne sert qu'à faire la cuisine.

Parler ne m'aidait pas à me sentir mieux, mais ça me distrayait.

— Combien de temps ? Combien de temps pouvez-vous vivre ?

— Nous verrons peut-être cela un autre jour. Pour l'instant, vous devez simplement savoir que nous vivons, que nous sommes vivants, comme les humains.

Elle me prit la main et plaça mes doigts contre son cou. Son pouls était lent et régulier, comme des vagues sur une plage. Sa peau était chaude. Elle leva ma main et souffla dessus, son souffle tiède et humide, avant de me relâcher.

— Et nous ressentons les mêmes choses que les humains.

J'avais la chair de poule. J'avais déjà touché des vampires, des Athanate, mais j'avais alors l'esprit ailleurs. Ses derniers mots étaient ambigus et je voulais savoir ce qu'elle entendait par « ressentir ». Parlait-elle des émotions ou de la sensation du toucher ?

— Votre bracelet est étrangement beau, dit-elle, interrompant mes pensées décousues. Puis-je le montrer à Bian ?

Je haussai les épaules et Diana tendit mon bras en avant pour que Bian puisse voir. Je sentis les doigts de celle-ci, légers comme un papillon, avant qu'elle ne parle à Diana dans une langue que je ne reconnus pas, un débit rapide et liquide.

— Bian est d'accord, ce bijou est magique. Un autre mot que je n'aime pas. Vous sert-il de protection ?

Le bracelet ne m'avait pas picotée une seule fois ce soir. Mais à part m'avoir intimidée et terrifiée, m'avait-on vraiment fait du mal ? Je soupirai.

— Je ne sais pas exactement.

J'appuyai de nouveau ma tête contre mon siège. J'étais encore fatiguée et étourdie. Et me retrouver les yeux bandés dans une voiture en mouvement n'aidait pas vraiment.

— C'est difficile de vous parler quand je ne peux pas vous voir.

Bian et Diana échangèrent quelques phrases dans leur langue.

— Vous êtes épuisée, Amber, et le test vous a affaiblie. Allongez-vous. Appuyez votre tête contre moi et je vais retirer votre bandeau.

Je me raidis. Sa main toucha de nouveau mon bras, très doucement.

— Oui, les Athanate boivent du sang. Votre Sang nous attire. Mais je respecte l'interdiction de Skylur et, même s'il ne l'avait pas émise, je ne suis pas de ceux qui prennent ce qui n'est pas offert spontanément. Et Bian non plus. Je n'essaierai même pas de vous persuader. Allongez-vous, je vous en prie.

Je n'avais pas le sentiment d'être forcée et j'étais au bout du rouleau. Peut-être que je pourrais me reposer un instant. Je m'allongeai prudemment jusqu'à ce que ma tête soit sur ses genoux. Elle retira le bandeau.

— Vous êtes en bonne voie, dit-elle. Mais je ne vous le demanderai pas, même si votre Sang m'attire. Ce sera toujours votre choix.

— Prions, murmurai-je.

— Je vous demande pardon ?

Je souris légèrement.

— Plus personne ne dit « je vous demande pardon », Diana. J'ai dit prions. Des chaînes de protéines dans le corps. C'est ce qui cause cette transformation. C'est ce que vous sentez.

Je radotais. Je savais que je ne devrais probablement pas en parler, mais je me sentais si bien. Bian dit quelque chose à Diana qui secoua la tête.

— Comment savez-vous cela ?

— Je vous le dirai quand je comprendrai mieux les Athanate. Je vous montrerai quelque chose quand vous viendrez me briefer.

Si le colonel Laine ne me tue pas d'abord.

— Très intéressant. Vous êtes fascinante, Amber.

— Pourquoi ? À part le fait que je viens de vous dire quelque chose que vous ne saviez pas. Ou le fait que Skylur veuille que je joue les agents secrets. Pourquoi vous intéressez-vous à moi ?

Diana baissa les yeux et me caressa la tête comme si j'étais une enfant. C'était étrangement réconfortant et mes paupières se firent lourdes.

— Entre autres choses, vous avez été mordue, dit-elle. Et toute personne de notre territoire qui se fait mordre est sous notre responsabilité, quel que soit l'endroit où cela arrive. Nous sommes votre refuge en cas de besoin et nous serons ravis de vous accueillir.

Mes yeux se fermèrent, juste un instant.

— Et tu sens délicieusement bon, Bambi, dit Bian à l'avant.

Mais elle cherchait simplement à me provoquer. Sa voix semblait venir de très loin.

— Chut. C'est vrai, mais ce n'est pas important pour le moment. Reposez-vous, murmura Diana.

Pas question. Je me redresserais dans une seconde. Je ne pouvais pas faire confiance à ces deux vampires, ces Athanate, quoi qu'elles disent. Juste une petite minute, pour reprendre mes forces. Une petite minute.

26

Samedi

— Madame ? Madame ? Tout va bien ?

Quelqu'un cognait contre ma vitre. Je me réveillai en sursaut, incapable de me rappeler où je me trouvais. Je repoussai le manteau qui me couvrait. *Le manteau de Diana*. J'agrippai mon cou. Rien. *Stupide*. S'endormir dans une voiture avec deux vampires. Enfin, deux Athanate. C'était pareil. *Stupide, stupide, stupide*.

J'ouvris la portière et je sortis maladroitement, ankylosée par la position dans laquelle j'avais dormi. Le policier se tenait à l'écart, la main posée sur son arme. Une folle qui dormait dans sa voiture, moi aussi je me serais méfiée.

— Tout va bien, monsieur l'agent, à part quelques crampes.

Il s'approcha et renifla.

— Je n'ai pas bu, dis-je avant de me frotter les yeux et de m'étirer. J'ai travaillé tard et je me suis juste allongée à l'arrière un instant pour me reposer. Je devais être plus fatiguée que je ne le pensais.

Je sortis ma carte d'identité et mon permis de conduire.

— Amber Farrell ?

— C'est ça.

— Votre nom me dit quelque chose, dit-il en se grattant la tête.

— Je suis détective privée. Vous en avez probablement entendu des vertes et des pas mûres à mon sujet au poste, répondis-je avec un sourire. Un café, ça vous dit ? Mon bureau est juste là.

Il était tôt et je devais avoir l'air moins folle une fois debout. L'agent Robinson accepta mon offre et me suivit jusqu'à mon bureau où je lançai le percolateur. Je passai par la salle de bains pour vérifier mes dents dans le miroir. Elles semblaient normales. Aucun signe de morsure sur mon cou. Au moins, mes bleus avaient tous disparu, sinon je suis sûre qu'il m'aurait posé des questions. Je me peignai rapidement avant de retourner préparer le café.

Nous nous assîmes pour boire et nous passâmes les minutes suivantes à discuter de sport. Robinson était un type bien, même s'il se faisait des illusions sur les chances des Broncos cette saison.

— Au fait, dis-je, interrompant le papotage. Je travaillais hier soir et j'étais dans le métro. Une fille est descendue à la station Colorado vers minuit. Je n'ai pas pu m'arrêter pour voir si elle allait bien, mais ça me tracasse. Vous savez comment c'est. Elle n'avait pas l'air d'aller. Vous pourriez me rendre service et appeler pour vérifier qu'il n'y a pas eu de signalement à son sujet ?

— Bien sûr, pas de problème. Vous avez des détails ?

— Caucasienne, la vingtaine, un mètre soixante-dix. Des cheveux longs, blonds, tressés autour de la tête. Elle portait un manteau en cuir noir avec un grand col et de grandes bottes. Du maquillage gothique.

Robinson appela l'agent de garde et donna une brève description. Il écouta un instant avant de raccrocher.

— Rien, dit-il avec un sourire. La nuit a été calme, Dieu merci.

Il se leva et rinça sa tasse.

— Merci d'avoir vérifié, en tout cas.

— Je vous en prie, mademoiselle Farrell. Merci pour le café. Faites une pause aujourd'hui, compris ?

Je lui souris et il sortit, me laissant assise à mon bureau.

Bon, peut-être que la fille allait bien. Je vérifierais. Je détestais l'idée que Bian se soit servie d'elle pour me traquer et qu'elle se soit retrouvée en danger à cause de cela, à errer en plein milieu de la nuit dans un état de stupeur. Bian avait-elle influencé son esprit ou était-ce simplement la drogue ? Quoi qu'il en soit, je me sentais responsable et il faudrait que je garde un œil sur elle.

Je sortis la machine et je fis le test, fébrile. J'étais passée à 0,45. Je n'avais jamais été plus haut que 0,46. Il allait falloir que je trouve un moyen pour que l'équipe scientifique me dise ce que signifiaient ces taux, tout en échappant à la cellule d'isolement.

Il fallait aussi que je parle à David, mais j'allais le voir dans quelques heures à la course de Boulder, de toute façon. On discuterait après.

Je devais tenir le colonel au courant des derniers développements, mais je n'étais pas vraiment pressée. J'étais encore secouée par ce qui était arrivé et peut-être qu'en parler avec David m'aiderait à digérer tout ça.

Je retournai à ma voiture. Sur mon siège était posé un bout de papier avec un numéro de téléphone et un bref message : « Appelez quand vous serez prête. » Je sortis mon portable de la boîte à gants et j'enregistrai le numéro au nom de « Diana & Bian ». Puis je m'assis sur le siège du conducteur pour le régler de nouveau.

J'avais commencé la semaine en me disant que la vie s'était drôlement compliquée quand j'avais dû dénoncer l'entreprise de Carter à la police. Et ça n'avait fait qu'empirer. Non seulement Carter m'attaquait en justice, mais un patron du crime avait envoyé ses hommes de main après moi. Et quelqu'un, peut-être la même personne, s'en prenait à Jen qui était sous ma responsabilité.

Par-dessus le marché, les vampires – les Athanate – que j'étais censée espionner pour le colonel Laine voulaient à présent que je travaille pour eux. Le plus étrange, c'est que j'avais hâte de le faire. Oui, je voulais en savoir plus sur ce qui m'arrivait, mais pas seulement. Les rencontrer, me rendre compte qu'ils n'étaient pas des monstres anonymes, m'avait fait espérer que je serais encore moi-même si j'achevais ma transformation. Mais surtout, je croyais Diana au sujet des Basilikos. Si la situation était aussi délicate qu'elle le disait, je voulais contribuer à l'améliorer. L'idée que les Basilikos gagnent en pouvoir était terrifiante. La vision d'un monde dystopique où les gens seraient élevés comme des animaux pour que leur sang nourrisse une élite me rendait malade.

Je n'avais pas avalé aveuglément tout ce que Skylur et Diana m'avaient dit, mais j'y croyais et j'en apprendrais plus au fur et à mesure. À un moment, il y aurait peut-être un conflit d'intérêts entre eux et le colonel Laine. Il faudrait que je fasse avec.

Entre-temps, j'avais récupéré un nouveau client. Même si je ne savais pas encore sous quelle forme se présenterait le paiement, et que leurs cachotteries m'énervaient. Et même s'ils étaient effroyablement puissants.

Mais il y avait au moins une chose que je pouvais faire tout de suite.

Je me penchai pour glisser la main derrière le tableau de bord. Mes doigts trouvèrent le système GPS et glissèrent sur le bord jusqu'à localiser une petite rainure. J'appuyai dessus et, avec un simple clic, une minicarte SD me tomba dans la main. C'était le genre d'équipement qui servait à enregistrer des photos sur un appareil. Ou, sur un GPS, à garder une trace de tous les trajets faits par le véhicule au cours des trois derniers mois. Dans mon cas, cela fonctionnait même si le système GPS semblait éteint. J'étais très curieuse de voir où je m'étais retrouvée la nuit passée…

27

Cette année, la course de dix kilomètres organisée par la ville de Boulder pour une organisation caritative était très populaire. Je finis à une place respectable, mais j'eus à peine la présence d'esprit de faire valider mon ticket avant de traverser la foule en courant pour retrouver ma voiture. David était resté invisible tout au long du parcours.

Arrivée à ma voiture, je sortis mon téléphone prépayé pour appeler le sien, mais je tombai sur sa messagerie. J'essayai ensuite son portable normal. Idem. C'était la première fois qu'il ratait une course. Mon soupçon d'inquiétude se transforma en panique, mais j'étais coincée à Boulder.

Les agents mirent une éternité à faire partir tout le monde, et j'alternai entre frapper mon volant et appeler ses deux téléphones, jusqu'à ce qu'enfin, la voie soit libre.

David m'avait donné sa clé et il comptait sur moi pour surveiller ses arrières. Je me dirigeai droit vers sa maison à Wash Park aussi vite que possible, espérant qu'il n'était pas trop tard. Washington Park était mon endroit préféré à Denver, ne serait-ce que parce que ma famille y avait habité avant la mort de mon père. C'était un quartier tranquille avec des rues bordées d'arbres, des jardins bien entretenus et de belles maisons.

Je n'étais encore jamais allée chez David. Sa maison était petite avec sur le devant une belle pelouse, entourée de haies à hauteur de hanche. Le toit était en forme de A avec un perron ensoleillé qui abritait des plantes dans des pots colorés. Je me précipitai et martelai la porte blanche en criant son nom. J'étais sur le point d'utiliser ma clé lorsqu'il ouvrit la porte. Ma première réaction fut une vague de soulagement et je le serrai dans mes bras sans prêter attention à son apparence.

— David, j'étais tellement inquiète. Je n'arrivais pas à te joindre. Tu vas bien ?

Je l'attrapai par les épaules pour bien le regarder. Il était pâle, mal rasé et portait une robe de chambre, comme si je l'avais tiré du lit. Il parvint à esquisser un léger sourire.

— Tout roule, répondit-il. Il est un peu trop tard pour te proposer d'entrer. Ferme la porte et aide-moi à faire du café.

Il se tourna et se dirigea d'un pas lent vers une cuisine ouverte. Je me rendis compte que j'avais envahi sa maison. Et s'il n'avait pas été seul ? J'aurais dû improviser, j'imagine… Mais je le fis asseoir et il m'indiqua où se trouvait ce qu'il fallait pour préparer le café. Il avait l'air fatigué, mais amusé, et je lui préparai un brunch tardif en l'assaillant de questions. Je mourais d'envie de lui parler de ma visite à la Maison Altau, mais je me retins. Je voulais d'abord être sûre qu'il allait bien.

— Alors, quoi de neuf ? Tu n'as pas la grippe ou une gueule de bois, si ?

— Non. Non, juste une autre étape sur la voie.

— Allez, explique !

Je posai son café devant lui avant de retourner surveiller ma poêle. Il se frotta le visage et se gratta la tête. Ses cheveux bouclés étaient en bataille.

— Je dois m'entraîner à me servir de mes dons d'Ath… de mes dons pour me guérir et renouveler mes réserves.

— C'est limpide. Et tu peux utiliser le mot Athanate si tu veux.

Il se redressa d'un bond, renversant son café.

— Comment tu sais ça ?

— Je te le dirai quand j'aurai compris ce que tu as, répondis-je avec un sourire innocent. Des œufs sur le plat ?

Il semblait énervé, mais au moins ses joues avaient repris des couleurs et il commença à parler, d'abord hésitant, puis de plus en plus ouvertement.

Lorsque je posai son plat devant lui, j'avais appris que son Mentor principal, une Athanate du nom de Pia, était responsable de cette étape de la transformation. Il devait apprendre à se guérir et, pour cela, Pia buvait son sang, le laissant faible, pour forcer son corps à renouveler ses réserves de sang bien plus rapidement qu'une personne ordinaire. Mais pour le moment, le processus était encore un peu trop lent. Jusqu'à présent, tout s'était bien passé, même si je n'étais pas arrivée au bon moment. Pia était venue en début de journée, si bien qu'il n'avait pas été en état de courir.

Vint alors une description plus complète du processus de renouvellement et de la seconde partie du test.

Une autre fille accompagnait Pia lors de ses visites. Une humaine. Les légendes sur les vampires avaient au moins vu juste sur un point : les Athanate avaient besoin de sang humain. La fille venait de son plein gré, mais elle était liée à Pia d'une manière que David ne comprenait pas encore. Elle était là pour offrir son sang à David.

Il baissa les yeux sur sa nourriture.

— Il faut que je la fasse venir à moi. Je ne dois pas la forcer, mais l'attirer à travers la pièce à l'aide de mon supposé pouvoir hypnotique.

Je m'assis pour réfléchir. J'avais beau savoir que les vampires buvaient du sang, imaginer David en train de boire au cou d'une fille était carrément dégoûtant. Ça devait être ce même pouvoir que Skylur avait utilisé sur moi. *Quel salaud*, pensai-je, sans trop de conviction. Il ne m'avait pas forcée à lui offrir mon sang, mais, d'un autre côté, je n'aurais pas pu l'arrêter s'il avait insisté.

— Ton supposé pouvoir hypnotique ? demandai-je, curieuse.

David eut l'air mal à l'aise.

— J'ai fait des tests et ils m'ont dit que tout se passait bien, mais ça ne marche pas.

Je volai un bout de jambon de son assiette et l'avalai.

— Dis-moi, qu'est-ce qui se passe si un Athanate ne peut pas absorber de sang humain, et qu'est-ce qui t'arrivera si tu n'arrives pas à hypnotiser les gens ?

— Sans sang humain, un Athanate tombe dans le coma après environ une semaine et finit par mourir. Quant à moi, ils ne me laisseront pas mourir, mais je serai infirme, en quelque sorte.

— Quand tu dis « ils », tu veux dire la Maison Altau ? demandai-je d'un ton désinvolte.

— Amber ! Mais comment tu sais ça ?

Je contournai la table pour lui donner une accolade en riant.

— Désolée, je n'ai pas pu m'empêcher de te taquiner. J'ai reçu une invitation que je n'ai pas pu refuser, cette fois.

— Qu'est-ce qui s'est passé ? Tu vas bien ? Ils ne t'ont pas mordue ? Dis-moi. S'il te plaît ?

Ses mots se bousculaient et je gloussai. Il avait bien meilleure mine maintenant qu'il avait mangé et je l'entraînai jusqu'au salon pour lui raconter les événements de la veille tandis que nous buvions notre café. Comme cela ne faisait pas strictement partie de mon accord de confidentialité avec l'armée, je lui racontai aussi ce que je savais sur les prions.

À la fin, David resta silencieux, pensif.

— Je te ressers ? proposai-je en attrapant sa tasse.

— Merci. Je connais les noms des gens dont tu parles. Skylur, bien sûr, et Diana, mais je n'ai rencontré personne hormis mes mentors. (Il rit.) Ils me font exactement le même coup avec le bandeau et je n'ai pas la moindre idée de l'endroit où on va. C'est juste une pièce sans fenêtres. J'imagine que c'est le même lieu où tu étais, mais je n'ai jamais vu ni entendu parler du cachot.

Je faillis lui dire que je savais où se trouvait la Maison Altau, mais je décidai de garder cette information pour une prochaine fois.

Je lui tendis une nouvelle tasse de café et je me rassis. Puis j'inspirai un bon coup avant de dire :

— Allez, David, au boulot.

Il me regarda en haussant les sourcils.

— Entraîne-toi sur moi. Hypnotise-moi.

J'en avais aussi envie que d'un rendez-vous chez le dentiste, mais il fallait que David y arrive. Il se racla la gorge.

— Je ne crois pas que ce soit une bonne idée. Ça pourrait être dangereux, Amber. C'est pour ça qu'on apprend avec un Mentor expérimenté. Ça peut dégénérer très vite.

— Comment vas-tu réussir à me mordre le cou pendant que je te mets la pâtée ?

— On t'a déjà dit que tu étais arrogante ?

Je ris.

— Alors vas-y, donne-moi une bonne leçon. (Je lui touchai le bras.) Je te fais confiance, David.

J'avais le sentiment qu'il n'était pas arrivé à se concentrer parce qu'il ne connaissait pas l'amie de Pia. David avait un côté timide. Le fait qu'il n'ait même pas appris son nom en disait long.

— D'accord. Je vais essayer.

Il sourit nerveusement et me regarda en fronçant légèrement les sourcils. Je sentis quelque chose, mais je ne savais pas si c'était un fragment de mon imagination. Clairement, ça n'avait rien à voir avec l'attaque claustrophobique de Skylur — non pas que je m'y attende.

J'étais à la fois soulagée et déçue. Soulagée parce que je ne voulais vraiment pas que quelqu'un d'autre trifouille dans mon crâne. Mais déçue parce que je pensais que ce genre de communication serait plus facile entre amis.

— Je ne crois pas que tu aies besoin de me regarder, dis-je après quelques minutes. Et détends-toi. Essaie de te concentrer sur une forme, par exemple la grue. Et dis-moi de positionner mes mains comme il faut.

Il ferma les yeux. Je lui avais appris quelques enchaînements de kung-fu que je pratiquais avec maître Liu. La grue n'était pas le plus simple, mais le mouvement des mains était très spécifique.

— J'ai du mal à visualiser la grue en entier, finit-il par dire.

— OK, essayons autre chose.

Je cherchai une question à lui poser qui le distrairait.

— Dis-moi pourquoi tu veux devenir un Athanate.

Je retins mon souffle. J'avais posé la question sans réfléchir. C'était un sujet très personnel qu'on avait évité jusqu'à présent.

Son visage se crispa furtivement et je regrettai d'avoir demandé. Il resta silencieux si longtemps que je crus qu'il ne répondrait pas. Enfin, il ferma les yeux et inspira profondément.

— Ma sœur, Rachel, avait quelques années de plus que moi. Elle était très gentille avec moi quand on était enfants, surtout après la mort de nos parents. Elle était toujours là, tu sais. Je pouvais compter sur elle pour m'aider quand les choses allaient mal.

Il s'interrompit et un soupir lui échappa.

— Elle est morte d'une maladie qu'on appelle le syndrome Metzl-Duncan. C'est héréditaire et je l'ai aussi. Les médecins m'ont dit que je risquais de mourir dans quelques années. Ils ne savaient pas avec certitude.

Je ne dis rien. Il n'essayait plus de m'hypnotiser, mais je voulais l'écouter.

— Un mois après la mort de Rachel environ, j'étais à la salle de sport et j'ai commencé à discuter avec d'autres habitués. Je leur ai raconté mon histoire. Il y avait un gars du nom de Paul. C'était un Athanate, mais je ne le savais pas à l'époque. Il m'a parlé à plusieurs reprises et, un jour, alors qu'on était seuls, il m'a dit qu'il y avait un remède. Tu sais, j'aurais fait n'importe quoi pour juste rester en vie et là, il me proposait ce changement qui me régénérerait. Qui me régénère. Je suis sur le point de vivre quelque chose de merveilleux, Amber. Si seulement je pouvais te le montrer.

Il le fit. Je vis le soleil se lever derrière des pics montagneux, la promesse glorieuse d'une nouvelle journée. De la brume se dissipait au-dessus de vallées endormies et mon sang voulait saluer le soleil. J'avais l'impression de pouvoir m'envoler dans le ciel de l'aube.

— David ! murmurai-je étourdie, avant que la sensation ne s'évanouisse.

Nous nous regardâmes bouche bée.

— Je crois que tu n'auras plus de problèmes si tu peux refaire ça, dis-je.

J'étais tremblante et en sueur. La vision de David avait été agréable, exaltante même, mais cela ressemblait trop à ce que Skylur m'avait fait subir. Malgré tout, c'était David, je devais lui faire confiance.

Courage et saute le pas, Farrell.

—Réessaie une seconde, juste cette sensation, dis-je en me préparant. Arrête si j'ai l'air d'avoir mal ou si je lève la main.

Il avait l'air aussi effrayé que moi, mais il se calma et je le vis se répéter les mots avant de se tourner vers moi. Après quelques tentatives, la vision de l'aube apparut de nouveau dans mon esprit.

—Ouah!

Je levai la main et il arrêta aussitôt.

—Eh bien, c'est la première étape, j'imagine. Tu arrives bien à établir la connexion.

Après plusieurs essais, il découvrit qu'il n'y arrivait pas s'il ne me regardait pas. La sensation était saisissante mais pas perturbante, et je découvris que je pouvais l'atténuer. Mise en confiance, je fis une erreur.

—Allez, essaie de me convaincre de t'offrir ma veine.

—Amber, non, c'est trop dangereux. C'est…

—Skylur n'a pas réussi, dis-je avec un sourire moqueur. Qu'est-ce qui te fait croire que tu peux…

Il me jeta un regard furtif et son cri silencieux dans ma tête m'arrêta net.

Ensuite, tout devint flou. D'abord assis à quelques mètres l'un de l'autre, nous nous retrouvâmes debout, face à face. Mes mains étaient sur ses épaules et les siennes sur mes hanches. Nos visages se touchaient presque. Je sentais son souffle sur mes joues et son corps qui tremblait d'excitation et de soif. En un éclair, ses yeux brûlèrent de désir.

J'avais eu raison, c'était plus simple entre amis. Beaucoup, beaucoup plus simple. Ce n'était pas comme avec Skylur. Il n'y avait pas de murmures à mon oreille ou dans mon esprit, et ma petite voix intérieure s'était tue. À la place, il y avait toutes ces émotions, brutes et incontrôlables. Ce n'était pas douloureux cette fois et je ne ressentais pas que la soif de

David. Il y avait aussi la mienne. La connexion n'était pas unilatérale.

— Non, soufflai-je.

C'était mal.

— Non, répondit-il.

Mais nous étions si proches que ses lèvres touchèrent les miennes et l'effleurement se transforma en un baiser intense. Ma bouche s'ouvrit sous la sienne et un éclair de désir me transperça.

Nous ne nous regardions plus, mais la connexion était toujours là, irrégulière et vacillante comme si des courants électriques passaient entre nous. L'espace d'un instant, je fus perdue. Peu importait que ce soit David. Je me sentais tellement frustrée. Et au moins, je ne risquais pas de l'infecter avec mes prions. Il pouvait même sucer mon sang. D'ailleurs, je sentais ses crocs dans sa bouche et je m'en moquais.

Dans un dernier moment de lucidité, je compris qu'on ne pourrait pas rebrousser chemin et que cela changerait notre relation pour toujours. J'avais le sentiment d'avoir été influencée et que ce n'était pas ce que nous voulions vraiment. À cause de notre connexion, cette pensée fut aussi la sienne. Et elle nous donna la force de rompre notre étreinte. Nous nous séparâmes avant de nous effondrer par terre.

David fut le premier à retrouver sa voix.

— Merde ! Amber, je suis désolé.

— C'est ma faute, dis-je, ma tête entre mes mains. Je t'y ai poussé. Je t'y ai poussé.

Je me traînai jusqu'à ma chaise et je m'y appuyai, trop faible pour me hisser dessus, haletante et frissonnante.

— Bon sang, ajoutai-je avec un rire tremblant. Tu m'avais dit que les jeunes Athanate étaient chargés à bloc. Effectivement…

— Et ça te fait rire ? J'ai failli…

— On a failli, David. Mais on s'est arrêtés à temps.

— Tout est lié, dit-il en secouant la tête comme pour avoir les idées claires. Le sexe et le sang.

— Ça ne doit pas être toujours facile.

Il rougit.

— Non. Il faut bien que tu comprennes comment ça marche, Amber. La plupart du temps, avec un Athanate, le sexe va mener au sang et vice-versa. Mais ce n'est pas que ça. Se faire mordre peut t'exciter ou t'effrayer et, inversement, être excitée ou effrayée en présence d'un Athanate peut te faire mordre. Les émotions sont ce qui les, ce qui nous, provoque. Ce qui nous nourrit.

Je m'assis lentement sur ma chaise.

— Quand on s'est embrassés, il y avait autre chose, ce n'était pas juste mental, pas vrai ? Comme une sensation d'excitation exacerbée. Un sacré choc.

David hocha la tête, fatigué.

— On peut rendre l'expérience agréable. Des phéromones et des agents chimiques sont libérés dans notre salive ou à travers nos crocs. En échange du sang, pour donner du plaisir avec notre morsure. Ou notre baiser. Ou autre. Je n'arrive pas vraiment à le contrôler pour le moment, mais avec un peu plus d'expérience, je devrais pouvoir provoquer du désir et de l'euphorie. J'apprendrai aussi à créer des agents cicatrisants et un anesthésiant local pour qu'on ne sente même plus les crocs et que la plaie guérisse rapidement.

— Hum. Eh bien, je crois que j'ai eu la pleine dose de désir, en tout cas.

Je lui souris. J'étais presque de retour à la normale et je ne voulais pas que David s'en veuille de notre perte de contrôle.

— Désolé, répéta-t-il avant de s'affaisser sur sa chaise.

— Y a pas de mal. Je suis étonnée que mon odeur ne t'ait pas rebutée, dis-je pour tenter de détendre l'atmosphère. Je n'ai pas eu le temps de me doucher après la course.

David avait sa tête entre ses mains. Il ouvrit un œil et me regarda.

— Tu as tout faux, marmonna-t-il. C'était en partie le problème. Oui, je sens l'odeur de sueur, mais en dessous, Amber, depuis la troisième morsure, je trouve ton odeur…

Il ne savait pas comment terminer.

— Appétissante ? Bian avait l'air d'être du même avis, mais je ne sais pas si elle était sérieuse.

— Oui, appétissante. Exactement. Il faut que je rencontre cette fille. (Il se frotta la bouche.) Mais tu m'as aussi donné quelque chose avec ce baiser.

— Cette espèce de décharge de désir ? Je peux faire ça ?

— Non, rit-il. Non, tu as été un peu plus subtile que ça. Pour une fois.

Il tourna sa langue dans sa bouche d'un air pensif et je remarquai que ses crocs étaient redevenus de simples canines.

— Je te dirai quand j'aurai compris ce que c'était.

Son rire était un signe de progrès et la blague encore plus. Mais je voulais quand même lui montrer que je lui faisais toujours confiance.

— Je peux utiliser ta douche, alors ?

David sourit et désigna la porte d'un geste. J'allai chercher mes affaires dans ma voiture. Une fois hors de vue, j'inspirai profondément pour me calmer. Oui, nous avions eu une frayeur, mais tout était bien qui finissait bien. J'étais certaine qu'il passerait son test d'hypnotisme haut la main à présent. Le jeu en valait bien la chandelle.

Je récupérai une tenue de rechange et mon ordinateur portable. Après ma douche, je comptais interroger David sur les chiffres des dossiers financiers de Jen, sans lui dire à qui ils appartenaient. David était comptable. J'étais certaine qu'il pourrait m'éclairer.

Effectivement, ce fut le cas. Et lorsque je repartis, tout semblait redevenu normal entre nous. David paraissait complètement rétabli quand il s'appuya contre ma voiture.

— Une dernière question, David, combien de temps dure ce fameux test ? Celui où Pia te vide de ton sang ?

Il redevint sérieux.

— Jusqu'à ce que j'arrive à l'empêcher de contrôler mon esprit.

— OK. Tu vas y arriver. Je passerai te voir quand je pourrai. Et allume ton téléphone !

Il rit et je me concentrai sur cette image en m'en allant, plutôt que sur le baiser qui me brûlait encore les lèvres.

28

En fin d'après-midi, j'arrivai dans la cour pavée de Jen et je la trouvai en train de profiter des derniers rayons de soleil. Au centre, une fontaine bouillonnait dans un bassin rempli de carpes, et des pots de lavande et de citronniers entouraient le patio. Au pied du jardin ornemental, au-delà de l'héliport et de la bordure de cyprès, j'apercevais les allées vides du club de golf. L'un des gardes de Vic faisait discrètement les cent pas sous les arbres, dont le feuillage était d'un vert si profond qu'il semblait avoir absorbé la noirceur des ombres en dessous.

J'inspirai profondément et j'écoutai le bruissement de la fontaine et du vent. Jen était allongée sur un fauteuil, une pile de dossiers d'un côté et un verre rempli de glaçons de l'autre. Elle sourit et me fit signe d'approcher. Je lui fis la bise avant de m'installer dans le siège voisin. Contre le mur de la maison, derrière nous, un bougainvillier rose foncé se balançait dans la brise au-dessus d'une liasse de chrysanthèmes multicolores.

— Tout va bien ?

Que répondre ?

— Je suis épuisée. Il m'arrive des choses étranges. Décidément. Mais oublions ça pour le moment et si je commence à ruminer, crie-moi dessus.

Jen éclata de rire.

— Quelque chose me dit que, pour toi, « étrange » ne veut pas dire la même chose que pour nous autres. Mais je ne veux pas le savoir.

La femme de ménage vint resservir Jen et m'apporter un verre. Je pris une gorgée prudente, mais ce n'était qu'une délicieuse limonade, légèrement amère.

— J'ai raté le briefing de vendredi, dit Jen. Rien à signaler ?

— Si. Les portefeuilles récupérés à Silver Hills n'ont rien donné. Toutes les pièces d'identité étaient des faux et je les ai données à la police. Pour le moment, c'est toi – ou ton service informatique – qui as les portables et j'espère en tirer des informations utiles.

— Un certain Matt va venir t'en parler.

Je la remerciai d'un signe de tête avant de reprendre.

— Au moins l'un de nos agresseurs faisait partie d'une organisation criminelle du nom de ZK. La police en a arrêté tout un groupe tôt ce matin. Des hommes de main plutôt que les chefs, malheureusement. Je ne sais pas si ça va donner quelque chose, mais je parie que certains vont rester un bon moment sous les verrous. On ne sait pas pourquoi ils essaieraient de mettre la main sur ton entreprise ou de s'en prendre à toi. Peut-être qu'ils ont simplement été embauchés par quelqu'un d'autre. Mais grâce au message qu'on a envoyé jeudi, à la sécurité mise en place ici et au fait que Morales ait mis plusieurs membres en prison, on devrait avoir gagné assez de temps pour découvrir de quoi il retourne. Bien sûr, l'idéal serait qu'ils se découragent.

— On dirait que tu as une petite idée sur ce qui pourrait les motiver, dit Jen.

— Peut-être qu'ils veulent se servir du groupe Kingslund comme couverture pour leurs activités illégales, notamment leur trafic de drogue. Si c'est ça, ils iront voir ailleurs maintenant qu'on est sur nos gardes. Ou bien ils chercheront à se venger.

Jen soupira.

— OK. Et qu'en est-il de mes finances ? Est-ce qu'ils sont aussi impliqués là-dedans ou bien ai-je deux ennemis différents ?

— Eh bien, c'est pour ça que je reste prudente dans mon analyse. Ce n'est pas très logique. On dirait deux stratégies différentes. En tout cas, j'ai un rendez-vous demain avec l'employé qui a quitté ton service financier. J'y verrai peut-être plus clair après coup.

Il y eut un bref silence pendant que Jen réfléchissait à tout cela.

— Troy ? demanda-t-elle d'une voix basse.

Je ne voyais pas comment enrober ma réponse.

— Ça ne se présente pas bien, Jen. L'équipe de Victor n'a trouvé aucun signe de lui et il n'y a pas eu de demande de rançon. Je suis désolée, mais avec chaque jour qui passe, la probabilité de le retrouver vivant diminue.

Jen baissa les yeux vers le jardin où l'employé de Victor montait la garde.

— L'équipe de Gayle semble compétente en termes de sécurité. Tu es sûre qu'ils ont fait tout ce qu'ils pouvaient côté enquête ?

— Oui. Je fais confiance à Victor et à son entreprise.

— Il mène son équipe à la baguette. Tous ses employés sont d'anciens militaires ?

— Pas tous, mais Victor en emploie beaucoup. C'est comme ça que je l'ai connu. Le type sous les arbres là-bas est un ancien Marine. Et Victor était pilote d'hélicoptère.

— C'est important pour toi ? Le lien avec l'armée ?

— Je ne le recommanderais pas que pour cette raison, mais oui, c'est important.

— Tu es une vraie patriote, pas vrai, Amber ? C'est pour cela que tu t'es enrôlée dans l'armée ?

— C'est une des raisons, Jen. Je crois que je suis devenue patriote en faisant des trucs patriotiques.

— Et les policiers ? J'ai remarqué que tu ne les appelais jamais des flics.

— Disons juste que j'ai été à leur place. Ce qui ne veut pas dire qu'il n'y a pas de mauvais policiers ou policières. Tu comprends ?

— Parfaitement, répondit-elle avec un sourire avant de se lever. On dîne dans une demi-heure. Je vais me doucher et me changer.

— Tenue de soirée exigée ?

J'espérais que non, vu que je n'en avais pas.

— Soirée short et tee-shirt, chérie, me dit-elle en me tapotant l'épaule. Tu es très bien comme tu es. On mange dans le salon.

Il y a tee-shirt et tee-shirt, pensai-je en m'asseyant un peu plus tard à table. Celui de Jen était en soie dorée avec de grandes fleurs blanches. Beau et élégant, comme tous ses vêtements.

Carmen apporta les plats et les posa sur une petite table d'appoint. Un bel assortiment d'enchiladas et de haricots mexicains, avec une salade pour faire bonne mesure.

— Délicieux, dis-je en piochant dans le plat. Tu n'as pas besoin de m'emmener au *Moulin*, je peux simplement manger ici.

— À vrai dire, si, j'en ai besoin. J'ai besoin d'être vue. Denver n'est pas une grande ville comparée à New York, par exemple. Quelqu'un est toujours à l'affût. Si je n'agis pas comme d'habitude, quelqu'un le remarquera. Et ça pourrait affecter mon crédit.

Elle nous servit et nous versa du vin rouge. Je souris.

— Parano.

— Tu peux parler. Et de toute façon, ce n'était pas que pour le plaisir.

Je haussai un sourcil.

— Il faut bien que je sache comment s'en sortent les entreprises situées en dehors de la ville, dit Jen. Les restaurants, les complexes hôteliers, etc.

— Mais tu n'as pas l'intention de construire un hôtel.

— Non, mais j'ai bien l'intention de racheter celui de Tucker et je veux être sûre qu'il soit rentable. Le *Moulin* s'en sort bien.

La conversation en resta là. La nourriture était aussi bonne que je l'espérais et méritait toute mon attention.

Quand Carmen vint débarrasser un peu plus tard, je la remerciai en espagnol. Jen se joignit à la conversation et, évidemment, elle parlait mieux que moi.

— Français, espagnol, quoi d'autre ? demandai-je.

— Italien. Mon premier mari, ajouta-t-elle en réponse à mon regard inquisiteur. Et toi ? Tu parles d'autres langues ?

Zut. Je n'aurais pas dû lancer ce sujet, mais je ne voulais pas mentir.

— Un peu de vietnamien.

Elle lut mon expression et rit.

— Encore quelque chose dont tu ne veux pas parler, je parie.

Nous passâmes à des sujets moins gênants et discutâmes de tout et de rien. Jen finit par jeter un œil à la pendule.

— Bon sang, regarde l'heure qu'il est. Je m'étais promis qu'on serait au lit toutes les deux avant 21 heures.

Elle se leva et me regarda.

— Tout va bien, Amber ?

— Ah. Oui. J'ai juste avalé de travers, croassai-je.

J'avais légèrement mal interprété son commentaire en avalant mon vin. Elle m'aida à me lever lorsque j'eus repris mon souffle.

— Va te coucher, il te faut une bonne nuit de sommeil. Tu as veillé trop tard toute cette semaine.

— Tu peux parler, répliquai-je.

Elle sourit.

— Je vais me coucher aussi, la semaine a été longue. Tu vas courir, demain ?

— Non. J'ai un repas de famille.

— Oh. Je me disais que ce serait sympa et que ça me ferait sortir.

— On peut quand même s'y préparer ensemble. Je m'entraînerai avec toi le matin.

— Ça marche, dit-elle avant de m'embrasser sur la joue.

Je flotte à travers la maison de Jen, une ombre parmi les ombres qui s'insinuent dans sa chambre. Je me tiens au pied de son lit et je respire son odeur en écoutant le battement endormi de son cœur et son souffle régulier. J'ai encore en bouche le goût du vin que nous avons bu, je sens le pouls sur sa gorge comme s'il battait contre mes lèvres. Ma mâchoire se crispe et ma langue explore le tranchant inhabituel de mes dents.

Elle change de position et je m'éloigne en silence, me fondant de nouveau dans l'obscurité.

29

Dimanche

Ma mère vivait avec John dans un des beaux quartiers d'Aurora. Ça ne valait pas notre ancienne maison de Wash Park, mais c'était toujours mieux qu'un mobil-home. John s'occupait de tondre la pelouse et ma mère adorait les fleurs qu'elle avait plantées en bordures.

Je me garai sous le petit orme qui faisait de l'ombre dans l'allée. J'étais en avance mais ma mère m'aperçut et sortit de la maison pour me serrer dans ses bras.

— Oh, Amber, je sais que tu n'aimes pas quand je fais des histoires, mais je ne te vois pas assez.

Elle épousseta quelque chose sur ma veste et rajusta mon col. Nous éclatâmes de rire et je l'étreignis de nouveau. Il y avait un soupçon de larmes dans ses yeux. Elle me tapota nerveusement l'épaule avant de me dire à voix basse :

— Kathleen a amené son petit ami.

Je ne savais même pas que ma sœur venait. Vu les circonstances, je me serais peut-être décommandée, mais je me forçai à sourire.

— C'est super, maman. Je parle le sportif, c'est bon, je saurai quoi lui dire.

— Non, c'est le problème, ma chérie. Il n'est pas comme ça. Il ne parle que d'opéra et de ballet.

Elle leva presque les yeux au ciel, mais se retint.

— Oh. Eh bien, je m'y connais en opéra, à peu près.

— Ah bon ? demanda-t-elle d'un ton suspicieux.

— Je connais quelqu'un qui s'appelle Carmen.

Elle se mordit la lèvre pour ne pas éclater de rire et agrippa ma veste.

— Amber, tu sais qu'elle ne prend pas toujours bien tes plaisanteries. Je crois qu'ils vont peut-être nous annoncer quelque chose. Je t'en supplie, ne gâche pas tout.

— Je me tiendrai à carreau, maman, promis.

— Allez, entrons.

Elle caressa une dernière fois ma veste avant de se tourner vers la porte d'entrée.

— Très jolie veste, d'ailleurs, ma chérie.

Mon beau-père, John, nous retrouva à l'intérieur. John était quelqu'un de bien et ma mère et lui semblaient heureux ensemble. Ce n'était pas sa faute s'il n'était pas mon père. Je ne m'étais simplement jamais sentie très à l'aise avec lui. J'espérais que cela ne se voyait pas trop et je l'embrassai.

Kath me fit une bise glaciale avant de me présenter à Taylor, un avocat du même cabinet qu'elle. Il était grand et mince, avec des cheveux bruns coupés ras. Ses yeux gris étaient prudents mais réfléchis et sa poignée de main douce et rapide. Il semblait choisir chacun de ses mots avec soin. J'étais sûre qu'il était un très bon avocat mais je doutais qu'on devienne amis. J'avais à peine fini de le saluer que Kath frappa dans ses mains.

— Maintenant que tout le monde est là… (*Oh, parce que j'étais en retard, peut-être ?*)… Taylor et moi avons une grande nouvelle.

Elle se tourna vers Taylor avec un large sourire. Il sortit un écrin de sa poche.

— Même si nous ne nous connaissons que depuis un an, Kathleen et moi sommes devenus très proches, dit-il. La semaine dernière, je lui ai demandé de m'épouser et je suis heureux d'annoncer qu'elle a accepté. Nous avons attendu cette semaine pour faire cela.

Il ouvrit l'écrin. À l'intérieur se trouvait une très belle bague de fiançailles en diamant que Kath passa à son doigt.

— Oh, Kathleen ! Je suis tellement heureuse. Quelle belle surprise ! s'exclama ma mère en enlaçant ma sœur.

Ce n'est pas trop mon truc, mais j'étais impressionnée par la bague. Ma mère et moi l'admirâmes tandis que John serra la main de Taylor puis partit chercher le champagne qui se trouvait dans le frigo, grâce aux bons soins de ma mère.

Après le toast vinrent les questions habituelles sur les dates et les projets. Ils n'étaient pas pressés et le mariage aurait lieu au printemps. Je vis ma mère me regarder et je soupirai en silence. *Désolée de te décevoir, maman.*

John nous annonça à son tour une nouvelle lorsque l'on s'assit pour manger.

— J'ai enfin persuadé Stacy de prendre de vraies vacances cette année. (Ma mère et lui échangèrent un sourire.) Nous partons chez mon frère en Floride mercredi prochain.

Vu tout ce qui se passait en ce moment, j'étais soulagée qu'ils s'en aillent de Denver.

Autour de la table, tous les autres avaient beaucoup à dire sur la bonne saison pour visiter la Floride et la meilleure date pour un mariage au printemps. Je ne participais pas beaucoup et, à l'occasion d'un blanc, John essaya de m'inclure dans la conversation en m'interrogeant sur mon travail.

— Je suis désolée, John, mais la majeure partie de mon travail est confidentielle. Je ne peux pas vraiment en parler.

— On a l'habitude, marmonna Kath à voix basse – mais je l'entendis.

Et je vis la main de Taylor serrer la sienne en me demandant si c'était un avertissement. Avec quelques verres en trop, Kath était un peu pénible.

— Mais, sans entrer dans les détails, c'est compliqué et je suis très occupée pour le moment, dis-je.

Ma promesse à ma mère me retint de répondre à Kath. Je savais qu'elle avait toujours mal pris que je ne puisse pas leur parler de ce que je faisais, mais j'aurais cru qu'elle avait autre chose en tête aujourd'hui.

— Donc les affaires sont bonnes, affirma John.

Et on en resta là.

— Je peux voir ton bracelet, Amber ? demanda ma mère pour changer de sujet. Il est magnifique.

Je le défis et le lui tendis.

— C'était un cadeau. Le motif au dos représente l'œil d'un loup parce qu'apparemment, le loup est mon totem.

— Oh, oui, ça ne m'étonne pas, ma chérie. C'est superbe.

Elle fit glisser les perles entre ses doigts avec un regard lointain.

— Comment ça, maman ?

— Le loup totem ? Je ne t'ai jamais parlé de ton arrière-grand-mère ?

— Tu nous as dit qu'elle était arapaho et que ta mère n'aimait pas qu'elle te raconte tous ces mythes indiens effrayants à l'heure du coucher.

— Oui, oui, mais son nom. Je ne te l'ai jamais dit ?

Ma mère se leva et se rendit au salon.

— C'était Sarah, non ? lançai-je.

— Ça, c'était son nom anglais.

Elle revint avec sa vieille boîte à souvenirs et farfouilla à l'intérieur.

— Je ne me rappelle plus quel était son nom indien, mais il voulait dire « Celle-qui-parle-aux-loups ». Le loup était son totem.

Un frisson me parcourut l'échine. Elle sortit une vieille photo sépia d'une pochette en plastique et me la tendit.

Mon arrière-grand-père Farrell, vêtu d'une veste chic et d'un haut-de-forme qu'il avait probablement emprunté pour l'occasion, me lançait un regard sévère. Assis devant lui se trouvait Sarah, habillée à l'occidentale mais portant un châle indien sur les épaules. Le motif sur le châle était identique à celui de mon bracelet. Sous la photo, une inscription estompée indiquait « Padraig et Celle-qui-parle-aux-loups ».

Je l'observai durant un long moment.

— Je peux l'emprunter pour en faire une copie ? finis-je par demander.

— Bien sûr, Amber.

Elle remit la photo dans sa chemise en plastique et la glissa dans la poche de ma veste.

J'avais perdu le fil et la conversation portait à présent sur le ballet.

— Amber faisait de la danse, dit John quand il me vit prêter attention.

— Non, répondis-je avec un petit rire. J'ai juste appris les parties faciles de certaines danses latines. Les pas de base du cha-cha-cha, de la salsa, de la rumba, etc.

Taylor sourit poliment.

— Tu as étudié longtemps ?

— Une prof de danse m'a donné des leçons en échange de baby-sitting. Je ne pense pas que ça compte vraiment. J'aimais bien ça, mais je n'ai jamais continué.

— J'ai bien peur que Kathleen ne m'ait pas dit grand-chose à ton sujet. Je sais que tu es détective privée. Qu'as-tu fait exactement comme études pour cela ?

Je grognai intérieurement. Je savais pertinemment pourquoi Kath ne lui avait pas parlé de moi. Je n'étais pas une sœur convenable avec un parcours universitaire et un bon travail. Mais je ne pouvais pas éluder sa question.

— Je n'en ai pas fait, répondis-je. J'ai arrêté l'école pour m'engager dans l'armée.

Taylor eut à peine le temps d'enregistrer ma réponse que Kath prit la parole.

— Tu as été virée à cause de ce stupide saut en parachute depuis la tour de l'horloge.

— Kathleen !

Ma mère était choquée, et moi aussi j'imagine. Je me demandai combien de verres de champagne Kath avait bus. Mais j'avais fait une promesse et je tentai de faire bonne figure.

— C'est vrai. Je plaide coupable. J'ai sauté en parachute depuis la tour de l'horloge du lycée. Mais j'avais déjà décidé de partir.

— Ce n'était pas dangereux ? demanda Taylor.

— Si. C'était l'intérêt.

Ses yeux reflétaient son incompréhension et je ne pus m'empêcher de lever les miens au ciel. C'était malpoli et Kath le prit mal.

— Peu importe pourquoi tu as quitté l'école. Tu as tout gâché pour aller faire tout un tas de choses stupides et flirter avec le danger. Et regarde ce que ça a donné. Tu en es réduite à venir me supplier de t'aider.

Ma mère écarquilla les yeux.

— Amber ? Qu'est-ce qui se passe ?

Je repoussai ma chaise et me levai.

— C'est rien, maman. J'ai été malpolie, je suis désolée. Je vais y aller.

Kath se pencha en avant et ouvrit la bouche.

— Tais-toi, Kathleen ! Et assieds-toi, Amber !

Je ne me souvenais pas de la dernière fois que j'avais vu ma mère si furieuse. Mes jambes se plièrent et je retombai sur ma chaise. Kath était devenue livide, se rendant compte trop tard qu'elle avait été trop loin sous l'influence de l'alcool.

Il y eut un grand silence, John et Taylor étaient rouges de honte, Kath et moi, blêmes et sous le choc. Comment les choses avaient-elles tourné au vinaigre si vite ?

— Ça aurait dû être un repas de fête. Je déteste quand vous vous disputez. Je déteste ça. Vous étiez tellement proches avant.

Elle parlait à voix basse, mais sa colère était manifeste.

— Amber, pourquoi as-tu demandé de l'aide à Kathleen ?

— Je vais bientôt avoir un procès et j'ai appelé Kathleen pour lui demander de l'aide, dis-je d'une petite voix. Maman, oublie ça, s'il te plaît. Ce n'est pas grave.

— Ça l'est pour moi ! Et elle a refusé ?

Je hochai la tête, tristement. Je ne voulais pas en parler.

— Maman, s'il te plaît…

— Chut, Amber. Je suis désolée, je vais devoir rompre ma promesse.

Sa main couvrit la mienne sur la table. Elle se tourna vers ma sœur.

— Écoute-moi bien, Kathleen. Tu as un bon poste et tu as travaillé dur pour l'avoir. Personne ne peut dire le contraire. Mais tu ne t'es jamais demandé comment ça avait été possible. Pas une seule fois. Eh bien, il est temps que tu te creuses un peu la tête. Je n'aurais pas pu me permettre de te payer des études à l'université. Même après avoir vendu la maison pour rembourser les frais médicaux de ton père, j'étais encore endettée.

Kath semblait sous le choc. Elle était intelligente, mais un peu trop égocentrique pour se demander ce qui s'était passé autour d'elle, toutes ces années.

— C'était Amber, Kathleen. Tout l'argent de ses petits boulots quand elle était encore au lycée et ensuite la majeure partie de son salaire dans l'armée. Jusqu'à ce que tu aies ton propre appartement et que je rencontre John. Sans elle, nous n'aurions même pas eu un toit au-dessus de nos têtes.

Les joues de ma mère étaient rouges de colère et ses yeux remplis de larmes.

— Amber m'a fait promettre de ne jamais t'en parler, et maintenant j'ai rompu ma promesse. Mais même si elle n'avait rien fait, tu devrais avoir honte de ne pas aider ta sœur.

Je me levai. C'était intenable. Ma mère essaya de m'arrêter, mais j'attrapai ma veste et je m'enfuis.

Oui, j'avais fait tout cela, mais ça ne s'était pas passé ainsi. Je n'ai rien d'une sainte. C'était bien plus compliqué que cela. Et je me revoyais debout sur la tour de l'horloge du lycée, à me demander si j'allais sauter ou non. Ce n'était pas un bon souvenir.

Tout était calme au bureau.

Je m'assis sur mon siège et j'écoutai les bruits sourds du trafic au-dehors, comme engourdie. J'avais essayé de travailler mais je n'arrivais pas à me concentrer pour le moment. J'avais deux appels manqués du colonel sur mon portable, mais je l'éteignis.

Il n'y avait rien sur mon bureau à part mes photos. J'attrapai celle qui n'en était pas vraiment une. Même dans la pénombre, le granit noir brillant reflétait mon visage au-dessus de l'inscription « Tara Farrell ». Plus personne ne semblait se souvenir d'elle, à part moi. Ma sœur jumelle était mort-née, si bien qu'il n'y avait pas de dates. Aucune photo n'existait, mais je n'en avais pas besoin. Nous avions été de vraies jumelles. Je regardai mon reflet et je vis ce qu'elle aurait été. Pas un jour ne passait sans que je ne sente qu'il me manquait quelque chose, un trou béant dans ma vie. Pas une semaine sans que je lui parle. Elle était la seule à savoir tout de moi.

— Tara, c'est tellement dur parfois, dis-je.

J'avais honte des larmes qui coulaient sur mes joues, mais elle comprendrait. J'entendis sa voix, réconfortante.

— Ça va aller, Amber, dis-moi tout.

30

Lundi

Peu avant l'aube, dans ma chambre d'amis à Manassah, je rallumai mon portable. Je me sentais mieux. Parler à Tara la veille m'avait aidée. Il fallait que j'aille de l'avant et que je cesse de m'inquiéter pour des choses que je ne pouvais pas changer. J'avais un nouvel appel manqué du colonel. Autant commencer par là, même s'il était encore tôt.

— Colonel. Désolée d'avoir raté vos appels.

— Où étiez-vous ?

— C'était le week-end, colonel. J'ai participé à une course à Boulder, j'ai rendu visite à des amis et j'ai déjeuné avec ma famille, si ça ne vous gêne pas ?

— Sergent, ces échantillons que vous nous avez transmis sont importants…

— Et le week-end n'allait rien y changer. C'est peut-être d'une priorité absolue pour vous, mais…

Je m'interrompis. Si je continuais, je commencerais à me plaindre de mon manque de sommeil et je ne ferais que nous énerver tous les deux. J'avais pris deux jours de congé. Pas la peine de me justifier.

— Bref, vous avez raté l'occasion de me demander « qu'est-ce que c'est que cette merde que vous m'avez envoyée ? ». Et c'est justement ce que je veux savoir.

Le colonel prit ce changement d'approche mieux que je ne l'espérais. On aurait même dit qu'il souriait.

— Nous avons maintenant une preuve solide de l'existence des loups-garous. Il semblerait qu'il y ait une meute importante à l'endroit où vous avez collecté vos échantillons.

— L'analyse ne laisse aucun doute ?

— Non, à moins que votre sens de l'humour ne vous joue des tours, sergent. Les loups ne mangent pas de pizzas et de hamburgers et ne boivent pas non plus de vin et de bière.

— Mais vous êtes certain que ce sont des excréments de loups ?

— Oui. Le mélange de restes digérés comprenait du lapin et du cerf crus. Ce sont bien des excréments d'animaux, mais avec en prime de la nourriture humaine digérée. Et même si les prions se décomposent hors du corps, les analystes ont réussi à identifier leur présence.

— Les mêmes que ceux des Ath… (Je me repris juste à temps.)… que ceux des vampires ?

— Non, similaires mais différents. Mais c'est dur à dire à partir de protéines décomposées.

— D'accord, donc nous avons des loups-garous. Mais où ? Ces personnes pourraient très bien aller jusqu'au site en voiture et se transformer sur place. L'endroit n'est pas important et pourrait très bien n'être jamais réutilisé, pour ce qu'on en sait. Pour l'instant, je n'ai aucun contact direct avec eux.

— J'ai comme l'impression que vous allez me dire la même chose que pour les vampires…, dit le colonel.

— Effectivement. Pourquoi n'organisez-vous pas une rencontre à trois avec Morales ? Afin que nous puissions élaborer un plan pour les contacter sans partir du principe que ce sont des monstres qu'il faut enfermer d'urgence. Morales se sent exclu, d'ailleurs, on est sur son territoire.

— Très bien, je le ferai, dit-il.

Il y eut un bref silence. Plus tard, je compris que nous cherchions tous les deux comment aborder le prochain sujet. Je repris la parole la première.

— Colonel, il faut que j'y aille, mais j'ai besoin d'informations supplémentaires sur les résultats des analyses sanguines.

— Comment cela ?

— Eh bien, quel résultat aurait un vampire ? Et à quel stade déciderez-vous de me garder en observation ?

Je l'entendis soupirer.

— Les scientifiques ne m'en ont pas dit beaucoup plus qu'à vous. Je crois qu'un résultat de 1 signifie que les prions ont pris complètement le contrôle et que ce taux serait fatal à l'hôte. À l'heure actuelle, ils estiment qu'un vampire serait fonctionnel à un taux de 0,8.

J'ignorai le nœud qui se formait au creux de mon estomac. Je n'aimais pas ce que mes résultats suggéraient. J'essayai de me concentrer sur une autre question, tant qu'il était d'humeur loquace.

— Et j'ai jusqu'à quel taux avant d'être obligée de revenir ?

— Personnellement, sergent, je respecte l'opinion que vous avez exprimée lors de notre dernière rencontre. Je ne souhaiterais pas vous mettre en détention à moins que ce ne soit absolument nécessaire. Si vous étiez prise de folie meurtrière. Mais le même avertissement est valable si vous infectez quelqu'un d'autre.

— Merci, colonel.

— Si vous demandez ce qu'en pense l'équipe scientifique, ils vous veulent tout de suite.

— D'accord. Il faudra qu'on en parle quand vous viendrez. À présent, je dois y aller. Vous m'enverrez la date et l'heure du rendez-vous avec Morales ?

— Oui. Il faudra qu'on discute plus en détail la prochaine fois.

Je ne m'en étais pas rendu compte sur le coup, mais en coupant court à la conversation, j'avais gagné quelques jours de répit car il n'avait pas pu m'annoncer ses nouvelles. Je fermai mon téléphone et je m'assis pour réfléchir. Le colonel avait-il forcé l'équipe d'Obs à me laisser tranquille tout ce temps ? Et combien me restait-il avant d'arriver au taux de 0,8 ? J'en étais à environ 0,45 pour le moment, et mon taux avait augmenté de 0,05 en à peine une semaine. À ce rythme, il me restait un mois ou deux avant de devenir une vraie Athanate. Grâce à Diana, j'avais commencé à voir que les Athanate n'étaient pas aussi horribles que je le pensais, mais j'espérais encore découvrir comment faire redescendre mon taux de prions.

J'avais beaucoup de questions et peu de réponses, comme toujours.

Jen n'était pas encore levée quand je quittai sa maison à l'aube. Je passai rapidement voir l'équipe de Victor avant de prendre ma voiture pour me rendre au bureau. En chemin, j'appelai le numéro « Diana & Bian » sur mon téléphone. Quelqu'un décrocha presque immédiatement.

— Bonjour, Bambi, dit Bian.

Je souris.

— Pas trop tôt pour toi, Minette ?

— Il est tard, pas tôt. Il faut que tu rencontres Diana cette semaine.

— Je sais. Demain à mon bureau ? Disons, 10 heures.

— OK.

— Je dois prévoir quelque chose à grignoter ?

— Oh, non, ta présence suffira, ronronna-t-elle.

Je ris, un peu nerveusement. Skylur m'avait dit que les autres auraient interdiction de me mordre, mais je me demandais quelles seraient les sanctions en cas de désobéissance. Je n'oublierais pas de m'en informer demain.

— Autre chose…

— Oui ? dit Bian.

— Peux-tu me dire le nom de la fille avec qui tu étais dans le métro ?

— Tu aimes le style gothique, Bambi ?

— Je suis hétéro, Minette. Je voulais juste prendre de ses nouvelles pour être sûre que tout allait bien. Elle n'avait pas l'air dans son assiette et ce n'est pas une bonne idée de se balader dans cet état en pleine nuit.

Silence.

— Mykayla. Je t'envoie son numéro.

Et elle raccrocha.

Tullah arriva à son habitude avec le café, mais elle semblait tendue. Je lui donnai le numéro de Mykayla en lui demandant d'essayer d'appeler pendant la journée. Et de me transférer l'appel si elle obtenait une réponse.

Avant qu'elle ne puisse s'asseoir, un coursier arriva à la porte. Tullah revint, perplexe puis ravie en observant l'enveloppe.

— Amber ! Ouah ! Tu vas au gala de charité !

— Oui, mais il faut que je parte avant minuit ou ma voiture se transformera en citrouille.

Elle rit.

— Mais ça coûte une fortune. Comment… oh, bien sûr, c'est du travail ? Tu as une marraine la bonne fée comme cliente ?

Je hochai la tête avec un sourire en pensant à Skylur sous les traits d'une bonne fée. Tullah semblait de nouveau perplexe.

— Mais qui ? Tu n'as pas ouvert de nouveau dossier. C'est Jennifer Kingslund ?

Elle chercha une adresse d'expéditeur sur l'enveloppe, mais bien sûr, il n'y en avait pas.

— Non. Je suis désolée, Tullah, je n'ai pas ouvert de dossier pour ce client. Je n'attends pas de paiement pour le moment, autre que ce ticket. Je m'occuperai du dossier plus tard.

Quand j'aurai décidé comment le rédiger.

— D'accord.

Elle retourna à son bureau pour essayer d'appeler Mykayla. L'arrivée du ticket confirmait mes projets pour la journée et je secouai la tête, consternée. J'avais des tueurs à gage, des membres du crime organisé, des Athanate et des loups-garous à mes trousses, mais parce que mon dernier client voulait que j'aille à un gala de charité, j'allais devoir sortir m'acheter une robe. Je ne pensais pas que M. McIntire et Mme Harriman seraient ravis de me voir arriver en tenue de travail et je n'avais rien d'autre dans ma garde-robe. Hormis mon uniforme, bien sûr, et ce n'était guère mieux.

Il fallait aussi que j'attende que le geek de Jen vienne m'apporter les informations sur les portables de ZK et j'avais plusieurs autres choses à faire durant la journée. Je réfléchissais à la meilleure manière de tout combiner quand une notification de mail apparut sur mon écran. Kath.

Elle ne s'excusait pas et elle avait beaucoup de travail, mais elle avait conscience d'avoir une certaine obligation envers moi, etc. Elle s'occuperait de mon cas et promettait de l'examiner bientôt. Mais elle était si chargée que son seul moment de libre cette semaine serait consacré au gala de charité. J'éclatai de rire. Évidemment, il fallait qu'elle me le dise. Je lui répondis que je lui enverrais les documents et je terminai en disant qu'on se verrait au gala. Elle prendrait sûrement cela pour de l'humour. Je souris en imaginant sa tête quand elle m'y verrait.

J'entendis une moto se garer dehors. Le rugissement reconnaissable d'une Harley. Ça ne pouvait pas être le geek de Jen, si ? Les geeks conduisaient-ils des Harley ?

Le gars qui entra n'avait rien d'un geek. Il avait une allure de surfeur avec son jean usé, ses cheveux blonds décolorés et ses yeux bleus. Il semblait nerveux, sa veste de moto était fermée jusqu'en haut et ses mains tripotaient anxieusement ses lunettes de soleil et ses clés.

— Bonjour, dit-il à Tullah. Je suis Matt. Euh. Matthew Bierbach. Du groupe Kingslund. Je viens voir Mlle Farrell.

Il me voyait à travers la paroi en verre, mais il gardait les yeux fixés sur Tullah.

— Tullah, répondit-elle. De quoi s'agit-il ?

— Une analyse d'appels téléphoniques.

Je sortis de mon bureau. Il ne recula pas, mais il semblait se méfier de moi. Je l'observai un instant, appuyée contre le chambranle de la porte, jambes et bras croisés.

— J'ai spécifiquement demandé un geek, dis-je. Tu n'as pas l'air très calé en informatique. Les geeks ne conduisent pas de Harley.

— Je suis tout ce qu'il y a de plus authentique, madame.

Bon sang, il allait en briser, des cœurs, avec ce sourire.

— C'est Jen qui t'a dit de m'appeler comme ça ?

— Non, madame.

— Alors, c'est Amber. Entre et montre-nous ce que tu as.

Une fois assis avec du café devant l'ordinateur de Tullah, il se détendit un peu. Il avait fait du super bon boulot : il avait créé une base de données rassemblant tous les appels passés, classés en fonction de la longueur, de la fréquence et du destinataire. Il avait associé à chaque numéro nom et adresse, en indiquant ceux qu'il pensait être faux. Il avait aussi listé tous les textos.

— Génial ! Tu peux faire ça avec n'importe quel numéro ? demanda Tullah.

Quand il acquiesça, elle lui donna le numéro de Mykayla. Il se connecta à distance à son système et entra le numéro dans son logiciel. En quelques secondes, il trouva le nom et l'adresse de Mykayla, un appartement dans un petit immeuble de l'autre côté de l'autoroute, à moins de deux kilomètres de là. Un trajet plutôt rapide depuis la station Colorado si l'on n'était pas défoncé, mais pas vraiment conseillé pour une fille seule en pleine nuit. Je me demandais si elle avait eu la présence d'esprit de reprendre le métro jusqu'à la station Yale, plus proche de chez elle.

— Super, dit Tullah lorsqu'il lui envoya l'adresse par mail.

— Matt, c'est du bon travail, merci, dis-je. Il faut que j'y aille, mais ça va vraiment me faciliter les choses. Je le dirai à Jen.

— Pas de problème. Merci, euh, Amber, répondit-il avant de s'échapper par la porte.

Puis il la rouvrit, passa la tête dans l'entrebâillement.

— Merci pour le café, Tullah.

Il la salua de son sourire d'ange débraillé et disparut de nouveau. On entendit sa moto rugir et s'éloigner.

— Il est gentil, dit Tullah en regardant la porte.

Ah oui ?

— J'ai l'air de mordre ? demandai-je.

Elle leva les yeux vers moi et sourit de toutes ses dents.

— Absolument.

Je me préparai à partir. Je récupérai le HK, contente de voir qu'il logeait parfaitement sous la veste prêtée par Jen. Elle allait me manquer quand je la lui rendrais. Je pourrais peut-être lui trouver une remplaçante quand j'irai acheter une robe dans la journée.

Les yeux de Tullah étaient posés sur la veste quand je sortis de mon bureau. Elle se leva et s'approcha.

— Très jolie, dit-elle en caressant le cuir, mais je voyais que son esprit était ailleurs.

Elle croisa mon regard.

— Amber, ce que tu as dit quand on a dû déménager… C'est bien *nous*, cette agence, pas vrai ?

— Tullah, l'un de mes gros soucis du moment, c'est ce que je ferai quand tu seras diplômée et que tu trouveras un vrai travail. Oui, c'est nous.

— Peut-être qu'on pourra en parler demain, si… (Elle inspira profondément.)… si tout va bien.

Pourquoi ça n'irait pas ?

J'avais trop de choses en tête pour m'en inquiéter pour le moment. On verrait bien demain. Je l'embrassai sur la tête avant de m'en aller. J'avais rendez-vous avec l'ancien employé de Jen et il fallait aussi que je trouve le temps d'acheter quelque chose pour le gala, mais d'abord, j'avais quelqu'un de bien plus important à voir.

31

La boutique sentait délicieusement bon, une odeur de cuir et de cire. J'inspirai profondément en entrant à l'intérieur.

Werner leva les yeux et me fit un large sourire. Il arrêta immédiatement ce qu'il était en train de faire et sortit de derrière son établi pour me saluer, ses bras massifs grands ouverts.

— Klara, Klara, viens, Amber est là, lança-t-il à sa femme par-dessus son épaule avant de m'étreindre. Bienvenue, ma fille américaine !

Je ris. Sa barbe me picotait et il sentait l'effort, mais j'appréciai son enthousiasme bavarois. Klara déboula, aussi menue qu'il était corpulent, et m'embrassa sur la joue. Ses yeux étaient rouges. Je savais à quoi ils devaient penser tous les deux, mais Klara le montrait plus facilement.

— Je ne peux pas rester longtemps, je suis occupée, dis-je. Mais j'étais venue voir Emily.

— Bien sûr, bien sûr, dit Werner. Elle n'est pas allée à l'école aujourd'hui. Ils sont très compréhensifs et elle va bien la plupart du temps, mais c'est difficile aujourd'hui. La date d'anniversaire.

— Viens t'asseoir et prendre le café avec nous d'abord, dit Klara. On l'a laissée faire la grasse matinée.

Elle tripota l'établi de Werner, rangeant des choses qu'il devrait ensuite ressortir, avant de nous conduire à l'arrière. Son percolateur était allumé et l'odeur de café recouvrit celle de cuir et de vernis lorsque nous nous assîmes à la petite table de cuisine.

— Quelle belle veste, Amber, dit Klara en posant un expresso devant moi.

— Oui, on me l'a prêtée.

Werner tira sur la veste et je dus la lui donner pour qu'il puisse inspecter la qualité du travail. J'enlevai discrètement l'étui de mon HK et je le glissai sur le buffet, hors de vue.

— Qu'il est malpoli, dit Klara. Il ne t'a même pas remerciée.

— Pour quoi ? demandai-je.

— De nouvelles clientes ! s'exclama Werner. Mme Kingslund est venue avec ses amies. Elles veulent toutes les mêmes bottes que toi.

Il sourit et agita son doigt, ressemblant comme deux gouttes d'eau à Karl Marx donnant un cours à ses étudiants.

— Je leur ai dit que tu étais la seule, la seule, à les porter, mais que je leur ferais des bottes. Différentes mais très belles.

Je ris. J'avais oublié que j'avais donné les coordonnées de Werner à Jen.

— Ce n'est rien. Elle m'a demandé où j'avais acheté mes bottes quand elle m'a vue les porter.

— Ce n'est pas rien. C'est quelque chose quand Mme Kingslund et ses amies sont mes clientes, c'est vraiment quelque chose.

Je haussai les épaules.

— Pourquoi es-tu si occupée, Amber ? demanda Klara.

— J'ai un rendez-vous important cet après-midi et figurez-vous que je dois acheter une robe ce matin. Un client veut que j'aille au gala de charité cette semaine. C'est un cliché, je sais, mais je n'ai rien à me mettre.

— Le grand gala de charité ? Le gala McIntire-Harriman ? demanda Werner.

— Oui. Bien trop cher pour moi, mais mon client m'a donné un ticket.

Werner et Klara échangèrent un regard et, avant que je ne puisse demander ce qu'il y avait, j'entendis les pas d'Emily à l'étage. Je me levai et Klara me serra brièvement la main, tournant la tête pour que je ne puisse pas voir ses larmes. Un an plus tôt, jour pour jour, ils étaient assis à cette table quand on leur avait appris qu'Emily avait été enlevée.

Je montai les marches menant au salon et retrouvai Emily qui descendait. Elle me sauta dans les bras.

— Amber ! Je me disais bien que je t'avais entendue !

— Tu as grandi, Em. Bientôt, je ne pourrai plus te porter.

— Mais si. Tu pourrais même porter papa, dit-elle en riant. Merci d'être venue.

— Aucun souci, ma puce.

Nous restâmes un moment enlacées. J'avais l'impression qu'elle me donnait de la force et non l'inverse. De toutes les choses difficiles et parfois ambiguës que j'avais faites ces dernières années, sauver Emily était comme un point de repère. Je savais avec certitude que cela avait été la bonne chose à faire. Tant qu'il y avait des Emily à sauver, ma vie avait un sens, un objectif.

— Comment ça va ? demandai-je.

— Plutôt bien. Mais parfois, j'ai des cauchemars ou je commence à y repenser et ça ne va pas. Je ne suis pas aussi forte que toi.

— Je ne suis pas toujours si forte, Em. Personne ne se sent fort tout le temps.

— Tu en as toujours l'air, en tout cas. Comment tu fais ?

— Voyons voir. Quand j'étais petite, je mangeais toujours mes légumes, je rangeais toujours ma chambre, je faisais toujours mes devoirs et je ne répondais jamais aux adultes.

Je la sentis sourire.

— Je crois que ton nez s'allonge, dit-elle.

— Petite maligne.

Je fermai les yeux et j'appuyai ma tête contre la sienne. Elle dégageait une bonne odeur de shampooing au citron. Je voulais en profiter tant que je le pouvais. Qui sait si cela serait encore possible si je devenais Athanate… Ou si j'en aurais toujours envie. J'aurais peut-être besoin de ce souvenir réconfortant plus tard. Diana m'avait dit que les Athanate n'avaient pas d'enfants et, vu la tournure des événements, je savais que je ne serrerais jamais ma propre fille dans mes bras.

Emily leva ses yeux sages vers moi.

— Il t'est arrivé quelque chose, Amber.

Mon cœur se serra.

— Non, tout va bien.

— Je déteste quand les adultes me disent ça juste parce qu'ils veulent me cacher quelque chose.

Je nous assis sur le canapé pour que l'on soit à la même hauteur.

— Je suis désolée, Em. Il arrive des choses à tout le monde, y compris à moi. C'est vrai que j'ai eu des mésaventures et j'en aurai d'autres à l'avenir. Peut-être que je ne pourrai pas toujours être là. Mais j'essaie juste de faire ce qu'il faut tant que je le peux et de ne pas m'inquiéter de ce que je ne peux pas changer.

Emily hocha la tête.

— Je crois que moi aussi j'aimerais ne plus m'inquiéter de ce que je ne peux pas changer, et aller à l'école aujourd'hui finalement, murmura-t-elle contre mon tee-shirt.

Je la portai jusqu'à la cuisine sur mon dos ; Klara déclara qu'elle allait l'emmener mais qu'elle devait d'abord manger quelque chose. Elle se dépêcha de préparer un en-cas tandis qu'Emily faisait la grimace dans son dos.

Je récupérai mon étui et ma veste. Je me sentais hébétée ; il était temps que je m'en aille. Mais Werner me prit le bras.

— Viens, viens avec moi, dit-il avec un grand sourire. Tu n'as peut-être pas besoin d'aller dans des boutiques chères.

Perplexe, je dis au revoir à Klara et Emily avant de le suivre dans la rue. Il m'emmena chez une couturière et salua la petite dame derrière le comptoir.

— Lisa, voici la dame dont je t'ai parlé au téléphone. Amber, voici Lisa Macy.

Je lui serrai la main. Puisque j'étais là, autant jeter un œil avant d'aller dans une boutique plus chère du centre-ville, mais je ne pouvais pas attendre qu'on me fasse une robe sur mesure, et ce ne serait de toute façon pas dans mon budget.

Lisa était menue et agile. Après avoir vérifié quel était mon besoin, elle m'examina, puis disparut en arrière-boutique. Je jetai un regard inquisiteur à Werner, mais il me fit signe d'être patiente. Je commençais à craindre qu'il ne veuille m'offrir la robe, ce que je ne comptais pas accepter.

Lisa revint avec un carnet de croquis et un rouleau de tissu. Une soie vert foncé, magnifique. Lisa feuilleta les pages avant de me tendre le carnet.

— La meilleure robe pour vous serait ce modèle en soie verte. Avec une étole et des gants.

Si les dessins étaient d'elle, c'était une artiste, et si elle pouvait faire en sorte que je ressemble à la femme du croquis, alors elle était une couturière hors pair. Ou une magicienne.

— Oh, je l'adore, soupirai-je. Mais je sais qu'elle n'est pas dans mes moyens.

Ils sourirent. Werner se frotta la barbe et Lisa mit la tête entre ses mains, feignant le désespoir.

— Amber, vous êtes superbe, grande et mince, et vous êtes invitée au gala McIntire-Harriman. Savez-vous combien de designers seraient prêts à vous payer pour que vous portiez leur création ? (Puis, elle me jeta un regard nerveux.) Je ne peux pas vous payer, dit-elle à voix basse.

Elle aurait aussi bien pu parler allemand, pour ce que je comprenais.

— Amber, je vous ferai cette robe pour demain, gratuitement, reprit-elle, se méprenant sur mon silence. S'il vous plaît, portez-la au gala et si on vous demande d'où elle vient, donnez ma carte. Ensuite, je mettrai la robe en vitrine et j'embaucherai quelques employés pour faire face à la nouvelle demande.

Après avoir ouvert et fermé la bouche plusieurs fois sans rien dire, je réussis à acquiescer. Et c'était dans la poche. Lisa prit mes mesures tandis que Werner attendait dans un coin, bras croisés et un grand sourire aux lèvres.

— Et moi, dit-il, j'aurai des chaussures pour toi. Tu devras venir les essayer avant le gala.

Lisa commença à draper des échantillons de tissu sur ma silhouette. En moins de temps qu'il ne m'en aurait fallu pour écumer des boutiques hors de prix, la plus belle des robes de soirée commença à prendre forme. Lisa me poussait déjà jusqu'à une cabine pour qu'elle puisse me faire essayer la robe bâtie.

Je fermai les yeux et secouai la tête. Était-ce un rêve ?

— Tout va s'évanouir au premier coup de minuit, c'est ça ?

Les deux autres éclatèrent de rire. Werner à gorge déployée et Lisa prudemment, la bouche pleine d'épingles, sans jamais s'arrêter de travailler.

32

La sonnerie de mon portable me fit sursauter alors que je commençais à piquer du nez. Mon rendez-vous au café avec Geoff Hansen, ancien employé du service financier du groupe Kingslund, se passait bien et j'avais obtenu ce qu'il me fallait, mais j'avais du mal à y mettre fin, même après avoir payé l'addition.

C'était Tullah.

— Amber, c'est moi, je suis désolée mais j'ai besoin d'aide, dit-elle d'une voix paniquée.

— Une seconde, répondis-je avant de me lever. Geoff, merci beaucoup pour votre coopération. J'ai une urgence au bureau.

Je lui serrai la main, puis j'attrapai mon sac et je sortis du café. À ce stade, je m'attendais que Tullah me parle d'un huissier ou d'un tuyau percé.

— Tullah, qu'est-ce qui se passe ?

— Je suis désolée. J'ai fait une bourde. Je suis chez Mykayla.

Je mis mon oreillette et je courus jusqu'à ma voiture.

— J'arrive. Parle-moi.

— Elle ne répondait pas et ensuite, son téléphone a été coupé. Comme elle n'habite pas loin… On l'a tabassée, Amber. Elle est mal en point, vraiment mal en point.

— Qui l'a tabassée ?

— Je crois que c'est ce gang sur lequel tu enquêtes, ZK. Et, Amber, je crois qu'ils vont revenir.

Je me glissai sur mon siège et je démarrai. Heureusement, j'avais accepté de retrouver Geoff au *Café Vienne* près du centre commercial de Cherry Creek et je n'étais qu'à une dizaine de minutes de Tullah.

— Tu as appelé la police ?

— Non. Je ne savais pas si tu voulais l'impliquer. Je suis désolée.

Elle était tellement compétente que j'en oubliais qu'elle était encore étudiante et qu'elle se sentait à présent complètement dépassée.

— Arrête de t'excuser, Tullah. Tout va bien se passer. J'arrive dans moins de dix minutes. Tu as ta voiture ?

— Non, je suis venue à pied, ce n'était vraiment pas loin.

— OK. Dans quel état est Mykayla ? Tu crois qu'on peut la déplacer ?

— Je pense, oui. Je ne crois pas que sa colonne vertébrale soit touchée, mais elle est couverte de blessures. Elle est inconsciente pour le moment.

Je serrai les dents, l'inquiétude laissant place à la colère. Le trafic sur Colorado Boulevard était plutôt fluide, mais pas suffisamment à mon goût. Je changeai de voie pour doubler plusieurs voitures, en espérant que la circulation n'allait pas empirer.

— Tu as appelé ta mère ?

— Oui. Elle ne décroche pas. J'ai laissé un message.

J'empruntai la bretelle d'autoroute.

— J'arrive dans cinq minutes, Tullah. Fais le guet et dis-moi pourquoi tu penses qu'ils vont revenir.

— Mykayla était attachée et consciente quand je suis arrivée. Elle m'a dit qu'ils venaient de partir et qu'ils allaient revenir avec d'autres pour la violer.

— Tullah, ne t'inquiète pas, ça n'arrivera pas. Tu as fermé la porte à double tour ?

— La porte de l'immeuble est cassée. J'ai verrouillé la porte de l'appartement et j'ai poussé le lit devant. On est au premier donc ils sont obligés de prendre l'escalier à l'arrière.

— Est-ce que Mykayla a dit autre chose ?

— Ce n'était pas très clair. Je crois qu'elle a dit qu'elle voulait être comme toi et une certaine Bian, et qu'elle voulait être avec Bian.

Je commençais à comprendre ce qui s'était passé. Mykayla avait dû commencer à poser des questions à droite et à gauche, et voilà le résultat.

— Plus que quelques minutes, annonçai-je.

— Amber, je les vois, cria Tullah. Une dizaine de motos viennent d'arriver dans la rue.

J'appuyai sur l'accélérateur et la vieille voiture répondit aussi bien que possible.

— Ils sont à l'arrière. Amber, j'ai peur !

— Empêche-les d'entrer, Tullah, j'arrive dans deux minutes. Ne raccroche pas, criai-je en me dirigeant vers la sortie de l'autoroute.

Au carrefour, je grillai le feu rouge et fonçai dans le trafic dans un crissement de pneus. Des Klaxons retentirent derrière moi et la même chose se reproduisit quelques instants plus tard lorsque je me glissai entre deux voitures avant de tourner sur une route secondaire.

L'appartement de Mykayla se trouvait dans un vieil immeuble en brique rouge avec une zone bétonnée sur le devant et une voie dallée menant sur l'arrière. Je contournai l'immeuble sur les chapeaux de roues et je déboulai sur un carré de terre, avec deux vieux pick-up garés sur le côté et une dizaine de motos en plein milieu. Une bande de motards étaient rassemblés près d'une porte ouverte et hurlaient.

Je me dirigeai droit vers les motos avant de braquer et de tirer sur le frein à main. L'arrière de la voiture pivota et envoya valser les bécanes. Puis, je repassai en première et j'appuyai de nouveau sur l'accélérateur. De la terre rouge jaillit de tous les côtés, et la voiture commença à glisser vers l'immeuble, de plus en plus vite.

Les motards se dispersèrent en jurant pour se mettre à l'abri. Je braquai de nouveau et m'arrêtai dans un nuage de poussière. Laissant tourner le moteur, je sortis de la voiture, mon HK à la main. Je choisis l'une des motos restantes et je mis une balle dans le réservoir pour montrer que j'étais armée.

Le parking se vida.

Je fis volte-face et je franchis le pas de la porte qui menait à un escalier. Un premier problème descendait les marches : un biker arborant les tatouages de ZK et brandissant un pistolet. Je n'avais pas le temps pour ça. Malgré ce que j'avais affirmé à Monosourcil quelques jours plus tôt, je lui tirai dans la jambe et il tomba dans la cour. Je saisis son arme, encore un Glock, et je pointai les deux pistolets vers l'escalier.

— Tullah, criai-je dans mon oreillette en espérant qu'elle m'entendait. Sors de là, le plus vite possible.

Les deux motards restants, qui essayaient de forcer la porte, descendirent de leur plein gré, les mains en l'air.

Depuis mon arrivée, mon bracelet me picotait, plutôt légèrement. Le picotement se fit à présent urgent. L'un des hommes qui s'étaient réfugiés derrière un pick-up se leva et fit feu dans ma direction. Mon entraînement prit le dessus et je brandis mon HK. « Pan, pan. » Je vis sa tête partir en arrière, puis il s'écroula. Je balançai mon coude dans le visage d'un autre qui avait franchi la porte pour tenter de profiter de cette distraction. Son ami le mit à l'abri et je réussis à me retenir d'appuyer de nouveau sur la gâchette.

Tullah arriva derrière moi et porta Mykayla, toujours inconsciente, jusqu'à la voiture. À la vue de son corps ensanglanté, la colère m'envahit de nouveau. Si les motards étaient restés une seconde de plus dans la cour, j'aurais peut-être revu ma décision de ne tuer personne à moins d'y être forcée. Et tant pis pour mes règles.

Tandis que Tullah montait dans la voiture, je logeai une balle dans la roue arrière de chaque moto avec le Glock. Je n'avais qu'un chargeur de dix balles, ce qui me laissa deux motos dont l'une avec un trou dans le réservoir. J'avais encore neuf balles dans le HK et je voulais les garder. Si les motards comptaient me pourchasser sur les deux engins restants, je les attendrais de pied ferme.

Nous devions avoir quelques minutes avant qu'ils n'essaient de démarrer les pick-up avec les fils pour se lancer à notre poursuite, mais l'un d'entre eux avait peut-être déjà appelé du renfort.

— Couche-toi par terre, dis-je en montant en voiture.

Je fis demi-tour et contournai en trombe l'immeuble.

— Tu vas bien ? demandai-je, une fois de retour sur la route principale.

— Oui, mais je suis inquiète pour Mykayla. Elle est toujours inconsciente. Je suis tellement désolée, Amber, j'ai tout gâché, dit-elle en tentant de ne pas pleurer.

— Tu es désolée que Mykayla soit en vie parce que tu as pris une initiative ? Ils ne l'auraient pas laissée en vie, sans parler de ce qu'ils comptaient lui faire avant, Tullah. Ne sois pas désolée.

Mon pouls commençait à ralentir et j'essayai de réfléchir à la meilleure stratégie. Je décidai d'appeler Bian. Nous ne saurions pas ce qui s'était passé exactement avant de pouvoir interroger Mykayla, mais c'est Bian qui avait commencé tout cela en flirtant avec elle alors qu'elle me suivait.

— Deux fois dans la même journée, Bambi. Ça va faire jaser.

— Ce n'est pas le moment, Bian. Mykayla est dans ma voiture. Elle est gravement blessée.

— Où êtes-vous ? demanda-t-elle d'un ton soudain sérieux.

— Sur l'A-25, en direction du nord, juste après le parc des Vétérans.

Je savais où se trouvait la Maison Altau, mais je voulais garder cet atout dans ma manche. Les retrouver à mi-chemin serait plus rapide, et mieux pour Mykayla.

Bian parla d'un ton urgent à quelqu'un d'autre, dans cette langue que je ne reconnaissais pas, puis elle revint en ligne.

— On vous retrouve sur le parking du golf Lakeside sur l'A-70.

— Avec un docteur ?

— Quelqu'un qui pourra la soigner, oui. (Une autre personne parla en arrière-plan et des portes claquèrent.) J'arrive, Amber. Merci.

Et elle raccrocha.

— Amber, dit Tullah d'une petite voix. Je ne peux pas les rencontrer.

— Comment sais-tu à qui je parlais ?

— Tu étais sur haut-parleur. Je suis désolée. Je ne peux rien dire, maman t'expliquera.

— Tu connais Bian ?

— Non. J'ai juste reconnu la langue en bruit de fond.

— Bon sang. Ça va être une sacrée discussion, demain. Mais qu'est-ce que je vais faire de toi en attendant ?

— Prends la prochaine sortie et laisse-moi sur Ohio Avenue. J'irai au centre commercial et je demanderai à ma mère de venir me chercher. Ou je prendrai un taxi.

Je pris l'embranchement. Ce n'était pas bête. Tullah serait bien plus en sécurité au centre commercial ou dans un taxi qu'avec moi dans cette voiture.

— D'accord. Installe Mykayla aussi confortablement que possible et sors rapidement au prochain virage.

Quelques minutes plus tard, j'étais de nouveau sur l'autoroute, avec pour seule compagnie mes pensées et le grincement inquiétant du moteur. L'odeur du sang de Mykayla me dérangeait et j'appuyai sur l'accélérateur.

Tullah m'avait dit « si tout va bien » ce matin, en parlant de la discussion que je devais avoir avec Mary demain. Je n'y avais pas accordé d'attention, mais à présent cela me semblait hâtif. Si Mary et Tullah connaissaient le langage utilisé par Bian, qui était sûrement celui des Athanate, que savaient-elles vraiment sur eux ? Et sur moi ?

En attendant, dans quel pétrin Mykayla s'était-elle fourrée ? Et était-ce vraiment la faute de Bian ?

33

Je franchis le portail du terrain de golf de Lakeside dans ma pauvre voiture. Il commençait à faire nuit et chaque petit parterre de fleurs sur le parking avait sa propre lumière à énergie solaire. Une vingtaine de voitures étaient garées ; leurs propriétaires devaient s'être attardés au dix-neuvième trou ou au restaurant. Le chemin menant au club-house était illuminé par de grands réverbères, mais le parking était plongé dans la pénombre, presque sinistre.

Sur ma gauche, je vis quelqu'un me faire signe et je reconnus Diana. Derrière elle étaient garés deux voitures et un camion et je voyais des gens assis à l'intérieur. La silhouette caractéristique de Bian émergea de l'obscurité et rejoignit Diana. Est-ce qu'elle avait vraiment besoin d'en faire des tonnes ? Puis je compris que c'était peut-être pour que je les reconnaisse.

Je me détendis un peu avant de me garer à côté d'elles et de sortir. Bian était déjà à l'arrière de ma voiture, penchée sur Mykayla. On aurait dit qu'elle l'embrassait.

— Qu'est-ce…

Je commençai à me tourner, mais la main de Diana me stoppa net.

— Bian est une guérisseuse. C'est la meilleure des solutions pour Mykayla. C'est comme ça que font les Athanate, Amber.

— Je refuse qu'elle la morde !

Je me débattis, mais Diana était extraordinairement forte. Il aurait fallu que j'arrache mon bras pour me dégager.

— Elle ne va pas la mordre.

Une demi-douzaine d'hommes étaient sortis du camion et des voitures. L'air de rien, ils formèrent un écran pour nous protéger des yeux indiscrets tout en passant pour un groupe d'amis.

— Amber, regardez-moi.

Mon cœur battait à tout rompre dans ma poitrine. Dans quoi m'étais-je encore fourrée ? Mes yeux semblèrent se diriger de leur propre volonté vers ceux de Diana. La tête me tourna.

— Je vous ai donné ma parole, Amber, dit-elle. Je n'essaie pas de vous contrôler, mais il est important que vous me croyiez.

Je me calmai. Elle n'allait pas me mordre. Bian n'allait pas mordre Mykayla. *Du calme. Respire.* L'odeur cuivrée de Diana était étrangement réconfortante. Ses yeux étaient magnifiques.

— C'est mieux, dit-elle. Quand un Athanate mord quelqu'un, ce qui n'est pas le cas ici, sa salive contient des éléments chimiques. On appelle certains d'entre eux des aniatropiques. Ils permettent d'accélérer la guérison. C'est ce que Bian donne à Mykayla, mais à travers un baiser.

La tête me tournait et un gloussement manqua de m'échapper.

— Donc le baiser d'un vampire est bon pour la santé ?

C'est ce que David avait plus ou moins dit. Diana sourit et ne releva pas mon utilisation du terme vampire.

— Ça peut l'être. Ou pas.

— Pourquoi Bian est-elle la meilleure option pour Mykayla ?

Il faudrait que je creuse plus tard ce « ou pas ».

— Parce que Bian est convaincue que ceci est sa faute et qu'elle doit protéger Mykayla. La responsabilité joue un rôle moteur pour elle et cette motivation l'aide à créer des aniatropiques très puissants.

Je poussai un soupir et me détendis. Je la croyais. Diana me relâcha et je me frottai le bras. Mes anciens bleus venaient tout juste de disparaître, je n'avais vraiment pas besoin de nouveaux pour aller au gala.

— Nous avons aussi une dette envers vous, Amber.

— Eh bien, je ne dirais pas non à une nouvelle voiture, au moins pour un petit moment, plaisantai-je. Les motards auront repéré la mienne et relevé ma plaque d'immatriculation. Et je crois que ma boîte de vitesses a un léger problème.

Diana fit signe aux Athanate nous entourant et me prit à part.

— Dites-moi ce qui s'est passé.

Je lui racontai tout, pourquoi je m'étais sentie obligée de vérifier si Mykayla allait bien, comment j'avais chassé les membres du gang et notre fuite. J'expliquai que j'avais déposé Tullah en chemin, sous-entendant que c'était par mesure de sécurité pour les Athanate. J'ajoutai quelques informations sur ZK : leur connexion à la drogue et leur volonté de trouver une façade légitime pour leur organisation criminelle. Je ne mentionnai pas le groupe Kingslund. Je lui parlai de la mort de Guy Windler et je mentionnai l'odeur très similaire à celle des vampires criminels de l'année précédente.

Les narines de Diana se dilatèrent et elle frémit.

— C'est le début. Bientôt, il sera trop dangereux pour vous d'être seule, Amber. Gardez bien le numéro que nous vous avons donné et appelez-nous à tout moment. Ou venez vivre avec nous.

Elle leva les yeux vers le ciel nocturne, comme si elle écoutait quelque chose, et son souffle s'échappa en volutes dans l'air.

— Il faut que nous retournions à la Maison. Y a-t-il autre chose que nous pouvons faire pour vous remercier ?

Autre chose ?

— Oui, je veux voir Mykayla, indemne, dès qu'elle ira mieux. Et je veux être sûre qu'elle sache dans quoi elle s'engage avant d'aller plus loin.

— Ce sera fait, dit simplement Diana.

Mykayla fut transportée dans le camion et l'un des hommes vint me donner quelque chose. Je tendis la main et une clé fut déposée dans ma paume.

— Elle est à vous, dit Diana en désignant l'une des voitures. J'apporterai les papiers demain. Ils ont déplacé vos affaires. Donnez vos clés à Bian, s'il vous plaît.

Abasourdie, je lui tendis les clés de ma vieille voiture déglinguée.

— Mais c'est dangereux, dis-je. ZK va la chercher et vous tendre une embuscade.

— J'espère bien, répondit Bian.

Je la regardai et frissonnai. Toute trace de la fille gothique provocante avait disparu, remplacée par quelque chose de féroce et terrifiant. Son choix de tatouage était peut-être justifié.

— Tu fais simplement l'aller et retour jusque chez Mykayla pour tirer tout cela au clair, Bian, dit Diana.

Bian hocha la tête avec raideur. Je me glissai dans ma voiture – mon ancienne voiture – pour récupérer le petit paquet de fausses cartes d'identité au nom de Mme Welchester derrière le tableau de bord. Je ne pouvais rien faire au sujet du système GPS, mais au moins, la carte SD n'était pas à l'intérieur.

— À demain, Amber, dit Diana.

— Pas à mon bureau. Je vais fermer pour un moment.

— Bonne idée. Retrouvez-nous ici, alors, dans la salle de conférences du club-house.

Mon expression de surprise la fit sourire.

— Je suis propriétaire du club.

Puis, le petit groupe s'éloigna dans la nuit, me laissant seule avec ma nouvelle Audi.

Je jouai avec la voiture pour m'occuper l'esprit sur le chemin du retour. Arrivée chez Jen, je dus sortir pour que les gardes de Victor puissent m'identifier et m'autorisent à entrer, ce que j'approuvai et je leur fis savoir.

Je coupai le moteur et j'appelai Tullah. Elle allait bien et je lui annonçai que Mykayla était entre de bonnes mains. Je lui dis aussi de ne pas retourner au bureau pour le moment et j'acceptai de retrouver sa mère au *Café Vienne* dans l'après-midi du lendemain. Puis j'appelai David et je lui laissai un message. Il faudrait peut-être que je lui fasse comprendre lors de notre prochaine session d'entraînement que je ne plaisantais pas quand je lui disais de laisser son téléphone allumé.

Jen sortit de la maison d'un pas nonchalant.

— Tu comptes dormir dans ta nouvelle voiture, chérie, ou tu veux un verre ?

Je l'embrassai sur la joue et j'entrai dans le bâtiment à sa suite.

— Je suis désolée de faire comme si j'étais à l'hôtel, Jen, mais je mangerais bien un morceau.

— Je m'en occupe. Pose-toi là, pieds en l'air, avec un verre de rhum. Je reviens tout de suite.

À peine dix minutes plus tard, Carmen m'avait préparé une omelette avec de délicieuses tapas : noisettes, champignons à l'ail et de minuscules patates salées. Entre ce repas et le rhum, j'avais enfin l'impression de souffler un peu.

Jen s'assit confortablement et me regarda manger en souriant.

— Qu'est-ce qui te fait rire ? demandai-je.

— J'aime la manière dont tu te jettes à fond dans tout ce que tu fais, même manger ton dîner, dit-elle. J'ai des nouvelles, mais je veux d'abord entendre les tiennes.

— C'est diabolique, Jen, dis-je en posant mon assiette vide sur la table. Alors, j'ai rencontré Geoff Hansen cet après-midi, ton ancien employé du service financier.

— Je parie que c'était passionnant, dit Jen.

— Tu l'as dit, répondis-je avec un sourire.

Je lui exposai ce que j'avais appris. Geoff m'avait décrit les processus financiers, renforçant ainsi mes soupçons : il y avait un problème interne au groupe Kingslund. Geoff avait aussi confirmé les problèmes soulevés par David lorsqu'il avait examiné les comptes.

Une telle entreprise qui rachetait un rival aurait dû faire passer des investissements à long terme en court terme. Plutôt que produire un bon retour sur investissement en étant bloqué sur une longue période, il fallait que l'argent soit accessible rapidement et sans pénalités. Or, le contraire se produisait : le capital était investi dans des produits à long terme. Le bilan comptable ne montrait rien de tout cela car les différents types d'investissement n'étaient plus spécifiés. Mais en bref, Jen n'était pas en bonne position pour racheter Tucker Beacon. Vu le climat actuel, les banques estimeraient que Tucker Beacon présentait un risque trop important et refuseraient probablement de s'engager.

La seconde anomalie était que les documents qu'on m'avait fournis étaient des faux. Le retour sur investissement était difficile à calculer et le résultat total semblait bon, mais j'avais réussi à mettre le doigt sur un produit spécifique dont le rendement était un cinquième de ce qu'il aurait dû être.

Si c'était le cas pour tous les investissements récents, seul l'ajout de nouveaux investissements permettait de dissimuler le problème.

Ce tour de passe-passe était aussi stable qu'une combine à la Ponzi. Au bout d'un moment, l'argent disponible pour de nouveaux investissements ne suffirait pas à masquer le fait que les précédents ne généraient pas le bon rendement. C'était une tactique à court terme pour entraver l'entreprise. Le responsable serait découvert au prochain audit. Il était donc probable que le plan serait déclenché d'ici la fin de l'année au plus tard.

J'avais le sentiment que Geoff était sur le point de découvrir cela quand il avait été viré pour des histoires de bureau – croyait-il. Ce qui m'inquiétait, c'était que la personne qu'il s'était mise à dos était le directeur financier de Jen, son bras droit, Bernard Verdoon.

— C'est pas vrai, dit Jen lorsque je lui eus tout raconté. Bernard est avec moi depuis dix ans. Il est même mon fondé de pouvoir.

— Il est le seul à avoir assez d'autorité pour le faire.

— Je vais le tuer si c'est lui. Je lui faisais complètement confiance.

Jen attrapa son téléphone et je levai la main.

— Quoi ? lança-t-elle, en colère.

— Deux choses, Jen. Je ne suis pas absolument certaine que ce soit lui et je crois que la meilleure chose à faire est de trouver des réponses. Qui, comment et pourquoi nous en diront sûrement beaucoup, alors que le virer ne nous apprendra rien. Il faut qu'on sache ce qui se passe pour y mettre un terme ou, au moins, pour mettre en place une stratégie de défense.

Elle reposa son téléphone.

— Que proposes-tu ?

— J'ai rendez-vous avec lui pour une autre raison. Matt et moi regarderons son ordinateur et ses dossiers quand il aura le dos tourné. On devrait aussi établir – secrètement – un accord avec tes banques pour que tout virement important passe par toi. On ne pourra pas garder cela secret pendant plus d'une semaine mais ça devrait suffire.

Jen réfléchit, puis hocha la tête, calmée.

— Deuxièmement, je n'ai pas oublié les ennuis sur ton terrain de Silver Hills. Si c'est en lien avec tout le reste, ça s'arrangera en même temps, mais sinon, je m'en occuperai la semaine prochaine. Ou je t'expliquerai si je ne peux pas.

Jen me regarda avec un petit sourire.

— Donc, c'est bien étrange. D'accord.

Je nous resservis un verre, puis j'allai rapporter mon assiette à la cuisine, histoire de remercier Carmen et de laisser un peu de temps à Jen pour tout ruminer. Je n'avais rien à signaler au sujet de Troy, mais Victor la contactait directement désormais.

Elle était assise dans la même position quand je revins dans le salon et avait à l'évidence mis mes nouvelles de côté pour y réfléchir plus tard. Si seulement je pouvais en faire autant.

— Alors, dis-je. Et tes fameuses nouvelles ?

— J'imagine que tu vois de quel enfoiré je veux parler si je te dis le lieutenant Krantz ?

34

— Amber, je suis vraiment désolée.

Jen m'entoura de ses bras pour m'empêcher de passer ma colère sur ses meubles.

— Je ne savais pas qu'il te tapait autant sur les nerfs. Je n'aurais pas plaisanté à ce sujet si j'avais su que tu réagirais ainsi.

Ma colère se calma peu à peu et je laissai Jen m'asseoir sur le canapé. Carmen glissa la tête dans l'entrebâillement de la porte pour voir quelle était la cause de tout ce vacarme et Jen lui fit signe de partir. La gêne prit le dessus lorsque Jen ramassa la table que j'avais renversée.

— Désolée, dis-je. C'était puéril et exagéré.

Jen s'assit à côté de moi et prit ma main entre les siennes.

— Raconte-moi.

Je soupirai. Continuer à me taire semblait vain. Si je finissais par disparaître au sein de la communauté Athanate dans quelques mois, ça n'avait plus d'importance. L'idée me déprima. Je n'en étais pas encore là et je n'avais pas l'intention de baisser les bras. Je décidai de tourner légèrement autour du pot pour ne pas violer mon accord signé avec l'armée.

— Krantz pense avoir découvert une fraude à grande échelle impliquant les pensions d'anciens combattants. Je ne sais pas. Si c'est le cas, tant mieux pour lui, soupirai-je en me frottant le visage. À cause de ce que j'ai fait dans l'armée, il n'a pas accès à mon dossier et il a l'impression qu'on me verse une pension d'invalidité alors que je n'ai jamais été dans l'armée. C'est ce dont il m'a accusée et il a tenté de faire appel à mon sens du patriotisme. Comme s'il en savait quelque chose.

— Pourquoi es-tu payée ? demanda Jen, son sens des affaires l'emmenant droit au but.

— C'est une sorte d'avance sur honoraires. Complètement idiot de le déguiser de cette manière, mais ce n'est pas ma décision. Et je m'en moque. Je ne veux pas de cet argent. Ce n'est rien. Mais Krantz qui me dit…

— OK. Je comprends, chérie. Il m'a « officiellement » informée que tu avais été mise hors de cause et qu'il réglait les derniers détails. Il essayait de me dire que tu étais coupable mais qu'il n'avait pas le droit de le prouver.

Cette fois, je réussis à rester assise.

— Que lui as-tu dit ?

— Je l'ai fichu dehors, bien sûr ! Je crois que je lui ai dit que tu étais tellement patriote que tu avais le drapeau américain cousu sur tes culottes et que tu ne serais jamais impliquée dans ce genre de choses. Quant à mon contrat avec toi, ce n'est pas ses oignons. Il se peut que j'aie été un peu cassante et que j'aie légèrement haussé la voix.

— Merci, Jen, dis-je en baissant les yeux.

— Tu rougis, rit-elle. Tu as vraiment le drapeau cousu sur tes petites culottes ?

Évidemment, le rouge s'intensifia car ce n'était pas tout à fait faux. J'avais bien une culotte avec un drapeau et la phrase « Propriété de l'armée américaine ». Mon équipe me l'avait offerte pour rire quatre ans plus tôt – il y avait une éternité. Il était temps de changer de sujet.

—Matt est passé au bureau ce matin. Merci de me l'avoir prêté. Il est plutôt mignon, je crois que ça n'a pas échappé à Tullah.

Jen sourit d'un air entendu.

—Il a fait du bon boulot ?

—Très bon. Il m'a fait gagner beaucoup de temps. On devrait avoir assez de pistes pour que la police puisse s'intéresser de près à ZK.

—C'est une bonne nouvelle, dit Jen avant de dégager une main pour avaler une gorgée de brandy.

—Sais-tu pourquoi Matt semblait avoir… peur de moi ?

Jen posa son verre et reprit ma main entre les siennes. Ce n'était pas la peine, vraiment, je ne comptais pas me relever pour m'attaquer de nouveau à ses meubles, mais ça ne me dérangeait pas.

—Oui, dit-elle.

Un léger malaise m'emplit face à son expression.

—Amber, reprit-elle enfin. Je suis dans une position très vulnérable. À plus d'un titre.

Ses mains serrèrent la mienne et je me revis faire de même avec David au café quelques jours plus tôt. Je me préparai. Quoi qu'elle dise, j'y ferais face aussi calmement que David et je prendrais les choses du bon côté.

—J'ai demandé à Matt de vérifier tes antécédents.

Je digérai cette information. Ce n'était pas si terrible. À sa place, j'aurais sûrement fait la même chose. Je serrai ses mains à mon tour.

—Merci de le prendre si bien, dit-elle.

—Merci de me l'avoir dit. Qu'a-t-il trouvé ?

Elle me fit un sourire en coin.

—Comme tu le sais très bien, il n'y a que très peu d'informations à ton sujet. D'après Matt, la seule explication est que tu serais une sorte d'assassin ninja. D'où sa nervosité.

— Il regarde trop la télé, dis-je en riant.

— Mais je ne suis pas aveugle, dit Jen avec un sourire. Et j'aime ce que je vois. Par exemple, il n'y a pas moyen que ton ami Werner pense que tu étais seulement « dans le coin » quand sa fille a été sauvée l'année dernière ; je n'y crois pas une seule seconde.

Le même sentiment que j'avais ressenti en serrant Emily dans mes bras ce matin m'envahit de nouveau. Je souris.

— Werner dit que tu as passé commande pour toi et tes amies.

— Oui. J'en ai marre que les gens se plaignent du manque de diversité et qu'ensuite, ils fassent leur shopping dans des chaînes pour des merdes hors de prix sans aucune originalité. Je ne veux pas vivre dans un désert culturel. Il faut soutenir les artistes et les artisans locaux si l'on veut que ce coin garde sa propre identité. Je n'achèterai plus jamais une paire de bottes en magasin.

— Message reçu et compris, m'dame, dis-je.

Elle tenta de me donner une tape, mais je lui tenais encore les mains.

J'avais l'impression de flotter au-dessus du tapis de sport dans la salle de gym de Jen au sous-sol, une ombre parmi les ombres, tandis que je reprenais les exercices les plus ardus de maître Liu en repensant aux mystères de la journée.

J'avais dit à Tullah que Mykayla était entre de bonnes mains, et je le croyais, mais j'aurais préféré qu'ils ne s'insinuent pas dans mon esprit. J'avais découvert que je ne me souvenais pas d'un seul visage des Athanate présents au club de golf, hormis Diana et Bian. Je ne me souvenais pas non plus de l'homme qui les avait accompagnées quand elles m'avaient kidnappée. Apparemment, leurs mesures de sécurité étaient sacrément poussées et leurs pouvoirs encore plus effrayants que je ne l'avais imaginé. Avaient-ils fait autre chose que brouiller ma mémoire ? Je revoyais clairement les traits de ceux qui m'avaient attaquée dans LoDo. À quoi tenait cette différence ?

Je virevoltai et combattis les ombres jusqu'à ce que l'air caresse ma peau comme de la soie et pourtant, mon pouls ne dépassa jamais 120. J'étais plus rapide, plus Athanate chaque jour qui passait. Une partie de moi s'en désolait, mais l'autre savourait les avantages physiques.

Je finis mes exercices et j'allai prendre une douche, une ombre se faufilant dans la maison silencieuse.

Un message m'attendait sur mon portable, confirmant un rendez-vous avec le colonel et le capitaine Morales au QG de la police à 9 h 30 mercredi matin.

Il fallait que je me sorte Krantz de la tête. À l'évidence, le colonel le tenait bien en laisse ; il pouvait aboyer mais ne mordrait pas. Il ne pouvait plus rien me faire.

Diana avait ma voiture et son système GPS légèrement inhabituel – aurais-je des ennuis si elle découvrait que je savais où se trouvait la Maison Altau ? Et combien allait me coûter la voiture qu'elle m'avait donnée ? Cela me semblait être un paiement excessif pour un après-midi de travail. Avais-je bien fait d'impliquer l'Altau dans cette histoire ?

Jen avait suggéré que je transfère temporairement mon bureau dans une des pièces de sa maison qu'elle n'utilisait pas. Elle parlait toujours de la chambre d'amis comme de la mienne.

Mais rien n'est jamais gratuit. J'étais en train de collecter une pile de dettes que j'avais du mal à estimer. C'est ce que les banques avaient tenté avec les emprunts *subprimes*… et on savait tous ce que ça avait donné.

35

Mardi

Je m'arrangeai pour que deux membres de l'équipe de Victor passent à mon bureau très tôt dans la journée, avant d'aller prendre la relève à Manassah. Je leur donnai alors tout le matériel et le courrier à apporter à Tullah.

Morales m'appela alors qu'ils s'en allaient.

— Bonjour, Farrell. Déjà levée après une nuit bien remplie ou pas encore couchée ?

C'était complètement déplacé. Ce genre de sarcasme était plutôt *mon* genre.

— Eh bien, capitaine, se serait-il passé quelque chose pendant que je dormais gentiment dans la chambre d'amis de Mme Kingslund, protégée par les vigilants gardes de M. Gayle ?

Il grommela quelque chose en espagnol que je ne compris pas tandis que je me glissai dans ma nouvelle voiture. Grâce à ses fonctionnalités top niveau, je pouvais connecter mon portable et parler en conduisant sans avoir besoin d'une stupide oreillette.

— Qu'est-ce qui se passe, Morales ?

— Les membres de ZK tombent comme des mouches. Cinq autres hier soir dans un accident de voiture qui n'en était pas un. Une bagarre hier près de l'embranchement de

Yale et de l'A-25 où beaucoup de motos ZK ont été démolies et quelques personnes se sont fait tirer dessus, d'après ce qu'on sait.

— Ils ne chôment pas. J'aurai peut-être des infos pour vous à notre rendez-vous demain. Des échanges de textos et des appels sur des portables de ZK.

— Tu n'as rien retenu de la procédure policière correcte lors de ton bref passage chez nous, Farrell ?

— Pas vraiment, répondis-je avec un sourire. Je sais que vous ne pourrez pas vous en servir au tribunal et j'en suis vraiment désolée. Mais ça vous donnera des pistes. Je crois que les subalternes de ZK sont des amateurs. Tous ceux que vous arrêterez auront un casier judiciaire et je parie qu'ils seront liés à des crimes non résolus et des condamnations. Les têtes pensantes seront une tout autre histoire et c'est plus inquiétant.

— Je te verrai demain matin avec le colonel, alors, grommela-t-il. Sois prudente.

— Merci capitaine, de même.

Je commençais presque à croire qu'il s'inquiétait pour moi.

Les parterres de fleurs embellissaient vraiment Lakeside durant la journée. Je me garai sous un bouleau pour que ma voiture soit à l'ombre.

J'entrai dans le club-house et l'on me guida vers une salle de conférences, longue et lumineuse avec une table en acajou brillant et des fauteuils rembourrés.

— Mykayla ! m'exclamai-je.

Je ne m'étais pas assez approchée pour l'examiner hier, mais je ne m'attendais pas le moins du monde à la voir ici. Elle se leva avec un sourire. Elle était pâle et se déplaçait avec précaution, mais elle n'arborait ni cicatrices ni bleus. Elle me tendit la main, l'air gêné.

—Je te dois beaucoup, Amber. À toi et à Tullah.

J'ignorai sa main tendue et la serrai dans mes bras.

—Ce n'est rien. Je suis tellement heureuse de te voir sur pied.

—Pas mal, hein ? C'est grâce à Bian.

Elle tourna la tête et lança un regard adorateur à Bian par-dessus son épaule. Oh là là… J'espérais que l'Athanate prenait soin d'elle.

Diana me salua à son tour. Elle portait un pantalon et un chemisier noirs et une veste gris clair. Ses cheveux étaient relevés et des bracelets et des bagues en or complétaient sa tenue à l'élégance discrète. Une accolade, et elle m'embrassa, non pas sur la joue mais dans le cou.

—À l'Athanate, précisa-t-elle avec un sourire.

Un petit frisson me parcourut. Bian l'imita.

—Merci encore, Bambi, murmura-t-elle.

Aujourd'hui, sa tenue était plus sobre, un simple tailleur bleu nuit. J'étais soulagée que Mykayla au moins soit en jean comme moi. Tout le monde s'assit autour de la table.

—Il y aura du café dans une minute, dit Diana. Je crois que vous vouliez commencer, Amber.

—J'aimerais savoir ce qui s'est passé hier et pourquoi, Mykayla, si tu peux en parler.

Elle hocha la tête, crispée, les yeux baissés.

—Il n'y a pas grand-chose à dire. Je vous ai vues, Bian et toi, à des *raves*. (Elle lança un regard en coin à Bian et sourit.) Je n'avais jamais eu l'occasion de vous parler. Vous sembliez toujours être de passage ou chercher quelqu'un. Et puis, vendredi dernier, vous étiez là toutes les deux et je crois que j'ai sauté sur Bian. Je planais complètement. Je ne me souviens pas trop.

Elle rit.

— Ensuite, Bian a dû partir. Je suis rentrée chez moi, et, oh, je ne sais pas, Bian m'avait dit qu'elle viendrait me retrouver quand elle serait prête, mais je ne voulais pas attendre. Comment pouvais-je entrer en contact ? Je savais que vous étiez des vamp… je veux dire des Athanate.

— Mais comment, Mykayla ? demandai-je.

Je ne corrigeai pas sa supposition à mon égard. Elle avait à moitié raison.

— Je ne sais pas. La manière dont vous bougez, avec une économie de mouvement. Très cool. Et de près… J'ai dansé avec toi une fois, enfin près de toi. Il y a cette sensation. Et cette odeur de cuivre aussi. Je sais que ça paraît bizarre, mais vous avez la même toutes les deux. (Elle se tourna vers Diana.) Vous toutes.

Découvrir qu'elle pouvait sentir les Athanate comme moi me donna un petit choc. Bon sang. Et si c'était ça qui avait mis la puce à l'oreille de Nokes dans l'entrepôt de *Crate & Freight* ? S'il m'avait sentie ?

— Donc tu voulais retrouver Bian. Qu'as-tu fait ?

— Eh bien, une rumeur courait. Au sujet des bikers qui organisent ces *raves*. J'avais entendu dire qu'ils étaient de mèche avec les vampires. J'ai commencé à poser des questions.

Elle prit une gorgée d'eau, comme pour se donner du courage.

— Et après ça, ils ont débarqué chez moi. Ils voulaient découvrir ce que je savais. Ils ne m'ont pas crue quand j'ai dit que je ne savais rien. Je ne voulais pas donner vos noms. Ils ont commencé à me frapper. Et ils ont dit qu'ils allaient chercher leurs potes…

Sa tête s'affaissa et elle s'interrompit.

— Je pense que ça suffit, Mykayla, dis-je tandis que Bian lui serrait la main. Tu as été très courageuse.

Ça semblait condescendant, mais je le pensais vraiment. Je lui donnai une minute pour se remettre.

— Ce qui serait bien, dis-je en me tournant vers Diana, ce serait une description de ce que devenir Athanate signifierait pour Mykayla. Je sais que vous ne dites pas tout, d'habitude, mais c'est un cas particulier. Je veux qu'elle sache tous les points positifs et négatifs avant de se décider.

J'avais le sentiment de pousser un peu, mais Mykayla avait besoin de savoir, et moi aussi.

— Très bien, dit Diana. Nous vous en dirons autant que possible.

Elle se leva et commença à faire les cent pas, faisant glisser ses ongles rouge brillant sur le dessus de la table. Bian alla s'appuyer contre la fenêtre, bras et chevilles croisés.

— Tu as parlé de vampires, Mykayla.

Diana baissa la tête et resta silencieuse durant quelques secondes.

— Et vous, Amber, derrière votre inquiétude, vous craigniez ce que vous risquez de devenir, ce que vous risquez de perdre. (Elle leva la tête et inspira profondément.) L'âme, telle que je la conçois, est la partie spirituelle et immortelle d'un individu. Il n'y a aucune raison pour que prolonger la vie de l'enveloppe physique dilue l'âme. Et sa fonction n'est pas directement affectée par la transformation en Athanate. Je ne peux pas mesurer l'âme, mais je suis sûre d'être spirituellement la même personne que j'étais avant d'être transformée. J'ai besoin et envie de choses différentes, mais rien qui scandaliserait mon ancien moi.

Elle se tourna vers Mykayla.

— Et les vampires sont une illusion créée par Hollywood, l'ombre du mythe. Ils n'existent pas. Mais nous, si. Nous sommes les Athanate, les immortels. Le secret de l'humanité, compagnons éternels sur cette Terre. Et cette illusion que vous craignez ? Ce sont des monstres qui ont abandonné leur âme ; le mal incarné. Des tueurs sans conscience ni remords.

Diana se pencha sur la table et regarda fixement Mykayla ; celle-ci ne se déroba pas, ce qui m'impressionna.

— Je vais être honnête. Certains Athanate sont des monstres.

Debout comme elle était, Diana me faisait peur, et j'avais fréquenté beaucoup de gens effrayants.

— Mais d'où viennent ces monstres ?

Diana fit volte-face, ramassa un journal sur une desserte et l'ouvrit devant moi à la page du dernier meurtre en date.

— Ce sont des gens. Comme vous. Je vous le demande : est-il plus facile de créer un nouveau monstre dans un corps humain ou d'en libérer un qui existe déjà ? En vérité, le monstre est en vous. Il a toujours été là. Les pouvoirs des Athanate ne font que le tenter, le faire sortir de sa tanière et s'installer dans votre tête. Ensuite, c'est à vous de décider. Comme toujours.

— Nous sommes humains, en fait, dit Bian en avançant derrière Mykayla. Ni mieux ni pires, mais différents et cette différence a toujours représenté un danger pour les Athanate. C'est pourquoi nous nous cachons. Nous ne sommes pas nombreux.

Combien exactement ? Ma curiosité était piquée, mais je ne voulais pas les interrompre.

Bian posa une main sur l'épaule de Mykayla.

— Nous vivons plus longtemps et nous ne vieillissons pas. Notre santé est meilleure. Nous sommes plus forts, plus rapides, avec un meilleur contrôle physique. Nous développons des capacités de télergie – des pouvoirs mentaux – et d'autres que vous qualifieriez de magiques. (Elle caressa le cou de Mykayla qui se tourna pour lui embrasser le poignet.) Pour ce faire, nous avons besoin de sang humain. Spécifiquement humain, et non Athanate. Sans quoi, nous mourons.

Diana se pencha et ouvrit la bouche pour dévoiler ses crocs : de superbes lames couleur ivoire. Mykayla frissonna. Au bout d'un moment, les crocs de Diana se rétractèrent et redevinrent de simples canines.

— Les crocs apparaissent pour mordre, dit-elle. Ils aspirent le sang jusqu'à des glandes et des organes spéciaux dans la gorge qui en extraient les nutriments et créent des phéromones et autres agents biologiques. Il faut que vous sachiez toutes les deux à quoi ressemble un Athanate assoiffé de sang.

Diana fit signe à Bian, et Mykayla et moi fîmes volte-face. Bian s'éloigna de quelques pas, sa démarche soudain sensuelle et prédatrice.

— Son système est submergé par l'hormone Athanate d'éléthésine. Le flux sanguin change pour alimenter les muscles principaux, ce qui rend le visage plus pâle et les mouvements plus contrôlés.

Bian se retourna en douceur. Elle n'était pas du genre à gigoter, mais là, son corps avait une immobilité presque inquiétante qui renforçait la précision de ses mouvements. Ses yeux s'étaient assombris et étincelaient.

— Ses pupilles s'élargissent, ses paupières ne clignent plus et ses glandes lacrymales viennent compenser cela, souligna Diana.

— Mes voies respiratoires se dilatent, mon rythme cardiaque et respiratoire augmente, murmura Bian d'une voix aussi douce et séduisante que son allure. Mes sens sont encore plus développés et mes crocs apparaissent. (Ses yeux se fixèrent sur Mykayla et sa respiration se fit saccadée.) Je suis assoiffée.

Diana fit le tour de la table et se plaça devant Mykayla. Au bout d'un moment, Bian cligna des yeux et se tourna vers la fenêtre.

— Les Athanate plus jeunes n'auraient pas autant de contrôle, dit Diana. Soyez extrêmement prudentes si un Athanate présente ces symptômes.

J'observai Mykayla. C'était une chose de vouloir devenir vampire parce que cela semblait cool dans les films ou parce qu'on avait un petit faible pour l'un d'entre eux, mais une autre de voir ce que cela signifiait vraiment.

— Je comprends, dit-elle d'une voix ferme malgré sa pâleur.

Bian vint s'appuyer contre le dossier du siège de Mykayla ; elle semblait presque redevenue normale.

— On ne peut pas avoir d'enfants, dit-elle d'une voix basse et douce. Mais on peut créer de nouveaux Athanate. C'est ce qu'on ferait pour toi et ce qu'on appelle réaliser son plein potentiel. Le processus porte le nom de « crusis ». Mais c'est dangereux.

— Quelqu'un pris au hasard et soumis au crusis a de très fortes chances de mourir, dit Diana en me fixant du regard. Dans le cas contraire, c'est particulièrement digne d'intérêt. Dans la Maison Altau, nous sommes prudents. Nous ne perdons pas plus d'un candidat sur cent. Pour ce faire, la première étape est la sélection. Nous commençons par des gens susceptibles de survivre. Être capable de sentir les Athanate est un indicateur positif.

— Comme moi ? demanda Mykayla.

Diana hocha la tête.

— Très peu de gens en sont capables, Mykayla. Ce que tu sens, nous l'appelons la marque. Chaque Maison a la sienne. Pour la sélection, nous prêtons aussi attention à la santé physique et mentale. Une fois cette première étape achevée, les candidats sont appelés des Aspirants et on leur assigne des Mentors.

Bian prit le relais.

— Ensuite vient l'élimination. Il faut vivre sainement, s'entraîner dur et passer des tests. Si on échoue, c'est terminé. Le corps doit être en condition optimale. Pas de médicaments ni de drogues récréatives. On n'autorise même pas la nicotine ou l'alcool.

La déception de Mykayla se lisait sur son visage.

— Jamais ? demanda-t-elle d'une voix faible.

— Pas durant le crusis. Après, on n'en a plus vraiment besoin, répondit Bian avec un sourire. Pendant cet entraînement, quand l'Aspirant est prêt, il est mordu par un Mentor. La morsure délivre l'agent qui lance le processus de crusis. Il faut en tout trois morsures pour recevoir la dose complète, ce qui donne le temps au corps de s'adapter.

— Dit comme ça, le processus peut paraître pénible et sans âme, dit Diana. Mais si tu choisis cette voie, tu verras que ce n'est pas le cas. Le crusis et notre Sang sont sacrés. Cette épreuve nous lie les uns aux autres et l'acte de donner et de recevoir du Sang est au cœur de l'existence des Athanate.

Je me tortillai sur mon siège et Diana se tourna vers moi.

— Et qu'en est-il des Aspirants qui changent d'avis ? Ou qui sont éliminés, comme vous dites ?

Diana recommença à faire les cent pas.

— Ils réessaient ou bien ils arrêtent, mais ils restent au sein de la Maison, de la famille. Presque tous choisissent l'une ou l'autre de ces options. Dans le cas contraire, s'ils souhaitent retrouver leur vie humaine normale, ils se réveillent chez eux avec une fièvre et aucun souvenir clair des événements précédents. Il en va de même pour ceux à qui l'on propose le processus et qui refusent. Je ne vais pas mentir, effacer des souvenirs n'est pas agréable pour eux, ni entièrement efficace. Mais être mordu à trois reprises change le corps. Il n'y a plus de retour en arrière à ce stade.

— Et quand les humains restent au sein de la famille, sont-ils ceux qui fournissent du sang ? Pourquoi le font-ils ?

— Je pourrais simplement dire pour une meilleure santé et une longue vie. Ce ne serait pas un mauvais marché, Amber, de donner du sang une ou deux fois par mois et en échange rester jeune et en bonne santé durant un siècle ou plus. Mais en réalité, ce n'est pas comme cela. Pour qu'un groupe reste sain au fil du temps, nous avons besoin du sang de quatre ou cinq humains. Ce serait dangereux pour nous si les liens n'étaient pas profonds et forts. Lorsque l'on devient Athanate, ou lorsque l'on intègre la famille, nos instincts changent et nous poussent à développer de tels liens.

— N'oublie pas le plaisir, susurra Bian en se penchant par-dessus la chaise pour caresser la joue de Mykayla. C'est une partie importante.

Je ne pensais pas que Mykayla l'avait oublié. Diana sourit.

— Les Maisons d'Athanate sont comme des organismes darwiniens. Nos comportements ont évolué pour aider à notre survie. Nous avons besoin du dévouement de la famille et nous avons les moyens d'encourager cela, et oui, le plaisir en fait partie. Les Athanate sont inconsciemment poussés à former de tels liens. Un Athanate sans famille n'est pas en bonne santé.

— Ces liens, sont-ils dus aux phéromones ou aux agents que vous avez mentionnés ? Ou bien aux capacités mentales, de télergie ?

— Il est interdit pour les Altau d'utiliser une compulsion télergique pour s'approvisionner en sang, sauf si c'est une question de vie ou de mort. Les phéromones et les agents ? Oui, ils font partie du processus. Les enviriques, qui produisent du plaisir et les aniatropiques, qui aident à la guérison. Ils aident à maintenir le processus. Mais le dévouement n'est pas fondé sur ces agents. C'est de l'amour, en fait, mais vécu différemment. Il faut le vivre pour le comprendre, on ne peut pas l'expliquer. L'émotion est tout aussi vitale pour nous que le Sang. Ces émotions nous nourrissent, mais nous ancrent aussi, nous donnent notre place dans ce monde.

Diana s'appuya contre la table, ses yeux me regardaient sans me voir. Sa voix se fit plus basse mais emplissait encore la pièce.

— Ce dévouement va dans les deux sens. C'est le privilège et le chagrin des Athanate : voir les êtres chers s'évanouir sous vos yeux comme les jours d'été, tandis que votre cœur continue de battre. Veiller au chevet des ombres et se lever à chaque aube nouvelle.

J'en eus le souffle coupé. J'étais certaine qu'elle venait de citer quelque chose de très ancien que je n'avais jamais entendu auparavant, quelque chose que peut-être personne d'autre que les Athanate ne connaissait, empli de chagrin. Diana semblait porter le poids des ans sur ses épaules, comme une grande roue qui tourne sans cesse. Bian fit le tour de la table et posa une main sur l'épaule de Diana. Celle-ci frissonna et la pièce sembla gagner en clarté.

Je me secouai et tentai de me concentrer.

— C'est valable pour la Maison Altau ou tous les Athanate ?

— Pour toutes les Maisons semblables à Altau. C'est le *credo* des Panethus. Les Basilikos n'ont pas le même.

— Ils forcent les humains à donner leur sang ?

Bian hocha la tête.

— Les Basilikos couvrent toute une gamme de croyances. Les plus modérés considèrent les humains comme des animaux de compagnie. Les plus radicaux, comme des esclaves ou de la nourriture. Ils ont besoin d'une nourriture émotionnelle, mais ils ont découvert que la peur marchait aussi.

Il faudrait que je revienne aux Basilikos pour mieux les comprendre, mais je voulais d'abord me concentrer sur la manière dont fonctionnaient les Altau.

— Donc si je suis une nouvelle petite Athanate de la Maison Altau, récemment convertie et sans famille, je n'ai aucun souci ?

— Être Athanate demande du travail, soupira Diana. Il y a des problèmes, surtout chez les jeunes convertis. Nous les surveillons de près pour plus de sûreté, mais la possibilité de perdre pied est particulièrement élevée au début. Les renégats se perdent dans le bombardement d'émotions et de sensations, notamment les plaisirs du Sang. Même les Athanate plus âgés courent ce risque. (Diana tapota la table devant Mykayla.) Tout ce qui est susceptible d'affaiblir le contrôle au mauvais moment représente un danger. C'est pourquoi nous vivons en communauté, dans une Maison. Pour se soutenir les uns les autres. Si elle est détectée à temps, la folie des renégats peut être inversée.

— Et sinon ? demandai-je.

— Nous assurons une mort rapide et humaine, dit Bian.

La pièce sembla de nouveau se refroidir.

— Dans l'ensemble, entre le stade « humain » et « Athanate épanoui », combien de personnes perdez-vous ?

— Une sur cinquante environ, répondit Diana.

Ce n'était pas logique, comme je l'avais dit à David. Je me demandai s'il avait creusé le sujet ou si l'humeur communicative de Diana aujourd'hui était le moyen le plus sûr d'obtenir des réponses à mes questions.

— Quelque chose vous inquiète, Amber.

— Oui. Où sont tous les Athanate de Denver ? Si vous n'en perdez qu'un sur cinquante durant la conversion, soit vous n'en convertissez pas beaucoup, soit il se passe quelque chose.

Diana se dirigea vers la fenêtre et regarda en direction du jardin et du terrain de golf au-delà.

— Nous en perdons certains quand leur famille meurt, dit-elle d'une voix lourde de souvenirs. D'autres quand les capacités plus complexes sont enseignées. Mais ce n'est pas la vraie réponse à votre question. Je ne peux pas parler de certaines choses sans l'accord de Skylur. Je peux vous dire qu'il y a eu des guerres d'Athanate qui ont dévasté notre peuple. Nous sommes dans une période calme pour le moment, une guerre froide, entre les Panethus et les Basilikos.

On frappa à la porte. Bian alla ouvrir et discuta brièvement avec quelqu'un au-dehors.

— Il faut que j'y aille. J'emmène Mykayla, me lança Bian. Je continuerai à lui parler, comme promis. Elle sera la personne la plus éclairée quand elle prendra sa décision.

— J'ai déjà décidé. Je ne changerai pas d'avis, dit Mykayla. Mais merci, Amber.

Elles s'en allèrent. Diana ne détourna pas le regard de la fenêtre.

— Que s'est-il passé durant les guerres contre les Basilikos ? demandai-je.

— Elles ont atteint un sommet sous couvert de la grippe espagnole et de la Première Guerre mondiale. Pendant un moment, notre race semblait s'être autodétruite, mais lentement, des survivants ont réapparu. Dans les années 1930, l'Assemblée a été constituée et a maintenu une paix fragile depuis.

— Et vous pensez que cette paix touche à sa fin ?

Diana hocha la tête.

— Un bon moment pour que les Panethus forment une alliance avec les humains, dis-je.

— Vous prêchez une convertie, mais de nombreux représentants des Panethus à l'Assemblée sont des anciens qui ont survécu de justesse à des tentatives à petite échelle de trouver un équilibre avec les humains auparavant. Ce n'est pas si simple.

Ce qu'elle m'avait appris me donnait matière à réflexion et j'étais certaine qu'elle ne m'avait pas tout dit.

— Eh bien, vous ne pourrez pas rester cachés longtemps dans la société actuelle. Surtout pas aux États-Unis. Il vous faut un moyen de contrôler la révélation de votre existence.

— Je suis d'accord.

Diana se détourna de la fenêtre et vint se pencher sur moi. Je sentis le pouvoir de ses yeux comme un poids qui me pressait contre mon siège. Mon cœur rata un battement.

— Et vous vous demandez pourquoi vous m'intéressez autant, sergent Farrell ? murmura-t-elle.

36

Je reculai. J'avais baissé ma garde et le choc de l'attaque psychique de Diana était double. Elle n'était pas brutale comme Skylur, mais la force de son attaque était tout aussi puissante. J'étais plaquée contre mon siège, incapable de détourner les yeux.

Elle s'approcha et ouvrit la bouche. Je vis avec horreur ses crocs brillants, aussi aiguisés que des aiguilles.

— Interdit, marmonnai-je. Non.

Ma bouche était engourdie et ma gorge sèche. Mais mon cou était tout chaud. Ma tête s'inclina en arrière et je retins mon souffle. Je *voulais* qu'elle me morde. Ses crocs effleurèrent mon cou et je haletai, me cambrant pour me rapprocher.

— Mon Dieu, grogna-t-elle avec un frisson. Bian a vu juste. Tu vas être délicieuse.

Ses mains agrippèrent ma tête et la remirent d'aplomb. Ses yeux brillaient à quelques centimètres des miens.

— Bats-toi, Amber. Tu peux rompre mon emprise si tu essaies vraiment.

Ses crocs étaient tout près de mon cou. Qu'attendait-elle pour me mordre ?

— Quelle est la clé, Amber ? Ce n'est pas la peur ? dit-elle en me caressant la joue. Où est passée ta volonté de fer ?

Elle jouait avec moi. Une pointe de colère s'embrasa dans mon ventre.

— Ahhh, murmura-t-elle. La colère. Allez, Amber, bats-toi. J'aime quand ils se débattent.

Elle me gifla et, comme prévu, la colère explosa dans mon crâne. Celle-ci repoussa les doigts gris qui s'enfonçaient dans mon esprit. L'espace d'une seconde, ils tinrent bon, mais ma fureur se décupla et je repris le contrôle. Je pouvais de nouveau bouger, même si j'étais presque aveuglée par la colère. Mes mains cherchèrent à attraper le cou de Diana. Mais elle n'était plus là. Elle se tenait calmement de l'autre côté de la table. Sa bouche était fermée et ses yeux ne brillaient plus.

— Garce ! criai-je, la respiration hachée.

Elle était plus rapide que moi. Je ne pouvais pas l'attraper et, de toute façon, elle était trop forte. Je ne pouvais que l'attaquer par des insultes et des regards furieux.

— Dis-moi, Amber, dit-elle doucement. Quand tu étais dans l'armée, quel était le meilleur entraînement ?

La question était si inattendue qu'elle perça mon voile de colère. Je me rassis et j'inspirai profondément. Elle ne m'avait pas fait souffrir comme Skylur. Elle m'avait tout autant terrifiée, mais ne m'avait pas mordue. Et surtout, elle m'avait appris comment rompre l'emprise mentale d'un Athanate. La clé était la colère. Et j'en avais à la pelle.

— Rien ne vaut la pratique, répondis-je, fière que ma voix ne tremble pas.

Elle vint s'asseoir à côté de moi, imperturbable.

— Je viens de te donner le meilleur entraînement qui soit et, en moins d'une dizaine de secondes, une fois que tu as su quoi faire, tu as réussi à reprendre le contrôle. Tu ne trouveras pas beaucoup de personnes plus fortes. Félicitations, Amber, je n'ai jamais eu d'élève plus rapide. Cette colère, en revanche, devra être soigneusement surveillée durant le crusis.

En temps normal, dire cela à quelqu'un d'aussi énervé n'aiderait pas, mais j'avais eu douze ans pour apprendre à contenir ma colère et j'avais honte d'avoir presque perdu le contrôle.

Un petit coup à la porte nous interrompit et Diana alla ouvrir, laissant entrer un serveur avec un plateau de café et de biscuits. C'était si banal que j'éclatai de rire. Que se serait-il passé s'il était arrivé cinq minutes plus tôt ? Diana sourit, complice, et servit le café.

— Outre les impératifs qui changent notre comportement, nos perceptions sont elles aussi modifiées. Tous nos sens sont aiguisés. Tu es plus sensible aux goûts, aux odeurs, aux couleurs et aux sons, depuis peu. Et tu vois aussi mieux dans le noir.

Je repensai à la saveur du rhum et de la cuisine de Carmen, à l'odeur des fleurs à Manassah, à la couleur des yeux de Jen, aux battements de son cœur endormi. Je me trémoussai, mal à l'aise.

— Et nous sommes fortement attirés par les choses qui nous sont bénéfiques, dit Diana en posant mon café devant moi avant de s'asseoir. Je sais par exemple que partager notre sang sera bénéfique car je trouve ta marque extrêmement attractive. Mais la marque est plus que ça. C'est un élément phare de la société Athanate. Une subtile télergie, renforcée par des phéromones. C'est le ciment d'une Maison, comme dans une ruche. À présent, Amber, tu devais me parler de ces prions.

— Oui. Skylur avait raison, il m'est arrivé quelque chose quand j'étais dans l'armée. Vous savez tous les deux que je suis en partie Athanate donc vous savez ce que c'était. (*Et le colonel Laine va me tuer.*) Les scientifiques de l'armée surveillent mes progrès et ils ont identifié ce qui transforme une personne en Athanate. Ce sont de minuscules chaînes de protéines appelées prions. La plupart tuent leur hôte, mais pas les prions Athanate. Ou plutôt, dis-je en sortant le testeur de mon sac, si l'individu survit à l'infection initiale, la relation devient ensuite symbiotique. Cette machine mesure le niveau de prions.

Je l'attachai à mon bras et appuyai sur le bouton. L'aiguille perça ma peau et je vis le relevé indiquer 0,48, le plus haut taux que j'avais jamais atteint.

— Ça va, Amber ? demanda Diana.

Je hochai la tête, un peu sonnée.

— Que signifie le résultat ?

— Je ne suis pas sûre. C'est un indice. D'après les scientifiques, un résultat de 0,8 indiquerait un Athanate et un 1, un hôte mort.

— Tu es à mi-chemin, alors ?

Même plus selon moi, mais je hochai de nouveau la tête avant de lui tendre la machine. Elle me laissa l'attacher sur son bras et appuyer sur le bouton. Son relevé indiquait 0,79 ; les prévisions des scientifiques semblaient exactes.

— Intéressant, dit Diana. Ces machines…

— J'ai besoin de celle-ci, l'interrompis-je en remettant le testeur dans mon sac. Mais je suis sûre qu'elles pourraient être mises à disposition dans le cadre d'un échange de savoirs.

Diana prit une gorgée de café et une bouchée de biscuit ; ses dents étaient de nouveau parfaitement normales.

— Je m'inquiète de la capacité du gouvernement à garder certaines choses secrètes.

— Je parie que vous avez essayé d'en savoir plus sur mon passé en cherchant dans les bases de données du gouvernement. Ça a donné quoi ?

— Tu marques un point. Eh bien, il est temps que je te briefe spécifiquement sur le gala de charité. Le gala est spécial cette année car Mme Harriman et M. McIntire ont décidé d'ajouter une incitation pour les hommes et femmes d'affaires : une délégation commerciale internationale va aussi assister au gala, à la recherche de contacts. Les organisateurs ont été ravis du résultat de leur proposition. Bien plus de délégués ont accepté leur invitation qu'ils ne s'y attendaient. (Elle sourit.) Ce sont tous de vrais commerciaux, mais la majorité sont aussi des membres de l'Assemblée des Athanate. Notre peuple cultive le secret et une opportunité comme celle-ci est une excellente couverture pour se rencontrer, ce que nous ferons la semaine prochaine.

Diana recommença à faire les cent pas.

— Les membres de l'Assemblée, les représentants, seront gardés par un groupe d'Athanate neutres, choisis par les deux factions de l'Assemblée. Ce sont les Gardiens. Personne d'autre de la communauté Athanate ne peut approcher les représentants. Le seul moment où cette surveillance se relâchera sera le gala. La Maison Altau, en tant qu'hôte et président, n'est pas autorisée à assister à l'événement. Tu seras notre agent secret. Si tu acceptes.

— Si j'accepte de faire quoi exactement ?

— Essentiellement, d'être notre messagère et de garder ton rôle secret. Et d'écouter ce que Matlal, le dirigeant de la faction Basilikos, pourrait avoir à dire puis de nous le faire savoir. Skylur a raison, Matlal sera attiré par toi comme un papillon par une flamme.

— Je dois transmettre un message à quelqu'un ?

— Non. Quelqu'un de la délégation souhaite nous faire passer un message en secret avant la réunion de l'Assemblée. Nous ne savons même pas de qui il s'agit. Simplement qu'il y a un lien avec le Nouveau-Mexique. Nous avons décidé que tu étais le moyen le plus sûr d'y parvenir. Le messager saura seulement que tu es la femme qui accompagne Jennifer Kingslund. (Elle haussa un sourcil.) Essayez de ne pas vous disputer d'ici là.

— Et je fais tout cela en échange du conseil donné par Skylur ?

— Oui, et pour les autres raisons que nous t'avons données. Nous t'accueillerons en cas de besoin. (Diana se tourna vers moi, son visage aussi lisse qu'une statue de marbre.) Et parce que je t'en supplie.

— Les enjeux sont vraiment élevés, hein ? Je ne pourrai pas sortir d'ici sans avoir dit oui, pas vrai ?

— C'est pire que cela, Amber. Tu ne peux même pas avoir le moindre doute.

Elle avait de nouveau infiltré mon esprit. Je savais que la Maison Altau ne pouvait pas se permettre que cela tourne mal. Je ne doutais pas que Diana soit capable d'effacer tout souvenir des Athanate si elle l'estimait nécessaire. Et pourtant, elle m'avait d'abord montré comment repousser son attaque mentale. Elle me déconcertait et m'effrayait, mais je lui faisais quand même confiance et j'allais accepter de les aider. Elle prit mes mains pour me stabiliser tandis que je la regardai dans les yeux, légèrement étourdie.

Je ne me débattis pas. Je la sentis me poser la question dans ma tête et ma réponse fut instinctive. Immédiatement, elle quitta mon esprit. Je savais qu'elle n'avait rien fait d'autre.

Ou bien elle m'avait complètement emberlificotée et m'avait fait croire le contraire. Non… c'était de la folie.

— Merci et toutes mes excuses, murmura-t-elle une fois que je fus remise d'aplomb.

— Je peux mentir, quand je suis sous emprise ?

Elle secoua la tête et me relâcha.

— Il y a encore beaucoup de choses que tu dois savoir, mais nous verrons cela après le gala.

Elle alla chercher des documents dans son sac et me les tendit. Ils confirmaient que la voiture sur le parking m'appartenait désormais.

— Juste comme ça ? demandai-je.

— Tu as sauvé Mykayla. C'était notre responsabilité. Tu as accepté d'être notre espionne. Je crois que le paiement est approprié.

Je la remerciai sincèrement. Mon ancienne voiture était en mauvais état et je ne sais pas comment j'aurais pu me permettre de la remplacer, ni comment j'aurais fait sans.

— Je peux avoir des infos sur les loups-garous ? demandai-je.

J'avais dit à Jen que je réglerais le problème, mais je ne pensais pas que les attendre à Silver Hills lors de la prochaine pleine lune soit la meilleure solution.

— Tu peux, mais tu as raté l'experte. Bian est notre intermédiaire avec les métamorphes.

— Combien de meutes y a-t-il à Denver ?

— Juste une.

— Comment puis-je les contacter ?

Diana se tourna pour me regarder.

— Pourquoi voudrais-tu… ? Pas le temps pour ça. Je demanderai à Bian de te parler.

— Pourquoi Bian est-elle l'intermédiaire ?

— Elle est notre Diakon, notre ambassadrice avec l'extérieur. Et elle s'entend bien avec eux.

Pas de doute, j'allais bien m'amuser à tenter de convaincre Bian de m'en dire davantage. Mais en attendant, Diana était encore là à faire les cent pas comme une lionne en cage. Si elle avait été du genre à se ronger les ongles, ça aurait été le bon moment.

— Qu'est-ce qu'il y a, Diana ? Tu as passé la matinée à ruminer quelque chose.

Elle s'arrêta et se pencha de nouveau vers moi, appuyée contre les accoudoirs de mon siège. Ses yeux semblaient immenses. Mon cou était de nouveau tout chaud et flageolant.

— J'ai bien dit à Skylur que tu étais très perspicace, dit-elle avant d'inspirer un grand coup. Je veux que tu ouvres une voie de communication avec tes contacts militaires pour que je puisse parler en toute confidentialité au gouvernement. Sans rien dire à personne, y compris à Skylur.

37

Le *Café Vienne* était bien rempli à l'heure du déjeuner, les clients rassemblés autour des petites tables. Les énormes fenêtres baignaient l'endroit de lumière. C'était un café aéré, bruyant et joyeux où j'aimais aller dès que je pouvais me le permettre. Je vis Mary et Tullah assises dans un coin et je foulai le sol carrelé multicolore pour les rejoindre. Elles avaient presque terminé leur déjeuner.

— Désolée, ma réunion s'est éternisée, dis-je en m'asseyant.

Ça me paraissait une meilleure excuse que « Je définissais des termes pour une réunion préliminaire entre une Athanate et un colonel de l'armée ».

Tullah me dit bonjour mais elle semblait soucieuse. Le visage de Mary, bronzé et ridé par le soleil, était poliment accueillant, sans plus. Je savais qu'elle pouvait rire à gorge déployée quand l'humeur la prenait, mais aujourd'hui, elle avait l'air sérieuse.

— Ce n'est pas grave, Amber. C'était agréable d'avoir l'attention pleine et entière de ma fille pour une fois, dit Mary. Et je sais que les Athanate sont de vrais démons quand il est question de détails.

Elle repoussa ses longs cheveux noirs de son visage et me dévisagea de son regard à la fois profond et innocent. Je refoulai une poussée d'irritation.

— On dirait que tu en sais bien plus sur moi et mes affaires que je n'en sais sur toi, dis-je. Je commence même à douter de ce que je croyais savoir.

Mary continua à me regarder sans changer d'expression.

— Je ne ferai mes excuses qu'une fois, dit-elle. Je n'aime pas me répéter, donc ce « désolée » devra suffire pour l'après-midi.

La serveuse vint prendre ma commande, un plat de pâtes et de l'eau pétillante. Mary regarda par la fenêtre comme s'il y avait quelque chose à voir sur le toit du centre commercial voisin. Une fois de nouveau seules, elle reprit la parole à voix basse.

— Amber, j'ai demandé à Tullah d'accepter ce travail à temps partiel dans ton agence parce que je voulais garder un œil sur toi. Je regrette de l'avoir mise dans cette position. Elle n'a pas lu tes mails ou mis ton bureau sur écoute. Elle t'apprécie beaucoup, elle aime travailler pour toi et veut continuer.

Mary sirota son expresso en m'observant. Je refusais de réagir.

— Même s'il n'y avait pas eu cette histoire hier avec cette fille, Tullah voulait qu'on te parle pour s'expliquer. D'autant qu'elle voudrait continuer à travailler pour toi après l'université.

Je restai concentrée sur Mary, mais glissai un sourire à Tullah. Je ne l'avais jamais vue si discrète, mais elle me rendit mon sourire. Si Mary m'avait annoncé cela quelques mois plus tôt, j'aurais pété un plomb. Plusieurs, même. Mais c'était avant que je ne sois obligée d'avouer à David que je l'espionnais et avant que j'apprenne, grâce à Jen, à tolérer le fait que mes amis aient parfois besoin d'en savoir plus sur moi.

Et vu ce que j'avais vécu la semaine passée, plus grand-chose ne me surprenait. Je continuai donc à faire bonne figure en attendant son explication.

Le visage de Mary était rarement expressif, mais le coin de ses yeux sembla se plisser. Elle tendit la main et toucha mon bracelet. Le fermoir avait dû s'ouvrir et elle l'attrapa quand il tomba. Elle fit glisser les perles entre ses doigts d'un air pensif. Je me souvins d'avoir dit à Tullah en plaisantant que je ne savais pas si l'œil du loup me regardait ou me tenait à l'œil. C'était peut-être plus proche de la vérité que je ne le croyais.

— Il s'est bien acclimaté à toi, dit Mary avant de me le rendre. Si tu continues à le porter, tu remarqueras de moins en moins consciemment le picotement. Ça deviendra comme un sixième sens. Il ne te préviendra pas si tu es sur le point d'avoir un accident, mais ça t'aidera quand quelqu'un qui est proche de toi te veut du mal.

Je rattachai le bracelet.

— Tu fais vraiment de la magie, alors. Comme je dois t'appeler, une sorcière, *bruja* ?

— Ce ne serait pas la première fois, répondit Mary avec un sourire. Nous n'utilisons pas ces termes, mais ils feront l'affaire.

La serveuse m'apporta mon plat et je commençai à manger. Mary semblait avare d'explications.

— Pourquoi voulais-tu garder un œil sur moi ? demandai-je.

Mary fronça les sourcils.

— Il faut que je commence par le commencement.

Ses mains s'agitèrent et je me rendis compte qu'elle était fumeuse et que sa cigarette lui manquait.

— Ce que tu appelles magie commence par une énergie, quelque chose pouvant être utilisé. Tout le monde y a accès d'une manière ou d'une autre. Certains peuvent transformer cette énergie en pouvoir et réaliser des choses. Utiliser ce don laisse une trace sur la personne, qu'un autre utilisateur peut discerner. (Elle s'interrompit.) Tu portes cette trace.

J'ouvris la bouche pour lui dire que je ne savais pas du tout de quoi elle parlait, mais elle continua.

— Il y a trois types d'utilisateurs : acquis, guidé et instinctif. Le terme « acquis » s'applique à tous les gens qui baragouinent des incantations, mais aussi aux dons que les Athanate pourraient t'apprendre. « Guidé » signifie que tu as un guide spirituel qui va activer tes dons. C'est comme ça que nous fonctionnons. « Instinctif » couvre une utilisation limitée qui vient naturellement. C'est le cas des métamorphes.

J'avais tellement de questions qu'elles se bousculaient et restaient coincées dans ma gorge.

— Toi, dit Mary en agitant le doigt, tu as un guide spirituel.

— C'est un loup, dit Tullah avant de se taire sous le regard de Mary.

— Oh, lâchai-je, très inspirée.

— Si c'était tout, je t'en aurais parlé il y a bien longtemps, continua Mary. Mais les utilisateurs peuvent aussi discerner les rouages, des processus initiés par d'autres. La transformation en loup ou en Athanate est un rouage et je le vois aussi en toi. Le guide spirituel et l'Athanate sont en conflit à l'intérieur de toi. Mais s'il n'y avait que ça…

Mary écarta cela d'un geste. Sauf que je ne voulais pas passer à autre chose. Si mon loup, ou ma louve, pouvait m'aider à contrôler mon côté Athanate, je voulais le savoir. Mais Mary poursuivit.

— Les rouages comprennent aussi des processus qui peuvent être en sommeil ou même sauter des générations avant de devenir actifs. Ils peuvent être bons ou mauvais, une bénédiction ou une malédiction. Leur création nécessite un effort phénoménal. Ils sont tellement importants qu'ils se nourrissent de la vie elle-même. J'en ai vu très peu de cette sorte.

Mary se tourna enfin vers moi et me regarda droit dans les yeux.

—J'en vois un en toi. Tu nous as demandé ce que nous étions. Je te retourne la question. Amber, que diable es-tu ?

Une heure plus tard, la serveuse remporta mon assiette de pâtes froides et m'apporta du café. J'étais tentée de lui demander de mettre une bonne rasade de rhum dedans. Nous n'étions pas plus avancées, je ne savais toujours pas ce que j'étais, à part moi-même avec une pincée d'Athanate et de guide spirituel pour pimenter le tout.

Mary pensait que mon côté Athanate était en train de prendre le dessus sur mon guide spirituel, mais elle ne savait pas comment m'aider. Elle n'avait jamais vu cette situation auparavant. Elle ne pensait pas que les Athanate étaient intrinsèquement mauvais, mais vu le pouvoir qu'ils exerçaient et leur durée de vie, beaucoup finissaient par le devenir à ses yeux. Elle-même était une Adepte et vivait une vie humaine normale, par choix. Les Adeptes étaient très estimés par les Athanate et ces derniers pouvaient prolonger leur durée de vie, comme ils le faisaient avec leur famille. Résultat, la plupart des vrais Adeptes évitaient tout contact avec les Athanate. Ce qui allait poser problème si je devenais Athanate, car Mary voulait continuer à me surveiller.

Le guide spirituel de Mary était un ours et j'eus soudain la vision d'un grizzly fantôme se profilant derrière elle à table. J'essayai de regarder Tullah, mais je ne sentis qu'un vague quelque chose se déplaçant dans l'ombre.

— Tullah est inhabituelle car son guide ne s'est pas encore dévoilé, dit Mary. Elle a certains dons mais je l'ai empêchée de s'en servir pour le moment.

J'avais l'impression que ce n'était pas toute l'histoire. J'observai le visage de Tullah pendant que Mary parlait et j'étais certaine qu'elle savait exactement quel était son guide spirituel. Intéressant.

— J'ai levé cette interdiction, continua Mary, à la lumière de ce qui se passe et de son désir de travailler pour toi. C'est peut-être ce dont elle a besoin pour que son guide se révèle enfin.

— Une seconde, dis-je. Tu ne parles pas de son travail actuel, si ?

— Amber, je veux aider, dit Tullah. Pas simplement m'occuper de l'administratif, mais contribuer aux enquêtes.

— Tu as dix-neuf ans, Tullah. Ne le prends pas mal, tu fais un super boulot, mais tu es encore étudiante.

Mary se pencha par-dessus la table et posa sa main sur la mienne.

— Oui, elle a dix-neuf ans. Et que faisais-tu à dix-neuf ans, Amber ?

Un souvenir me traversa l'esprit. Mon dix-neuvième anniversaire, le 16 avril, je me glissais hors du village. Comment s'appelait-il déjà ? Lung La. Je n'aurais jamais cru qu'il ferait froid au Vietnam, mais je frissonnais dans l'aube brumeuse tandis qu'on s'enfonçait dans la jungle sinistre, une dizaine de membres de l'Ops 4-10, une autre dizaine appartenant aux forces spéciales vietnamiennes, une opération conjointe secrète, direction la frontière…

— Stop !

Je clignai des yeux. Mary m'agrippait la main et Tullah me regardait avec inquiétude. J'avais dû parler à voix haute.

— C'est ma faute, dit Mary. Ça ne devait être qu'une question, pas une instruction. J'ai glissé une petite dose de persuasion quand je t'ai touchée. C'est comme si l'énergie était plus facile à manipuler, ici.

Elle balaya le petit café animé du regard et inspira profondément.

— Je vais faire le tour du pâté de maisons, dit-elle avant de se lever.

L'expérience m'avait secouée. Apparemment, c'était la journée des chocs. Dire que les gens qui étaient censés être de mon côté me faisaient plus peur que mes ennemis… ça en disait long.

— Est-ce que cette opération au Vietnam a été un succès ? demanda Tullah.

Oui, en quelque sorte. Mais pas pour Joe. Le beau garçon du Nevada avec ses jolis yeux et son doux sourire. Je me souvenais du poids de son corps sur mes épaules, son sang qui se mélangeait à ma sueur sur le trajet du retour. On ne laissait jamais de camarades en arrière. J'avais porté ma part de cadavres. Plus tard, alors qu'on attendait l'extraction près de Lung La, nos collègues vietnamiens avaient posé du riz et une pièce dans la bouche de Joe en signe de respect pour notre mort avant de se mettre en rang pour nous serrer la main. Un premier signe caché de réconciliation.

— Oui, dis-je à voix haute en essayant de refouler ces souvenirs. Celle-ci a été un succès.

— Je suis la digne fille de mes parents, je peux prendre soin de moi et j'ai certains talents, dit Tullah. Tu restes le chef et je promets de t'obéir. Et mes cours en droit pénal pourront être utiles.

J'arrêtai de contempler le passé pour la regarder. Elle était intelligente, brillante même. Elle n'était pas moi.

Mais peut-être ne fallait-il pas que je nous compare. Et ses connaissances juridiques seraient un atout.

— On va prendre les choses petit à petit, dis-je. L'agence est temporairement transférée chez Jennifer Kingslund, près du Country Club. On profite ainsi de la protection des gardes qu'elle a en ce moment. Ce serait trop facile de nous atteindre au bureau et trop de gens essaient en ce moment. Les gardes de Victor savent qui tu es et te laisseront entrer.

Je finis mon café tandis que Tullah faisait une petite danse de la joie sur sa chaise.

— Dis-moi, avant qu'elle ne revienne, Tullah, quel est ton guide spirituel et pourquoi ne veux-tu pas le dire à ta mère ?

Ses yeux s'écarquillèrent et elle jeta un regard coupable vers la porte. Mary venait de revenir.

— Je te le dirai plus tard. Il ne figure pas sur la liste « autorisée », murmura-t-elle en mimant des guillemets.

— Ces guides spirituels, Mary, demandai-je pour la distraire quand elle se rassit, ils existent vraiment ou ils sont juste dans notre tête ?

— Je ne sais pas. Demande-moi autre chose.

— Qu'est-ce qu'il y a d'autre ? Des elfes ? Des démons ?

Mary secoua la tête.

— On peut créer n'importe quoi grâce à l'énergie, mais quelque chose d'aussi complexe disparaîtrait chaque fois que tu arrêterais d'y travailler. Je n'ai jamais entendu parler de vrais elfes ou démons, ni d'un endroit d'où ils viendraient. (Elle jeta un regard en coin à Tullah et sourit.) Je vois que ma fille a eu de bonnes nouvelles. Je suis sa mère donc je ne suis pas impartiale, mais je crois que tu as pris la bonne décision. Tu dis que tu luttes contre ta transformation en Athanate et nous t'aiderons si nous le pouvons. Mais je te préviens, si ta transformation devient complète, Tullah devra partir.

Les lèvres de Tullah se serrèrent.

— Comment puis-je savoir si mon côté Athanate gagne du terrain ? demandai-je juste pour voir ce qu'elle allait répondre.

Mary haussa les sourcils.

— Les Athanate devraient te donner plus de détails, mais, d'après ce que je sais, les envies irrépressibles, ce qu'ils appellent des impératifs, commencent à influer sur ton comportement. Les nouveaux Athanate ont besoin d'être désirés, remarqués. Ils ont besoin d'attirer des humains qui deviendront leurs donneurs de sang. En même temps, ils deviennent plus secrets, plus fuyants.

— Donc si je commence à prêter plus attention à mon apparence, c'est mauvais signe ?

— Ce n'est pas que ça, dit Mary. C'est le fait de s'en délecter. Observe-les et tu verras. C'est presque drôle de les voir constamment en conflit avec eux-mêmes. Une part d'eux veut attirer les autres, et une autre veut passer inaperçue. C'est plus évident durant la nuit.

— Pourquoi ? La magie est plus forte la nuit ?

— Non. C'est juste comme ça que sont les gens. Tout le monde est connecté à l'énergie, même inconsciemment. Dans la journée, un million de gens persuadés qu'on ne peut pas se transformer en animal, ça compliquerait les choses pour un métamorphe en plein Denver. Mais la nuit, dans les bois, les certitudes sont plus chancelantes.

— Donc mon bracelet fonctionne mieux la nuit ?

— Ce n'est pas si simple. Tullah t'en parlera une prochaine fois, précisa Mary avant de se lever. Il faut qu'on y aille. Mais une dernière chose, Amber. Les Adeptes peuvent sentir les utilisateurs autour d'eux. Imagine que l'énergie est comme un énorme trampoline. Chaque utilisateur laisse une petite trace sur ce trampoline. Quand ils bougent, on le sent. La plupart d'entre eux sont petits, donc on les remarque à peine.

Mais quand un puissant utilisateur puise dans l'énergie, c'est comme si quelqu'un de très lourd marchait sur le trampoline.

Je hochai la tête.

— En temps normal, il y a deux ou trois utilisateurs très puissants à Denver. J'ai toujours pensé qu'il s'agissait des Athanate à la tête de leur Maison. Mais cette semaine, il y en a bien plus. Sois prudente. Et ne perds pas espoir.

Je les serrai dans mes bras avant de les quitter.

38

Je me rendis chez Lisa Macy où j'essayai une robe qui changeait complètement de ce que j'avais l'habitude de porter. Un rêve en soie vert foncé. Je l'adorais. Werner arriva avec une paire de chaussures élégantes ornées de solides talons dans lesquels je pouvais danser. Il savait que je ne portais pas de talons aiguilles. J'avais l'impression d'être Cendrillon en m'admirant dans le miroir. Il fallait que je prenne des photos du gala pour ma mère. Sinon, elle ne me croirait jamais.

Lisa chipota sur quelques détails qui m'échappaient complètement mais me promit que tout irait bien. Werner insista pour que je vienne bien plus tôt que nécessaire le vendredi.

Jen était encore au travail quand j'arrivai chez elle, si bien que j'allai m'asseoir dans le bureau pour ouvrir mon courrier. J'avais d'abord une lettre de l'administration des anciens combattants. J'avais envie de me cogner la tête contre la table, mais le meuble avait l'air trop coûteux pour cela.

« Chère Mme Farrell » et « bien qu'aucune charge n'ait été retenue » et qu'ils n'avanceraient pas d'opinion, je comprendrais bien sûr leur décision de suspendre les paiements jusqu'à résolution de l'enquête. Je la laissai de côté.

La deuxième lettre venait de Krantz et annonçait simplement que mes paiements ne faisaient plus l'objet d'une enquête, mais que je devrais faire une nouvelle demande auprès de l'administration pour qu'ils me soient versés. Plusieurs termes appropriés me vinrent à l'esprit le concernant, glanés aux divers endroits visités avec l'Ops 4-10. Puis j'éclatai de rire. Je ne voulais pas de cet argent. Cet abruti pensait avoir gagné, mais il avait juste prouvé qu'il ne comprenait rien à la situation.

Je riais encore quand Jen entra dans la pièce.

— C'est bon à entendre, chérie, dit-elle avant de m'embrasser sur la joue. Et c'est bon de te voir rentrée avant minuit.

Elle s'assit sur l'autre siège et me dit que son rendez-vous avec Verdoon avait dû être avancé plus tôt dans la journée. Matt Bierbach avait créé des images numériques de ses disques durs durant la réunion et triait le contenu pour me le faire suivre.

— Je suis sûre qu'il va terminer rapidement, dit Jen avec un sourire narquois. Il a un rencard ce soir, apparemment.

— Non ! Avec Tullah ? Ils ne se sont rencontrés qu'hier !

— Honnêtement, je ne sais pas, mais je parierais que oui. Les jeunes d'aujourd'hui ne perdent pas de temps.

Carmen nous appela pour le dîner. Avec une demi-assiette de pâtes pour déjeuner et de multiples frayeurs dans la journée, j'étais affamée. Heureusement, parce que Carmen semblait avoir décidé que nous étions trop maigrichonnes : un demi-veau préparé à la méditerranéenne nous attendait sur la table. Je me demandai si j'allais devoir faire rajuster d'un centimètre ou deux ma robe pour le gala.

— Oh, j'ai oublié de t'en parler hier. Un client me paie pour aller au gala McIntire-Harriman vendredi. Tu y vas toujours ?

Jen semblait curieuse, mais elle se retint.

— Je fais partie du comité d'organisation, chérie, donc j'y serai dès le milieu de l'après-midi. Tu ne peux pas savoir tous les problèmes qu'a causés cette délégation internationale. Je m'occuperai de ta place à table, sinon tu te retrouveras tout au bout.

Je notai dans un coin de ma tête de m'assurer que les gardes de Victor aient quartier libre cet après-midi-là. La sécurité du gala en lui-même serait assurée par l'équipe du palais des congrès, et nos gardes pourraient venir nous chercher à la fin.

Le repas s'acheva avec des anecdotes de Jen sur certains membres de la délégation internationale qui nous firent glousser toutes les deux. J'espérais que le messager ne serait pas l'un d'eux.

Jen se versa un verre de brandy. Je refusai le rhum, après le vin que nous avions bu au cours du repas. Elle avait des rapports à lire, mais, avant de me quitter, elle se tourna pour me demander :

— Il y a une plaque sur ton bureau. Qui est Tara ?

Mon cœur se serra comme chaque fois qu'on me posait la question.

— Ma sœur jumelle. Elle est mort-née.

Jen demeura un instant dans l'embrasure de la porte.

— Tu la vois dans le reflet.

— Oui.

C'était la première fois que quelqu'un l'avait compris.

— Je suis désolée, dit Jen à voix basse avant de quitter la pièce.

La salle de gym était plongée dans le noir. Je n'avais plus besoin de lumières.

Ce soir, la machine indiquait 0,49.

Je répétai les mouvements de maître Liu et mon corps était plus rapide et plus fort que jamais. L'effort était remplacé par une impression de flottement. En plein jour, je luttais contre l'idée de devenir Athanate. Mais ici, dans le noir, les sensations physiques triomphaient de mes doutes.

Diana et Mary m'avaient toutes les deux affirmé que je n'avais pas de monstre en moi. Cela me réconfortait, tout comme le fait d'en savoir plus sur ce qui m'arrivait.

Mais je changeais, peu à peu.

Les cauchemars s'étaient arrêtés. Ou bien ma définition du mot cauchemar avait changé. Le mois dernier, l'idée de boire du sang était cauchemardesque. À présent, mes rêves brumeux mêlaient sang et sexe dans un érotisme à la fois excitant et choquant.

J'étais à moitié convaincue d'être somnambule, mais je n'avais vu aucune preuve d'avoir mordu quelqu'un. Pour le moment.

39

Mercredi

Morales nous avait fait monter dans son bureau et pris du café à la machine en passant. Il était toujours aussi mauvais. C'était étrange d'être à cet étage du QG. Il y avait moins de mille cinq cents policiers dans la ville et c'est ici, dans le bureau de Morales, qu'était décidé où leurs efforts devaient se focaliser. En y pensant, je résolus d'être plus gentille avec Morales aujourd'hui.

Une fois assis, celui-ci s'adressa au colonel.

— Merci d'avoir accepté de venir. Avant d'en arriver au cœur de la discussion, j'aimerais commencer par un point problématique.

Je pris conscience que le colonel et lui n'avaient pas décidé de la hiérarchie entre eux deux. Je réprimai un sourire. Le colonel n'y attachait pas vraiment d'importance, mais Morales était aussi bon politicien qu'officier de police. Il ne voulait pas saboter une relation de travail, mais tenait malgré tout à diriger la réunion.

— Bien sûr, dit le colonel.

Morales déplaça des papiers devant lui et leva les yeux vers moi.

— J'ai eu un briefing hier de la part de l'équipe assignée à l'affaire Carter. Il a été mis hors de cause et on a confirmé que c'était ZK qui organisait les livraisons illégales. Je m'occupe de régler le plus de choses possibles à Denver, mais le FBI va devoir être impliqué.

Il semblait mal à l'aise.

— Il faut que tu comprennes, ce rendez-vous est marqué dans mon agenda comme une réunion de liaison avec l'armée. Tout ce qu'on dira aujourd'hui restera entre nous. Mais quand le bureau fédéral sera impliqué, je ferai tout dans les règles.

Je hochai la tête. Je savais qu'il était au pied du mur.

— Ils vont vouloir te parler, Farrell. Ton implication initiale était plutôt simple, mais hier, j'ai appris qu'un contrat avait été placé sur ta tête.

Je haussai les épaules. Ce n'était pas une nouvelle pour moi et je comptais faire de mon mieux pour compliquer la tâche au remplaçant de M. Discret.

— Un contrat d'un quart de million, Farrell.

Même le colonel réagit à cela. C'était une somme suffisante pour engager un sniper. Le genre d'argent réservé habituellement aux assassinats politiques. Qu'est-ce que c'était que cette histoire ? J'essayai d'en rire.

— Dites donc, pour cette somme, je me tirerais moi-même une balle.

Morales ne rit pas.

— Je ne sais pas qui tu as énervé, Farrell, mais je soupçonne cet homme. Il était en charge de l'opération de contrebande. (Il me passa une photo granuleuse.) Frank Hoben. Le fils du patron.

Merde. Monosourcil.

— Les fédéraux vont considérer cette somme comme une anomalie et vouloir des explications. Par coïncidence, une guerre des gangs semble avoir éclaté. Les membres de ZK se font tuer les uns après les autres. Et ta voiture a été aperçue à proximité des incidents. Ils vont faire le lien, qu'il y en ait un ou non.

Morales me rendait vraiment service avec cette info. Je ne voulais absolument pas parler aux fédéraux, surtout pas maintenant. Bien sûr, ce n'était plus ma voiture, mais elle était encore à mon nom au moment des incidents.

Avec un soupir, je lui tendis une clé USB.

— Elle contient une analyse des appels passés sur des portables appartenant à deux membres de ZK et à cet homme, dis-je en montrant la photo de Monosourcil. J'ai pris les téléphones quand les hommes en question ont tenté d'intimider un important P.-D.G. local. Je crois que l'incident était lié à la volonté de ZK de se trouver une entreprise légitime en guise de couverture.

Morales plongea son regard dans le mien. Je n'avais pas besoin qu'il me dise ce qui s'était passé. J'avais eu un acteur clé de la hiérarchie de ZK entre mes mains et je l'avais laissé filer. *Et merde.* J'allais devoir dire à Jen qu'à vouloir jouer à la plus maligne, je m'étais plantée.

Puis une idée me vint à l'esprit : l'attaque aurait pu être une tentative de protéger la couverture déjà existante de ZK. Et si je faisais fausse route ? Et si ZK possédait secrètement Tucker Beacon ? Ou bien peut-être que ZK voulait racheter Tucker Beacon. Contrecarrer un autre enchérisseur simplifierait les choses, et ferait baisser les prix.

Morales m'observait pour voir si je comptais partager mes réflexions, mais je n'avais rien de concret pour le moment. Je voulais d'abord en parler avec Jen pour avoir son avis. Et pour voir si elle voulait me garder sur l'affaire une fois que je lui aurais dit pour Monosourcil.

Morales inséra la clé USB sur son ordinateur. Ses yeux s'écarquillèrent et il poussa un grognement d'appréciation en voyant les détails des fichiers sur son écran.

— Bien. Merci. Mais maintenant je vais te demander de nous laisser faire. T'impliquer davantage avec ZK ne fera que freiner nos efforts et attirer l'attention des fédéraux. (Il indiqua les dossiers sur son écran.) Grâce à ça et à ce qu'on a déjà, on devrait pouvoir les coincer rapidement, de toute façon.

Je hochai la tête, à contrecœur. C'était logique de les laisser s'en occuper. S'ils arrivaient à régler le problème, je n'aurais plus à m'inquiéter d'avoir un assassin à mes trousses. Les relevés téléphoniques devaient être une mine d'or pour la police, du moins pour le côté opérationnel de ZK. Je les avais passés en revue et j'avais eu la confirmation que Monosourcil, lui, savait ce qu'il faisait. Son portable n'avait servi qu'à passer un nombre restreint de coups de fil. J'avais eu l'impression qu'il s'agissait de son téléphone « professionnel ». Il appelait sûrement papa depuis un autre portable. Son historique d'appels montrait aussi qu'il avait récemment effacé la mémoire. Les autres n'avaient pas été aussi prudents.

— Tu as d'autres nouvelles, il me semble, dit Morales.

— Denver est plus compliquée qu'on ne le croyait, dis-je avec un sourire pincé. Quand nous avons commencé à enquêter il y a un an, nous pensions qu'il n'y avait qu'une petite communauté vampire qui se tenait à l'écart. L'armée s'intéressait au côté sécuritaire et militaire. La police, à la criminalité. Moi…

Qu'avais-je voulu ? Tout ça me semblait si loin, à présent.

— Je voulais savoir ce qui m'arrivait, j'imagine. Aujourd'hui, non seulement cette communauté est plus complexe qu'on ne le pensait, mais il existe aussi d'autres paranormaux. Le colonel a confirmé, grâce aux preuves que je lui ai fournies, que nous avons des loups-garous.

Morales n'était pas surpris. C'est à lui que Jen avait parlé des choses étranges qui se passaient à Silver Hills.

— Les vampires vont me présenter aux loups. Il semble y avoir une interaction entre les deux communautés. Je ne peux pas en dire plus, hormis suggérer que quelqu'un dans votre service collecte tous les rapports de police faisant mention de loups, d'attaques de gros chiens pour que je les passe en revue. Rien n'indique que les loups seraient moins respectueux de la loi que la plupart des vampires.

— Les vampires ont accepté de t'aider ? Pourquoi ? demanda Morales.

— J'en suis presque une moi-même, capitaine, répondis-je avec un haussement d'épaules.

— Il n'y a pas de remède ?

Morales avait appris que j'étais infectée lors de notre réunion avec le colonel l'année précédente, après l'incident avec les kidnappeurs. Mais il pensait probablement, comme moi à l'époque, que je maîtrisais la situation. Qu'il y avait une solution.

Je secouai la tête.

— J'ai fait de mon mieux pour contenir l'infection, mais elle progresse. Il doit me rester quelques mois.

La tête du colonel se redressa brusquement. Morales avait l'air choqué. Il se leva et commença à faire les cent pas derrière son bureau. Vu les marques d'usure sur la moquette, ce n'était pas la première fois.

— On ne peut rien faire ? Colonel ?

Le colonel secoua légèrement la tête en guise de réponse. Morales toucha inconsciemment sa chemise, à l'endroit où se trouvait habituellement une petite croix sur une chaîne.

— Je suis désolé, me dit-il.

C'était l'occasion que j'attendais.

— Pour l'instant, ça va, dis-je. Tu me fais encore confiance, capitaine ?

— Bien sûr, Farrell. Tu es un peu tarée, mais…

— Et dans quelques mois, quand je serai une vampire ? Tu me feras encore confiance ?

Morales se rassit et réfléchit.

— Oui, finit-il par dire. Et si je te fais confiance, pourquoi en irait-il autrement pour les autres vampires ?

— Merci, capitaine. J'aimerais donc établir le principe suivant : un citoyen reste un citoyen, qu'il soit un vampire ou un loup.

Le colonel changea de position mais ne dit rien. Il avait été particulièrement discret aujourd'hui et cela m'inquiétait. Pour sa part, Morales avait l'air pensif mais il ne protesta pas.

— Bon. Commençons par le commencement : le terme approprié n'est pas vampire, mais Athanate.

Je leur expliquai tout ce que Diana m'avait autorisée à dire, c'est-à-dire à peu près tout ce que je savais, y compris la situation politique tendue. En revanche, je ne mentionnai pas l'Assemblée Athanate prévue la semaine suivante ou le fait que Skylur n'était pas au courant de cet échange. Je ne leur dis pas non plus que je savais déjà où se trouvait la Maison Altau.

— … donc elle voudrait rencontrer le colonel pour mettre au point un protocole prévoyant la suite des événements.

Il y eut un silence lorsque je terminai, brisé par le colonel.

— Je suis flatté mais je ne suis pas assez gradé. Je ne suis même pas dans le bon service. Je ne suis impliqué qu'à cause de ce qui s'est passé avec mon équipe.

— Elle sait tout cela, colonel. Elle ne s'attend pas à ce que vous élaboriez un traité. Elle me fait confiance. Et je vous fais confiance. Il faut que nous trouvions quelqu'un en qui nous avons tous confiance au sein de l'administration.

Pour développer prudemment le projet avant de contacter le président.

Tout le monde se tut un moment. Nous avions bien conscience de l'objectif final et de qui devrait être impliqué dans la négociation d'un pacte entre les humains et les vampires d'Amérique, mais prononcer le mot « président » semblait presque magique.

— Et en attendant ? dit le colonel.

— En attendant, je suis l'intermédiaire. Avec un peu de chance, je pourrai contenir les problèmes que rencontrent les nouveaux Athanate. Mais si je pense ne pas en être capable, je vous le dirai. Et je le dis tout de suite : je ne vous dirai peut-être pas tout, mais je ne mentirai pas. Je ferai de même envers les Athanate.

Morales ne voyait pas d'inconvénient à ne pas participer aux réunions, tant qu'on le tenait au courant. Garder le secret jusqu'à ce qu'on décide qu'il était temps le dérangeait davantage, mais il comprenait.

J'ouvris mon ordinateur portable pour noter des dates possibles de rendez-vous entre le colonel et Diana.

— Les scientifiques veulent que vous reveniez pour un check-up, dit-il.

— Ils ont eu leur chance, colonel. Je ne ressortirai jamais de là s'ils me mettent le grappin dessus.

Il ne répondit pas.

— Mais vous savez quoi, je comprends qu'ils ne puissent pas étudier ce phénomène correctement sans cobaye. Je peux arranger ça.

— Comment ?

— Faites venir un scientifique ici et je ferai en sorte qu'il se fasse mordre.

Morales et le colonel me regardèrent, impassibles. Je ne m'attendais pas vraiment à un éclat de rire de leur part, mais, à l'évidence, mes blagues n'étaient plus ce qu'elles étaient. Je laissai tomber. Je sortis alors la lettre de Krantz et la posai sur la table.

— Cette ordure a discuté de mon cas avec l'un de mes clients. Je ne crois pas que ce soit légal. Merci de l'avoir obligé à lâcher l'affaire, mais apparemment il n'a pas bien compris. (Je posai la lettre de l'administration des anciens combattants à côté.) Et pour info, je ne veux pas de ces paiements.

J'étais certaine que le colonel comprendrait ce que je ne disais pas : je ne pouvais pas démissionner de l'armée puisque je n'en faisais plus partie, mais je lui faisais comprendre qu'il ne me contrôlait pas. Je ne travaillais pas pour lui.

Il ignora tout cela et ramassa la lettre.

— S'il a parlé à l'un de vos clients, je peux m'assurer qu'il soit réprimandé et réassigné.

Je secouai la tête. Je ne voulais pas m'abaisser à son niveau. Et de toute façon, il avait fait de son mieux, sans grand succès.

— Pas la peine. Il ne peut plus rien me faire. Et il est peut-être vraiment sur une piste.

La réunion était terminée. Je n'étais pas satisfaite de la manière dont elle s'était déroulée. Le colonel refusait de s'engager fermement quant au rendez-vous avec Diana tant qu'il n'avait pas eu le temps d'y réfléchir. Morales essayait d'aider et de se comporter normalement, mais quand il pensait que je ne le voyais pas, il me regardait comme si mes crocs étaient apparents. Je risquais d'avoir des problèmes de ce côté-là.

Il nous raccompagna dans le hall d'entrée et nous serra la main. Je n'arrivais pas à décider s'il avait relâché la mienne plus vite que d'habitude, et si oui, ce que cela signifiait. Alors que le colonel était à quelques pas de moi, Morales se pencha et murmura :

— Tu vas devoir expliquer à Mme Kingslund que tu t'es plantée avec Hoben.

Je répondis d'un simple hochement de tête. Je le savais et je ne lui en voudrais pas si elle décidait de me virer.

Une fois dehors, le colonel et moi nous arrêtâmes sous le soleil d'automne. Je fermai les yeux et levai le visage vers la lumière. Là-haut, sur la colline, le feuillage des trembles virerait à l'orange. Les flancs de coteau sembleraient être en feu. Je voulais oublier tout ça et aller me promener dans les bois, emplir mes poumons d'air frais et mes oreilles du doux murmure du vent dans les feuilles.

Le colonel m'attrapa le bras, me faisant redescendre sur la terre ferme. C'était la première fois qu'il me touchait.

— Farrell, j'aurais dû vous le dire quand vous m'avez appelé lundi. C'est Top.

Mon cœur se serra. L'adjudant Gabriel Luther Wells était mon point de repère, celui vers qui je pouvais me tourner quand j'étais perdue. Si je ne savais pas quoi faire, je me demandais toujours : « Que ferait Top à ma place ? » Mais les forces spéciales n'étaient pas sans danger et le ton du colonel Laine était grave.

Pitié, pas Top.

— Il est à Rooks. Il n'en a plus pour longtemps. Il a demandé à vous voir.

Je restai là, sans bouger, ayant envie de crier. Rooks n'était pas l'hôpital des blessés au combat, c'était le centre de soins palliatifs pour les anciens combattants. Là où les soldats perdaient leur dernière bataille contre des ennemis intérieurs. *Pas Top, pas lui.*

— Comment rentrez-vous ? demandai-je en clignant des yeux.

Ma voix était calme, détachée.

— Par avion, un Gulfstream qui transporte du cuivre. Il y a un siège de libre. Je peux vous faire emmener jusqu'à Rooks. J'essaierai de vous trouver un vol retour demain.

Je ne faisais pas confiance à ma voix, si bien que je hochai la tête et je me laissai guider jusqu'à la voiture où attendait le caporal Sans-nom. Une heure plus tard, nous étions dans le Gulfstream de l'armée. Deux généraux étaient assis dans les sièges centraux et nous ignoraient.

Le colonel travaillait sur son ordinateur. Je regardai par la fenêtre.

Top était indestructible. Il n'y avait pas moyen qu'une maladie comme un cancer arrive à le tuer, ni même ose s'attaquer à lui. Je savais que ça devait être une ruse pour me faire monter dans l'avion. Une escorte d'Ops 4-10 attendrait notre arrivée et m'emmènerait dans une cellule capitonnée où l'équipe de scientifiques me garderait pour toujours.

40

Aucune escorte n'attendait notre arrivée, juste un soldat chargé de m'emmener à Rooks : l'efficacité impersonnelle de l'armée au service d'un civil. J'ai dû dire quelque chose au colonel avant qu'il ne parte dans la direction opposée, en direction de la base. J'espère avoir remercié mon chauffeur une fois arrivée à destination. J'ai dû demander des instructions pour me rendre dans la chambre. Mais je ne me souviens de rien.

Ce n'était pas lui. Top ne tiendrait jamais dans ce lit d'hôpital. Son corps aurait dû dépasser comme un tas de planches d'ébène mal entassées. L'homme dans le lit était ratatiné, ramassé sur lui-même, et semblait suspendu à des écrans par des tubes et des fils. Il était endormi. La lumière était douce, la pièce chaude mais aseptisée.

Je l'avais vu pour la première fois le soir de mon arrivée à l'Ops 4-10 avec vingt autres recrues. Les vingt dernières sur plus de deux cents. Nous avions survécu à neuf mois d'entraînement infernal. Nous étions d'attaque, robustes, vifs, les meilleures recrues de tout le pays. Nous étions assis au garde-à-vous au fond de la pièce tandis que les autres, des vétérans de cinq à dix ans des différents services échangeaient des histoires abracadabrantes en nous jetant des regards plus ou moins bienveillants. Ils débattaient de comment appeler l'adjudant qui allait arriver. Ils votèrent finalement pour « Gunny ». Nous autres, au fond, nous nous sommes abstenus, ce qui nous valut des signes de tête approbateurs. Le droit de vote n'était pas un dû.

Un silence s'abattit quand il entra. Il donnait l'impression de faire au moins deux mètres. Il n'aurait probablement pas pu soulever un fourgon à lui seul, mais personne ne se serait risqué à parier le contraire. Il n'était pas le seul Afro-Américain dans la pièce, mais sa peau semblait absorber toute la lumière.

Merde, c'est le Seigneur Noir des Sith, avais-je alors pensé.

Au repos, il sourit. Pas nous.

— Je crois comprendre que vous venez de voter, dit-il. C'est bien. Nous vivons dans une démocratie, la meilleure au monde. Que Dieu bénisse l'Amérique.

Le plancher craqua sous son poids.

— Vous êtes mon unité et vous m'appellerez Top.

— Qu'est-ce qui te fait sourire, À-tout-va ?

Son filet de voix, une pâle imitation de celle dont je me souvenais, me ramena brutalement au présent. Je lui répétai sa fameuse phrase et lui racontai ce que j'avais pensé lorsqu'il était entré ce soir-là. Il émit un petit rire qui souleva sa poitrine.

— Et tu n'as plus le droit de m'appeler comme ça, dis-je.

— Oh, toujours un sujet sensible ? On ne se débarrasse jamais des surnoms.

Il m'avait un jour demandé à brûle-pourpoint ce que je ferais en pénétrant dans un bâtiment hostile et j'avais répondu la première chose qui m'était venue à l'esprit, une phrase apparemment inoubliable : « Tirer à tout va. »

Je relevai son lit pour qu'il soit assis un peu plus droit et je retapai ses oreillers. Il semblait inutile de lui demander comment il allait, si bien que je me contentai de m'asseoir à côté de lui.

— J'ai mis mes affaires en ordre. C'est l'avantage de tout ça, dit-il en désignant d'un geste la pièce et les écrans. On sait quand son heure arrive.

Il prit le temps de me regarder de la tête aux pieds. Ses yeux étaient rouges et fatigués, mais je savais qu'il ne raterait rien, pas plus qu'à l'époque.

— Dis-moi, pourquoi es-tu venue ?

— Top, il fallait que je vienne ! Le colonel m'a parlé de toi. Il a dit que tu m'avais demandée. (Je me frottai le front.) Puisqu'il a arrangé mon déplacement, j'imagine que j'ai eu une sorte de dérogation.

— De dérogation ? De quoi tu parles ? demanda-t-il en fronçant les sourcils.

Il n'était donc pas au courant. Il n'avait aucun moyen de le savoir après mon transfert hors de son unité.

— J'ai dû signer un accord avant de partir. Je ne suis pas autorisée à contacter quiconque du 4-10.

— Qui… (Les écrans se mirent à biper et il s'efforça de se calmer.) Qui t'a fait signer cet accord ?

— Un certain major Petersen, je crois. Il devait faire partie du département juridique.

Une infirmière entra et me jeta un regard noir.

— Si ses signes vitaux refont cela, vous devrez partir, me dit-elle avant de quitter la pièce.

Top se rallongea et je le vis tenter d'influer sur ses signaux par la force de sa volonté.

— C'est des conneries, cette histoire. Le service juridique n'a rien à voir avec ça. Je vais en parler au colonel. Il tirera ça au clair.

Il se tut et je compris enfin ce que cela voulait dire. Personne au 4-10 n'était au courant de l'accord que j'avais dû signer. Tout le monde avait dû penser que j'étais partie sans regret, que je m'en moquais, que ma vie dans l'unité n'avait été qu'un mensonge. J'étais malade de colère. Pas étonnant que j'aie eu le sentiment de décevoir le colonel ces dernières années.

— Je suis désolé, Farrell. On a tous pensé que tu voulais couper les ponts. On aurait, j'aurais dû me douter que ce n'était pas le cas. Bien avant que tu ne dises quelque chose au colonel et qu'il ne m'en parle.

Je fronçai les sourcils. Qu'avais-je donc dit qui l'avait fait se poser des questions ? Et puis, ça me revint.

— Je lui ai dit que je reviendrais sans l'ombre d'une hésitation mais que les choses avaient changé.

— Comme quoi ?

— Je suis une foutue vampire, Top, ou presque !

— Et alors ? Ils te laissent te balader dans Denver. Tu exploites des gens sans défense ?

— Non, soupirai-je. J'ai un boulot, même si ce n'est pas le 4-10. J'aimerais juste être certaine de ce qui m'arrive.

— Raconte-moi, insista-t-il. Ce n'est pas comme si j'avais autre chose à faire. Et je te promets de l'emporter dans la tombe.

Un rire sifflant souleva sa poitrine. Ma tête semblait pleine de choses dont je ne pouvais pas parler. Tellement de choses à se rappeler, chacune étiquetée du nom de la personne autorisée à être au courant. Certaines de ces étiquettes étaient des mensonges, si Top avait raison. Alors, pourquoi ne pas lui dire ? Je savais que je n'aurais pas dû, mais je commençai à parler. Comme si un barrage avait rompu, les mots se déversèrent de ma bouche. Je lui racontai presque tout ce qui s'était passé dans ma vie professionnelle et privée.

Je fis une pause quand son dîner arriva. J'envoyai un texto à Tullah pour lui expliquer que je rendais visite à un ami malade. Puis j'appelai Jen. Je lui dis où je me trouvais et je lui avouai l'erreur que j'avais faite en laissant filer Monosourcil. Je commençai à lui dire que je comprendrais si elle voulait confier l'affaire à quelqu'un d'autre, mais elle m'interrompit.

— Oublie ça, chérie. C'est toujours facile de refaire l'histoire après coup. Règle tes affaires et reviens. (Elle s'interrompit.) J'ai besoin de toi ici.

L'entendre dire ça me fit chaud au cœur. Après avoir raccroché, j'achetai un sandwich à la cafétéria, puis je retournai voir Top. Les infirmières n'avaient pas l'air contentes de me revoir, mais Top les fit sortir et je terminai mon histoire.

À la fin, Top était allongé, les yeux fermés. Je pensais qu'il s'était endormi jusqu'à ce qu'il reprenne la parole d'une voix entrecoupée.

— Tu as embauché la meilleure équipe possible pour rechercher ce cuisinier, qui est probablement mort. Et les flics le cherchent aussi. Tu as découvert des problèmes financiers dans l'entreprise de Kingslund. Un type épluche les ordinateurs. S'il ne trouve pas qui est derrière tout ça, tu peux interroger l'autre type du service financier. Tu as identifié les loups-garous qui ont vandalisé le site de ta cliente et les vampires vont te les présenter. Tu as mis en place une bonne équipe de protection pour ta cliente. Et tu as des amis puissants qui te font confiance. Ça me paraît bien pour une semaine de travail. Alors quel est le problème ?

— Je crois que tout est lié, mais je n'arrive pas à voir comment ni pourquoi. Je me sens bête.

— Bon Dieu, Farrell, on ne perd pas ses galons juste parce qu'on enlève l'uniforme. Si c'était un petit caporal qui te disait cela, tu l'incendierais pour son attitude. Toute cette négativité, c'est de l'énergie perdue. Bien sûr, tout est peut-être lié. Continue ce que tu es en train de faire et tu trouveras.

— Mais je n'aurai peut-être pas le temps. Mon taux de prions ne fait qu'augmenter.

— C'est à moi que tu parles de ne pas avoir le temps ?

Je me tus et baissai la tête pour cacher mes joues rouges. Dis comme ça, ça faisait mal.

— Lâche du lest, Farrell. Arrête de t'inquiéter de ce que tu risques de devenir. Sers-toi de ce que tu as. Utilise toute cette énergie. Fais ce que tu peux, tant que tu peux. Personne ne peut en faire plus. Et on dirait que tu as un sacré boulot devant toi. Je ne parle pas de l'affaire Kingslund. Bien sûr, c'est important, mais cette rivalité Panethus-Basilikos l'est bien plus à long terme. Apparemment, leurs effectifs restaient bas quand ils s'entre-tuaient, mais avec cette espèce de guerre froide, il doit y avoir plus de vampires que jamais. Je ne peux pas dire que ça me plaise, mais d'après ce que tu dis, ce serait encore pire si les Basilikos gagnaient. Rejoins les Altau et deviens un atout pour les Panethus.

Il rit tout bas.

— Je ne m'attendais pas à parler de ça. Des vampires, des sorcières et des loups-garous ! Merde alors.

— Je suis contente qu'on en ait parlé. Ça m'a aidée, même si j'ai l'air pathétique. De quoi tu voulais parler, Top ? Des chances des Saints pour le Super Bowl ?

— Pfff. Aucune chance cette année. Et tes Broncos non plus. Non, des vieilles histoires. Très vieilles. Mais toujours importantes.

Il ferma de nouveau les yeux et j'attendis patiemment, bercée par les tic-tac des machines.

— Quand tu nous as rejoints, dit-il, tu envoyais tout ton argent chez toi. Tu viens de me parler de ta sœur. Je veux que tu me racontes comment c'est arrivé.

C'était douloureux, mais il en savait déjà la moitié, alors autant tout lui raconter.

— Ça remonte à 1996, quand mon père est tombé malade…

— Blane, c'est ça ? interrompit-il.

Je hochai la tête. Au moins, la mémoire de Top ne lui faisait pas défaut.

— Il est tombé malade et l'assurance a refusé de payer. On était fauchés. On venait de déménager dans une maison plus grande, dans un meilleur quartier, avec un emprunt sur le dos, et voilà qu'on s'est retrouvés avec des frais médicaux et juridiques. Et juste le salaire de ma mère pour nous garder à flot. Mon père n'a jamais rien su.

Je regardai par la fenêtre, sans rien voir. Ç'aurait été un jour comme aujourd'hui, en automne, dans une pièce comme celle-ci remplie d'équipements trop chers pour nous, avec mon père endormi dans le lit.

— Un après-midi, je suis rentrée des cours et je faisais mes devoirs à côté de lui, au cas où il ait besoin de quelque chose. Il dormait, le sourire aux lèvres.

Je sentis la main de Top se poser sur la mienne. On aurait dit du vieux parchemin, sec et léger.

— Quand il s'est réveillé, je lui ai demandé ce qui l'avait fait sourire et il m'a raconté qu'il avait rêvé de notre remise de diplômes à l'université, à ma sœur et moi. Il m'a fait promettre que ça arriverait un jour. Après, tout s'est concentré sur cet objectif. Et on l'a atteint de la seule manière possible, Kath a décroché son diplôme et j'ai fait en sorte qu'elle y arrive.

— Donc tu as renoncé à remplir ta promesse.

— On ne pouvait pas aller toutes les deux à l'université. C'était le seul moyen.

— Je ne parle pas de cette époque. Je parle de maintenant.

— Je ne peux pas aller à la fac maintenant.

— Pas aujourd'hui, ni demain, mais un jour. Tu es une vampire à présent, tu as le temps, dit-il avec un petit rire rauque. Promets-le-moi.

Je ne pouvais pas refuser.

— Bien, dit-il. Quand je verrai Blane, je pourrai lui dire que sa fille fait honneur à sa mémoire en tenant sa promesse.

Je fermai les yeux. Il fallait que je lui pose une question.

— Top ? Les Athanate ont ce truc qui guérit les gens. Je pourrais…

— Non, Farrell. Tu as l'air d'avoir assez de dettes comme ça. Et je n'en veux pas, de toute façon. Je suis en paix. Je suis prêt à partir.

Je baissai la tête. Je savais qu'il dirait cela, mais il fallait que j'essaie.

— Je n'ai pas fini, reprit-il. Le plus dur reste à venir. J'aurais dû t'en parler depuis longtemps.

Ses yeux balayèrent lentement la pièce avant de revenir se poser sur moi.

— Tu sais, Farrell, tu as fait ce qu'il fallait en Amérique du Sud parce que tu faisais partie des meilleurs éléments. Et grâce à toi, il y a eu moitié moins de victimes qu'il aurait dû y en avoir. Et c'était quand même le pire carnage qu'on ait jamais eu.

— Merci, Top.

Mais je me sentais encore coupable. C'était mon équipe. Ma responsabilité.

— Si je te dis ça, c'est parce que la suite va faire mal. Tu as failli ne pas être là-bas du tout.

Je levai les yeux vers lui et j'attendis. Top avait toujours une bonne raison de faire ce qu'il faisait. Je savais que ce qu'il allait m'annoncer était important, même si cela risquait d'être douloureux à entendre.

— Tu ne m'as rencontré qu'après avoir rejoint le 4-10, mais j'ai personnellement sélectionné chacun d'entre vous. Et c'est aussi moi qui décidais des recalés. Tes instructeurs ont déposé quatre demandes les deux premiers mois pour que tu sois virée du programme de formation avancée.

Il s'interrompit pour boire une gorgée. Puis il reposa sa main sur la mienne.

— J'avais ton dossier de formation initiale et j'ai envoyé le recruteur parler à ton école. Je sais ce qu'il s'est passé.

Mon estomac se serra.

— Ils savaient que tu avais sauté de cette tour d'horloge. Que tu travaillais tous les soirs et que tu donnais l'argent à ta mère. Ils savaient beaucoup de choses, mais pas pourquoi tu avais sauté, pas vrai ?

— Non, Top, murmurai-je.

— Tu as hésité à ouvrir le parachute, hein ?

— Oui, Top.

— Et c'est aussi ce que pensaient tes instructeurs. (Il fit semblant de lire un dossier.) La meilleure recrue du groupe, rapide, maligne, endurante. Mais pas certain qu'elle veuille vraiment vivre.

Je ne dis rien. Il avait raison. J'avais mis des mois à emprisonner la trouillarde qui vivait en moi pour qu'elle ne ressorte plus jamais. La clé, c'était la peur. Quand j'avais peur, je savais que j'étais en vie et qu'elle était enfermée.

— Et j'imagine que c'est ta promesse à ton père qui t'a aidée à tenir bon.

Je hochai la tête d'un coup sec.

— Écoute, dit-il doucement. Une fille qui arrive à l'entraînement avec les cheveux coupés court, qui ne regarde pas un seul homme les deux premières années et qui fonce la tête la première dans le danger… Je sais ce qui s'est passé, Farrell. Pas les détails. Et je ne vais pas essayer de te faire croire que je sais ce que tu as ressenti. Mais ça faisait mal à voir et je vais te dire une chose : je n'ai jamais été aussi fier d'un de mes soldats que quand tu as été nommée sergent.

Les sergents ne pleurent pas. Ils n'ont même pas vraiment le droit de baisser la tête. Alors j'ai relevé la mienne et je l'ai regardé dans les yeux, mais je ne pouvais toujours pas parler.

— Le plus dur à présent, dit-il d'une voix rauque. Tu as enterré tout ça. Je parie que tu t'en sers pour te motiver, mais tu n'y as pas fait face. Et quelque chose d'autre te ronge. Je ne sais pas quoi, et je ne suis pas sûr que tu le saches non plus. Mais ce genre de choses a tendance à refaire surface quand on s'y attend le moins.

Sa voix était de plus en plus faible.

— J'allais suggérer que tu en parles au colonel. Il est de ton côté et il sait y faire. Mais j'ai l'impression que tes nouveaux amis pourront t'aider.

Ses yeux se troublèrent l'espace d'un instant et je dus me pencher pour entendre la suite.

— Tu es un peu perdue avec ce qui t'arrive, les changements de ton corps, ce que tu ressens. Mais au fond, tu es toujours la même. Reste fidèle à toi-même et tout ira bien.

Sa main agrippa la mienne avec une force surprenante.

— Écoute-moi une dernière fois. Fais de ton mieux avec ce que tu as.

Une infirmière arriva derrière moi.

— Il faut que vous partiez à présent, il est bien trop tard.

Elle commença à relever les résultats des machines. Elle s'arrêta soudainement.

— Seule la famille est censée être là. Vous n'êtes pas de la famille, pas vrai ?

Top éclata de son rire sifflant.

— De la famille ? Blanche-Neige, là ? Vous ne voyez donc pas que je suis un Seigneur Noir des Sith ?

Le visage perplexe de l'infirmière nous fit rire encore plus fort.

—Au revoir, Amber, dit-il.

—Au revoir, Gabriel, murmurai-je.

41

Jeudi

Je retournai à pied à l'aérodrome. Je n'avais rien d'autre à faire et ça ne me prit que quelques heures. Heureusement, il faisait moins froid ici qu'à Denver. Je mis presque autant de temps à pénétrer dans la base. Les gardes vérifièrent mon identité une bonne dizaine de fois avant de me laisser passer.

Une fois à l'intérieur, le responsable du chargement me confirma que j'avais une place sur un avion de transport Hercules qui partait à 8 heures du matin. Je décidai de donner un coup de main pour le chargement en attendant et, à 8 h 05, j'étais sanglée dans le ventre de la bête.

J'étais dans un état de stupeur, déconnectée de la réalité. Je ne pouvais parler de Top à personne. Personne ne pouvait le remplacer. Personne ne pouvait partager ma peine. Mais la Terre continuait de tourner et je n'avais pas dormi de la nuit. Assise dans l'avion avec dans les oreilles le bruit assourdissant des moteurs, je me sentais comme chez moi, et je dormis jusqu'à l'atterrissage à Buck, en début d'après-midi. Entre auto-stop et marche, je finis par rejoindre ma voiture et je rentrai chez Jen.

Tullah refusa de me parler tant que je ne me serais pas douchée et changée, si bien qu'il était presque 17 heures avant que j'apprenne les dernières nouvelles.

Matt avait récupéré toutes les données des ordinateurs de Verdoon et nous les avait envoyées. Tullah avait passé les fichiers en revue durant la journée et appelé Jen pour lui poser des questions sur quelques noms de personnes ou d'entreprises. Je notai que Jen avait accepté sans sourciller l'implication de Tullah.

Il n'y avait pas de preuve tangible. Ç'aurait été trop simple et la personne derrière tout cela était à l'évidence très prudente. Il était clair au vu des données que c'était Verdoon qui avait autorisé tous les gros déplacements de fonds au cours du dernier mois. Mais pourquoi ?

Certains de ses fichiers personnels étaient chiffrés et Matt n'avait pas réussi à y accéder. Tullah était déçue, mais je savais que même les logiciels bon marché offraient un chiffrement de niveau « militaire ». On n'était pas à la télé où l'as du labo se plaint que son patron ne lui donne qu'une heure pour déchiffrer les fichiers. Un superordinateur pourrait peut-être cracker ces données par la force dans quelques années, mais en attendant, il nous fallait trouver soit un Post-it avec le mot de passe, soit un indice dans la vie personnelle de Verdoon. C'est pourquoi Matt cataloguait les dossiers de Verdoon et testait différentes formules pour tenter de trouver le mot de passe.

Tullah me confia une clé USB avec une copie des mails de Verdoon pour que j'y jette un œil plus tard.

— Dis-moi, Tullah, dis-je en changeant de sujet. Pourquoi ton guide spirituel n'est-il pas sur la liste approuvée ?

Elle balaya le bureau du regard.

— C'est assez privé, ici ? dis-je.

— Non. C'est compliqué. Allons faire un tour dans le jardin. Je vais te montrer.

Son expression était impassible mais une sorte de jubilation intense semblait frémir sous la surface. Je dus me retenir de lever les yeux au ciel. Encore un autre secret que je devrais garder. J'étais intriguée, même si l'idée de cacher quelque chose à Mary me rendait nerveuse.

Nous traversâmes le salon et sortîmes par les portes du patio. Dire que la semaine précédente, Jen profitait ici du soleil… À présent, les températures avaient chuté et la neige ne semblait pas loin.

Nous passâmes devant l'héliport et continuâmes jusqu'aux arbres. J'adorais ces mélèzes qui ressemblaient à des pins mais prenaient une belle couleur dorée et perdaient leurs aiguilles à l'automne. Dans le jardin de Jen, ils étaient entourés de cyprès. Nos pieds écrasaient des aiguilles sèches.

Une fois à bonne distance des gardes, je me tournai vers Tullah :

— Qu'est-ce qu'il y a sur la liste approuvée ?

— Oh, les animaux prévisibles, connus. Les guides spirituels standard comme l'ours, le puma, le loup ou l'aigle. Les Adeptes les aiment parce que ce sont des valeurs sûres. On sait à quoi s'attendre.

— Tu as quelque chose que personne d'autre n'a ?

— Hmm. Je crois. Personne du coin, en tout cas, dit Tullah en fourrant ses mains dans ses poches.

— Allez, Tullah, on est seules. Je sais que tu meurs d'envie de me le dire. Mais souviens-toi, je ne te promets pas de ne rien dire à Mary.

Tullah fit la moue.

— Maman va l'apprendre un jour ou l'autre. Elle le saurait si elle regardait vraiment. Je veux juste lui prouver d'abord qu'elle n'est pas dangereuse.

Elle se tourna vers moi avec un large sourire.

— Ce sera plus simple de te montrer directement.

Debout dans le murmure sombre des mélèzes, j'attendis. Je sentis un bruissement dans l'air autour des épaules de Tullah. Elle pencha la tête en arrière et rit en levant les bras.

— Elle est timide. Allez, viens, bébé. C'est juste Amber.

Bébé?

Un autre mouvement étincelant, comme une rivière qui s'enroulerait autour de la tête de Tullah. Et soudain, un véritable torrent qui se transformait peu à peu en une énorme silhouette dorée. En haut, un œil gigantesque s'ouvrit et me regarda. Une tête aussi grosse qu'un camion émergea et se baissa vers moi, bouche ouverte comme une trappe menant tout droit en enfer.

Je tombai à la renverse, levant instinctivement les mains dans un geste futile de protection. Mon cœur oublia de battre.

La tête s'arrêta et pivota pour laisser l'énorme œil couleur rubis m'inspecter. Une langue rouge fourchue surgit et sembla goûter l'air autour de moi. L'espace d'une seconde, l'énorme corps recouvert d'écailles s'étira dans le ciel nocturne, ailes déployées, avant de se dissoudre en une pluie d'étincelles, comme un feu d'artifice. Juste avant de disparaître, son visage arborait le même petit sourire espiègle que Tullah. Elle avait eu exactement la réaction qu'elle espérait.

— Merde alors ! dis-je. Bébé ? Tullah, c'est un…

— Dragon, oui. Enfin, une dragonne. Elle est tellement jolie ! Tu comprends pourquoi je ne pouvais pas te la montrer à l'intérieur ?

Quand Mary m'avait fait voir son ours au restaurant, elle l'avait caché aux autres clients. Tullah n'en était pas encore capable. Un garde vint nous interroger sur le feu d'artifice qu'il avait aperçu. On pointa du doigt la direction du Country Club au loin, en haussant les épaules. J'espérais qu'il faisait assez sombre pour qu'il ne nous voie pas glousser.

Une fois de retour dans le bureau, je reçus un message de Jen. Elle allait être occupée jusque tard par l'organisation du gala. Tullah s'en alla, très contente d'elle, et je décidai de m'activer.

Le trajet jusqu'à chez Mme Desiarto était familier et étrange à la fois. Je n'y étais pas retournée depuis plus d'une semaine, mais cela me semblait bien plus long. Beaucoup de choses peuvent changer en une semaine. Mme Desiarto n'était pas contente. D'abord, aucun petit ami, cria-t-elle, puis je disparaissais pendant une semaine sans la prévenir, et ensuite je recevais deux garçons en plein milieu de la nuit. Deux ! Quelle honte ! Et tout ce bruit, c'était vraiment malpoli, qu'est-ce qui m'avait pris ?

— Madame Desiarto, je n'ai pas de petit ami, encore moins deux. Et je ne suis pas revenue depuis la semaine dernière.

Elle me regarda comme si je parlais chinois, puis recommença à se plaindre, bien décidée à ne pas se laisser distraire. Le vrai problème était probablement qu'elle n'avait eu personne avec qui discuter pendant une semaine.

Il était temps que je déménage. Diana s'attendait à ce que j'élise domicile à la Maison Altau d'ici peu. J'habitais chez Jen pour le moment, même si je ne voulais pas m'éterniser.

Mme Desiarto me prit la clé des mains. Parano comme je suis, j'avais refusé que quelqu'un d'autre ait les clés de ma chambre, si bien qu'elle n'avait pas pu entrer voir les dégâts causés par ma prétendue orgie.

Elle tourna la clé dans la serrure, et mes méninges recommencèrent à tourner. Je me jetai sur elle, mais trop tard. Elle avait déjà ouvert la porte.

42

L'explosion fut petite et localisée. Les voisins pensèrent probablement que c'était un bruit de pot d'échappement.

Mme Desiarto, elle, n'entendit rien. Elle crut que je l'avais attaquée et eut recours à son unique moyen de défense : sa voix. Elle cria aussi fort que possible, comme une sirène d'ambulance.

Ce n'était que la deuxième fois que je voyais M. Desiarto. Il sortit sur le perron en trébuchant, s'attendant probablement à voir des cadavres sur la route et au moins trois ou quatre voitures accidentées. Mais il n'y avait que Mme Desiarto, affalée par terre et indemne, hormis quelques bleus. J'avais atterri sur elle. J'essayais de me convaincre que j'avais tenté de la protéger, mais je crois que j'en avais juste assez d'être constamment couverte de bleus.

À présent, j'étais agenouillée près du seuil et je jetai un œil à l'intérieur de ma chambre. La porte avait été détruite par le coup de feu. Comme rien d'autre ne semblait sur le point d'exploser, j'entrai avec précaution dans la pièce.

La boîte était clouée au sol. C'était un dispositif simple, une connexion électrique rompue par l'ouverture de la porte, déclenchant un circuit et envoyant deux chevrotines dans de petits tubes en fer. Efficace et fatal. Le soulagement m'envahit. Si Mme Desiarto n'était pas venue se plaindre, j'aurais franchi la porte. Les tubes en fer étaient plantés dans les orbites d'un masque en forme de crâne. Les yeux de la mort. C'était l'œuvre de Monosourcil.

L'appartement avait été mis à sac. J'espérais qu'une fois qu'elle aurait repris ses esprits, ma propriétaire comprendrait que même une orgie des plus énergiques n'aurait pas causé la dévastation qu'on pouvait voir à l'intérieur. Tous les meubles avaient été démontés, tous les tiroirs vidés, les vêtements déchirés, les livres déchiquetés. Le matelas avait été éventré et le petit frigo renversé par terre. Mes sous-vêtements avaient été épinglés au matelas avec un couteau.

Que cherchaient-ils ? Pourquoi ces messages, avec le masque et les sous-vêtements ? Probablement parce qu'il y avait une bonne chance que le piège ne me tue pas. Monosourcil ne pouvait pas savoir que j'étais la seule à avoir les clés de l'appartement. Il pensait peut-être que Mme Desiarto y entrerait avant moi et, dans ce cas, il voulait que je sache qu'il était responsable et ce qu'il ferait s'il mettait la main sur moi.

Je ressortis sans rien toucher.

— Monsieur Desiarto.

Je l'attrapai et l'éloignai de sa femme qui gémissait plaintivement. Je lui montrai le dispositif et les dégâts.

— Ces hommes sont très dangereux et risquent de revenir. Il faut que vous rentriez chez vous et que vous y restiez. J'appelle la police.

Il me regarda avec de grands yeux, bouche bée, tandis que je les poussai tous les deux vers chez eux.

Je fermai tant bien que mal la porte de mon appartement et je plaçai une chaise pour la maintenir en place. Puis j'appelai le lieutenant Edmunds grâce au numéro que Morales m'avait donné. Ce n'était peut-être pas exactement le genre de choses dont l'équipe Morsure de serpent s'occupait, mais je m'excuserais plus tard.

Edmunds fut aussi rapide que la fois précédente. Lui et sa petite équipe arrivèrent en une demi-heure. Après lui avoir raconté le peu de choses que je pouvais, j'essayai d'appeler Morales, mais je tombai sur son répondeur. Edmunds me fit sortir et me dit qu'il contacterait Morales lui-même.

— Je ne sais pas ce qui se passe, Farrell, dit-il une fois hors de portée d'oreille des autres. Mais Morales nous a dit de nous rendre disponibles. Même si ce ne sont pas les vampires, ça reste un crime. Morales te fait confiance. Tu es du côté des anges, hein ? Et si les démons essaient de faire ça, tu dois les déranger. Vas-y, tu ne peux rien faire de plus pour le moment.

Qu'avais-je fait pour mériter de tels renforts ? Je repris la route en priant pour qu'ils trouvent quelque chose qui permettrait de clore cette affaire avant que je ne me fasse avoir.

En tout cas, il fallait que je déniche un nouveau logement. J'étais en colère et sous le choc, mais surtout malade à l'idée que ce piège aurait pu tuer Mme Desiarto. Je paierais pour les dégâts, d'une manière ou d'une autre. Et avec un peu de chance, quand tout ça serait terminé, je pourrais reprendre un appartement. Dépendre de Jen en attendant me mettait mal à l'aise. Même si je ne restais que quelques jours, il faudrait que je lui en parle demain si j'avais le temps.

Pour le reste, ce n'était pas si grave. La moitié de mes habits avaient été détruits et l'autre moitié se trouvait dans le coffre de ma voiture ou dans la chambre d'amis de Jen. Heureusement, tout ce dont j'avais vraiment besoin était sur moi. J'avais perdu mes livres, mais je pouvais toujours les racheter. Je ne suis pas du genre matérialiste.

Je tournai en direction de Wash Park et mis tout ça derrière moi. Il était temps d'aller botter le cul du petit frère. Sa voiture n'était pas garée dans la rue et toutes ses lumières étaient éteintes. Je frappai quand même à la porte, puis j'essayai ses deux téléphones, mais sans succès. Finalement, je décidai d'entrer.

La maison était propre et bien rangée, à part le lit défait et une pile de linge. Rien ne suggérait qu'il y ait un problème et je ne pouvais pas faire grand-chose d'autre. Je laissai un message irrité sur la table avant de retourner chez Jen.

Elle n'était toujours pas rentrée, probablement occupée avec le comité du gala. Frustrée, je me changeai et je partis courir. Mon sac de jogging n'était pas très confortable avec le pistolet à l'intérieur, mais l'exercice me détendit. Arrivée au parc Judge Joseph, je fis demi-tour et sprintai sur tout le chemin du retour.

De nouveau à la maison, je me sentais bizarre. Fatiguée, bien sûr, mais moins que je ne l'aurais cru, et animée d'un curieux mélange de désespoir et d'allégresse. Sans compter que je n'aurais jamais dû être capable de sprinter sur cinq kilomètres. Ça ne pouvait vouloir dire qu'une chose : ma transformation en Athanate progressait.

Au bout d'une minute à peine, ma fréquence cardiaque était retombée. Je me rendis à la salle de bains et je me déshabillai. J'étais en sueur et toute rouge, mais ma respiration s'était calmée presque aussi vite que mon pouls. Je m'examinai dans le miroir en pied, j'ouvris la bouche pour observer mes dents. Je voulais trouver une différence, quelque chose de concret, mais il n'y avait rien. J'appuyai mon front contre le miroir.

— C'est à ça que ressemble un vampire, Tara, murmurai-je.

— Pas tout à fait, répondit-elle.

Après ma douche, je fis ce que Top m'avait conseillé et je mis tout de côté pour me concentrer sur l'affaire de Jen. Je m'assis dans le salon, enveloppée dans un peignoir, mon ordinateur sur les genoux. Je passai en revue les mails de Verdoon et les registres financiers du groupe Kingslund en me focalisant sur les actifs monétaires. Un peu de rhum guyanais me réchauffait l'estomac et imbibait mes pensées.

Quand j'eus terminé, deux nouvelles informations s'étaient dégagées. Premièrement, le petit jeu que jouait Verdoon avec les actifs du groupe Kingslund devrait s'arrêter bientôt. Il n'avait presque plus de réserves de trésorerie à déplacer. Même en tant que directeur financier, il y avait des limites à ce qu'il pouvait dissimuler. Deuxièmement, j'avais décelé un début d'explication à son comportement. Les vies professionnelle et privée de Verdoon étaient bien distinctes et la plupart de ses mails sur son ordinateur de travail concernaient l'entreprise. Mais certains de ses mails personnels avaient attiré mon attention : ils venaient d'hôpitaux. Quelqu'un était très malade et l'adresse professionnelle de Verdoon était mise en copie de relevés de comptes réguliers. J'imagine qu'il devait payer les factures. Jusque-là, rien de très significatif, mais le nom de l'hôpital avait changé pour celui d'un établissement situé au Nouveau-Mexique peu de temps avant que l'argent de Kingslund commence à être déplacé. Le lien était ténu, mais il était bien là.

J'envoyai mes notes à Jen par mail en omettant de dire pourquoi le Nouveau-Mexique m'avait mis la puce à l'oreille. Puis j'écrivis à Victor en lui demandant d'enquêter sur les hôpitaux pour découvrir qui était le patient.

Enfin, j'allai me coucher.

J'étais endormie quand la porte de ma chambre s'entrouvrit, me réveillant. Je me crispai mais ce n'était que Jen. Elle passa la tête par l'entrebâillement, puis referma doucement la porte. Elle vérifiait que j'étais bien rentrée.

Mon cœur se mit à battre la chamade et ma mâchoire me faisait mal. Je serrai les dents jusqu'à ce que la sensation disparaisse. Mon taux de prions avait atteint 0,5 ce soir. Peut-être que je ne devais pas rester plus longtemps, pour la sécurité de Jen. Je ne pourrais plus jamais retourner à l'unité Obs à présent. Ils m'enfermeraient illico dans une cellule. Mes options s'amenuisaient de plus en plus.

« *Nous sommes ton refuge en cas de besoin* », m'avait dit Diana.

43

Vendredi

En dépit de mes inquiétudes de la veille, j'appréciai d'être si près de mon bureau au matin. J'étais au téléphone avec Victor pour confirmer l'accès de son équipe au palais des congrès quand Tullah et Jen entrèrent dans la pièce en riant. Tullah avait demandé un tour du propriétaire et Jen avait accepté avec plaisir.

— N'hésite pas à te servir de la salle de gym ou de la piscine, disait Jen à Tullah. Amber se sert de la salle de sport et ça fait plaisir à voir.

Je raccrochai et leur proposai du café. Tullah était allée chercher les nouvelles cartes de visite chez l'imprimeur ; j'ouvris le paquet.

— Parfait timing, dit Jen. Tu en auras besoin ce soir. Tu as dû recevoir un pack de bienvenue avec ton ticket te priant d'apporter des cartes de visite pour les échanger avec les autres : partenaires de danse, voisins de table, etc. Ethel, Mme Harriman, aime que les gens discutent et prennent contact.

Je sortis les cartes sans rien laisser paraître. Tullah avait fait des folies : le fond était d'une couleur bronze chatoyante. Au centre étaient inscrits en noir les mots Fiabilité – Discrétion –

Efficacité, et en bas à droite se trouvaient mes coordonnées. Je reconnus immédiatement la police.

— J'ai utilisé la même police que sur la plaque de Tara, dit Tullah. Elle n'avait pas l'air standard alors j'ai juste créé les lettres dont j'avais besoin. Ça te va ?

J'avais créé cette police à l'école quand l'idée m'était venue de faire faire cette plaque. Je me souviens de m'être dit : « Voilà comment Tara écrirait. » Tullah avait tapé dans le mille.

— C'est bien, Tullah, je suis juste surprise.

— C'est la même couleur que ton teint, dit Jen en approchant une carte de mon bras.

Elle avait raison.

— Elles sont magnifiques, dis-je à Tullah, mais peut-être pas exactement ce qu'on attend d'une détective privée.

— Ne sois pas rabat-joie, dit Jen. Oh, regarde l'heure qu'il est. Il faut que je file. On se voit au gala, chérie.

On se fit la bise et elle partit à la hâte.

— Elles sont vraiment bien, Tullah. Merci de t'en être occupée.

— Avec plaisir. Jen est vraiment gentille. Et cette maison est géniale.

— Ce bureau est temporaire, jusqu'à ce qu'on boucle l'affaire.

Tullah s'assit et commença à éplucher les mails.

— Oui, mais c'est quand même gentil de sa part de nous héberger. Elle t'aime bien.

— Oui. Tu as l'air de bien t'entendre avec elle, répondis-je, évasive.

— Oui, mais…

— Et avec Matt aussi, si j'ai bien compris.

Touché ! Tullah rougit et se dépêcha de changer de sujet.

— Je voulais te dire, si tu veux, je peux t'emmener aujourd'hui. J'ai vraiment envie de voir la robe.

Je souris.

— Ça roule ! Il faudra que tu apportes ton appareil photo. Ma mère ne me croira jamais sans preuve.

Je sens le soleil se coucher. Non pas grâce à la lumière défaillante, mais à travers l'ébranlement des millions de certitudes qui m'ont tenue à distance. Sous les étoiles, mon cerveau bredouillant me laisse tranquille.

Cette sensation ? C'est l'adoration des multitudes, la force, le désir des inconnus et la peur de ceux qui savent. J'avance jusqu'à la réception, savourant les têtes qui se tournent. La soie verte tourbillonne à chaque mouvement.

Le portier est trop époustouflé pour prendre mon ticket. Je le presse dans sa main et passe un doigt ganté sur sa mâchoire entrouverte. Belle courbe.

Je passe le portique de sécurité ; mes armes ne sont pas en métal.

À l'intérieur, Jen se tourne vers moi, ses yeux bleus écarquillés.

— Amber, dit-elle.

C'est mon nom, mais est-ce vraiment moi ?

Elle ne m'offre pas sa joue et je pose un baiser sur la peau de son cou. J'entends son cœur faire un bond, son pouls bat comme les ailes d'un papillon sous mes lèvres.

Qu'est-ce que je fais ? Stop !

— Salut, Jen, comment ça va ?

Je parvins à me reprendre. Elle pressa une main contre sa poitrine.

— Tu m'as surprise, répondit-elle en clignant des yeux.

Elle recula d'un pas et me regarda des pieds à la tête.

— Bon sang, Amber !

— Tu aimes ?

Je souris, écartai les bras et tournai lentement sur moi-même en tentant de dissiper mon aura spéciale vampire. Ce pauvre portier… Et pauvre Jen, d'ailleurs.

—Amber, c'est sublime. Non, c'est…

—C'est injuste parce que tu es toujours tellement élégante et tu ne m'as jamais vue qu'en jean et tee-shirt.

Jen portait une robe bustier en soie rouge, simple, classique et spéciale à la fois.

—Tu es magnifique, dis-je.

J'avais laissé une trace de rouge à lèvres sur son cou, mais elle ne l'essuya pas.

—Qui t'a coiffée ? demanda-t-elle.

Mes cheveux, habituellement en queue-de-cheval, étaient trop courts pour le genre de coiffure élaborée que Jen arborait. Ils étaient simplement détachés, légèrement ondulés autour de mon visage.

—Klara, la femme de Werner, et Tullah. Elles ont passé l'après-midi à me pomponner.

—C'est réussi, dit Jen.

Quelqu'un vint murmurer quelque chose à son oreille.

—On se retrouve bientôt, on est assises ensemble au dîner, m'assura-t-elle, mais je dois aller souhaiter la bienvenue à la délégation. Oh, et si on te demande, dis que tu fais du conseil en sécurité pour mon entreprise.

Je lui serrai la main, puis je me dirigeai vers l'entrée, laissant mes gants et mon étole au vestiaire. Je pris dans un sac une petite oreillette ; elle ressemblait à un accessoire de téléphone mais me permettait en réalité de contacter le garde de Victor posté dehors. J'avais été tellement obsédée par la réaction du portier que je n'avais même pas regardé s'il était bien là. J'appuyai sur le bouton avant de glisser l'oreillette en place en évitant les boucles d'oreilles prêtées par Lisa.

—Reynolds, c'est Farrell. Tout va bien dehors ?

— Oui, m'dame. (J'entendais le sourire dans sa voix.) Belle entrée. Très discrète.

— Je plaide coupable, dis-je avec un petit rire. On reste en contact. À plus tard.

Je remis l'oreillette dans mon sac. Ma sœur me tournait le dos et discutait avec un groupe près du bar, Taylor à son côté. Puisque je lui avais dit qu'on parlerait au gala, je me dirigeai vers elle.

Le silence soudain et les têtes tournées l'alertèrent. Elle fit volte-face, le visage vide de toute expression. Ni elle ni Taylor ne m'avaient reconnue.

— Bonjour, Kath, dis-je.

— Amber ? Bon Dieu ! Tu… oh, tout le monde. (Elle se racla la gorge.) Voici ma sœur, Amber.

— Juste Amber, dis-je à l'homme à sa droite qui me tendait la main. Pas Amber Bon Dieu.

Il rit. Quelqu'un de bien, s'il aimait mes blagues. Kath reprit la situation en main et fit les présentations à la ronde, puis fit ses excuses et me prit à part.

— Quelle surprise, Amber, je ne t'ai pas vue en robe depuis le lycée. Tu es très belle.

Et je ne t'ai pas entendue dire ça depuis le lycée, pensai-je. Elle semblait légèrement moins tendue.

— Je t'ai promis qu'on parlerait de ton affaire, dit-elle en fronçant les sourcils. Je pense que Carter est un crétin. Ses avocats pensent qu'il est un crétin. Et à présent, même lui commence à le penser. Il ne va pas tarder à chercher une porte de sortie, mais le plus simple serait que tu cèdes pour qu'il puisse faire bonne figure. Mais de toute façon, il retirera sa plainte dans une semaine ou deux. Laisse-moi faire, et surtout, ne lui parle pas. Il sera là ce soir.

— D'accord et merci de t'en occuper.

— Oui, désolée pour ça et pour dimanche. Carter n'est pas le seul crétin, on dirait, dit-elle avec un petit sourire hésitant.

Je commençais à espérer que, quand tout serait terminé, nous pourrions redevenir de vraies sœurs. Je ne savais pas ce que devenir Athanate impliquerait, mais ça devrait être possible.

— Tu étais sous pression, je comprends, dis-je.

— Tu n'imagines même pas.

Elle jeta un regard à la ronde pour s'assurer qu'on ne nous écoutait pas. Le bourdonnement des conversations au bar nous garantissait une parfaite intimité.

— Je vais peut-être être hissée au rang d'associée, c'est en discussion.

— Kath, c'est fantastique !

Le cabinet pour lequel elle travaillait était très vieux jeu. Le fait qu'ils envisagent de la nommer associée après seulement six ans de service était du jamais vu.

Elle m'attrapa le bras.

— Je t'en prie, Amber, ne gâche pas tout. Tous les associés sont là ce soir.

— Je vais les éviter. Et s'ils me parlent, je serai la discrétion même. Mais honnêtement, qu'est-ce que je pourrais dire qui te ferait du tort ?

— C'est ton sens de l'humour, Amber. Tu te souviens du pasteur ? Des grenouilles dans le lit de Cassie ? Ou du patron de maman au barbecue ?

— Ah oui, tiens. J'avais oublié. Qu'est-ce que c'était drôle !

Face au regard noir de Kath, je réprimai mes gloussements et tentai de prendre l'air sérieux. Mais enfin, je n'avais que quatorze ans à l'époque. Le son d'un gong nous interrompit. La foule autour du bar se tut et commença à se diriger vers les Escalators menant à la salle de bal. Jen faisait entrer les gens et me fit un signe de la main.

— Tiens-toi à distance de Kingslund, elle n'apporte que des ennuis, me prévint Kath.

— Ne sois pas bête. Elle est juste un peu extravertie. Quoi qu'il en soit, je loue temporairement un bureau dans sa maison à côté du Country Club. Je fais du conseil en sécurité pour son entreprise.

Kath eut l'air surprise, mais avant qu'elle puisse dire quoi que ce soit, je continuai :

— Toi aussi, tu es très belle. Tu as vraiment l'air d'une associée dans un supercabinet d'avocats. Je suis fière de toi.

Kath me remercia d'un sourire et Taylor apparut à son côté pour l'emmener impressionner les partenaires. J'étais contente pour elle. Je préférerais nettoyer les égouts plutôt que faire partie d'un cabinet d'avocats, mais Kath adorait ça ; elle travaillait dur et l'avait bien mérité.

Je me concentrai sur le rouge de la robe de Jen et je la rejoignis. Les invités étaient installés à des tables rondes d'une douzaine de places chacune. Jen et le comité avaient déployé beaucoup d'efforts pour disséminer la délégation internationale à travers la pièce et les placer près de personnes intéressées par leur domaine d'activité. Le bourdonnement de la conversation s'intensifia rapidement.

J'avais escompté que personne ne s'intéresserait à une détective privée et que je passerais mon temps à observer la délégation à la recherche de mon contact Athanate. Mais en réalité, les gens à ma droite étaient fascinés par mon travail. Sans leur raconter de complets mensonges, je fis de mon mieux pour redorer le blason de mon corps de métier. Jen était assise à ma gauche et parlait à ses voisins de ses projets d'installation d'un hippodrome à la sortie de la ville.

En face de nous se trouvait le représentant de la Malaisie, un homme d'affaires spécialisé dans la fabrication d'attaches en plastique. J'avais du mal à dire s'il était Athanate vu la largeur de la table qui nous séparait, mais il ne semblait pas l'être. Jack Tucker était assis à la même table. Il ne parlait pas, hormis pour soutenir les idées de Jen sur l'hippodrome.

Après le dessert, Lloyd McIntire et Ethel Harriman se levèrent et prononcèrent un bref discours, remerciant l'assemblée pour ses contributions, souhaitant la bienvenue aux visiteurs internationaux et indiquant la manière dont l'argent récolté serait dépensé.

Le maire ajouta quelques mots sur notre belle ville de Denver.

L'intervenant invité était un homme d'affaires, P.-D.G. d'une société minière. Bon orateur, il fit l'éloge de la main-d'œuvre de Denver et de l'attitude positive du monde des affaires. Dieu merci, ce fut court.

Une fois que les applaudissements se furent évanouis, le groupe commença à jouer. Jen attrapa ma main en souriant.

— Je sais que tu sais danser, dit-elle. Les membres du comité doivent donner l'exemple.

Je lui avais parlé de mes cours de danse étant jeune ; comme j'étais la plus grande, j'avais généralement appris les pas du cavalier.

Elle m'emmena jusqu'à la piste de danse. Le groupe ne s'attendait pas à avoir des danseurs si tôt et avait commencé par un simple cha-cha-cha. Malheureusement, nous avions la piste pour nous toutes seules.

J'étais là pour le travail et la personne qui allait me contacter savait seulement que j'étais en compagnie de Jennifer Kingslund. C'était un bon moyen d'annoncer ma présence. De toute façon, j'allais devoir me donner un peu en spectacle pour que tous les membres de la délégation aient l'opportunité de me faire passer un message. Alors autant danser.

Le cha-cha-cha est une danse à quatre temps, très simple pour le cavalier, qui permet à la femme d'exhiber ses talents de danseuse. C'était moi qui menais, par la force des choses. Je décidai de conseiller à tous les hommes qui voulaient faire effet sur la piste de trouver une partenaire qui sache vraiment danser. C'était le cas de Jen.

Heureusement, d'autres couples prirent exemple sur nous et se lancèrent à leur tour. Je me détendis et je manquai de rater des pas ici et là, ce qui nous fit rire. À la fin, j'étais complètement immergée dans mon rôle qui impliquait, bien sûr, le baisemain à ma cavalière.

Je baissai la tête et nos regards se croisèrent. La pièce sembla disparaître et ses yeux s'écarquillèrent. Un petit frisson me parcourut l'échine et se nicha dans mon bas-ventre. Oups. Au même instant, je sentis un Athanate. Très proche.

— Jennifer, pourriez-vous me présenter votre partenaire ?

— Luc, bonjour, dit Jen en se remettant de ses émotions. Voici mon amie Amber.

Je me tournai vers l'homme qui se tenait derrière moi, un charmant sourire aux lèvres. Un autre vint chercher Jen et ses yeux croisèrent les miens avant de se laisser entraîner.

— Luc, enchantée, dis-je en lui serrant la main.

Diana m'avait briefée. C'était Luc Matlal, le chef de la faction Basilikos. Il ne lâcha pas ma main. Je crus même qu'il allait l'embrasser.

— Je suis ravi de vous rencontrer, Amber. Vous menez merveilleusement bien. Mais puis-je mener la danse suivante ?

Ses yeux pétillaient d'humour. La quarantaine, il était mince avec un visage coupant et des cheveux noirs peignés en arrière.

Je tendis l'oreille. Le groupe allait s'en tenir à des morceaux dansants, probablement des danses latines pour le moment.

— Une salsa. Parfait.

La salsa n'était pas faite pour parler à son partenaire, c'était plus une manière de montrer ses intentions avec son corps. Je n'avais aucune intention envers Matlal, autre qu'écouter ce qu'il avait à me dire, mais la danse avait une vie propre. Le regard de Matlal se fit intense.

Lorsque la musique s'acheva, il me fit effectivement un baisemain. Je frissonnai, mais pas de plaisir.

— Êtes-vous déjà allée à Mexico ? demanda-t-il.

— Non, dis-je en retirant ma main.

— Je vous ferai visiter la ville avec plaisir. Je vous montrerai un aspect de Mexico que les touristes ne voient jamais.

Sans blague. Mais pas un aspect qu'ils auraient envie de voir, je parie.

— Je crois que vous allez un peu vite en besogne, Luc.

— Je vais organiser cela. Un échange entre Maisons de bonne réputation. J'insiste. (Il fronça légèrement les sourcils.) Pardonnez-moi, je pensais connaître la marque de toutes les Maisons, mais je n'arrive pas à situer la vôtre.

Je savais exactement de quoi il parlait, mais je fis mine de ne pas comprendre.

— Je suis désolée, je ne vois pas du tout de quoi vous parlez. Excusez-moi.

Je me détournai pour partir. Quoi que Skylur ait espéré que j'apprenne, c'était vain. Il attrapa mon bras, le visage furieux.

— Je ne t'ai pas autorisée à partir, petite Aspirante. Dis-moi à quelle Maison tu appartiens.

Je me dégageai. Il était très fort, mais conservait assez de bon sens pour ne pas engager un bras de fer en public.

— Je n'ai pas besoin de votre permission. Et la chose qui m'a mordue en est morte.

Il me fusilla du regard.

— Tu vas me dire quelle est ta Maison.

Je sentis les doigts inquisiteurs d'une attaque dans mon crâne. Je n'eus pas à chercher bien loin pour trouver la colère servant à nourrir ma défense.

— Allons, señor Matlal, vous connaissez mes règles.

La silhouette d'Ethel Harriman vint à ma rescousse.

— Une danse à la fois.

Le visage de Matlal subit une transformation complète, aussi douloureuse que ça ait dû être.

— Êtes-vous venue me demander une danse, Mme Harriman ?

Il était le charme incarné, malgré la colère dans ses yeux.

— Merci, mais non. Mes jours de danseuse sont derrière moi. Je souhaiterais parler à Amber un petit moment. (Elle se tourna vers moi.) Il faut que vous me disiez d'où vient cette robe, très chère.

Elle me prit le bras et m'entraîna avec elle.

— J'espère que vous ne m'en voudrez pas de ma familiarité. Je sais que nous n'avons pas été présentées, mais Jen m'a dit votre prénom. Je vous en prie, appelez-moi Ethel.

— Merci, Ethel, dis-je sans plus m'étendre.

J'inspirai profondément pour me forcer à me détendre. Le visage d'Ethel était calme et posé, mais rien ne semblait échapper à son regard de lynx.

— Je sais que le señor Matlal fait du bon travail avec ses orphelinats, mais je ne parviens pas à l'apprécier. Mais revenons-en à cette robe. Jen me dit qu'elle a été faite à Denver.

Puisque nous étions près de ma table, j'en profitai pour récupérer des cartes de visite dans mon sac.

— Je n'aime pas que les gens se plaignent qu'il n'y a rien de différent ici et fassent leurs courses dans des chaînes. Plutôt que de vivre dans un désert culturel, je crois que nous devrions soutenir les entreprises locales. C'est Lisa Macy qui a créé cette robe pour moi et je crois qu'elle et les autres méritent nos encouragements.

Je trouvai que ça résumait bien ce que Jen m'avait dit et Ethel eut l'air d'apprécier. Elle me prit deux des cartes de Lisa et une des miennes.

— Oh, j'adore votre carte. C'est scandaleux. Le genre de choses qui donne des crises à Lloyd. J'ai hâte de la lui montrer.

Elle gloussa, croisa les mains et me regarda d'un air interrogateur.

— Pourquoi ne nous sommes-nous pas rencontrées plus tôt, Amber ?

— Eh bien, comme il est écrit sur ma carte, mon activité m'impose d'être discrète et ce genre d'occasion ne l'est pas. (On rit.) Mais c'est très agréable. Et puis, je ne suis pas… Je ne suis pas très à l'aise financièrement en ce moment.

— Oh mon Dieu, très chère, personne ne l'est, répondit-elle en posant une main parée de bijoux sur sa poitrine. Nous sommes tous pauvres comme Job. Wall Street ! Quelle horreur !

— Oui, acquiesçai-je sans conviction. La bourse. Et tout.

J'avais du mal à imaginer Mme Harriman dans le besoin et moi avec des actions à la bourse.

— Eh bien, dit-elle en me tapotant le bras. En tout cas, je savais que si vous étiez amie avec Jen, vous deviez être perspicace. Voici ma carte et j'espère que vous serez moins discrète à l'avenir. Vous n'aurez peut-être pas le choix après ce soir, très chère. Tous les bons partis vont vous mettre le grappin dessus. (Elle sourit d'un air entendu en cherchant Jen du regard.) Enfin, s'ils en ont l'occasion. Et en parlant de beau parti, voilà le jeune Alex Deauville. Je vous laisse.

Je me tournai. *Ouah ! Pas mal !* Alex Deauville avait une démarche arrogante et le physique qui va avec.

—J'ai entendu Ethel me présenter, dit-il en me tendant la main. Alex.

—Amber, répondis-je avec un sourire.

Il faisait près d'un mètre quatre-vingt-dix, avec une belle carrure et des cheveux châtains un peu longs. Ses yeux étaient d'une couleur incertaine, entre le vert et le doré, et il y avait quelque chose de sauvage dans son regard. *Pas mal du tout.*

—On danse ? demanda-t-il.

Son ton semblait suggérer qu'on pourrait tout aussi bien faire autre chose. Mon démon sauta sur l'occasion.

—Je ne suis pas sûre. Mes deux derniers partenaires ont mis la barre très haut.

Mais mes yeux disaient oui. Apparemment, il était tout à fait capable de les lire. Il me prit la main et me conduisit à la piste de danse.

Le groupe décida soudain de changer de style et entama une valse. Je serrai les dents et continuai de sourire. La main d'Alex se glissa dans mon dos. *Un-deux-trois,* comptai-je dans ma tête jusqu'à ce que mes pieds bougent d'eux-mêmes. Pas ma meilleure performance, mais peu m'importait.

La chaleur qui se dégageait de son corps formait une agréable sensation au creux de mon ventre. Il sentait si bon ; une odeur de pin et de prairie montagnarde, sous le parfum d'eau de toilette et de mâle. Quelque chose en moi qui semblait avoir dormi bien trop longtemps se réveillait. Dommage, je ne pourrais pas passer à l'acte sans risquer de l'infecter.

Nous ne parlâmes pas. Au début, j'étais contente qu'il me donne la chance de me concentrer sur mes pas. Mais une fois plus à l'aise, il aurait pu discuter. Je n'avais jamais dansé si lentement sans rien dire. Nos yeux se rencontrèrent. Je crois que nous étions tous deux surpris et aucun de nous ne voulait briser le silence soudain chargé de tension. Je fus étonnée quand la musique se termina et que nous nous arrêtâmes.

— Était-ce acceptable ? demanda-t-il en souriant.

— Tout à fait, répondis-je en mettant mes mains dans mon dos comme une adolescente. Ethel a dit que nous devions échanger nos cartes.

Donne-moi ta carte, sexy.

— Plus tard. Après notre deuxième danse.

Le démon ne pouvait pas laisser passer ça sans rien dire.

— Si je ne suis pas trop occupée…

Je lui souris par-dessus mon épaule en retournant vers ma table. Après avoir dansé avec Jen, Matlal et Alex, j'avais besoin de m'asseoir un instant. Jack Tucker était seul à table. J'attrapai mon verre et je m'assis à côté de lui.

— M. Tucker, bonsoir. Je suis Amber Farrell.

— C'est Jack. Ravi de vous rencontrer, Amber. Vous appréciez le bal ?

— Beaucoup. Vous ne dansez pas ?

Il secoua la tête.

— Ce n'est pas ma spécialité. (Il haussa un sourcil.) Vous êtes la Amber Farrell qui a fait sa fête à Campbell Carter ?

— Pas intentionnellement, mais oui.

Évidemment, Tucker et Carter se connaissaient. Je me préparai au pire.

— Appeler Carter un abruti est un euphémisme.

Surprise, j'éclatai de rire.

— Carter fantasme tellement à l'idée d'entrer en politique qu'il a perdu de vue son entreprise. Ce n'est pas votre faute si d'autres gens en ont profité. C'est typique de lui et des gens dans son genre. Les vieilles fortunes.

— Eh bien, votre point de vue est rafraîchissant. Je m'attendais à devoir écouter poliment une défense du pauvre Campbell.

— D'autres le feront peut-être. Ne vous méprenez pas, vos actions m'ont causé des ennuis considérables. Mais ce n'était pas votre intention. Vous êtes à l'évidence très douée et vous pourriez peut-être m'être utile. J'ai beaucoup d'opportunités pour quelqu'un capable de tenir tête à Matlal ou d'assurer la sécurité de Kingslund.

Il n'avait l'air d'apprécier ni l'un ni l'autre, et manifestement, ma prestation sur la piste de danse n'était pas passée inaperçue. Tucker prit une bonne gorgée de vin et me lança un regard en coin.

— Vous devez penser que j'en veux à toutes les vieilles fortunes. Mais j'ai tout mon temps pour des gens comme Alex Deauville, par exemple. Il vous a dit qu'il était diplômé en médecine ?

Mon air perplexe le fit rire.

— Non, c'est bien ce que je pensais.

— Qu'est-ce qu'il s'est passé ?

— Il a tout plaqué pour monter une entreprise de camionnage. Ses parents l'ont renié. Il a du cran, ça me plaît. Je lui ai donné son premier contrat. Et ses chauffeurs ne risquent pas de l'escroquer comme ceux de Carter.

Un banquier que j'avais vu mentionné dans les journaux, Scott Borders, vint nous rejoindre. Tucker et lui se mirent à parler affaires, ce qui me donna l'occasion d'étudier Tucker d'un peu plus près. Mon nez me disait qu'il passait beaucoup de temps en compagnie d'Athanate. Je ne savais pas s'il avait été mordu, mais cela ne m'étonnerait pas.

Apparemment, Borders essayait de convaincre Tucker d'accepter Lloyd McIntire dans son comité. Tucker y était farouchement opposé et son discours était de plus en plus radical.

— Cette crise financière était exactement ce dont le monde avait besoin, dit-il. Un signal d'alarme pour nous débarrasser de ces parasites et écrouler ce château de cartes qu'ils ont bâti. Ils vont bientôt découvrir que toutes ces histoires de cercle d'initiés ne vaudront plus rien quand ils en auront besoin. Tu te crois inclus, accepté, mais tu ne l'es pas et tu ne le seras jamais. Le moment est venu de choisir son camp.

— À vous entendre, on dirait que la révolution est imminente, Jack, dis-je pour tenter de le calmer.

Il lâcha un petit rire.

— C'est vrai. Je vais vous demander de bien vouloir m'excuser. Ma fiancée, Inez, est arrivée. Et c'est la seule bonne chose que Matlal ait apportée du sud avec lui.

Je me tournai et vis une femme aux cheveux noirs en train de discuter avec Matlal.

— Vous faites des affaires avec Matlal ?

— Par obligation. Il n'est pas vraiment coopératif, si vous voyez ce que je veux dire.

— Encore une vieille famille bourgeoise, pas vrai, Jack ? demanda Borders.

— On dirait en le voyant, mais non. Il vient d'un quartier pauvre et s'est fait tout seul. (Il se tourna vers moi, le regard de glace.) Pas comme Kingslund. Un conseil, ne lui demandez jamais une faveur. Elle vous en coûtera sûrement plus que vous ne pouvez vous le permettre. Et ne faites pas l'erreur de penser savoir où vous en êtes avec elle. Une danse ne fait pas de mal, mais vous feriez mieux de garder vos distances. Sans tarder.

Je fronçai les sourcils.

— C'est la seconde fois que quelqu'un me dit cela, ce soir. J'en jugerai par moi-même.

Le visage de Tucker se ferma. Il tourna les talons et s'en alla sans un mot. La femme regarda autour d'elle quand il approcha. Elle était jolie, avec les yeux et le teint d'une Espagnole et habillée modestement. Une croix dorée pendait à son cou. Elle sourit à Tucker, puis son regard glissa vers moi. Je ressentis un petit choc, comme lorsque je regardais dans les yeux de

Diana. Je n'avais pas besoin de la sentir pour savoir qu'elle était une Athanate.

Matlal regarda lui aussi dans ma direction, et la colère ne l'avait pas quitté. Je me détournai. Intéressant. Tucker travaillait pour Matlal et m'avait mise en garde contre Jen.

— Il est de plus en plus taré, marmonna Borders.

Je n'avais pas le temps de m'appesantir sur la question. J'avais un travail à faire et je ne voulais pas donner à Matlal l'occasion de revenir à la charge. Je saluai donc Borders, puis je m'attaquai à la délégation, attirant le plus de membres possible sur la piste de danse pour qu'ils puissent me faire passer des messages. La moitié des représentants étaient des Athanate, et majoritairement des hommes. Il s'avéra qu'un bon nombre d'entre eux avaient effectivement un message pour moi, généralement que leur chambre d'hôtel était très agréable. Certaines femmes semblèrent légèrement troublées d'être invitées à danser, mais je n'essuyai que peu de refus. Se mettre sur son trente et un avait décidément du bon. Mais, plus encore, j'avais le sentiment que tous les Athanate étaient attirés par ma marque, même si aucun ne le montra d'une manière aussi flagrante que Matlal.

Malgré les chaussures sur mesure de Werner, mes pieds me faisaient mal quand je dansai avec Arvinder Singh, le représentant indien. Je commençai à m'inquiéter que le messager ait décidé qu'il était trop risqué de me parler.

— Je crois que vous seriez déçue si je ne vous proposais pas de vous montrer ma chambre d'hôtel, dit Arvinder avec un sourire, et je ris. Mais c'était amusant de vous voir danser avec Jennifer Kingslund.

— Oui, j'imagine…

Mes paroles s'évanouirent. Je sentis une pression dans mon crâne, semblable à celle de Skylur et Diana. Je trébuchai et tentai d'ériger une barrière. La pression disparut immédiatement.

Arvinder éclata de rire, comme si j'avais dit quelque chose de drôle.

— Continuez de parler, s'il vous plaît. J'ai un message pour Diana et le meilleur endroit pour le conserver est dans votre tête. Ça ne vous fera aucun mal et je ne ferai rien d'autre, je le jure sur mon Sang. Je ne pensais même pas que vous vous en apercevriez.

J'avais la bouche toute sèche. J'aurais aimé être mieux préparée. Je m'attendais à une note, à une clé USB, quelque chose à la James Bond. Mais les Athanate ne fonctionnaient pas ainsi. Et mon instinct me disait de faire confiance à Arvinder.

— OK, dis-je en tentant de sourire. Allez-y.

La pression refit surface, l'espace d'une seconde, puis s'évanouit. À sa place, je sentais une présence hermétique, froide et lisse.

— Je suis désolé d'avoir utilisé cette méthode sans prévenir, dit Arvinder, mais elle est très fiable. Seule Diana pourra accéder au contenu. Comprenez bien, ce que je fais est très dangereux pour ma Maison. Je vous présente mes excuses.

Je soupirai. J'étais un peu contrariée, mais au moins j'avais récupéré le message. Il ne me restait plus qu'à le transmettre à Diana.

Arvinder fit de son mieux pour me divertir pendant le restant de notre danse en lançant de délicieuses piques sur les autres représentants.

Je dansai encore avec une demi-douzaine de personnes avant de rejoindre ma place pour reposer mes pieds. Alex vint s'asseoir à côté de moi, avec deux coupes de champagne. Je le remerciai d'un sourire et nos mains se touchèrent quand j'acceptai un verre. Hmmm. De petits frissons me parcoururent l'échine.

— Quel bracelet original, dit-il. Il me fait penser au clan loup des Arapaho.

Je levai le bras et il traça les lignes du bijou du bout des doigts. Une légère ride plissait son front et j'eus envie de l'effleurer. Ou de l'embrasser.

— C'est un œil de loup, dis-je. Il veille sur moi.

Au même moment, le bracelet me picota.

44

Je poussai un grognement. Ce stupide bracelet n'avait eu aucun problème avec Matlal, mais décidait maintenant que j'étais en danger ? À cause de qui ? Carter ? Alex ?

Je tournai la tête, mais je ne vis rien d'autre qu'une salle de bal remplie de gens passant un bon moment. Jen me tournait le dos et discutait avec trois hommes à quelques mètres de là. Je ne voyais pas Carter. Matlal et Tucker se querellaient sur le côté sans me prêter la moindre attention. La seule personne qui regardait dans ma direction était un membre de la sécurité. Et Alex.

— Qu'est-ce qui se passe ? demanda-t-il.

— Mon bracelet… non, rien. (Je me penchai vers lui.) Jack Tucker m'a dit que vous étiez médecin et que vous aviez tout lâché pour diriger une entreprise de camionnage. C'est intéressant.

Alex éclata de rire.

— Oui, Jack est un original, pas vrai ? Mais je dois dire qu'il est fidèle. C'est lui qui m'a donné mon premier contrat et je m'occupe encore de ses livraisons.

Je fronçai les sourcils. Ce n'était pas exactement ce que Jack m'avait dit, si ?

Mon bracelet me picota de nouveau. Je grognai intérieurement et jetai un coup d'œil à ma montre. Il était presque minuit. Il fallait que je vérifie que tout allait bien avec le garde dehors.

— Désolée, Alex, un instant.

Je sortis l'oreillette de mon sac et je la glissai à mon oreille.

— Reynolds, rien à signaler ?

Aucun bruit à l'autre bout. Je vérifiai la petite diode lumineuse ; j'avais bien de la batterie. J'appelai alors Reynolds sur son portable. Il valait toujours mieux avoir un plan B avec les appareils électroniques. Je tombai sur sa messagerie. Zut. Ce n'était peut-être qu'un problème technique, mais soudain, je croyais mon bracelet.

— Alex, j'ai un souci, dis-je en attrapant une de mes cartes de visite pour la lui fourrer dans la main. Il faut que j'y aille. Mais appelez-moi. Vraiment.

— Je peux aider ?

Je souris en attrapant mon sac et celui de Jen.

— Merci, c'est gentil, mais c'est mon travail.

Je m'approchai de Jen par-derrière. Elle agitait les bras en décrivant quelque chose aux trois hommes. Je glissai son sac sur son bras et je l'attirai à moi en prenant son verre pour le donner au serveur.

— Jen, ne panique pas, mais je crois qu'on a un problème, murmurai-je à son oreille. Il faut qu'on y aille immédiatement.

Elle se figea, puis gloussa.

— Dit comme ça, chérie… Messieurs, excusez-moi, on me demande.

Elle leur lança un sourire en coin et toucha l'homme le plus proche d'un doigt élégant.

— Carl, c'est d'accord pour ce contrat. Envoie-le-moi.

Je sortis d'un pas rapide, mais pas trop pour ne pas attirer l'attention, et Jen me suivit. Je reviendrais une autre fois pour récupérer mon étole et mes gants.

— Qu'est-ce qui se passe ? demanda Jen.

— Reynolds ne répond pas. C'est peut-être une panne, mais si c'est le cas, on reviendra. Il est trop tôt pour que les autres soient arrivés. Appelle Kingston, s'il te plaît.

Jen composa le numéro de son chauffeur, mais personne ne décrocha. Elle commençait à devenir nerveuse.

— Et Victor ? Et la police ? dit-elle.

— Pas le temps. Il faut d'abord qu'on sorte de là.

Il y avait tellement de manières de tuer quelqu'un dans une foule que j'étais mal à l'aise.

Le portier n'était plus le même. Il était possible que le précédent ait terminé sa journée de travail, mais ça ne me plaisait pas. Trois taxis étaient garés près de la porte et il nous fit signe de prendre celui du milieu. Des gens se trouvaient dans le premier, mais ils semblaient en pleine dispute et le véhicule n'avançait pas.

Je pris le troisième taxi. Il y avait trop de gens autour qui nous regardaient. On aurait dit une mise en scène, et je n'avais même pas mon Walther. Le portier se dirigea vers nous en criant et en désignant le taxi du milieu. D'autres personnes commencèrent à se regrouper. Quelque chose se tramait.

C'est alors qu'Alex apparut à la porte avec quelques amis. Il semblait avoir beaucoup bu ces deux dernières minutes et était très bruyant. Il agitait une bouteille et passa le bras sur les épaules du portier, le faisant reculer. Tous les regards se tournèrent vers lui.

— Il faut que vous preniez ce taxi-là.

Notre chauffeur se retourna et désigna la voiture de devant. Hors de question. D'un coup sec, je le plaquai contre son siège et lui attrapai les cheveux pour qu'il reste immobile. Puis je sortis mon rouge à lèvres de mon sac et je le lui plantai dans le cou.

— Ce n'est qu'un calibre 22, mais il ne restera pas grand-chose de ta tête si tu ne démarres pas. Illico.

Alex avait confié le portier à l'un de ses amis et se penchait à présent dans le taxi du milieu. Il en ressortit en agitant quelque chose.

— Celui-ci n'est bon à rien, la clé de contact est cassée !

L'autre ami d'Alex avait ouvert la portière et tirait le chauffeur hors de l'habitacle. J'espérais vraiment que ce n'étaient pas de vrais chauffeurs de taxi.

Notre voiture démarra. Les mains de l'homme tremblaient. S'il faisait partie de ZK, ils en étaient vraiment à racler les fonds de tiroir ; mais comment avaient-ils organisé une attaque aussi compliquée ?

— Garde tes mains sur le volant et roule à trente, dis-je en le fouillant.

Je sortis un pistolet de la poche de sa veste.

— Quelle surprise, un Glock à dix coups sans numéro de série.

Je rangeai mon rouge à lèvres et le remplaçai par le pistolet. Les choses allaient mieux. Heureusement qu'Alex avait été là. Je jetai un regard à Jen. Elle était pâle et inquiète, mais elle tenait le coup. Il ne fallait pas que j'oublie que si, pour moi, c'était mon boulot, pour elle c'était nouveau et effrayant.

— Ralentis. Tourne là, dis-je au chauffeur.

— C'est une ruelle, se plaignit-il.

Je lui donnai un coup de Glock à l'arrière du crâne et il obéit.

— Stop. Gare-toi. Ouvre la portière. Les mains sur le volant. (Je sortis et je me mis derrière lui.) Maintenant, sors de là.

Lorsqu'il s'exécuta, je le frappai à la tête avec la crosse du pistolet et il s'effondra par terre. J'en profitai pour enlever les clés du contact.

— Viens, Jen, ma voiture est au parking.

Je la pressai de sortir de la ruelle et nous traversâmes la rue en talons aiguilles. Les voitures qui passaient par là nous ignorèrent et j'étais gelée dans ma robe.

— Amber, qu'est-ce que c'est que cette histoire ? demanda Jen en montant dans ma voiture.

J'allumai le moteur et le chauffage.

— Je ne sais pas. Je croyais que Morales devait arrêter les membres de ZK et que les choses seraient moins dangereuses. Ils n'ont pas de raison de s'en prendre à toi, à moins de vouloir se venger. Prendre le contrôle de ton entreprise maintenant attirerait les soupçons et ne leur servirait à rien. Mais là, ça va trop loin. Quelque chose m'échappe.

— Qu'est-ce qu'ils espéraient accomplir ce soir ?

Nous étions sorties du parking et je me dirigeai vers Speer Boulevard, au sud. Alors qu'on s'éloignait, un bruit assourdi d'explosion retentit et une lumière vive brilla dans la ruelle où nous avions laissé le taxi. Jen se retourna, bouche bée.

— Ils espéraient te tuer, Jen. Il y avait au moins deux, peut-être trois faux chauffeurs de taxi. Les voitures étaient bourrées d'explosifs au cas où les choses tourneraient mal. Le portier avait été remplacé, de même que le personnel de sécurité à la réception. Quelqu'un s'est chargé d'éliminer Reynolds et Kingston. Je parie qu'ils avaient un homme dans la salle de bal.

— Arrête-toi, s'il te plaît, dit-elle en m'attrapant le bras, les yeux écarquillés.

Je me garai. Elle sortit à la hâte et rendit ses tripes sur le trottoir. Je me serais mis une claque : on essayait de me tuer depuis des années et j'étais devenue blasée, mais Jen n'avait pas l'habitude. Elle remonta en voiture et tenta de se calmer.

— Merci, Amber, finit-elle par dire. C'est la deuxième fois que tu me sauves la vie.

Je lui souris en redémarrant.

— Tu pourras aussi remercier Alex et ses amis. C'est grâce à leur diversion qu'on a pu s'échapper.

— Deauville ? Il jouait la comédie ? (Je hochai la tête.) C'est toi qui lui avais demandé ?

— Non. Mais il a dû voir qu'il se passait quelque chose de pas net.

— Oh. Je croyais qu'il ne m'aimait pas.

Je souris en mon for intérieur. C'était peut-être moi qu'il aimait bien. En attendant, il fallait que je comprenne ce que cette dernière attaque signifiait.

— Jen, qu'arrivera-t-il au groupe Kingslund si tu meurs ?

— Bernard est le fondé de pouvoir, dit-elle lentement. L'entreprise fait partie de ma succession, bien sûr, mais elle serait mise en vente. À un prix qu'il fixerait.

Eh bien, on avait au moins un mobile. Ne restait plus qu'à trouver le coupable. Mon portable sonna. C'était Victor.

— Amber ? Tu vas bien ? Mme Kingslund ?

— On va bien, Vic. On est sur la route, dans ma voiture. Notre taxi a explosé il y a quelques minutes. Qu'est-ce qui s'est passé ?

— Je ne sais pas encore. Reynolds et Kingston sont touchés. Le portier aussi. Attendez que je vérifie la maison et que je double la sécurité avant de rentrer. Je t'appellerai.

— C'est noté, Vic, mais je vais éteindre ces téléphones. Je t'appellerai sur une autre ligne.

— Bon sang, tu penses qu'ils vont essayer de vous localiser ?

— Peut-être. Je ne veux pas prendre le risque.

— OK. Réessaie dans une heure. Soyez prudentes.

Je raccrochai et j'éteignis mon téléphone.

— Qu'est-ce que ça veut dire « touchés » ? demanda Jen en m'imitant.

— Je ne sais pas encore, Jen. Juste hors de combat pour le moment.

Je continuai vers le sud. Si ZK s'était donné tout ce mal pour coincer Jen au gala, ils avaient peut-être mis en place un plan B chez elle. J'avais confiance en Victor, il passerait l'endroit au peigne fin. En attendant, il fallait qu'on aille à un endroit imprévisible.

Je sortis mon portable de secours de mon sac et j'appelai David.

45

David ouvrit la porte et nous fit entrer.

Il avait mauvaise mine, le teint aussi blafard que la semaine précédente. Je m'en voulais de ne pas avoir pris de ses nouvelles, mais je n'avais pas eu le temps avec mon voyage improvisé à Rooks. J'espérais que le pire était passé après notre dernière rencontre, mais à l'évidence, ce n'était pas le cas. Comme nous ne pouvions pas en parler devant Jen, je me contentai de le serrer dans mes bras en lui demandant s'il allait bien.

Il hocha la tête et nous offrit du café ou du chocolat chaud. Jen lui demanda où se trouvait le nécessaire et l'envoya s'asseoir au salon. Je m'agenouillai près de lui et murmurai :

— Qu'est-ce qui se passe, David ? Je croyais que tu allais tout déchirer après la dernière fois.

— J'ai réussi la première partie. Mais Pia me mène la vie dure. Tu sais, ce qui ne te tue pas…

— Oui, oui, je connais la chanson. Tant que ça ne te tue pas. Qu'est-ce qu'elle te fait ?

David dégagea son col roulé et je vis plusieurs traces de morsure qui cicatrisaient.

— C'est juste que ça fait beaucoup, dit-il d'une voix fatiguée.

Jen arriva avec le chocolat chaud et je m'assis avec elle sur le canapé. David parla un peu de jogging, puis Jen et moi lui racontâmes le gala de charité, en omettant la raison de notre départ. La conversation ralentit. David semblait alterner entre un demi-sommeil et un état de veille frénétique.

À 2 heures du matin, j'appelai Victor qui nous donna le feu vert pour rentrer chez Jen. En partant, je serrai David dans mes bras et je lui promis de prendre bientôt de ses nouvelles.

— Un ex ? demanda Jen une fois dans la voiture.

— Non, plutôt un petit frère.

— Il se drogue ou il est malade ?

— Ni l'un ni l'autre. Il traverse juste une mauvaise passe. Ce n'était pas une bonne idée de débarquer comme ça. Il faudra que je passe le voir dans la semaine pour vérifier que tout va bien.

Cinq minutes plus tard, nous étions de retour chez Jen. Victor avait doublé le nombre de gardes et ils nous firent entrer rapidement. Victor nous attendait dans le salon. Les nouvelles étaient meilleures que je ne le craignais. Reynolds et Kingston avaient été retrouvés inconscients et ligotés dans la limousine, garée dans le parking. On leur avait injecté un anesthésique. À côté, dans un camion, se trouvait la demi-douzaine de personnel de sécurité qui s'occupait de l'entrée, dans le même état.

Alerté par le silence radio de Reynolds au moment même où Jen et moi sortions, Victor avait appelé la police. La fausse équipe de sécurité et les chauffeurs de taxi avaient disparu et, comme je m'en doutais, deux membres du personnel étaient aussi manquants. Le maire avait demandé que l'affaire soit traitée avec discrétion et la plupart des invités n'avaient rien remarqué.

— Ça m'a l'air d'une tentative désespérée, dis-je une fois que Victor eut terminé. Trop de choses susceptibles de mal tourner, trop de gens impliqués. Et faire sauter des taxis ? Franchement. (Je me tournai vers Jen.) Que s'est-il passé ou que va-t-il se passer de si conséquent dans les prochaines semaines ?

— Je n'ai rien d'important de prévu, répondit-elle en haussant les épaules. L'offre pour Tucker Beacon devrait passer quand les rapports financiers trimestriels seront terminés. Ça devrait être le mois prochain, environ. Et je finalise un achat en partenariat pour le terrain de l'hippodrome la semaine prochaine.

— Non, quelque chose d'autre a déclenché l'attaque. Celle de Silver Hills était un plan foireux, de dernière minute, mais ce soir, tout était planifié. Si tu étais morte aujourd'hui, qui contrôlerait l'entreprise ? Verdoon. Et quelqu'un d'autre le contrôle, lui.

— Mais je n'ai vraiment rien de prévu, dit Jen. Et Troy ?

— Une autre stratégie, intervint Victor. Pour vous perturber. Quelle que soit la raison, l'objectif à présent est de vous tuer. Mais on ne va pas les laisser faire.

— Vic, s'ils sont vraiment désespérés, on est trop vulnérables ici, dis-je en jetant un regard vers les fenêtres. Sniper, bombe, lance-roquettes...

Il hocha la tête.

— Vous allez devoir bouger dans les prochains jours. Et limiter le contact avec les personnes pouvant être impliquées.

Il n'y avait rien d'autre à dire au sujet des attaques, si bien que je demandai à Victor s'il avait trouvé des pistes dans la vie privée de Verdoon. Jen était au courant pour les frais d'hôpitaux – c'était pour la fille de Verdoon.

— Je ne sais pas quoi en penser, Amber, dit Victor. D'après la femme de Verdoon, changer d'hôpital a sauvé la vie de sa fille. Elle était dans un état critique ici, ils ne lui donnaient plus que quelques semaines à vivre, et puis elle est partie au Nouveau-Mexique et on dirait qu'elle va se remettre complètement. C'est une sacrée motivation, mais je ne vois pas comment ce serait possible.

Moi si. Le pouvoir guérisseur des Athanate. Je ne savais ni pourquoi ni comment, mais j'étais de plus en plus persuadée que Matlal était derrière tout ça.

Victor partit. Jen alla se coucher. Je restai seule avec un verre de rhum. J'avançais dans le noir. On avait eu de la chance jusque-là mais ça ne durerait peut-être pas. Il fallait que je trouve la source. Qu'est-ce qui m'échappait ?

Quelque chose s'était passé cette semaine et avait modifié la stratégie de l'ennemi qui était passé du kidnapping et de la perturbation financière à la tentative de meurtre. Si j'arrivais à trouver la clé, j'étais sûre de découvrir qui était le responsable. Mais pour le moment, je ne pouvais pas aller plus loin.

Sous la douche, je repensai au regard de Jen sur la piste de danse. Je ne savais pas quoi en penser, même si, sur le moment, je savais exactement ce que j'en avais pensé. Ce n'était pas juste de la mener en bateau, mais son désir était étrangement addictif.

Et puis il y avait Alex. Je ne le connaissais pas encore, mais le peu que j'en avais vu me plaisait. Beaucoup.

Lequel des deux voulais-je le plus ? C'était un peu comme me demander si je préférais le steak de Lario ou son gâteau au chocolat. Mais de toute façon, la question était vaine. Je ne pouvais aller plus loin ni avec l'un ni avec l'autre. Même si je ne les infectais pas de prions Athanate, je finirais par avoir envie de les mordre.

Un frisson me parcourut. Non pas de dégoût, mais d'anticipation : j'avais l'étonnante prémonition que la morsure serait érotique. Je me mis à trembler. Pourtant, avant, l'idée me répugnait, pas vrai ? J'en étais certaine.

Mais mon dégoût était à présent gommé par l'intensité de mon excitation. J'ouvris le robinet d'eau froide à fond. Mon taux de prions affichait ce soir 0,56 ; je me demandais combien de temps il me restait.

Le conseil de Top semblait de moins en moins réjouissant. « *Fais de ton mieux avec ce que tu as.* »

46

Samedi

Au matin, nous déménageâmes la base opérationnelle dans l'appartement de Jen en centre-ville, mais Jen, elle, prit une chambre à l'hôtel sous un faux nom, et nous réservâmes toutes les chambres du couloir pour plus de sécurité.

J'appelai la police pour donner notre version des faits de la veille et je leur remis le Glock. Je réussis aussi à discuter quelques minutes avec Morales pour le mettre au courant. Tandis que Jen se rendait à l'hôtel, je pris le temps de passer par le palais des congrès pour récupérer mes gants et mon étole et les rendre, ainsi que la belle robe verte et les boucles d'oreilles, à Lisa.

Quand je passai la porte de sa boutique, celle-ci me sauta au cou. Ethel Harriman était passée un peu plus tôt et avait demandé à Lisa d'organiser un défilé privé pour vingt de ses amies avant Noël. Lisa voulait que je garde la robe, mais je lui dis de la mettre en vitrine comme elle l'avait suggéré et que je viendrais la chercher si j'en avais besoin un jour. J'avais beau l'adorer, elle ne m'était d'aucune utilité pour le moment et je n'avais même plus d'appartement. Avant que je ne reparte, Lisa me lança :

— Oh, j'allais oublier. Quelqu'un a cherché à te joindre. Un gentleman du nom d'Alex. Tu lui as donné la mauvaise carte de visite. Il a dit que c'était très important.

Elle me tendit un papier avec un numéro et une adresse en haussant les sourcils.

— C'est juste mon banquier. Petit, repoussant, les yeux qui louchent. Des poils plein les oreilles.

— Et tellement important qu'il faut que tu lui parles de l'état de ton compte un samedi ? demanda-t-elle en riant.

Je glissai le papier dans ma poche et m'en allai. On verrait ça plus tard. Ce n'était pas comme si je pouvais faire quelque chose à ce sujet. Je ne pouvais pas m'amuser à infecter des gens avec mes prions. Le problème, c'est que ma libido avait tendance à se réveiller la nuit et que je n'allais pas renier mes principes pour laisser l'Athanate à l'intérieur de moi prendre le dessus. J'espérais seulement être capable de m'y tenir. Mais enfin, c'était agréable.

De retour à l'hôtel, je trouvai Jen en pleine négociation : le comité devait se retrouver à l'hôtel *Browns* pour un compte-rendu du gala et, même si elle était dispensée, elle voulait quand même y aller. La connaissant, un déjeuner raffiné devait aussi être au programme.

Jameson, notre chef de la sécurité pour la journée, n'était pas content. Pour le calmer, je me rendis au magasin d'articles de sport au bas de la rue et j'achetai des vêtements de cycliste en Lycra, des baskets et des casques pour Jen et moi. Je récupérai aussi une perruque rouge fantaisiste que je mettais pour aller à des *raves* ainsi que des lunettes de soleil. Dans ces tenues, Jameson dut bien reconnaître que nous étions méconnaissables. Il nous autorisa à y aller, tant que j'accompagnais Jen et que trois gardes, dont lui, seraient postés dans le bâtiment. Et pas de déjeuner.

Une fois au *Browns*, Jameson et son équipe se déployèrent dans l'atrium, à portée de vue les uns des autres et connectés par leurs oreillettes. L'espace conférences de l'hôtel était en pleine transformation pour accueillir le lundi suivant ce qui semblait être une convention de fleuristes. La moindre surface était décorée d'arrangements floraux exotiques ou d'arbustes. On se serait cru au jardin botanique.

Jen était dans une des petites salles de réunion avec le reste du comité. J'attendis dehors, tout en gardant un œil sur les gardes.

Une heure plus tard, Jen décida qu'elle en avait assez fait et nous nous dirigeâmes vers l'Escalator.

— Zut ! dis-je en apercevant Carter à quelques mètres. Kath m'a interdit de lui parler.

Jen gloussa et m'attira derrière deux énormes arrangements floraux. Les plantes nous dissimulaient. Même si Carter nous apercevait, il ne me reconnaîtrait pas de dos avec ma perruque rouge sous mon casque de vélo. Je l'entendis discuter avec ses compagnons jusqu'à ce qu'il disparaisse en direction des bureaux.

— Eh bien, me dit Jen à l'oreille. Ce n'est pas ce que j'avais en tête, mais ce n'est pas trop tôt.

Je me rendis soudain compte avec gêne que nous étions pressées l'une contre l'autre. Et que les mains de Jen étaient posées sur mes hanches. Il était temps de mettre les choses au clair.

— Jen, je suis hétéro.

Vraiment ? Alors pourquoi était-ce si agréable ?

— Bien sûr, chérie, murmura-t-elle. Je le sais depuis le début. Je suis très douée pour ça.

Son souffle me chatouillait le cou. Elle déposa un baiser sur ma gorge. Ce n'était que justice, après ce que je lui avais fait hier soir. Mes jambes étaient chancelantes. Ses lèvres effleurèrent mon menton. Plus qu'une seconde et on s'embrasserait.

Je l'attrapai et je la repoussai.

— Non ! Stop. Jen, tu ne sais pas ce que tu fais.

— Je sais exactement ce que je fais, chérie.

Je détournai la tête. Si je continuais à regarder ses yeux bleus, j'allais perdre le contrôle. Je jetai un regard en direction de l'Escalator et la pris aussitôt dans mes bras, la serrant contre moi.

— Tu as changé d'avis, chérie ? rit-elle en glissant ses bras autour de mon cou.

— Chut. Ne bouge pas. Monosourcil et Tucker sont sur l'Escalator.

— Merde ! Ensemble ?

— Oui. Il faut qu'on parte dès qu'ils seront hors de vue. Il y a une demi-douzaine de types avec eux.

Ils se disputaient.

— On est en public, protesta Monosourcil.

— Personne ne nous écoute, répliqua Tucker. Au vu de tous, c'est le meilleur endroit pour se cacher. Et de toute façon, il nous a dit de le retrouver ici.

— Ça ne me dit rien qui vaille. Je ne lui fais pas confiance. Et qu'est-ce que c'est que toutes ces plantes ?

Mon sang se figea dans mes veines. Et si Monosourcil s'approchait de notre cachette ? La réponse de Tucker fut trop basse pour que je l'entende et le bruit de leurs pas s'évanouit. Je poussai un soupir de soulagement. Jen écarta ma perruque de son visage et jeta un coup d'œil à travers les plantes.

— La voie est libre, dit-elle.

Nous sortîmes de notre cachette et descendîmes l'Escalator en courant. Dès qu'ils nous virent arriver, les gardes nous rejoignirent et je leur dis qui nous venions de surprendre. Jameson, l'air inquiet, se mit à parler dans son oreillette. Notre voiture se gara juste devant l'hôtel et nous nous y précipitâmes, entourées des trois gardes. J'enlevai ma perruque et appelai Morales pour lui dire que Frank Hoben se trouvait au *Browns* avec Tucker. Il jura et me dit qu'il me revaudrait ça.

Après avoir raccroché, je me tournai vers Jen. Elle était assise à l'arrière entre Jameson et moi. Elle était pâle, mais semblait plus en colère qu'effrayée. Elle était toute raide et sa bouche était pincée.

—Jen ?

—Jack Tucker. C'était lui depuis le début, pas vrai ?

Je réfléchis. Qu'aurait-il à y gagner ? Kingslund était la seule entreprise prête à le racheter et à le sortir du pétrin.

—L'annonce de fusion, se rappela Jen. Il a insisté pour qu'on appelle le rachat une fusion et le communiqué de presse est sorti le jour où nous étions à Silver Hills.

—Oui, mais…

—Si Verdoon est sous son emprise et si je suis morte, il pourrait racheter mon entreprise pour une bouchée de pain. D'ordinaire, ce serait trop suspect, mais si tout le monde pense que c'est dans le cadre de la fusion et qu'on s'était mis d'accord en amont, il pourrait s'en tirer.

Enfin, j'eus le déclic.

—Il n'a jamais voulu que tu le rachètes. Il ne peut pas se le permettre !

Jen me regarda sans saisir.

—C'est ça que je ne comprenais pas hier soir ! Alex m'a dit qu'il s'occupait des livraisons de Tucker.

—Effectivement, acquiesça Jen.

—Mais Tucker m'a dit que je lui avais causé beaucoup d'ennuis quand la police a fermé *Crate & Freight*. Je pensais qu'il voulait dire que Carter se chargeait de ses livraisons. Mais non. C'est sa cargaison qui a été saisie ! Il ne peut pas se permettre d'être racheté car on découvrirait ce qu'il tramait.

— Il vend de la drogue pour garder son entreprise à flot ?

— Oui.

Et des armes. Et qui sait quoi d'autre. Avec qui avait-il rendez-vous aujourd'hui ? Ça ne pouvait pas être Carter. Il ne restait donc que Matlal.

47

Morales appela pour dire que Monosourcil n'était plus au *Browns* quand la police était arrivée. Je laissai Jen lui parler, ainsi qu'à Victor, de nos soupçons au sujet de Tucker. Mais sans preuve, nous ne pouvions rien faire de plus.

Mais quelqu'un d'autre devait être au courant de tout cela et il fallait que j'aille le voir de toute façon. Quand j'avais accepté de me rendre au gala de charité, Skylur m'avait annoncé en échange que c'était vital pour Jen. De toute évidence, il savait qu'une attaque était prévue. Alors pourquoi ne m'avait-il pas donné les détails pour y mettre un terme ?

Une fois à bonne distance de l'hôtel de Jen, je rallumai mon portable. J'avais toute une série d'appels manqués. Je reconnus le numéro de Bian et je la rappelai.

Elle répondit immédiatement.

— Amber, tu vas bien ?

— Dis donc, Minette, on dirait presque que tu étais inquiète. Mon portable était éteint parce que j'avais peur que mes appels soient tracés. Je le rééteins et j'arrive.

— On vient te chercher au même endroit que la dernière fois, répondit Bian.

Elle avait compris qu'on risquait d'être sur écoute.

— Pas la peine, je sais où aller. Et dis-lui de me retrouver à l'étage et pas au sous-sol, cette fois.

Je raccrochai avant qu'elle ait le temps de répondre. Je ne voulais pas passer ma colère sur Bian. J'avais l'impression qu'elle était assez haut placée dans la hiérarchie d'Altau, mais je me réservais pour Skylur.

Je sortis de la ville avec quelques détours pour être sûre que personne ne me suivait. J'avais déjà vérifié que la voiture n'avait pas de mouchards comme celle de Jen.

Une demi-heure plus tard, je longeai Bear Ridge – la corniche des ours. Ça n'avait rien d'une corniche et il n'y avait pas un seul ours, mais j'imagine que les gens riches pouvaient appeler leur rue comme bon leur semblait. J'avançai lentement. Des chênes et des frênes bordaient la route et l'accotement était bien tenu. De petites pancartes élégantes indiquaient le nom des maisons, nichées dans des hectares de parcs paysagers, derrière des murs et des portails. La demeure du bout ne sortait pas particulièrement du lot et ne s'appelait pas la Maison Altau, mais le Refuge. Évidemment. Je frissonnai. Bientôt, ce serait peut-être chez moi.

Je m'attendais à une réaction en arrivant et je ne fus pas déçue.

Le portail était en retrait, hors de vue depuis la rue. Une fois devant, il y eut un bruit sourd et des pointes de quinze centimètres sortirent du sol derrière moi. Je ne pouvais ni reculer ni avancer.

À ma gauche et à ma droite se trouvaient des murs de brique incurvés qui semblaient très décoratifs si l'on ne prêtait pas attention aux fentes sombres. Derrière ces fentes, je percevais des mouvements et du métal. Je savais que je me trouvais entre deux mitrailleuses. À leur place, j'aurais ajouté un lance-flammes. Et qui sait s'ils n'étaient pas aussi paranos que moi ? Je restai assise sans bouger, à attendre leurs instructions.

— Ouvrez le coffre et les portières, sortez de la voiture et mettez les mains sur le capot.

J'obéis et deux hommes armés de pistolets Herstal P90 sortirent pour inspecter la voiture. Je refusai d'être gênée quand celui qui vérifia le coffre lâcha un petit rire moqueur. Tout le monde gardait la moitié de sa garde-robe dans sa voiture, non ? Plus une perruque rouge.

Une troisième garde vint me fouiller, minutieuse et impersonnelle, et prit mes bottes, me laissant pieds nus sur le gravier, appuyée contre la voiture. Le portail s'ouvrit derrière moi.

— Eh bien, Bambi, tu sais comment faire des vagues.

Bian arriva et j'observai avec intérêt la réaction des gardes. Ils se mirent presque au garde-à-vous.

— Je suis juste venue transmettre un message et échanger des informations, Minette. Je peux me redresser ?

— Oui, et remets tes bottes.

La garde me les rendit. Je l'examinai et reniflai discrètement. Elle n'était pas Athanate, mais il y avait des cicatrices sur son cou. Elle devait faire partie d'une famille.

— Allons-y. Ils s'occuperont de ta voiture, dit Bian en me prenant le bras.

La maison se trouvait à une centaine de mètres de là. Devant s'étendait une pelouse dominée par un grand chêne et bordée d'une énorme allée en gravier et de parterres de fleurs odorantes. Des buddleias, du chèvrefeuille et du jasmin. Pile ce que j'avais senti lors de ma première visite.

— Comment as-tu trouvé l'adresse ? demanda Bian.

— J'échangerai peut-être l'info avec Skylur.

Elle lâcha un petit rire amusé et se protégea les yeux du soleil avant de me jeter un regard en coin.

— Un conseil, Bambi. Un peu d'humilité ne te ferait pas de mal aujourd'hui.

— Diana m'a dit la même chose la dernière fois et ça ne m'a pas été d'une grande aide. Et tu sais, j'ai un peu de mal à t'imaginer dans une telle position.

— Je ne crois pas que tu aies fait preuve d'humilité durant ta première visite. Et en ce qui me concerne, je ne m'apprête pas à expliquer à Skylur comment je suis entrée en possession d'un secret des Altau. Personne d'autre n'est autorisé à connaître cette information. Réfléchis-y.

Elle ouvrit la porte et j'entrai dans le hall. Lors de ma visite précédente, je ne pouvais me fier qu'à mon ouïe et mon odorat. J'avais vu juste sur le parquet et la taille de la pièce. Le sol était recouvert de chêne blond et la pièce était claire, ouverte sur un double escalier en séquoia menant à un balcon filant. En face de nous, un porche voûté conduisait à un couloir débouchant sur un salon et une bibliothèque. L'endroit respirait la fortune et le bon goût.

Dans cette pièce, la seule décoration était un énorme aigle sculpté installé sur la balustrade du balcon. Ses ailes étaient déployées et ses yeux couverts par un bandeau.

Bian me vit le regarder.

— C'est le symbole de la Voie Cachée, murmura-t-elle en passant dessous. La voie est tellement secrète que même l'aigle ne la voit pas. Notre voie.

Le couloir courait sur presque toute la largeur de la maison, autant que je puisse en juger. La petite pièce avec l'ascenseur menant au cachot devait être derrière l'une des nombreuses portes. Bian s'arrêta si soudainement que je manquai de lui rentrer dedans. Une silhouette en robe noire, le visage caché par une capuche, passa en silence dans le couloir.

— Qui était-ce ? demandai-je, mais Bian s'était déjà remise en marche.

Elle me conduisit jusqu'à une bibliothèque. Le plafond voûté en bois était illuminé par des lumières dissimulées. Une grande cheminée dominait un côté de la pièce, tandis que l'autre était dévolue aux étagères. De confortables fauteuils étaient disposés devant l'âtre. Au bout de la pièce, une énorme baie vitrée donnait sur les jardins à l'arrière de la maison.

— Viens t'asseoir, Amber, dit Skylur, assis devant la cheminée, me tournant le dos.

48

Bian nous laissa et je m'assis en face de lui. Je n'aurais pas dû être surprise d'être soudain capable de le reconnaître. C'était lui, l'homme qui avait accompagné Diana quand j'avais été kidnappée et dont le visage avait disparu de ma mémoire. Il avait le genre de physique qui n'attirait pas l'attention dans une foule, un bel homme aux cheveux noirs sans rien d'exceptionnel. Jusqu'à ce qu'on regarde ses yeux, d'un bleu étonnant. Je ne les avais pas vus lors de notre première rencontre. Dans le parking, la lumière n'était pas assez bonne et dans le cachot, il faisait sombre et il avait manipulé mon esprit.

— Vous allez encore m'embrouiller la mémoire quand je partirai ? dis-je.

— Si tu pars, non.

— Pourquoi est-il si important de garder cet endroit secret ?

Il soupira.

— Nous sommes en guerre, même si officiellement, nous sommes en paix. Les Basilikos n'hésiteront pas à attaquer cette maison s'ils découvrent son emplacement. Quand nous recevrons l'Assemblée la semaine prochaine, tous les membres arriveront les yeux bandés. Les seules personnes qui connaissent cet endroit sont d'une loyauté à toute épreuve.

— Et moi non, c'est ça ? Comment puis-je prouver que je ne vendrai pas la mèche ? Diana a lu dans mon esprit.

— Elle cherchait à savoir quelque chose de précis, si tu irais au gala pour récupérer le message. La loyauté est une question bien plus complexe et la réponse n'est pas oui ou non.

— Alors comment savez-vous que vos gardes sont loyaux ?

— Tu comprendras les liens qui nous unissent à notre famille quand tu deviendras vraiment Athanate. Quand tu cesseras de lutter. À présent, réponds à ma question. Comment as-tu trouvé cette adresse ?

— D'abord, sachez que personne d'autre n'est au courant. Qu'êtes-vous prêt à me donner en échange ?

— Ce n'est pas un échange, répondit-il avec un regard noir. Il sera bien plus simple de te garder ici.

Heureusement, au même moment, Diana arriva et détourna son attention. Je savais que Skylur était bien plus fort et plus rapide que moi. Il pouvait probablement percer mes défenses mentales. Mais quelque chose me poussait à le défier.

— Bonjour, Amber. Ravie de te voir.

Je me levai et me souvins de l'embrassade formelle chez les Athanate : un baiser sur le cou, pas sur la joue. Nous nous séparâmes et les lèvres de Diana s'étirèrent en un sourire carnassier qui me fit me rasseoir à la hâte.

— Tu as le message ? demanda-t-elle.

— Je veux une réponse…, commença Skylur, mais Diana l'interrompit.

— Elle nous le dira quand elle sera prête. Je me porte garante. Et nous lui sommes redevables pour le risque qu'elle a couru.

Skylur n'était pas content, mais il ne dit rien. Diana ne jouait pas franc-jeu. J'avais bien plus de mal à m'opposer à son approche qu'à celle de Skylur.

— Oui, j'ai un message de la part d'Arvinder Singh.

À ces mots, ils échangèrent un regard.

— C'est une bonne nouvelle, dit Diana. Si Arvinder a changé d'allégeance, les Basilikos ont de sévères problèmes internes. Quel est le message ?

— Je ne sais pas. Il a mis un message codé dans ma tête. Ce n'est pas ce que vous attendiez ?

Avant que j'aie le temps de dire ouf, ils se dressèrent tous deux devant moi et me plaquèrent contre mon siège. Mon cœur s'arrêta. Qu'est-ce que j'avais dit ? J'avais beau savoir que c'était vain, je me débattis. Sans succès.

Diana était derrière moi ; elle m'attrapa la tête dans un étau et l'inclina en arrière jusqu'à ce que je la regarde.

— Amber, je t'en prie, fais-moi confiance. Laisse-toi faire.

Sa voix était si raisonnable, si calme. Ses yeux restèrent plongés dans les miens jusqu'à ce que les battements de mon cœur se calment.

— Je peux le faire parce que tu me fais confiance. Ça ne veut pas dire que les autres en sont capables. Tu peux lutter contre Matlal ou tout autre Athanate qui tente de te vaincre mentalement. Tu comprends ?

Ma tête tressaillit entre ses mains.

— Ce qu'a fait Arvinder pourrait servir à d'autres choses, des choses dont tu ne te rendrais même pas compte. Il faut que je vérifie. Tu as ma parole, je ne regarderai rien d'autre. Je peux ?

Je bougeai de nouveau la tête. J'avais le sentiment qu'elle pourrait regarder dans mon esprit que je le veuille ou non, mais j'avais confiance en elle et je me détendis le plus possible. Je commençai à paniquer quand une altérité grise sembla plonger dans mon crâne et elle murmura des paroles réconfortantes.

Mes yeux se fermèrent. Comme une bobine de film, le gala de charité défila dans ma tête : le sentiment quand j'avais passé la porte, la robe rouge de Jen, le goût de la nourriture et du vin, Matlal, les danses, mes pieds douloureux, Arvinder, l'odeur d'Alex, la diatribe de Tucker, le faux portier.

Puis tout s'arrêta et je repris mes esprits, affalée dans mon siège. Skylur était de nouveau assis et Diana était perchée sur le bras de mon fauteuil, une main sur mon épaule. Skylur et elle parlaient en Athanate.

Quand elle vit que j'étais revenue à moi, elle me serra l'épaule.

— On ne t'a rien fait. C'était juste un message d'Arvinder à notre intention.

Elle se racla la gorge.

— Amber, maintenant que le gala est terminé, nous allons devoir te présenter officiellement devant l'Assemblée mercredi prochain.

— Qu'est-ce que ça veut dire ?

— Les Athanate se soucient beaucoup de la place de chacun. Matlal a déjà déposé une plainte au sujet de la présence au gala d'une Athanate non enregistrée. C'est presque comme s'il t'accusait d'être une renégate. Il te faut un statut clair qui te donnera une mesure de protection contre les autres Maisons d'Athanate. Cela te protégera aussi contre les gens affirmant que nous ne maintenons pas l'ordre dans notre Maison. Il y a deux possibilités.

Je levai les yeux d'un air interrogateur.

— Un, tu intègres la Maison Altau et tu reconnais Skylur comme ton maître. Il y a une cérémonie et un échange de Sang. (Sa main serra de nouveau mon épaule quand je commençai à protester.) Comme je me doute que tu n'es pas encore prête, il existe une seconde option. Tu formes la Maison Farrell et tu prêtes allégeance à la Maison Altau devant l'Assemblée. Il est d'usage, mais pas obligatoire, de procéder à un échange de Sang.

Je ris.

— Une Maison avec un seul membre ? Qui n'a même pas de maison à proprement parler ?

— Pour le moment, dit Diana.

— C'est ridicule, dit Skylur à Diana. Nous faisons tout cela pour la protéger et garantir notre sécurité. Le moyen le plus simple est de la garder ici jusqu'à ce que l'Assemblée se soit réunie. Je suis vivement opposé à la fondation d'une autre Maison à Denver. Ça n'a aucun sens.

— Et c'est ta décision, dit Diana. Mais je te conseille de procéder de cette manière. Il ne nous sert à rien de garder Amber ici et cela risque même de nuire à nos intérêts.

Skylur se cala dans sa chaise et fit un geste dédaigneux de la main. Ça devait être sa manière d'accepter de mauvaise grâce. Je me tournai vers Diana.

— Autre que le sang, quelle est la différence entre les deux options ?

— En termes de protection, rien. Si quelqu'un t'attaque, il s'attaque aussi à Altau. Ça ne te protégera pas, mais les autres Athanate y réfléchiront à deux fois avant de tenter quoi que ce soit. En termes de responsabilité, c'est très complexe. En tant que simple membre, tu entretiens un lien étroit avec ta Maison. En tant que Maison alliée, tu es bien plus indépendante, tant que tu ne brises pas la loi des Athanate ; auquel cas c'est Altau qui devra infliger les châtiments. Tu es responsable de ta propre Maison. Qui ne compte que toi pour le moment, mais cela peut changer. En tant que membre, tu n'as pas à assister à l'Assemblée. Mais en tant que nouvelle Maison, tu devras prêter serment.

— Je ne pourrai jamais apprendre tout ce qu'il faut à temps pour l'Assemblée. Est-ce qu'il y a moyen d'avoir un conseiller ?

Skylur et Diana échangèrent un regard, puis Skylur hocha la tête. Diana se tourna vers moi.

— Bian va t'aider. Ce n'est pas un changement d'affectation pour elle. Elle restera au sein d'Altau mais elle te conseillera.

J'aurais préféré que ce soit Diana, mais je ferais avec.

— À présent, dis-nous comment tu as trouvé l'emplacement de cette maison.

Le « s'il te plaît » était sous-entendu dans sa main sur mon épaule.

— Je vais vous le dire car il faut que vous le sachiez pour des raisons de sécurité, dis-je. Mais j'ai moi aussi besoin de savoir certaines choses pour mes propres raisons de sécurité : comment saviez-vous qu'il y aurait une tentative sur la vie de Jennifer Kingslund au gala ?

— Nous avons un espion dans leur camp, dit Skylur. Es-tu au courant de la connexion entre Tucker et Matlal ?

— La fiancée de Tucker travaille pour Matlal. Il y a un lien commercial.

Skylur lâcha un petit rire moqueur.

— La fiancée de Tucker fait partie de la Maison Matlal et le considère comme un futur esclave de sang. Et c'est plus qu'une simple coopération commerciale. Tucker a d'énormes problèmes financiers et Matlal est à présent actionnaire chez Tucker Beacon. Tucker est fini. Il n'est plus qu'un autre bras commercial de Matlal. Il donne une bonne excuse à Matlal pour visiter Denver et mettre son nez dans nos affaires. Notre espion savait qu'une tentative serait faite lors du gala. C'était la dernière chance de Tucker de s'en prendre au groupe Kingslund et de se libérer de Matlal. Maintenant que son plan a échoué, il ne lui échappera plus jamais.

Je n'avais que peu de compassion pour Tucker. Il avait essayé de me recruter, puis de me tuer. Et s'il avait réussi à me recruter, Jen serait morte et ç'aurait été ma faute. C'était impardonnable.

—Pourquoi ne me l'avez-vous pas dit plus tôt?

—Il y avait une petite chance pour que cela se passe différemment. Nous ne voulions pas révéler que nous avions un espion dans leur camp, dit Diana. Et nous n'étions pas certains de la fiabilité de l'espion en question. On ne connaît toujours pas son identité, mais ce message est authentique.

Je n'avais toujours pas de preuve au sujet de Tucker que je pouvais donner à Morales, mais au moins je comprenais un peu mieux ce qui se passait. En attendant, Skylur voulait sa réponse et je sentais qu'il ne patienterait pas beaucoup plus longtemps.

—J'avais un système GPS dans ma vieille voiture, celle dans laquelle vous m'avez amenée ici. Je l'ai fait modifier il y a quelque temps pour qu'il continue d'enregistrer des coordonnées même quand il semble éteint. J'ai extrait les données le jour suivant.

—Qui d'autre a eu accès à ces informations? demanda Diana.

—Personne. Je l'ai fait seule, samedi, et le fichier est codé.

Skylur et Diana me fixèrent de leur regard étrange, mais ils semblaient satisfaits de ma réponse. Diana alla s'asseoir dans son propre siège.

—Pour le moment, n'essaie plus de déjouer nos systèmes de sécurité, dit-elle. Ne cherche pas les noms des Athanate qui habitent ici, ni d'où ils viennent ou ce qu'ils font. Rien. Ne dis pas un mot sur les Athanate à quiconque de l'extérieur. Au moins jusqu'à la fin de l'Assemblée. Une fois que tous les autres Athanate auront quitté Denver, les choses changeront. D'ailleurs, j'aimerais que tu testes notre sécurité et nos systèmes de défense ici même.

J'acquiesçai en pensant à David. Il fallait que je le prévienne avant de leur parler de lui. Quelqu'un que je ne connaissais pas entra dans la bibliothèque derrière moi et Skylur se leva.

— J'ai un appel, je dois y aller, dit-il. Je modifierai l'ordre du jour de l'Assemblée pour y ajouter le serment et je vous y retrouverai, Maison Farrell.

Il sortit. Je ne savais pas s'il plaisantait en utilisant mon nouveau titre. Je décidai d'en profiter pour poser quelques questions à Diana.

— Dis-moi, suis-je un risque pour les autres ?

— C'est-à-dire ?

— J'ai des prions Athanate dans mon corps. D'après les scientifiques, ils ne peuvent pas survivre en dehors de l'organisme, mais est-ce que je peux infecter quelqu'un par un baiser, par exemple ? Ou faut-il une morsure ?

Diana se leva.

— Si un baiser était une méthode fiable, nous n'utiliserions pas nos crocs. Une fois que tu auras le contrôle de tes pouvoirs, tu feras ce que tu veux. Si tu veux transformer quelqu'un, tu le transformeras, mais tu te serviras de tes crocs pour être sûre. Si tu veux le guérir ou le lier à toi, ce sera différent. Mais à ce stade, oui, il existe un faible risque, même avec un simple baiser.

Je me levai à mon tour.

— Donc pas de sexe pour le moment.

— Sauf avec un Athanate, dit Diana en souriant.

La journée, la semaine même, avait été longue. Toutes mes convictions quant à mon humanité et ma sexualité avaient été remises en question, et Diana sembla le cristalliser en un commentaire désinvolte.

— Ras le bol, des Athanate ! grondai-je en m'approchant d'elle.

Elle ne répondit pas, ne recula pas. Son visage perdit toute expression et elle se détourna, mais j'eus le temps d'apercevoir un éclair de douleur dans ses yeux. Ma colère s'évapora et je pris conscience de la stupidité de ma réaction.

— Je suis désolée, Diana. Je suis vraiment stupide parfois. C'est… je…

Je pensais à toutes les raisons que j'aurais pu donner pour ma mauvaise humeur, mais aucune n'était bonne.

— Je n'ai aucune excuse.

Diana se tourna de nouveau vers moi, avec une expression indéchiffrable. Ses yeux semblaient immenses. Ils ne brillaient pas, mais étaient secrets, comme des puits sans fond. Deux lunes noires qui m'attiraient. J'avais le vertige. Sans même essayer, elle m'envoûtait.

Je me forçai à la regarder dans les yeux.

— Tu as été prudente et patiente avec moi et en échange je m'énerve et je dis des bêtises. Crois-moi, je ne le pensais pas vraiment. Je ne veux pas être ton ennemie. Pardonne-moi, je t'en prie.

Je lui effleurai l'épaule et un petit frisson la parcourut. D'un geste lent et délibéré, elle prit mes mains dans les siennes.

— Tu es pardonnée, murmura-t-elle en dévoilant légèrement ses crocs. Le moment venu, je serais honorée d'être ton Mentor.

Un mélange de peur et d'excitation me fit frissonner.

— Je ne veux pas…

Je m'interrompis. Je n'avais pas la moindre idée de ce que je voulais pour le moment.

— Je comprends, dit-elle.

Ses yeux papillonnèrent à gauche et, une seconde plus tard, Bian arriva dans la bibliothèque. Elle s'arrêta et nous regarda. Nos mains se séparèrent et je fis un pas en arrière.

— J'ai raté quelque chose ? demanda Bian d'un ton moqueur en haussant un sourcil.

Mon démon fit surface.

— Chérie, dis-je d'une voix traînante, tu as absolument tout raté.

Le visage de Bian se ferma. Une étrange lueur apparut dans ses yeux.

— Bian, Amber s'en va, dit Diana. Tu peux t'assurer que les gardes soient au courant, s'il te plaît ?

Nous regagnâmes ensemble la porte d'entrée. Bian sortit avec un dernier regard en arrière et se dirigea vers le portail. Diana glissa un morceau de papier dans la poche de ma veste avec un petit sourire mystérieux.

— J'oubliais presque. Voici les coordonnées des loups à Denver.

— Merci. Et merci aussi pour ton manteau la dernière fois. Il est dans ma voiture.

— Il faut que j'aille parler à Skylur. Donne-le à Bian, s'il te plaît. Tu sais qu'elle va te faire payer ta petite blague.

Je montai en voiture et j'avançai jusqu'au portail. Là, je sortis et je donnai sans un mot le manteau de Diana à Bian tandis que le portail s'ouvrait lentement.

Les gardes avaient changé et je reconnus l'un d'entre eux. C'était Croc 3, que j'avais affronté à LoDo. Celui qui prenait le dessus sur moi avec sa technique de kung-fu avant de commencer à frimer. La tentation était trop forte, même si je ne savais pas comment il allait réagir.

— Alors, ça va mieux ?

— Tout va bien, sauf ma fierté.

Son sourire n'était pas forcé et je le lui rendis, soulagée.

— Dis-moi que ces costards noirs n'étaient pas ton idée ? dis-je.

— Non. C'était…

Il s'interrompit et ses yeux se tournèrent brièvement vers Bian. Je compris. Pas de noms, zéro information, comme l'avait dit Diana.

— C'était l'idiot que tu as balancé dans l'escalier. Il se prend trop au sérieux.

— Et le reste de la bande va bien aussi ?

— À peu près. On guérit facilement. Dommage qu'on ne gagne pas en intelligence.

Je ris.

— Eh bien, je ne peux rien faire pour ça, mais que dirais-tu d'une revanche ? On pourrait peut-être s'entraîner ensemble un de ces jours ?

Ses yeux s'illuminèrent.

— Chef, oui chef !

Sa posture et son ton me rappelaient mon expérience avec l'Ops 4-10. J'étais prête à parier qu'il était un ancien soldat.

— Semper Fi ?

Je vis ses lèvres former la réponse habituelle du corps des Marines, « ooh-rah », quand Bian se pencha légèrement en avant, sur la pointe des pieds. Malgré sa petite taille, elle arrivait à nous toiser. Il tourna les yeux vers elle et se raidit ; son sourire s'évanouit. Quand ils disaient « pas d'informations », ils ne plaisantaient pas.

Je me tournai vers Bian.

— Tu sais, Diana n'avait pas tort à ton sujet.

Elle tomba dans le panneau.

— Qu'est-ce qu'elle a dit ?

— Tu n'es vraiment pas une partie de plaisir.

Je remontai en voiture. Croc 3 ouvrait de grands yeux comme s'il venait de voir quelque chose d'impressionnant mais qu'il n'oserait jamais faire, comme tirer un léopard par la queue. Mauviette.

Le portail avait fini de s'ouvrir et je redémarrai.

Le visage de Bian apparut à ma vitre et je la baissai. Elle s'accouda sur le rebord de la portière.

— J'ai vraiment hâte de te faire découvrir les us et coutumes des Athanate, dit-elle en passant sa langue sur sa lèvre supérieure pour dévoiler ses crocs. Diana n'a rien dit de tel, mais elle a raison… Je vais te le faire payer.

Je démarrai en riant. Cette fille commençait à me plaire.

49

Dimanche

Dimanche matin, Jen se rendit au bureau pour démettre Verdoon de ses responsabilités au sein de l'entreprise.

Je pris la voiture pour m'éloigner de l'hôtel avant de vérifier les appels sur mon portable. Je ne savais toujours pas avec certitude si quelqu'un traquait mon téléphone, mais je ne voulais pas courir le risque. Mon portable prépayé me suffisait pour passer des coups de fil. Je m'en servis pour appeler Tullah et la prévenir de ne pas venir travailler jusqu'à nouvel ordre.

Je n'avais aucun appel en absence qui ne puisse attendre lundi. Mais j'avais un texto qui datait de la veille : « Mike 6 appelle Bravo 5 », et un numéro de téléphone.

Je m'étais garée dans la rue pour vérifier. J'étais proche du Capitole et je réussis à contourner le bâtiment pour aller m'asseoir. Mes mains tremblaient. J'avais rééteint mon portable mais la phrase passait en boucle dans ma tête. Mike 6 était mon indicatif d'appel lors de la mission en Amérique du Sud. Ma dernière mission.

Je m'assis pesamment sur les marches du Capitole.

Il fait nuit. Hacha del Diablo, la hache du diable, s'élève au-dessus de la jungle et cache les étoiles. J'ai la tête qui tourne. Je suis en colère. Je touche mon cou, du sang artériel pulse contre ma main. Je sais que je vais mourir. L'odeur fétide de la mort m'agresse le nez. Mon poing se crispe sur ses cheveux, mais je refuse de lâcher sa tête. Le sang s'écoule du cou tranché sur mes bottes. Il y en a sur mon visage, sur ma poitrine…

— Mademoiselle, ne restez pas assise sur ces marches toutes froides.

Je clignai des yeux. Un vieil homme, courbé sur sa canne, passa devant moi avec un sourire aussi faible que le soleil hivernal.

Denver. Ici et maintenant. Je me levai et j'avançai. Personne en dehors du 4-10 ne connaissait cet indicatif. Bravo 5 était l'équipe de renforts : sergent Alverson. Keith. Mon Dieu. Keith. J'appelai le numéro sur mon second portable.

— Keith ? Tu es en ville ?

— Amber. Oui, je…

— Keith, c'est dangereux. Retrouve-moi au *Longhorn Bar* sur la 16e. Vérifie qu'on ne te suit pas. Une demi-heure ?

— C'est noté.

Je garai la voiture hors de vue dans un parking souterrain. Puis je me dirigeai vers le bar et j'attendis dehors, aux aguets. Une demi-heure plus tard, presque à la minute près, je l'aperçus. Il n'avait pas changé, mais ça ne faisait que deux ans, après tout. Je le vis regarder à la ronde, faire demi-tour et entrer dans le bar comme par hasard. J'observai la rue encore quelques minutes avant de le rejoindre à l'intérieur.

Il était assis dans un coin. Après avoir commandé un café, j'allai m'asseoir à côté de lui pour garder la porte en ligne de mire. C'était étrange. On resta là à se regarder pendant une minute.

— Tu n'as pas changé, dis-je.

— Toi si, dit-il avant d'avaler une gorgée de café et de soupirer. Amber, c'est à propos de Top.

Je hochai la tête, craignant que ma voix me lâche. Je m'en doutais.

— Hier matin, continua Keith. J'y étais vendredi et il était sur la pente descendante. Il avait réglé toutes ses affaires au mieux et il n'était pas du genre à faire traîner les choses.

— C'est vrai, parvins-je à dire. Merci d'être venu me prévenir.

— Il m'a dit de te dire qu'il avait apprécié ta visite. Il n'aurait pas pu partir sans t'avoir parlé. Mais je ne suis pas venu que pour ça, Amber. Il m'a demandé de te préparer des choses. En cas d'urgence, qu'il a dit. C'est dans l'entrepôt où Mme Welchester a un garde-meuble.

Je soupirai.

— J'aurais dû me douter que ce nom n'échapperait pas à la vigilance du 4-10.

— Personne n'a regardé jusqu'à ce que Top m'en parle. Personne d'autre n'est au courant et je ne dirai rien. (Il me tendit une clé.) Numéro 438. Le box est payé pour un an.

— Merci, Keith. Je ne sais pas si je vais pouvoir venir à l'enterrement. J'ai dû signer un accord…

— On sait. Je crois que le colonel Laine va le faire déchirer dans une dizaine de jours. Mais il vaudrait peut-être mieux que tu gardes tes distances.

Je haussai un sourcil interrogateur.

— Petersen n'est plus major, mais il essaie de prendre le contrôle de la section. Pas juste le 4-10, mais tout l'Obs et quelques autres unités aussi. Son attitude envers les vampires est très simple : les tuer. Il n'est pas beaucoup plus clément envers les femmes dans le 4-10.

J'avais un nœud dans l'estomac.

— Personne ne peut rien faire en haut lieu ?

Keith secoua la tête.

— Le 4-10 n'est pas vraiment l'armée, Amber. Il n'y a pas de général avec des responsabilités directes, pas de reconnaissance officielle. C'est l'unité opérationnelle ultime dont on peut nier l'existence au besoin. Il n'y a plus de budget et la règle semble être de résoudre les problèmes à la base.

— Merci encore, Keith.

Si Petersen avait cette attitude, il fallait que Keith s'en aille. Et le colonel aurait bien du mal à faire en sorte que Diana puisse discuter avec des officiers haut placés. Il faudrait peut-être que je réfléchisse à une deuxième option.

Keith ne semblait pas pressé de partir. Il baissa la tête, ses mains autour de sa tasse. J'avais vu sa bague, bien sûr.

— Alors, qui est l'heureuse élue ? demandai-je gaiement.

— On pensait que tu étais morte, Amber. Et ensuite, tu sais, changée.

Il ne me regarda pas dans les yeux. Ne répondit pas non plus à ma question, mais je n'avais pas vraiment besoin de savoir.

— Je sais, dis-je.

— Alors ? Tu es une vampire ?

J'inspirai un bon coup.

— Pas encore, mais ça ne saurait tarder. La plupart du temps, je ne me sens pas différente. Je suis plus rapide, plus forte. Je vois mieux dans le noir. (Je le regardai.) Je ne bois pas de sang.

— Tu peux être un vampire sans boire de sang ?

— Non. Apparemment, une fois la transformation terminée, c'est boire ou mourir. Mais ça ne veut pas dire tuer des gens. Les vampires qui tuent pour se nourrir sont des hors-la-loi dans leur communauté et les sanctions sont assez extrêmes dans ce genre de cas.

Il hocha la tête.

— Qu'est-ce que tu vas faire ?

— Je ne sais pas, Keith. Je suis encore moi-même. Je fais juste avec ce que j'ai. Tu crois que Petersen va envoyer quelqu'un à mes trousses ?

— Personne que tu connaisses, mais on a eu des remplaçants. Peut-être qu'il se servira d'eux ou d'une autre unité.

Il fallait absolument que Keith garde ses distances. Je me levai et m'appuyai sur la table, posant ma main sur la sienne. Il avait toujours eu de belles mains, même lorsqu'elles étaient calleuses et marquées par le travail. Elles étaient solides et douces et m'avaient réconfortée à de nombreuses reprises. Elles étaient à la fois cruellement familières et inconnues, le bord lisse et dur de sa bague m'était étranger. On n'entre pas deux fois dans la même rivière.

— Keith, si je suis encore moi-même et qu'il faut me tuer, la personne qu'il enverra arrivera trop tard. (J'attendis qu'il hoche la tête pour montrer qu'il avait compris : je préférerais me tuer plutôt que dépasser mes limites.) Dans toute autre situation, celui qui viendra aura intérêt à savoir ce qu'il fait et pourquoi.

Je sortis et pris position de l'autre côté de la rue pour observer la porte sans être vue. Keith sortit seul. Je voulais courir le serrer dans mes bras une dernière fois. Mon ancienne vie me filait enfin entre les doigts. C'était idiot d'avoir cru que je pourrais un jour la retrouver. Il était temps de regarder la réalité en face. Tout le monde était passé à autre chose. Le vent souffla un peu de poussière dans mes yeux et sa silhouette se brouilla. Il se retourna sans me voir et s'éloigna. S'il était suivi, je ne vis rien. Ce qui ne voulait pas dire grand-chose et je fus prudente en regagnant ma voiture.

Je n'avais pas vraiment réfléchi à ce que j'avais dit à Keith avant de lui en parler, mais parfois, on ne prenait conscience de ses décisions qu'une fois sur la sellette. En tout cas, je le pensais vraiment. Je me tuerais plutôt que de devenir une Basilikos.

Mais j'étais en train de changer. Mon corps commençait à se transformer. Comment pouvais-je être sûre que mon esprit ne changerait pas lui aussi ? Top n'était plus là et j'avais donc perdu mon absolu, ma référence, mon point de repère. J'étais à la dérive et qui sait quelle direction j'allais prendre.

Mme Welchester se rendit à son nouveau garde-meubles.

Top avait réussi à me trouver des équipements de mission standard, et plus encore. Apparemment, il s'attendait à ce que j'aie besoin d'une sacrée force de frappe un jour ou l'autre. Je possédais à présent une mitraillette MP5 pour compléter mon HK automatique et un certain nombre de grenades – létales ou non. Top croyait-il que j'allais devoir m'attaquer à une petite armée ?

Mais le gros lot était au fond. Top n'avait pas oublié mon arme favorite. Officiellement, c'était l'Arme d'Assaut Tactique à Starter Variable ; dans les faits, c'était un fusil sur mesure, à canon court, surdimensionné et surpuissant. Il avait la puissance d'un canon, faisait un bruit diabolique et pouvait vider une pièce ou percer une plaque d'acier. Une arme pas vraiment subtile. Je l'adorais.

Au fond se trouvait aussi mon matériel de base-jump. En complète infraction des règles de l'Ops 4-10, je l'avais personnalisé avec une étiquette sur la poitrine : « CeS », Courage et saute le pas. Mes yeux se voilèrent de nouveau. Le bon vieux temps.

Une lettre était glissée sous les sangles, mon nom tracé sur l'enveloppe de l'écriture de Top. Je la mis dans ma poche. Je n'étais pas en état de la lire.

Je transférai les Glocks, mon fusil basique et mon équipement de surveillance dans mon nouveau garde-meubles, ne laissant que mon uniforme dans l'ancien.

Je me rendis ensuite chez Jen. Même si elle n'y habitait plus pour le moment, il y avait toujours des gardes au portail. Je voulais vérifier que tout allait bien et passer en revue mes mails et mes messages sans être dérangée.

J'avais à peine commencé qu'on m'appela au portail. Apparemment, ma sœur était là et voulait me voir. J'allai à la porte et j'allumai la caméra. C'était bien Kath dans sa voiture. J'appelai les gardes à travers l'Interphone pour qu'ils la laissent entrer.

Kath remonta l'allée. Même à travers la vitre, je voyais qu'elle avait mauvaise mine. Il était à peine midi. Elle n'avait quand même pas déjà bu ?

— Salut, Kath, qu'est-ce qui se passe ? Tu vas bien ?

Elle sortit de sa voiture avec un dossier sous le bras, le visage blême de colère.

— Il faut qu'on parle, dit-elle.

Je la conduisis jusqu'au bureau et je lui offris de s'asseoir. Elle refusa et balança son dossier sur la table. Sur le dessus se trouvait une lettre officielle signalant qu'elle se dessaisissait de l'affaire.

— Kath, qu'est-ce qui s'est passé ?

Si Carter l'avait menacée, je le tuerais.

— C'est ta faute ! Encore ! Chaque fois que j'ai ma vie en main, tu viens tout gâcher. (Elle serra les poings et frappa sur le bureau.) Qu'est-ce que je t'ai demandé vendredi ? Ne gâche pas tout. Et qu'est-ce que tu as fait ? Tu as dansé avec Kingslund devant tout le monde. Tu as fait une scène avec cet homme d'affaires mexicain. Tu as accosté tous les représentants les uns après les autres. Et pour couronner le tout, tu as causé une autre scène en partant avec Kingslund.

— Ce n'était pas…

— Ce n'est jamais ta faute, cria-t-elle. Tu as toujours une bonne raison que tu es la seule à connaître. Les associés à mon cabinet voulaient tout savoir, pourquoi je n'avais jamais parlé de toi. Qu'est-ce que je pouvais leur dire ? Je ne sais même pas ce que ma sœur a fait pendant dix ans !

Des larmes coulaient sur ses joues. J'essayai de la serrer dans mes bras, mais elle m'attaqua et se dégagea.

— Et c'est pas comme si je savais ce que tu fais maintenant. Tu arrives à peine à joindre les deux bouts et regarde-toi ! Tu as une nouvelle voiture.

Elle attrapa avec colère la veste de Jen et l'agita devant mon visage.

— Tu portes des vestes à 5 000 dollars. Tu as des bottes sur mesure. Tu te pointes au gala de l'année vêtue d'une robe de créateur. Même ta carte de visite ressemble plus à celle d'une pute qu'à celle d'une détective privée !

— Kath ! Arrête ! Tu as tout faux.

— J'ai tout faux ? Mens-moi une dernière fois, Amber. Dis-moi ce que tu as fait après le lycée.

— Tu sais ce que j'ai fait. Je me suis enrôlée dans l'armée.

— Non, cria-t-elle. Tu t'es fait virer du camp d'entraînement. Et tu n'as pas osé revenir à la maison, pas vrai ? Pas après avoir fait ta grande sortie.

— Mais qu'est-ce que tu racontes ? J'étais dans l'armée jusqu'à il y a peu.

— Ce n'est pas ce que dit le lieutenant Krantz. Il est venu me voir hier et m'a tout raconté.

Krantz. S'il avait été devant moi à cet instant, je l'aurais tué sans hésiter. Mais il fallait d'abord que je me concentre sur Kath. J'avais l'impression d'essayer d'escalader une montagne de sable.

— Krantz raconte n'importe quoi, Kath. Ne l'écoute pas.

— Pourquoi ? Il est dans l'armée. Il devrait savoir si tu y étais. Il m'a dit que tu prétendrais avoir été dans les forces spéciales. Mais ils n'acceptent pas les femmes. Je le sais. J'ai appelé et j'ai demandé.

J'étais en larmes à présent. Je peux encaisser beaucoup de choses, mais pas venant de ma petite sœur.

— Regarde-toi, dit-elle. C'est pathétique. Tu te fais entretenir par Kingslund, c'est ça ? C'est comme ça que tu as gagné l'argent que tu nous envoyais ? En te prostituant ?

J'essayai de nouveau de l'enlacer. Elle attrapa mon bras et le choc se mêla à la colère sur son visage.

— Bon sang, regarde ton bras ! J'aurais dû m'en douter. Tu te drogues. Regarde toutes ces marques.

Même si je guérissais vite, les plis de mon coude portaient les traces des tests effectués avec la machine à prions ces derniers jours. Mais ce n'était rien de choquant.

Kath se dégagea violemment et ouvrit le dossier sur le bureau. Un gros chèque se trouvait à l'intérieur.

— C'est pour payer mon éducation, dit-elle. On est quittes, maintenant. Pour l'amour du ciel, sers-toi de cet argent pour te payer une cure de désintox.

Elle me fusillait du regard, haletante, les joues couvertes de larmes. Elle se tourna une dernière fois vers le bureau et pointa du doigt les photos.

— Tu sais, ça veut tout dire. Rien sur moi ou maman. Rien que des mensonges et des gens qui sont morts ou n'ont jamais vécu. (Elle désigna la plaque de Tara.) Tu l'aimes plus que tu ne m'as jamais aimée. Je ne veux plus jamais te revoir.

Elle balaya mon bureau d'une main et envoya tout valser par terre, avant de s'enfuir de la pièce en courant.

Je ramassai mes photos et je les reposai soigneusement sur le bureau. Papa, Top et Tara. Et moi. Et les larmes coulaient sur mes joues.

50

Je quittai la maison une heure plus tard. Je n'avais rien de prévu. Je me dirigeai vers Wash Park et je déambulai, la veste que Jen m'avait prêtée fermée jusqu'en haut contre le vent froid. J'avais la plaque de Tara dans ma poche intérieure.

Comment pouvais-je faire comprendre la vérité à Kath ? Tout cela était-il ma faute ? Lorsque j'avais quitté l'armée, j'avais tenté de garder tout le monde à distance. Mais la raison que j'avais eue était encore valable. À vrai dire, mon taux de prions semblait m'indiquer qu'il ne me restait pas beaucoup de temps. Une fois que je serais Athanate, pourrais-je continuer à voir ma famille ?

Au milieu de mon circuit dans le parc, Jen m'appela sur mon portable prépayé. Les gardes l'avaient prévenue qu'il s'était passé quelque chose et elle insista pour que je lui raconte. Je restai vague et je ne lui dis pas que Kath m'avait traitée de prostituée. Jen se concentra sur ce qu'elle pouvait faire.

—Amber, sors-toi ce problème juridique de la tête. Je mettrai mon avocat sur le coup dès lundi. Ne discute pas. C'est comme ça.

J'absorbai cela. Comment pouvais-je accepter et en même temps m'insurger contre ce que Kath avait sous-entendu ? Je ne pouvais pas dire oui sans contrepartie, mais j'avais besoin d'aide et je ne pouvais pas nier que son offre me faisait chaud au cœur.

— Merci, Jen. Je te rembourserai.

— *De nada*. Et il faut qu'on parle… Ce n'est pas à sens unique, chérie. J'ai fait des choses stupides que je dois arranger.

Elle devait encore s'en vouloir d'avoir fait des recherches sur mon passé, ou quelque chose dans ce genre. Rien de très grave, probablement.

— OK, dis-je. Je reviendrai plus tard. J'ai eu d'autres mauvaises nouvelles et j'ai besoin d'un peu de temps.

Après avoir raccroché, je fis un nouveau tour du parc, puis je m'assis sur un banc vide. Le coup de fil de Jen m'avait chamboulé l'esprit. Je sortis la plaque de Tara et passai mes doigts sur la surface brillante.

— Est-ce que c'est un truc d'Athanate, Tara ? dis-je. Une simple envie de sexe et de sang ?

— Alors, on essaie de faire porter le chapeau aux prions ? Je ne crois pas, sœurette. On dirait que tu cherches juste des raisons de ne pas prendre de risques.

— Ce n'est pas à moi de décider, de toute façon. Si je dis à Jen ou à Alex ce qu'ils risquent, ils s'enfuiront en courant.

— Tu crois ? dit Tara. C'est quoi, le vrai problème ? Tu n'es pas sûre de l'aspect physique avec Jen ?

— Non. Oui.

Tara gloussa.

— Dit la fille qui pensait que le sexe avec les garçons serait dégueu. Tu t'en es remise, pas vrai ? (Sa voix se fit sérieuse.) Tu t'es remise de bien pire.

Je soupirai avant de me lever. Je refusai de m'aventurer sur ce terrain glissant. Il y avait un café à quelques minutes du parc et je décidai de m'y rendre.

Assise au chaud devant un *latte*, je me souvins de la note de Diana avec les coordonnées de la meute locale. Je la sortis et découvris que je l'avais confondue avec celle de Lisa indiquant les coordonnées d'Alex. Je replongeai la main dans ma poche et mes doigts se figèrent sur la seconde note. Ce n'était pas l'écriture de Lisa sur la première, mais bien celle de Diana. Je sortis l'autre, celle de Lisa, et je mis les deux côte à côte. Les coordonnées étaient les mêmes. Alex Deauville.

Tiens, tiens. Le loup était au bal. Je ne me souvenais pas de ça dans les contes de fées. Il habitait à quelques pâtés de maisons du café. S'il était chez lui, je pourrais m'y rendre à pied et peut-être régler cette histoire de Silver Hills. Ou autre. Histoire de me remonter le moral. Dans le cas contraire, la maison de David n'était pas loin, je pourrais passer le voir.

J'appelai Alex. Il était là et, cinq minutes plus tard, il m'ouvrit la porte. Il semblait un peu surpris.

— Je t'avais bien dit cinq minutes.

— Oh, non ce n'est pas ça. Entre. Tu veux du café ?

— Je viens d'en boire, merci.

J'étais déçue et je me demandai ce qu'il s'était passé. L'Alex du gala en aurait profité pour m'embrasser, au moins sur la joue.

La maison était sur plusieurs niveaux, avec la cuisine et la salle à manger au-dessus du hall d'entrée et le salon à l'arrière. Nous allâmes nous asseoir.

— Je…

— Merci…

Nous avions tous les deux parlé en même temps. Après un petit rire, la gêne sembla se dissiper légèrement. Alex baissa la tête et leva les mains.

— Vas-y, commence.

Je me trémoussai sur mon siège. Son sourire envoyait de délicieux frissons le long de ma colonne vertébrale. Je me forçai à penser à autre chose. Les affaires d'abord.

— Je voulais juste te remercier d'avoir fait diversion au gala. Et merci aussi à tes amis.

— Je t'en prie. C'était le moins que je puisse faire quand j'ai compris ce qui se passait.

— Et comment as-tu compris ce qui se passait ? Je t'ai juste dit que je devais y aller.

— Ce n'est pas ce que tu as dit. C'est ta poussée d'adrénaline quand ton agent de sécurité n'a pas répondu. Et ta conversation avec Kingslund.

— Tu as entendu tout ça ? Tu détectes les poussées d'adrénaline ? C'est un truc de loup, non ?

Il hocha la tête avec un sourire. J'avais vu juste en le rencontrant : il y avait bien quelque chose de sauvage dans son regard. Il ne semblait pas perturbé par mon commentaire.

— J'ai recruté quelques membres de la meute pour vérifier que tu montais bien en voiture. Et quand j'ai vu le portier, j'ai compris qu'il y avait un problème.

— Je vais peut-être prendre un café finalement, dis-je. Je crois que ça risque d'être une longue conversation.

Nous nous dirigeâmes vers la cuisine et je m'assis sur un tabouret au bar. Je profitai du spectacle, déplaçant même son ordinateur pour mieux voir.

— J'ai appelé ta couturière hier…

— Désolée de m'être trompée de carte, murmurai-je.

Ma couturière ! Comme si je ne portais que des vêtements sur mesure…

— Je voulais t'appeler et…

Il s'interrompit. Je m'accoudai au bar, le menton entre mes mains, lui accordant toute mon attention. Je regrettais de ne pas porter de chemisier, à la place de mon tee-shirt. C'était mieux pour se pencher en avant, même dans mon cas.

— Je voulais t'appeler pour te parler de ce qui s'était passé, finit-il.

— OK. Parlons d'abord de ce qui s'est passé.

Il posa une tasse de café devant moi et s'assit de l'autre côté du bar.

— Mon entreprise de transport s'occupe de Tucker Beacon. Il est mon plus gros client, depuis le début. Il m'a demandé un service et j'ai accepté de l'aider contre Kingslund il y a quelques semaines.

— Tu parles de quand vous avez fait fuir l'équipe de construction à Silver Hills.

Alex sembla surpris, puis hocha la tête.

— De toute évidence, tu es au courant. On ne voulait pas d'un complexe hôtelier là-bas. Jack ne voulait pas de pression sur le sien. La meute est allée à Bitter Hooks pour s'amuser un peu. Personne n'a été blessé. Les travaux ont été retardés ou annulés, ce qui m'allait bien.

» Mais Jack est encore sous pression. Et je crois que Matlal n'arrange pas les choses. Je connais le faux portier, c'est celui qui se charge du linge sale de Tucker. Quand je l'ai vu, j'ai su que je ne voulais plus être impliqué dans cette histoire. L'explosion du taxi un peu plus tard n'a fait que confirmer mes doutes.

— Bitter Hooks ?

— Silver Hills n'est qu'un nom commercial. L'endroit s'appelle Bitter Hooks, un nom qui vient d'un vieux terme arapaho signifiant « le loup totem ». C'est un lieu spécial pour nous.

— Pour moi aussi. Eh bien, en tout cas, merci, de la part de Jen et moi.

Qu'avais-je dit ? Alex s'était de nouveau crispé.

— Tu n'as pas l'air gêné que je sache que tu es un métamorphe.

— Je croyais que tous les vampires étaient au courant. Tu dis ça comme si c'était un secret.

— Ah. D'accord. Je suis Athanate, mais je suis en solo. Je ne suis entrée en contact avec la Maison Altau qu'il y a une semaine environ.

Ses yeux s'écarquillèrent.

— Une vampire solo ? Bon sang ! Comment est-ce possible ?

— Ça arrive. C'est une longue histoire. Pour une soirée d'hiver devant le feu, peut-être. Avec une bouteille de vin.

Alex se balança sur son tabouret. *Trop osé ? Oh, la vilaine.* Mais il sourit de nouveau.

— Et toi ? demandai-je. Comment es-tu devenu un métamorphe ?

Il baissa la tête. Je ne suis pas très subtile, mais je ne suis pas non plus insensible. Il ne voulait pas en parler.

— Oh, une histoire de recherches sur le clan loup des Arapaho sans comprendre les risques. Pour les détails, il faudra me mettre les pieds dans le feu. Ou cacher le vin.

— Marché conclu. Mais nous avons été interrompus au gala. J'ai encore plus envie de savoir pourquoi tu as changé de carrière. Encore un truc de loup ?

Il hocha la tête.

— Je n'ai pas de soucis avec les situations médicales quotidiennes, mais je travaillais aux urgences. Ce qui pose deux problèmes pour un métamorphe : la quantité de sang est perturbante et, bien sûr, j'étais inquiet à l'idée d'infecter quelqu'un par accident.

— Donc tu es devenu un métamorphe et membre de la meute locale ?

— C'est ça. Ce n'est pas aussi organisé que pour vous, vampires, mais au moins je savais ce qui m'arrivait. J'ai réussi à me transformer tout seul et, comme les vampires, nous pouvons sentir les autres loups. J'ai donc déniché la meute. J'essaie de trouver un moyen d'aider ceux qui n'arrivent pas à se transformer et de rendre le processus plus aisé.

— Certains métamorphes ne changent pas de forme ?

— Non, répondit-il avec un éclat dans le regard. Et à terme, c'est fatal. Un peu comme les vampires qui ne boivent pas de sang.

— Tu as dit qu'il y avait un risque d'infection si tu travaillais comme docteur. Donc tu peux transmettre le virus si tu te coupes le doigt en soignant quelqu'un ?

— Oui, c'est possible, dit-il en grimaçant. C'est peu probable, mais en travaillant aux urgences, ça finirait par arriver tôt ou tard. L'infection est transmise par le sang ou tout autre fluide. Aucune inquiétude pour toi puisque tu es une vampire.

Il vit mon expression de surprise.

— Tu ne savais pas ?

Je secouai la tête, sans un mot. Soudain, ce n'était peut-être plus un jeu. S'il ne pouvait pas m'infecter…

— Les métamorphes et les vampires ne peuvent rien se transmettre mutuellement, dit-il. Écoute, je croyais savoir de quoi il retournait, mais on devrait peut-être recommencer du début. Tu es une nouvelle Athanate et tu fais partie de la Maison Altau, mais tu n'as pas suivi leur processus d'Aspirant ?

— Pas si nouvelle, dis-je. Le processus a été très long pour moi, mais pour le reste, c'est ça.

— Mais au gala, tu étais au courant à mon sujet ?

— Non. J'ai demandé à Altau un contact au sein de la meute locale.

Je sortis les deux notes de ma poche et, avec, la photo de mes grands-parents récupérée le week-end dernier. Je posai les deux papiers sur le comptoir.

— Ils m'ont donné celle-ci hier soir et Lisa celle-là. Imagine ma surprise quand je les ai lues toutes les deux, tout à l'heure.

Alex ne jeta qu'un bref regard aux notes. Il ramassa la photo.

— Qui est-ce ? demanda-t-il les sourcils froncés.

— Mes grands-parents.

— Je peux la scanner ? Je m'intéresse à l'histoire locale. Et la référence au clan loup des Arapaho est intrigante.

— Bien sûr.

J'étais sûre que ce n'était pas tout, mais j'en saurais plus en temps utile. Il ouvrit son ordinateur portable et glissa la photo dans son imprimante-scanner.

— Et de quoi voulais-tu me parler ? demanda-t-il en souriant. Puisque je suis ton contact à fourrure local.

— L'hôtel de Jen. Je travaille pour elle. Pour mettre un terme aux perturbations.

Jen m'avait demandé de garder des choses confidentielles, mais il fallait que je lui dise cela.

— Tu travailles pour elle, c'est tout ?

Son humeur avait de nouveau changé. Je commençai à me fâcher.

— Qu'est-ce que tu insinues, Alex ? On s'est bien entendus au gala et aujourd'hui, tout ce que je dis semble te prendre à rebrousse-poil. Qu'est-ce qu'il y a ?

— Je retire ce que j'ai dit. Tu ne sais vraiment pas.

— Je ne sais pas quoi ?

— Eh bien, quand tu es arrivée à ma porte, j'ai supposé que tu… hmm… appartenais à Kingslund.

Il effleura la manche de la veste que Jen m'avait prêtée.

— Qu'est-ce que tu racontes ? La veste ? Quoi ?

— Si je te le dis, tu ne me croiras pas.

Il lança une recherche d'images pour Jennifer Kingslund sur son ordinateur et des photos commencèrent à remplir l'écran. Il le tourna vers moi. Une colère froide et douloureuse envahit ma poitrine. Presque une photo sur cinq montrait Jen avec un homme ou une femme portant la même veste que moi. Tous séduisants. Ils se tenaient la main ou le bras. Ou s'embrassaient.

— Elle en donne une à toutes ses, euh, conquêtes, dit-il d'un ton prudent.

Les gardes avaient dû appeler Jen quand j'avais débarqué chez elle. J'avais fini de débarrasser mes affaires de la chambre d'amis quand elle est arrivée. Tullah se chargerait du bureau. J'étais dehors, rangeant mes derniers vêtements dans le coffre de ma voiture.

Le visage de Jen était blême et anxieux. Elle se précipita vers moi. Elle ne ressemblait plus à la femme d'affaires assurée que je connaissais. Elle semblait terrifiée. Sous la colère, je ressentis une vague de tristesse que je m'empressai d'étouffer.

Je lui balançai la veste. Au moins, elle ne chercha pas à nier.

— Amber, je suis désolée.

— Comment as-tu pu me faire ça ? criai-je.

— C'était stupide. Je voulais juste cacher le fait que tu étais détective privée. Je me suis dit que tout le monde penserait…

— Tout le monde penserait que j'étais ta pute.

Des larmes se mirent à couler sur ses joues.

— Non. Ce n'est pas ce que je voulais dire. Je ne pensais pas…

— Effectivement.

Je montai en voiture et je claquai la portière.

— Tullah viendra vider le bureau et je te ferai un dernier rapport avec tous mes frais. Y compris l'utilisation de cette veste.

— Amber, je t'en prie…

Je partis. Je détestais ce que je lui avais dit, ce que je ressentais. J'avais su quand elle m'avait prêté la veste et invité à rester chez elle qu'il y avait anguille sous roche, mais j'avais quand même accepté.

Pourquoi fallait-il que je prenne toujours sur moi ? Qu'avais-je ressenti quand Kath était partie sans m'écouter ?

La dernière image floue que je vis dans le rétroviseur fut Jen serrant cette foutue veste contre elle comme pour s'y enfouir.

51

Je me garai devant chez David, juste derrière sa voiture. Je fermai les yeux et posai ma tête sur le volant pendant une minute. La journée avait été infernale et j'étais crevée. Je voulais me rouler en boule quelque part et pleurer jusqu'à ce que le sommeil m'emporte. Je ne me sentais pas en état de passer voir David, mais son état vendredi soir m'avait inquiétée. Je n'avais pas le choix.

Enfin, je me traînai jusqu'à sa porte et je frappai.

La maison était silencieuse et plongée dans le noir. Mais c'était bien sa voiture dans la rue. Et il était trop tard pour aller se balader. Je restai là, indécise. Peut-être qu'il dormait. Ou qu'on l'avait emmené au Refuge.

Comme j'avais ses clés, je décidai d'entrer. À l'intérieur, je m'arrêtai pour humer l'air. La maison sentait à plein nez l'Athanate, le sang et le sexe. Je sentis une pointe d'inquiétude dans ma poitrine. Je traversai le salon, puis les autres pièces sur la pointe des pieds. Rien. Je finis par me retrouver devant la porte de sa chambre.

David m'avait dit qu'il n'était pas rare que les Aspirants en pincent pour leurs Mentors et que Pia le mordait beaucoup. Ce qui impliquait beaucoup de sang et de sexe, j'imagine.

Et si j'entrais et qu'ils étaient au lit ensemble ? Comment expliquerais-je ma présence à Pia ?

Une seule manière de le savoir. J'ouvris la porte sans faire de bruit. Il était nu et seul sur le lit. La pièce sentait encore plus que le reste de la maison. Le lit était sens dessus dessous, les oreillers et les draps par terre et le matelas de travers. Je souris. Une sacrée partie de jambes en l'air, apparemment.

Mais l'immobilité de son corps, l'ombre autour de son cou, le lit défait et la froideur de la pièce, tout cela ne collait pas. J'allumai la lumière à la hâte.

David était allongé sur le dos, sa gorge maculée de sang séché. Sa bouche était entrouverte, son visage ensanglanté et l'on voyait ses crocs, mais il ne semblait pas respirer. Je le touchai, tentant de trouver son pouls. Son corps était gelé et flasque, son pouls presque indécelable et trop rapide. Je lui pris la main et je pinçai le bout d'un de ses doigts. Sa peau resta trop pâle.

Je m'y connaissais bien en perte de sang après mon expérience dans l'armée, mais je n'avais jamais vu une blessure aussi grave. J'ouvris son armoire à la recherche de couvertures que j'entassai sur lui. Je trouvai un chauffage d'appoint électrique et je le montai au maximum. Dans la cuisine, je mis la bouilloire sur le feu et je réchauffai de la soupe.

De la chaleur et des fluides aideraient, mais il avait aussi besoin de sang. L'hôpital était hors de question dans l'état où il était. Bian, ou n'importe qui d'autre du Refuge, mettrait au moins quarante minutes à arriver. David ne pouvait pas attendre.

Je fis couler de la soupe chaude dans sa gorge et je lavai son visage et son cou. Ses blessures étaient béantes, mais ne saignaient presque plus. Son cœur s'emballait ; encore quelques minutes à ce rythme, et il allait flancher. En tant qu'Athanate, il avait une incroyable capacité de guérison, mais il avait perdu trop de sang.

Il m'avait donné sa clé. *« S'il y a un problème. Si tu as besoin de quoi que ce soit. Je te fais confiance, Amber. »*

— Merde. Merde. Merde.

Je savais ce qu'il me restait à faire. J'avais conscience des risques. Intentionnellement ou non, sa morsure libérerait ses prions dans mon sang, ce qui risquait d'achever ma transformation. Mais entre laisser mourir David et m'accrocher un peu plus longtemps à mon humanité, le choix était vite fait. Ce n'était pas comme si j'avais encore beaucoup d'attaches émotionnelles à mon côté humain.

Courage et saute le pas.

J'enlevai mon haut et je me glissai avec lui sous les couvertures pour tenter de le réchauffer. J'avais l'impression d'être allongée sur un bloc de glace. J'ouvris sa bouche et je plaçai ses crocs, acérés comme une lame, contre mon cou.

— Y a intérêt à ce que ça marche, David, murmurai-je en fermant les yeux.

Je glissai ma main sous sa tête et le pressai contre moi. Je sentis ses crocs percer ma peau et le sang commencer à couler dans sa bouche. Mes yeux me piquaient quand je les rouvris. Les chiffres vert clair sur son réveil ne semblaient pas changer. J'entendais les battements frénétiques de son cœur, le souffle dans ses poumons. Le ronronnement du chauffage et le murmure occasionnel des voitures au-dehors. Tout semblait si lointain.

Son corps était-il plus chaud ? Son pouls moins rapide ? Aurais-je dû appeler Bian ?

— Allez, David, murmurai-je.

J'étais tellement fatiguée. Mes yeux se refermèrent.

« Il n'y a plus rien pour toi dans ton ancienne vie. Rejoins-nous, Amber, ta place est parmi nous. Tu es restée trop longtemps sur la voie. » Skylur.

J'avais vraiment tout fait foirer. Et pas seulement aujourd'hui. J'avais échoué. J'étais incapable de garder un vrai boulot et j'avais fait n'importe quoi avec mon agence de détective. J'étais une catastrophe ambulante. Mon cœur se serra en pensant à mon père, Jen, Alex, Keith, Kath et Top. Bientôt ce serait au tour de David. Et puis j'irais au Refuge et peut-être que mon cœur cesserait de souffrir pour toujours.

— *J'ai essayé, Top. Vraiment.*

— *Tu n'es pas là pour essayer*, cria-t-il à mon oreille. *Tu es là pour réussir.*

Mes yeux s'ouvrirent d'un coup. Ma tête se redressa subitement et les crocs de David m'entaillèrent douloureusement. J'attrapai son crâne.

— David, criai-je. Avale, bon sang ! Dépêche !

Il tressaillit et sa bouche se referma sur mon cou. Je sentis un début de succion. Du sang coula dans sa gorge. Puis il suça plus fort et son corps, tout son corps, sembla se réveiller.

— Avale !

Sa soif était perceptible à présent. Ses phéromones d'Athanate commençaient à faire effet. J'avais le tournis à force de maintenir sa bouche contre mon cou tout en résistant à ses phéromones. J'étais partagée entre l'envie d'arracher ses vêtements et de le chevaucher, et celle de m'enfuir en courant. Mais je ne lâchai pas prise.

Il commença à se débattre, non pas pour me repousser, mais pour m'attirer vers lui et, enfin, les effets contraires de ses phéromones semblèrent se neutraliser. Je laissai tomber ma tête, mais cette fois de joie. Il n'était plus au bord du gouffre. Et le prix payé était acceptable, c'était juste quelque chose que je repoussais sans bonne raison.

Son corps se réchauffait enfin. Je l'obligeai à me relâcher et je sortis du lit. Je l'enroulai de nouveau dans les couvertures et je lui fis avaler quelques gorgées de soupe. Sa peau avait perdu cette horrible pâleur.

Cette situation sembla durer des heures. Étourdie comme je l'étais après l'euphorie d'avoir sauvé David et tout ce qu'il m'avait injecté en me mordant, j'avais du mal à garder la notion du temps. Enfin, il sembla reprendre connaissance et cessa de se débattre.

— Ça va mieux, David ?

Il hocha la tête. Je l'aidai à se redresser et à boire de l'eau. Ses yeux étaient rivés sur mon cou. Je ne saignais plus et la plaie était presque déjà refermée, mais ça ne devait pas être beau à voir.

— Qu'est-ce qu'il s'est passé ? murmura-t-il.

— Tu étais vidé. Tu avais perdu trop de sang.

— Mais ton cou ?

— Je ne pouvais pas t'emmener à l'hôpital, David. Tes crocs étaient visibles et Dieu seul sait quelles questions ils auraient posées. Je ne crois pas que Skylur aurait été ravi. Et je ne pensais pas que Bian arriverait à temps. Je n'avais pas le choix.

— Amber, je suis désolé.

— C'est fait, dis-je en lui donnant une petite tape avant de changer de sujet. Qu'est-ce que Pia fabrique ?

— On s'est disputés. Tu te souviens, je t'ai dit que tu m'avais donné quelque chose avec le baiser ? Eh bien, j'ai réfléchi à ce que tu disais sur les prions. Ils doivent être comme de l'ADN d'Athanate, mais ils imprègnent aussi le système immunitaire. C'est pour cela qu'on est en si bonne santé. Et le système immunitaire rejette tout corps étranger, même les prions d'autres Athanate.

— OK. Je comprends. Quel rapport avec Pia ?

— Elle dit que mon odeur n'est pas la bonne. Apparemment, tes prions sont plus forts que ceux d'Altau, alors même que tu n'es pas complètement Athanate. Je porte trop ton odeur et pas assez celle de ma Maison. Tu sais, ce qu'ils appellent la marque. Elle m'a dit qu'elle devait me faire rentrer dans le rang. Et elle voulait savoir d'où venait cette odeur. J'ai refusé de répondre.

C'est vrai que son odeur avait changé. Le parfum de cuivre et d'épices de la Maison Altau était toujours là, mais une autre note perçait, âcre et odorante. Bon sang ! C'était ma marque. La marque de la Maison Farrell. Pour la première fois, je repensai à ce qu'avaient dit Skylur et Diana. J'étais en train de fonder ma propre Maison. Un frisson de peur mêlée de fierté me traversa. Mais il restait un certain nombre d'étapes à franchir avant cela.

— On va devoir cracher le morceau, David.

— Je crois bien que oui. Mais ce n'est pas le bon moment.

— Non.

Altau n'avait pas besoin de ça, avec l'Assemblée la semaine suivante. Peut-être qu'on pourrait simplement disparaître… devenir une sorte de Maison cachée.

J'avalai une gorgée de la soupe de David. J'avais perdu beaucoup de sang, mais je ne me sentais pas si mal, juste fatiguée et courbaturée. Je me sentais même plutôt bien.

— Tout va s'arranger. On trouvera une solution, marmonna-t-il. Avec Pia.

Tu parles. Elle allait juste revenir le mordre de nouveau. Ma mâchoire commença à me faire mal et ma vision se troubla. Je ne la laisserais pas faire. David était à moi, à la Maison Farrell. Il fallait qu'il le comprenne. Il m'appartenait.

— Amber ? dit-il en sentant mon corps se crisper.

Je sautai du lit, tremblante. J'avais l'impression que mon corps était trop petit pour moi, comme si quelque chose cherchait à s'échapper. Partagée entre la terreur et la joie, je sentis une étrange pression sous ma langue et quelque chose de tranchant émerger dans ma bouche. Il fallait que je morde. Pour que David comprenne.

Non. Stop.

— David.

Ma voix semblait venir de très loin. Il se redressa brusquement, bouche bée. Merde. Il était sous mon emprise. Je n'avais plus qu'à me servir. Il voulait que je boive son sang. Il voulait faire partie de la Maison Farrell. Je sentais ce potentiel déferler en moi, comme une masse d'eau derrière un barrage. La nuit me prêtait son pouvoir. Je pouvais le faire.

Non.

La voix de Tara ? La sensation vola en éclats, me vidant de toute mon énergie.

— Il faut que j'y aille, dis-je en attrapant mon tee-shirt. Repose-toi. Je reviendrai.

— Amber ?

Je sortis de la chambre, puis de la maison, avant que David ne puisse me retenir. Il serait mieux sans moi. Et je n'avais pas besoin de le mordre. Ou plutôt si. C'était un constant va-et-vient dans ma tête.

Dès que je fus dehors, je me rendis compte que je n'avais nulle part où aller. L'euphorie que j'avais ressentie commençait à s'estomper ; j'étais gelée et je pouvais à peine marcher droit. Tout semblait flou. J'avais la tête qui tournait, la gorge sèche et des haut-le-cœur. Je ne pouvais pas retourner chez David, je risquais de le mordre pour de bon ou de tomber sur Pia. Je ne pouvais pas aller à l'hôpital. Je ne pouvais pas errer dans Wash Park : j'avais l'air de sortir tout droit d'une fête d'Halloween qui avait mal tourné. Tous ces gens qui cherchaient à me tuer n'avaient plus à s'en faire ; j'allais m'en charger pour eux. Ce n'est qu'en entendant une voiture me klaxonner que je pris conscience que j'avais traversé la rue. Je ne savais même plus où j'étais.

Une autre voiture sembla se diriger droit vers moi avant de tourner. Au moins, ses phares avaient éclairé la plaque de la rue. Je sortis d'une main tremblante mon téléphone. Quatre heures du matin. Incapable de penser à autre chose, je rappelai le dernier numéro de mon historique. J'étais vraiment la reine des bonnes impressions.

— Amber ? répondit-il d'une voix ensommeillée.

— Désolée. Ça ne va pas. Perte de sang. Kentucky Avenue, Wash Park.

— Ne bouge pas. J'arrive. Dans cinq minutes.

Il s'était réveillé aussitôt. Ni colère ni remarque sur l'heure qu'il était. Je n'avais pas eu l'impression d'abuser. Une goutte de plaisir au milieu de cet océan de douleur. Juste cinq minutes.

Je ne comptai pas les minutes. Je m'affalai par terre, tentant de repousser l'obscurité qui menaçait de m'envahir. Une voiture s'arrêta et quelqu'un se pencha sur moi. Ça aurait pu être n'importe qui. Un assassin engagé par ZK ou le violeur du coin. Je ne voyais plus rien. J'essayai de me lever, mais à cet instant, toutes les lumières s'éteignirent.

Je repris mes esprits alors qu'on entrait chez lui. J'étais dans ses bras, mon visage bien au chaud contre son torse et l'odeur de pins et de prairie montagnarde dans mes narines. Et en dessous, comme une ombre dans la forêt, je reconnus le loup. C'était comme un baume pour mes sens. Je caressai son torse et il émit un petit rire.

Il fit ce que j'avais fait pour David. Il m'enroula dans des couvertures sur son canapé et me donna de la soupe. Je n'avais pas perdu autant de sang que David, mais sortir dans le froid avait été stupide. Le docteur Deauville me le fit comprendre, très clairement, à plusieurs reprises. Super. Il se pencha sur moi. Puisque la situation ne pouvait pas être pire, j'en profitai pour plaquer un long baiser sur ses lèvres avant de perdre de nouveau connaissance. Ça ne coûtait rien de rêver.

Il fait sombre dans le tipi. Il y a des braises par terre, en plein milieu. Une fine volute de fumée s'élève comme un serpent au clair de lune.

La forme en face de moi se penche en avant. La lumière crée un monstre en mosaïque ; une oreille par-ci, un flanc poilu par-là, l'éclat d'un œil, une rangée d'énormes dents pâles. Mais puisque c'est un rêve, je sais qui c'est.

— Que vous avez de grandes dents, arrière-grand-maman ! dit mon démon.

Celle-qui-parle-aux-loups tourne la tête. Si elle avait été humaine, elle aurait levé les yeux au ciel.

— Tu as toujours été impertinente. Ta mère est une sainte de te supporter. Peut-être que le Vieux Coyote aurait été un meilleur guide spirituel pour toi.

J'entends sa voix dans ma tête.

— Tu es mon guide spirituel ?

Elle lâche un éternuement amusé.

— Dieu merci, non. Mais j'aide ton guide à te protéger contre les esprits serpents.

Les ombres sous son ventre se séparent et une petite louve émerge. Ses pattes sont trop grandes pour elle et elle trébuche en se dirigeant vers moi. Ses yeux sont brillants et un peu inquiets. Je la prends dans mes bras et elle me lèche le visage. Je ris, ravie.

— C'est ma gardienne ?

— Elle a aidé à repousser le vampire pendant deux ans, mais elle n'est pas censée être une gardienne, c'est une guide spirituelle.

— Elle est très jeune.

Le louveteau me mord gentiment le menton en signe de protestation.

— Tous les guides le sont au début.

— Je l'adore. Je peux lui parler comme à toi ? Comment s'appelle-t-elle ?

— Elle s'appelle Hana. Ça signifie « ciel ». Elle te parlera bientôt.

— Quand ?

— Quand tes esprits trouveront un équilibre.

Sa pitié est comme une lourde main sur mon épaule.

— Enfant de deux peuples, fille de deux esprits, femme de chagrin et de colère, maudite et bénie. Ton chemin est difficile, Amber. Tu n'es rien de ce qu'ils croiront. Au bout du compte, tu n'auras d'autre guide que toi-même. Mais Hana te parlera quand tes esprits trouveront un équilibre.

— Comment puis-je trouver l'équilibre ?

Je sens son rire.

— Tu as déjà commencé.

La lumière sur mon visage m'aveugle. Je ne vois plus le tipi. J'enfouis mon visage dans la fourrure d'Hana et je respire son odeur. Un parfum de forêts et de prairies, la joie de courir sous le soleil d'automne. Le loup dans mes veines.

Une quête d'équilibre.

Je me réveillai, le visage enfoui dans les couvertures d'Alex.

52

Lundi

Je me désentortillai des couvertures à contrecœur. Elles avaient l'odeur d'Alex et d'Hana. Je voulais rester bien au chaud dans le tipi, mais j'étais trop pleine d'énergie pour me rendormir.

Il était tard pour moi. Malgré ma charge de travail et le fait que je n'avais dormi que quelques heures, je me sentais en pleine forme. Je m'étirai. Je mourais d'envie de débouler dans la chambre d'Alex pour le réveiller, mais je me retins et je déambulai dans la maison sur la pointe des pieds. J'irais le voir plus tard, avec du café en gage de réconciliation.

Son intérieur me plaisait. Des poutres, des meubles en bois et en cuir, des cheminées, des tapis et de grandes fenêtres. Une sorte de garçonnière sexy. La bibliothèque dans son salon montrait des intérêts très variés. Il y avait toute une section sur les peuples cheyenne et arapaho et même ses anciens manuels de médecine.

Et il y avait la photo d'une fille hâlée aux cheveux de jais. Beaucoup plus jolie que moi. Je m'éloignai.

Je m'observai dans le miroir de la salle de bains. La peau de mon cou était rouge et irritée, mais aucune plaie n'était visible. Je me rendis ensuite dans la cuisine pour préparer du café. Je cherchais quelque chose pour le petit déjeuner dans le frigo quand Alex entra à moitié endormi, en survêtement.

— Tu es levée, dit-il en souriant. Et tu as meilleure mine ce matin.

Je soufflai et lui donnai un coup de poing sur l'épaule, avant de déposer un baiser au même endroit. Et soudain, nous étions enlacés dans la cuisine. Ça faisait si longtemps. Au moins, ce matin, je ne tombai pas dans les pommes quand il m'embrassa.

Je m'appuyai contre la rambarde donnant sur le hall d'entrée, l'attirant à moi. Mon cœur essayait de s'échapper de ma poitrine, mais il se tenait juste là, l'air vaguement perplexe.

Allez, loulou. Ce n'est pas bien compliqué. Garçon plus fille…

— Tu as changé, dit-il.

— Je suis moins stressée, je crois. Je me sens mieux.

— Ce n'est pas ça. Enfin, oui, aussi. Mais c'est ton odeur.

— Je n'ai pas pris de douche ce matin. On pourrait peut-être en partager…

— Non, pas ça non plus. Ta signature de vampire, ta marque. Elle est plus ténue. À la place, tu sens comme la meute.

Il semblait encore plus perplexe à mesure que son cerveau tentait de traiter les signaux que lui envoyait son nez.

— J'ai dormi sur tes couvertures, Alex. C'est normal que l'odeur ait déteint sur moi.

Il blottit son nez contre mon cou et inspira. J'en avais la chair de poule. Il grogna et, quand il releva la tête, ses yeux verts avaient viré au doré. Intenses et brillants. C'était délicieusement effrayant.

Je l'attirai contre moi. La chaleur de son corps semblait s'insinuer en moi. Heureusement que j'étais adossée contre une surface dure car je ne tenais plus bien sur mes jambes.

À vrai dire, il n'y avait pas que la rambarde qui était dure, ce qui me convenait parfaitement.

— On dirait que tu es à ma merci, murmura-t-il. Dois-je t'offrir une chance de te rendre ?

Avec un soupir, je penchai la tête en arrière pour que ses baisers papillonnent le long de mon cou jusqu'à cet endroit si sensible derrière mon oreille.

— Absolument pas. Tu es juste là où il faut.

Littéralement. Je le sentais à travers mon jean et son jogging, et il était pile au bon endroit. Il avait tout bon.

— Juste où il faut, répétai-je d'une voix étranglée.

J'agrippai son tee-shirt et je me frottai contre lui. Des frissons de plaisir me traversèrent. Ça faisait si longtemps et ça m'avait tellement manqué. Ses dents effleurèrent mon cou et je grognai. Il eut l'air de comprendre. Je n'aurais pas dit non s'il m'avait entraînée vers la chambre, mais cette position avait quelque chose d'excitant et sa retenue était furieusement sexy.

Ses mains se glissèrent dans mon dos pour me caresser, me masser. Sa bouche se posa de nouveau sur la mienne et je perdis le contrôle. Tout allait si vite. Je déchirai son tee-shirt avec frénésie et, quand le tissu céda, j'attrapai ses fesses. Interrompant le baiser, je renversai ma tête avec abandon en me pressant contre lui. J'avais l'impression de prendre feu et je criai quand mon orgasme me submergea.

— Alex ! m'exclamai-je, haletante.

Il rit tout bas, gardant ses bras autour de moi, son étreinte plus détendue.

— Un peu trop de tension ces derniers temps, hein ?

Je lui donnai une tape sur l'épaule, nue maintenant que son tee-shirt était en lambeaux. En voyant cela, je ris.

— Désolée pour ton tee-shirt.

— Rien de grave, dit-il, tandis que ses lèvres traçaient paresseusement des motifs sur mon cou.

— Déshabille-moi ou je m'en vais, murmurai-je en enfonçant mes doigts dans les muscles de son dos avant de lui mordiller le menton.

Mon portable sonna.

Je soufflai sans relever la tête. Je voulais du temps pour moi. Je l'éteindrais dans une seconde.

— Tu devrais répondre.

Je n'en croyais pas mes oreilles.

— Le loup me dit d'être responsable ?

— Parfois, grogna-t-il avant de sortir le téléphone de ma poche arrière.

Probablement pour avoir une bonne excuse de me peloter, mais je n'allais pas me plaindre. J'avais le sourire aux lèvres en récupérant mon portable. Ça ne dura pas. C'était Jen.

— Merde.

— Vas-y. Décroche.

Il se dégagea avec réticence et alla récupérer sa tasse de café. J'avais froid sans la chaleur de son corps pressé contre moi. Je n'avais qu'une envie, le traîner jusqu'au lit le plus proche. À la place, je répondis à l'appel.

— Oui ?

— Amber, aide-moi. Je t'en prie.

La voix de Jen était fragile et mon cœur se serra immédiatement. Je soupirai en fermant les yeux. Ce n'était vraiment pas le moment. Mais je ne pouvais pas lui raccrocher au nez. Ce n'était pas mon genre.

— Dis-moi ce qui se passe, Jen.

— Bernard. Troy. Enfin, tout, Amber, dit-elle au bord des larmes.

— Calme-toi et raconte-moi.

— J'ai reçu une lettre ce matin, Victor m'avait dit que ça risquait d'arriver. Une demande de rançon pour Troy. J'étais sur le point d'appeler José, le capitaine Morales, quand il m'a téléphoné. Il m'a dit que Bernard avait demandé à le rencontrer. José essayait de me dire quelque chose quand des coups de feu ont retenti. Et la communication a été coupée. Maintenant, je ne peux joindre ni lui ni Bernard.

—À qui as-tu parlé ?

—Juste à Victor. Il était là, de toute façon. Mais je voulais te joindre. Je sais que…

Elle hésita et se tut. C'est vrai que j'avais plus ou moins démissionné hier. Mais je sentais le poids des responsabilités se reposer sur mes épaules et, ce matin, j'étais plus forte. J'avais eu tort. Morales, Verdoon et Troy avaient besoin de moi. Ils n'étaient pas innocents comme Emily, mais si je n'étais pas prête à faire de mon mieux pour ces gens, pourquoi étais-je là ? J'allais mener cette affaire à bien. Top n'aurait pas perdu de temps à se demander pourquoi. Et moi non plus. Je passai immédiatement en mode travail.

—Jen, contacte la police sur ta ligne fixe, dis-je avant de lui donner le numéro d'Edmunds. Explique au lieutenant Edmunds que je pense que c'est lié aux autres incidents sur lesquels on a travaillé ensemble. Dis-lui que je vais l'appeler. Pendant que tu fais ça, passe-moi Victor.

—Merci, Amber.

Je l'entendis prendre une inspiration, mais elle n'ajouta rien d'autre. La voix basse de Victor résonna dans le combiné.

—Ça ne se présente pas bien.

—Tu l'as dit, Vic. Je suis sûre que tout est lié à Tucker. Je crois que si on trouve Troy, on trouvera aussi Morales. As-tu la moindre idée de l'endroit où il pourrait être retenu ?

—Oui. C'est pour ça que j'étais là. Je voulais te parler. (Il s'interrompit et j'entendis Jen en arrière-fond parler à Edmunds.) Tu connais le centre d'affaires de Tucker à Meridian ?

—Oui, je connais.

C'était un complexe qui offrait des bureaux virtuels, des salles de réunion privées et des bureaux temporaires, de l'autre côté de la route à péage menant à l'aéroport d'Arapahoe County.

— Je suis parti à la pêche aux infos et un de ses employés a mordu à l'hameçon. Apparemment, le dernier étage et la moitié des bureaux ont été vidés. D'après mon contact, il ne se passe presque plus rien là-bas. L'équipe de nettoyage n'y a plus accès. La zone de chargement a été fermée à plusieurs reprises pour des livraisons spéciales. Et quelqu'un a apporté un long paquet il y a quelques semaines. Un paquet qui semblait bouger. Ce n'est pas assez pour aller voir la police, mais c'est tout ce que j'ai. Le timing colle avec la disparition de Troy et il y a quelque chose de louche avec ce dernier étage.

— Donc tu penses qu'il faut qu'on aille jeter un coup d'œil. Qu'est-ce que tu as prévu ?

— Attends, j'ai reçu quelque chose sur mon portable.

Après une minute de silence, il était de retour.

— Amber, écoute, il y a encore plus d'activité sur le site, peut-être de nouvelles livraisons spéciales. C'était déjà mal parti quand il ne s'agissait que du chef cuisinier, mais maintenant qu'ils ont aussi Morales…

— Qu'est-ce que tu as prévu, Vic ? répétai-je.

Il soupira.

— Deux de mes hommes louent un bureau temporaire dans le bâtiment. Ils y sont en ce moment et viennent d'appeler. Mais les visiteurs doivent passer un portique de contrôle, comme à l'aéroport. Ils sont très à cheval sur la sécurité. On n'a pas d'armes à l'intérieur, mais je me disais qu'on pourrait peut-être aller voir si on arrive à fureter un peu.

— Vic, j'y vais. Je te rappelle dans quinze minutes pour en discuter. Garde cette ligne ouverte.

Je raccrochai et je levai les yeux. Et je plongeai dans ceux d'Alex. Mon cœur se serra. Combien de fois allais-je pouvoir lui faire le même coup ? Je commençai à m'excuser, mais il m'arrêta d'un geste.

— Va t'occuper de tout ça, et ensuite on… discutera.

Je souris. Exactement le genre de discussion que j'aime. Je m'apprêtais à partir quand il grogna, m'attrapa par les hanches et me fit pivoter. C'était si rapide, si inattendu que mes mains se levèrent immédiatement pour le repousser. Mais il souriait de toutes ses dents et m'embrassa sur le nez. Je voyais son loup dans ses yeux, fougueux et plein de promesse. Notre prochaine rencontre allait vraiment être intéressante. Je lui rendis son baiser. Ça devait encore être un truc de loup.

Il me laissa partir et je courus jusqu'à ma voiture, toujours garée devant chez David. Ce n'était qu'à quatre cents mètres de là, même si ça m'avait semblé insurmontable la nuit précédente.

Une fois en route, j'appelai Edmunds et je le mis au courant pour l'immeuble de Tucker aussi vite que possible. Il accepta d'emmener une équipe SWAT pour un entraînement à Lincoln Station, non loin. En cas de besoin, elle pourrait contenir les membres de ZK en attendant les renforts. Ce qui n'arriverait pas tant que Morales et Verdoon, et tout autre otage potentiel, se trouverait à l'intérieur du bâtiment. Leur comportement semblait de plus en plus désespéré et nous voulions éviter l'escalade. Edmunds me demanda si j'étais certaine que Morales se trouvait bien là et je dus admettre que ce n'était qu'une théorie – la plus probable. Il répondit d'un grognement.

Après avoir raccroché, je fis une petite prière pour remercier l'ange gardien qui avait mis Edmunds sur mon chemin. Puis je contactai Tullah ; je lui racontai ce qu'il se passait et je promis de la tenir au courant. Enfin, je rappelai Victor pour lui dire ce que je voulais.

Il ne fut pas content du tout.

53

Peu après 10 h 30, je grimpai les marches menant au Nexus Office Complex de Tucker Beacon. Les ailes de l'édifice ressemblaient à un énorme gâteau avec des couches alternant brique et verre réfléchissant. J'étais plus intéressée par le bâtiment principal, les quatre étages de bureaux centrés autour d'un atrium et cachés derrière une paroi de verre fumé.

J'étais habillée en coursier et j'apportais le quatrième paquet de la journée pour la fausse entreprise de Victor qui louait des bureaux au premier. Chaque paquet était passé par toute une chaîne de traçabilité et devait être signé par le destinataire en personne. Après avoir protesté pour le premier et fait descendre quelqu'un, le personnel de sécurité à l'accueil avait laissé monter les autres coursiers, se contentant de passer les paquets au scanner.

— C'est pas vrai, encore un, dit le type à l'accueil. Frank, donne-moi le dernier passe. (Il me le tendit.) Vous en aurez besoin pour l'ascenseur et la porte de l'aile où se trouve le bureau. Premier étage, bureau 209.

Je le remerciai d'un hochement de tête en gribouillant un nom illisible sur le registre. Le paquet fut passé au scanner et je me dirigeai vers l'ascenseur en regardant autour de moi.

Rien ne sortait de l'ordinaire. Les gardes étaient détendus et auraient pu se trouver dans n'importe quel autre bâtiment administratif de Denver. Soit ils ne savaient rien de ce qui se tramait au dernier étage, soit ils étaient de très bons acteurs. La sécurité était un peu plus renforcée que dans d'autres entreprises de ce genre, mais c'était leur stratégie commerciale.

Au premier, différentes portes verrouillées menaient à plusieurs couloirs. Le passe ouvrit celle de droite et j'avançai jusqu'au 209 en regardant vers l'atrium au centre. Je voyais quelques personnes dans les couloirs du deuxième étage, mais personne au troisième, ni au quatrième.

Je frappai à la porte, qui s'ouvrit immédiatement. Les deux employés de Victor, Steve et Bud, faisaient bien illusion avec des plans, des organigrammes et des dossiers sur leurs bureaux. Ils avaient enlevé leurs vestes et desserré leurs cravates.

— De vrais hommes d'affaires, les mecs, dis-je en souriant.

Je sortis mon oreillette de ma poche.

— Vic, j'y suis.

— Parfait, répondit-il. On est sur place et prêts.

J'enfilai une combinaison d'agent d'entretien et Steve un uniforme de coursier. Les deux tenues étaient arrivées dans un paquet plus tôt dans la matinée. Victor avait insisté pour que je mette un gilet pare-balles sous ma combinaison.

Bud ouvrit sa mallette et en sortit un autre passe.

— D'après ton ami Matt, ce passe devrait te donner accès à tous les étages ainsi qu'à l'escalier de service. On n'a pas vu d'agents d'entretien dans les ascenseurs, donc il vaudrait mieux prendre l'escalier.

— Tu me reçois, Matt ? demandai-je.

— Oui, répondit-il immédiatement.

— À ton avis, je risque d'avoir des problèmes avec ce passe ?

— C'est difficile à dire, Amber. Si j'avais mis au point ce système de codage, je ferais en sorte que les lecteurs puissent extraire le code de la séquence standard.

— En français, Matt, s'il te plaît.

— Je suis sûr qu'il va marcher pour les portes de service à ton étage, mais il risque de déclencher une alarme au quatrième.

— C'est noté, merci. Laisse la ligne ouverte pour Vic à présent.

Je me retournai vers Steve et Bud. Bud me donna le dernier paquet, un petit escabeau pliant en plastique. Il déchira l'étiquette « Échantillon » pour révéler une étiquette « Entretien » ; une ceinture porte-outils complétait ma tenue.

Steve, qui vérifiait la diversion sur son écran, hocha la tête.

— On est bons, dit-il, et ils me serrèrent tous deux la main.

Nous sortîmes ensemble du bureau. Ils se dirigèrent vers l'ascenseur et moi de l'autre côté. Si leur timing était bon, ils devraient arriver dans le hall au moment même où un groupe commencerait à s'énerver au sujet de ses réservations.

J'étais toute seule à présent. L'adrénaline commençait à monter. Je regardai ma montre : 10 h 52. Mon passe ouvrit la porte de l'escalier sans déclencher d'alarme.

— Prépare-toi, Vic, dis-je dans l'oreillette.

— Bien reçu, répondit-il avant d'ajouter dans sa barbe « espèce de cinglée ».

Je baissai le son. Sa voix rocailleuse était réconfortante, mais je ne voulais pas me laisser distraire.

Aller jusqu'au quatrième ne présentait pas de difficulté ; je montai simplement l'escalier. Accéder au couloir risquait d'être plus compliqué. J'avais quelques solutions de repli, mais je ne voulais pas éveiller les soupçons avant d'être prête.

J'étais devant les portes. Derrière moi, l'escalier en béton continuait jusqu'au toit. Les livraisons arrivaient au sous-sol et cet escalier permettait de monter des choses discrètement. Si c'était moi, j'aurais installé différentes serrures électroniques en haut et en bas. Je haussai les épaules et j'installai mon escabeau. Après tout, c'était un immeuble de bureaux, pas une banque. Si on ne peut pas franchir une porte, on peut toujours passer par-dessus.

La structure du plafond comprenait un faux plafond en métal permettant aux agents d'entretien d'accéder au système de climatisation, ainsi qu'une grille légère maintenant les panneaux carrés. Coup de bol. Je retirai un panneau et je me hissai dans le faux plafond, attrapant mon escabeau du bout du pied pour le récupérer. Une fois le panneau remis en place, rien ne signalait ma présence.

L'habitacle était sombre et poussiéreux, et bourdonnait sous l'effet du système de ventilation. Je n'avais pas besoin de lumière, j'apercevais entre les rainures le couloir en dessous. En supposant que tous les bureaux étaient raccordés à la climatisation, je devais pouvoir me faire une idée de la disposition des pièces.

C'était trop simple. J'étais pressée, mais déclencher des alarmes n'aiderait en rien. Je distinguai plusieurs boîtiers attachés aux colonnes de support avec des fils courant jusqu'en bas. Le plus proche se trouvait entre moi et le premier bureau. Je ramassai un peu de poussière et je la jetai en direction du boîtier. La poussière scintilla en passant à travers un faisceau lumineux. Je vérifiai de nouveau jusqu'à ce que je sois certaine qu'il n'y avait qu'un faisceau, puis je l'évitai soigneusement et j'avançai jusqu'au suivant. J'aurais dû prendre le temps d'enfiler mes baskets à la place de mes bottes, mais c'était trop tard. Je devrais juste faire attention. Je laissai l'escabeau derrière moi. Cela limiterait mes options si je descendais dans les bureaux, mais ça me faisait gagner du temps.

Heureusement, chaque bureau n'avait qu'un faisceau lumineux. Ma vision s'ajusta et je les distinguai presque à l'œil nu.

La première section de bureaux était vide. Je pris un virage et j'avançai, en sueur et courbaturée. J'avais mis quinze minutes à arriver jusque-là. Je ne voulais pas que Victor relâche sa garde, mais les choses risquaient de mal tourner si on attendait trop. Je commençai à perdre confiance. Et si l'étage était vide ? Et si nous n'étions pas du tout au bon endroit ?

La voix de Victor se fit entendre dans l'oreillette pour vérifier que tout allait bien. Je tapotai le micro du bout de l'ongle selon le signal convenu.

Je passai au-dessus de deux autres salles avant d'entendre des voix.

Deux luxueuses suites de bureaux se trouvaient de part et d'autre de l'ascenseur et chacune se composait de deux pièces attenantes et d'un débarras. Les voix venaient de la suite 502.

J'avançai prudemment jusqu'au débarras correspondant. Puis je fis glisser un panneau du plafond. Il faisait sombre et la porte menant au bureau était fermée, peut-être à clé ; j'allais avoir du mal à me glisser discrètement à l'intérieur. Je m'apprêtais à remettre le panneau en place quand je me rendis compte que quelque chose n'allait pas. Il y avait quelqu'un dans la pièce et une odeur de sang. Je distinguai trois personnes, une enchaînée à un lit et deux autres attachées par terre avec des sacs sur la tête. Probablement Troy sur le lit, et Morales et Verdoon par terre. Les deux derniers saignaient. Bon sang.

Sans faire de bruit, je replaçai le panneau et je m'assis. Je tapotai le signal sur le micro : trois clics, une pause, trois fois de suite.

La voix de Victor s'éleva de nouveau, stressée.

— Confirme que tu as le ou les otages en ligne de mire ? (Je cliquai une fois.) Prête ? (Je cliquai de nouveau.) C'est parti.

Je vérifiai l'heure : 11 h 16. J'avais entre cinq et dix minutes avant que tout parte en vrille. Le compte à rebours avait commencé et une nouvelle poussée d'adrénaline m'envahit.

J'avançai jusqu'à la pièce principale. Les ventilateurs étaient allumés, ce qui me permit de soulever sans bruit un panneau près de la bouche d'aération.

Deux hommes s'y trouvaient. L'un était assis, les pieds sur la table basse et un pistolet sur ses genoux. L'autre était attablé au bureau et parlait au téléphone.

— Je comprends, monsieur Tucker, vraiment. Mais la caution n'est pas remboursable, même si vous annulez. Peu importe que vous l'ayez autorisé ou non.

Il marqua une pause.

— Non, ce n'est pas mon boulot. Vous avez des gens pour ça. Je suis là pour éliminer Farrell et, si vous annulez, je m'en vais. (Une autre pause.) Elle n'est pas avec Kingslund et, en gros, vous ne savez pas où elle se trouve. Donc je suis là parce que, d'après ce que votre fils m'a dit sur elle quand il m'a engagé, c'est là qu'elle va se pointer.

Le fils de Tucker ? Merde ! Donc Monosourcil, Frank Hoben, devait être le fils de Tucker. Je ne voyais pas d'autre explication. Tout tournait autour de Tucker.

La voix de Victor retentit dans mon oreille et un bruit sourd se faisait entendre en arrière-fond.

— Amber ! Le groupe de Tucker entre dans la zone de livraison. Le SWAT va débarquer dans soixante secondes. Confirme.

Je répondis d'un clic et j'avançai pour me positionner au-dessus du bureau. Le type assis dans le fauteuil avait un pistolet, mais il n'y avait pas de faux plafond à cet endroit. L'autre cachait peut-être un bazooka, pour ce que j'en savais, mais il fallait que je fasse avancer les choses. Mon instinct me disait que l'homme de main allait mourir dès que les hommes de Tucker arriveraient, ainsi que les trois otages dans le débarras. Je ne pouvais pas courir ce risque. Je concentrai mon *qi*. Je devins intensément consciente des deux hommes et mes muscles se relâchèrent. Tout mon corps sembla se détendre.

À son bureau, l'homme de main se leva et tendit le téléphone à l'autre.

— Ton patron veut te parler.

— Oui, monsieur ? Tous ? D'accord.

Ses yeux papillonnèrent vers le côté et je compris. Il raccrocha et commença à lever son pistolet. Au même moment, l'autre le frappa à la gorge et je lui tombai dessus. Pas de chance.

Le garde s'effondra, mais son arme avait glissé sous le bureau. Je n'osai pas l'attraper ; l'homme de main était très rapide et savait ce qu'il faisait. Je sautai par-dessus le bureau et je m'accroupis derrière. L'homme était encore plus fort et baraqué que je le pensais. S'il me mettait la main dessus, il me tuerait, et nous le savions tous les deux. Je changeai de position pour être certaine de pouvoir m'enfuir rapidement.

Son expression se fit méprisante et il ne se donna pas la peine de récupérer le pistolet sous le bureau. Il avança, sans même adopter de position défensive, sourcils froncés ; sa démarche respirait la confiance en soi. Vu sa taille, il lui suffirait d'attendre d'être assez proche et ses énormes poings feraient tout le travail. C'était son style, d'intimider par sa carrure et se reposer sur sa force physique.

Mais son arrogance pouvait le rendre vulnérable.

— Tu sais que les hommes de Tucker viennent d'arriver dans le bâtiment, dis-je. Tu ne sortiras pas d'ici vivant.

Il m'ignora. Je m'éloignai en faisant des mouvements de kung-fu exagérés. Son mépris était palpable, mais il se contenta de me suivre jusqu'à ce que je me retrouve piégée. Alors qu'il n'était plus qu'à un mètre de moi, un coup de feu retentit à l'étage du dessous et je feintai avec un coup de poing en direction de son visage. Il perdit sa concentration, cligna des yeux et leva la main pour repousser mon poing. Tout son poids se transféra sur sa jambe gauche. C'était l'occasion que j'attendais.

Je lui donnai un grand coup de botte, rien de sophistiqué, mais trop bas pour qu'il puisse me bloquer, histoire de lui montrer que sa rotule ne faisait pas le poids face à la pointe de ma chaussure. Et, juste comme ça, il n'avait plus qu'une jambe en état de marche.

Il prit immédiatement conscience du problème et se rua en avant, les bras écartés, pour m'attraper et m'achever. Mais malheureusement pour lui, je m'étais déjà décalée sur la droite et sa tentative laissa tout son flanc exposé. Cette fois, je fis honneur à maître Liu. Je concentrai toute ma force dans la semelle de ma botte et, avec un cri de guerre, je percutai ses côtes qui se brisèrent comme des brindilles. Il hurla et s'effondra en se débattant, mais trop tard pour protéger ses côtes ou attraper mon pied. Son crâne heurta le sol dans un horrible craquement.

C'était un dur à cuire. Même avec un genou bousillé et des côtes brisées, il essaya de se relever. La douleur devait être atroce, sans parler des lésions internes. L'espace d'un instant, je regrettai de ne pas l'avoir eu dans mon équipe, mais il n'était pas ce genre de mec et je n'avais plus d'équipe. Je brisai le portemanteau sur son crâne et il s'écroula comme un tronc d'arbre.

—Amber, qu'est-ce qui se passe ? demanda Victor dans l'oreillette.

—Je me suis occupée des gardes, je te redis dans une minute.

Je récupérai le pistolet sous le bureau. Encore un Glock. Décidément. Tucker avait dû avoir un prix de gros. Le garde, la trachée et les artères du cou écrasées, était déjà mort. Les clés du débarras étaient sur la table.

Morales cligna des yeux lorsque je retirai le sac de sa tête.

— Farrell ? grogna-t-il en essayant de se redresser.

Le mouvement rouvrit une plaie sur son estomac qui se mit à saigner.

— Ne bouge pas.

Je coupai les cordes à ses mains et ses pieds avant de jeter un œil à son estomac. Ç'aurait pu être pire. La blessure s'étendait de part en part sur le côté et devait être horriblement douloureuse, mais il pouvait marcher.

Verdoon n'avait pas été atteint par une balle, mais il avait été passé à tabac. Son visage était en sang et commençait à gonfler. Il pouvait à peine parler. Sa jambe était cassée.

L'homme enchaîné sur le lit était Troy, toujours vêtu de sa tenue de cycliste. Heureusement, il semblait indemne.

— Troy, tu nous auras donné du fil à retordre, dis-je en cherchant la bonne clé pour ses menottes. Ça va ?

— Oui, répondit-il d'une voix faible en se redressant. J'ai la tête qui tourne. Je croyais qu'ils allaient me tuer. Merci. Merci.

Il tremblait et des larmes coulaient sur ses joues, mais à part ça, il semblait stable.

— Je ne suis pas blessé.

— Tant mieux, dis-je. Donne-moi ton tee-shirt, s'il te plaît.

Décontenancé, il retira son haut malodorant jaune et noir. Je l'utilisai, avec celui de Morales, afin de créer un pansement de fortune pour la plaie du capitaine.

— Les gars, il faut qu'on y aille. Il y a une équipe SWAT dehors, mais des hommes armés sont dans l'immeuble et je crois qu'ils ont pour ordre de vous tuer. Bernard ne peut pas marcher, donc vous allez devoir l'aider. Il faut qu'on aille jusqu'à l'escalier. Allez, on se bouge !

Des trois, Morales semblait le plus maître de lui-même, mais il ne pouvait pas faire grand-chose. Troy, qui avait été retenu captif pendant deux semaines, était désorienté et faible. Verdoon était incapable d'aider. Mais il fallait que je sois libre de mes mouvements pour affronter les hommes de Tucker.

— Victor, dis-je dans le micro. J'ai Morales, Verdoon et Huber. Deux blessés. Personne à cet étage pour le moment, mais il y a des coups de feu en dessous. On bouge tout de suite.

— Bien reçu. On est prêts. Le SWAT a infiltré la zone de livraison et attend les renforts avant d'entrer dans le bâtiment.

Je glissai la tête par l'entrebâillement de la porte. Il n'y avait toujours rien à l'étage, mais j'entendais des cris et de coups de feu plus bas. Je risquai un coup d'œil dans l'atrium. Les gens aux autres étages couraient dans tous les sens, tentant de monter dans les ascenseurs ou de descendre l'escalier principal.

Nous nous dirigeâmes vers l'escalier de service aussi vite que possible vu l'état des trois hommes. La porte au bout du couloir était verrouillée. Plutôt que d'essayer mon passe, je déclenchai l'alarme incendie la plus proche. Bénies soient les normes de sécurité : la porte s'ouvrit immédiatement. Les trois autres se tournèrent automatiquement pour descendre.

— On monte ! dis-je. Vers le toit.

Morales comprit et Troy le suivit. J'attendis sur le palier pour surveiller nos arrières. Notre chance avait tourné. Des gens montaient l'escalier. Pas autant que je le craignais, mais j'étais toute seule. J'allai récupérer les extincteurs dans le couloir et j'en préparai un.

Troy redescendit du toit.

— La porte est fermée à clé, dit-il.

Je testai le battant derrière moi, qui menait au couloir, et il était de nouveau verrouillé. Quelqu'un avait suspendu les mesures anti-incendie et nous étions à présent piégés dans l'escalier avec les méchants à un ou deux étages de là.

Je lui mis un extincteur dans les mains.

— Sers-toi de ça pour casser la serrure.

C'était un extincteur au CO2 pour feux électriques, plus petit et plus léger que l'extincteur à mousse. Troy remonta pendant que j'attendais que la première personne apparaisse.

Le premier montait les marches au petit trot, haletant et brandissant son pistolet. Personne ne savait que les otages s'étaient échappés, mais l'homme réagit au quart de tour et se mit à tirer dans tous les sens. Je répliquai d'une simple balle en pleine poitrine, avant de descendre l'escalier pour atteindre le groupe derrière lui. Des hommes en costard. Les troupes d'élite de Tucker plutôt que ses gros bras de ZK.

Des cris s'élevèrent et l'un d'eux, plus réactif, commença à riposter. J'entendis les balles ricocher sur le mur dans mon dos. De la main gauche, je déclenchai l'extincteur à mousse et je le pointai sur le petit groupe en continuant à tirer.

— Amber, au rapport, lança Victor.

— Les otages essaient de forcer la porte du toit, criai-je. Je suis dans l'escalier, en plein combat. Où es-tu ?

— On arrive sur le toit, dit-il par-dessus le bruit de l'hélico.

Je récupérai les armes des deux premiers corps sur les marches, puis je battis en retraite. Quelqu'un tirait à l'aveugle, ce qui n'était pas si stupide que ça en avait l'air. Dans la cage d'escalier exiguë, les ricochets pouvaient être fatals. Quelque chose percuta le mur juste à côté de moi et des éclats de béton éraflèrent ma joue.

Je montai les marches en courant, poursuivie par des cris et des balles. La mousse était glissante et avait semé la panique, mais cela ne les retiendrait pas longtemps.

Troy avait fait du bon boulot : la porte était presque ouverte. Morales soutenait Verdoon. Je poussai Troy pour défoncer la serrure d'un coup de pied bien placé.

La porte s'ouvrit et se referma aussitôt sous la pression d'air créée par l'hélico. Je la repoussai de force.

— Allez-y, hurlai-je par-dessus le bruit en attrapant Morales par l'épaule pour le pousser vers l'hélicoptère.

Quelqu'un arriva en contrebas et je lui tirai dessus. Un autre le suivit, et je recommençai, vidant un pistolet et le remplaçant par un autre. J'étais coincée. Si je courais vers l'hélico, ils l'auraient dans leur ligne de mire et pourraient le canarder au moment où il était le plus vulnérable.

— Victor, criai-je. Décolle dès qu'ils sont à bord.

— Pas question de te laisser là !

— Écoute-moi, bon sang ! Allez-y !

Les coups de feu redoublèrent d'intensité et je sentis de nouveau les balles percuter les murs autour de moi. Puis l'une d'elles ricocha et percuta ma poitrine, me faisant tomber à la renverse. Seul le gilet pare-balles me sauva. *Merci encore, Vic.*

Alors que je tentais de me relever, ils en profitèrent pour monter les dernières marches. J'abattis le premier et je me servis du second pour bloquer l'embrasure de la porte. J'entendis l'hélico décoller derrière moi et le vent nous ballotta. Une balle égratigna ma jambe. Je tirai de nouveau vers la cage d'escalier et un cri s'éleva. Je m'arc-boutai contre l'encadrement et je réussis à repousser mes assaillants à l'intérieur. L'hélico était parti.

Dans l'escalier, c'était le chaos. Quelqu'un jura, paniqué, et j'entendis un son qui figea mon sang dans mes veines. Un idiot avait lâché une grenade par terre et la goupille de sécurité en métal avait cédé dans un tintement bien reconnaissable. J'essayai de me dégager, mais en vain.

L'escalier explosa. La déflagration me plaqua contre l'encadrement de la porte et m'arracha mon pistolet et mon oreillette. Tout vira au noir. L'endroit n'était plus qu'un charnier rempli de fumée et de poussière. J'avais des dizaines de piqûres d'échardes et mon visage et mes mains étaient en sang, mais ce n'était rien à côté du type contre lequel je me battais. Il avait pris toute la force de l'explosion sur le dos. Je repoussai son cadavre déchiqueté et j'essayai de me relever en toussant. Tous les autres hommes étaient morts ou sévèrement blessés.

Une silhouette apparut à travers la fumée, pointant un fusil sur ma tête. Son pied vint appuyer contre ma poitrine pour me repousser à terre.

— Tu aurais dû accepter de travailler pour moi au gala, dit-il d'une voix rauque, fatiguée. C'est ta faute si tout est foutu à présent.

— Tucker, croassai-je avant de cracher de la poussière. C'est terminé. L'équipe SWAT encercle le bâtiment et tes otages se sont échappés.

— Sauf toi.

L'homme d'affaires que j'avais rencontré au gala de charité avait laissé place à un détraqué furieux dans des vêtements déchirés. Ses yeux étaient complètement vides.

— Ils ne passeront pas de marché avec toi en échange de ma liberté.

— Eux non, mais elle si, dit-il en riant, le visage luisant de sueur. J'ai vu sa voiture. Et c'est son hélicoptère qui vient de décoller de mon toit. Tout Denver est au courant pour vous deux après le gala.

Il sortit un portable de sa poche et composa un numéro.

— Kingslund, hurla-t-il. J'ai ta pute sur le toit. Tu peux la ramasser à la petite cuillère ou venir nous chercher en hélicoptère.

Je criai pour qu'il n'entende pas la réponse.

— Tu ne t'en tireras pas comme ça, Tucker. Tu vas mourir ici.

— Je m'en moque. Regarde !

Il déchira le col de son tee-shirt et je vis la marque de morsure. Il avait reçu la pleine dose et n'était pas en état de supporter le crusis. Mais il ne le savait pas. Il riait, triomphant, avec un regard fixe de fou furieux.

— Inez m'a mordu et, même si je meurs aujourd'hui, je renaîtrai plus fort encore. Je m'en fous. C'est toi qui as causé tout ça, à t'occuper de ce qui ne te regardait pas, espèce de salope. Si tu n'avais pas tout gâché à *Crate & Freight*, j'aurais racheté Kingslund et Matlal n'aurait pas eu d'emprise sur moi. Maintenant, tout est foutu. Et vous allez payer, toi et tes amis Altau. Matlal va s'en assurer.

Je comprenais enfin. Matlal essayait d'assurer ses arrières. Tucker n'était plus qu'un poids mort. En le mordant, il avait déclenché le crusis et Tucker commençait déjà à montrer des signes de folie. De l'écume était apparue aux coins de ses lèvres.

— Monsieur, il faut qu'on sorte de là, cria l'un de ses hommes, paniqué, dans l'escalier.

Tucker se pencha sur moi, mais pas assez près pour que je puisse l'attraper. Son fusil était planté dans mon estomac.

— Dis-moi, murmura-t-il. Ça fait quoi ? De mourir et de renaître dans le corps d'un dieu ?

Au-dehors, j'entendis le bourdonnement des pales. Victor était revenu. Mais j'entendais aussi des bruits de lutte dans l'escalier de plus en plus proches.

— Ce n'est pas ce que tu crois, Tucker, dis-je.

Il ne m'écoutait pas.

— Kingslund, cria-t-il dans le téléphone. Décide-toi, salope !

—Putain, Tucker, tu t'es fait complètement baiser, criai-je à mon tour. Cette morsure va te tuer. Je ne sais pas ce que Matlal t'a raconté, mais une fois que tu es mort, tu es mort. C'est terminé.

Il ne me croyait pas. Il ferma les yeux, pencha la tête en arrière et hurla de rire. Le fusil se dégagea et j'en profitai pour tirer l'extincteur de derrière mon dos, arracher la goupille et le déclencher.

Un puissant jet de CO2 en sortit, d'un froid glacial. Deux couches isolantes couvraient l'embout pour empêcher les mains de geler, mais Tucker n'avait pas cette chance. Sa main gela sur son fusil qui gela lui aussi. Je me jetai sur lui et il cria de douleur, inspirant les vapeurs de l'extincteur. Ses poumons et son visage se remplirent d'un nuage glacé et sa bouche s'ouvrit sur un cri silencieux lorsque ses hommes arrivèrent.

Je poussai son corps vers eux, puis je fis volte-face et je me précipitai vers l'hélico, en vol stationnaire à trois mètres du toit. Victor n'osait pas se poser, mais il me donnait une chance de sauter à bord. Tucker avait beau être mort, ou mourant, ses hommes essayaient encore de nous tuer. Mon dos se crispa, dans l'attente du prochain coup. Mon gilet pare-balles n'arrêterait pas une balle de fusil et je vis avec horreur des trous apparaître sur la carlingue de l'hélico.

Je me jetai du toit. L'espace d'une seconde, je tombai, à trente mètres du sol, persuadée d'avoir mal calculé mon coup. Puis mes mains agrippèrent le patin de l'hélicoptère. Je m'accrochai de toutes mes forces, me balançant dans l'air.

Mais quelque chose clochait. Le moteur hurlait et l'engin commença à tomber.

54

L'hélico tombait en chute libre. Au dernier moment, Victor ralentit la chute, utilisant toute l'énergie du rotor pour reprendre de la vitesse et s'éloigner rapidement, à quelques mètres du sol. Il avait choisi la meilleure route pour esquiver les tirs potentiels du toit. Pas la meilleure route pour mes nerfs, mais je préférais ça à une balle dans le dos. Nous survolâmes le parking, puis un bassin ornemental, des pelouses, des arbres, avant de ralentir et de descendre vers le centre de commandes que nous avions installé.

Je lâchai prise et me laissai tomber sur l'herbe. Victor atterrit à quelques mètres de là. Le hurlement du moteur et des pales commença à s'estomper. Mon adrénaline se calma, me laissant exténuée. Un ambulancier vint s'agenouiller près de moi, mais je lui fis signe de partir.

— Amber ! Putain ! Espèce de tarée, cria Victor en me hissant sur mes pieds. Tu as réussi !

— Taré toi-même ! On a réussi, Vic. On a réussi.

Nous nous percutâmes en plein air l'un contre l'autre, comme deux joueurs de foot survoltés, mais, vu notre différence de taille, je finis de nouveau par terre, morte de rire.

— Tu vas bien ? dit-il, soudain inquiet en voyant la quantité de sang sur mes vêtements.

— Je pète la forme, répondis-je en me redressant. Ce n'est pas mon sang, pour la plupart. Enfin, je crois.

Je retirai ma combinaison et mon gilet pare-balles.

— Amber !

Jen accourait vers moi. Elle s'arrêta à quelques pas, incertaine de ma réaction.

Elle avait fait une erreur et m'avait blessée, c'était vrai, mais j'avais réagi comme une idiote. Il fallait que nous parlions et que je sois prête à l'écouter. Le problème, c'est que j'avais peur de voir où cela pouvait mener. Alors que j'hésitais, je lus la déception dans ses yeux.

Tu as une seconde pour arranger ça, dit Tara dans ma tête.

J'avançai d'un pas pour la prendre dans mes bras.

— Je suis désolée, Jen, murmurai-je à son oreille.

— Non. Non. C'est ma faute. J'ai tout gâché.

Je fermai les yeux. C'était tellement bon de la serrer contre moi, d'effacer la douleur que j'avais vue dans son regard. Et pour toutes sortes de raisons. Et Alex dans tout ça ? Bon sang, c'était tellement compliqué...

— Il faut qu'on parle. Mais pas tout de suite.

Elle hocha la tête, son visage contre mon cou. Qu'est-ce que j'allais lui dire ? Et à Alex ?

Victor me tapota l'épaule avant de retourner vers l'hélico pour vérifier que tout était éteint. Jen se pencha en arrière pour me regarder.

— S'il te plaît, écoute-moi une seconde. Je ne suis pas fière du petit jeu que j'ai joué avec ces vestes, mais j'ai arrêté depuis longtemps. Crois-moi, je ne t'ai jamais considérée comme ça. Je sais que j'aurais dû dire quelque chose, mais ce n'était jamais le bon moment. (Elle inspira profondément et se força à continuer.) Je suis désolée. Je veux que tout redevienne comme avant.

— On va y arriver, Jen, soupirai-je.

Morales nous interrompit. Il s'approcha d'un pas trébuchant, refusant l'attention de l'équipe médicale. Il avait récupéré une oreillette quelque part et était en contact avec Edmunds. Troy et Verdoon étaient déjà partis à l'hôpital, mais Morales n'était pas encore prêt à y aller.

Je l'obligeai à s'asseoir, pour le plus grand soulagement des médecins. Jen et moi nous assîmes à côté de lui pour suivre par oreillette interposée l'avancée d'Edmunds et de son équipe dans le bâtiment.

Celui ou celle qui avait verrouillé les portes de l'escalier de service, nous piégeant dans la cage d'escalier, avait aussi sauvé les autres personnes dans l'immeuble. Les hommes de Tucker étaient tous dans l'escalier ou sur le toit, et les gens avaient pu partir par l'escalier principal. Un hélico du SWAT arrivait à présent pour déblayer le toit. Le bâtiment était encerclé. La situation était maîtrisée.

Une fois l'opération terminée, je pris l'oreillette de Morales pour parler à Edmunds de Tucker et des deux hommes du quatrième, l'homme de main et le garde.

— Correction, dit Edmunds. Tucker semble s'être tiré une balle dans la tête.

Je hochai la tête d'un air grave. Tucker avait vraiment cru ce que sa fiancée et Matlal lui avaient raconté. Après mon attaque, il avait dû penser que c'était sa solution miracle. Je me demandai bien ce que l'analyse médico-légale sur son corps allait donner.

Lorsque je lui rendis l'oreillette, Morales en profita pour prendre ma main et la serrer doucement.

— Merci, Amber, dit-il presque timidement. Je ne pensais pas m'en sortir. À notre dernière réunion avec le colonel, tes nouvelles m'ont mis mal à l'aise, et j'en suis désolé. C'était injuste de ma part. J'aurais dû te faire confiance. Merci encore.

Je sentis que la curiosité de Jen était piquée, mais il n'entra pas dans les détails.

— Pas de souci, José.

Je souris légèrement. Je commençais à prendre du galon, j'appelais maintenant le capitaine de la police par son petit nom.

— Tu peux nous dire ce que Verdoon t'a raconté ?

— Oui, bien sûr. Verdoon m'a contacté dès qu'il a appris ce qui s'était passé vendredi soir. C'est lui qui se charge des contributions aux associations caritatives de la police de la part de Mme Kingslund, si bien qu'on se rencontre régulièrement et qu'on se connaît bien. Il était au Nouveau-Mexique pour le week-end et n'a vu les nouvelles que tôt ce matin. Il m'a appelé et je suis allé chez lui. Je ne comprenais pas vraiment quelle emprise Tucker avait sur Verdoon. Ça avait quelque chose à voir avec la maladie de sa fille et j'imagine qu'il y avait quelque chose de louche là-dessous…

José haussa un sourcil dans ma direction et je hochai la tête.

— Bref, il avait accepté d'immobiliser tous les actifs monétaires du groupe Kingslund. Mais il savait dans quelle position il serait si Jen venait à mourir et il était certain que Tucker était derrière l'attaque de vendredi. J'ai donc fait une demande urgente de protection rapprochée pour sa fille. J'étais en train d'appeler Jen de chez lui quand les hommes de Tucker sont entrés par effraction. Et vous connaissez la suite.

Il sortit un morceau de papier de sa poche et le passa à Jen.

— Il m'a dit qu'il avait fait en sorte de préserver tes options. Les vrais accords financiers concernant les actifs monétaires sont dans des fichiers cryptés sur son ordinateur et l'argent peut être retiré sans pénalités financières. Voici le mot de passe.

— Ça doit être pour cela que les taux sont si étranges, dis-je. Il les a placés à long terme avec une option de retrait anticipé. Mais tout ce que Tucker a vu, c'est que le pouvoir d'achat de Jen était nul.

— Donc Tucker s'est servi de son organisation criminelle pour financer secrètement son entreprise, dit Jen. Et quand Amber a démantelé son opération de contrebande à *Crate & Freight*, il s'est retrouvé dans une position si mauvaise qu'il n'avait d'autre choix que de me tuer pour mettre la main sur mon entreprise.

— Kidnapper Troy n'était que sa première tentative pour t'obliger à vendre, dis-je. Une fois la drogue saisie, ses options se résumaient à te tuer ou à tout perdre face à Matlal.

L'oreillette couina et j'entendis Edmunds déclarer que l'immeuble était sécurisé.

— Edmunds est très bon, dis-je à José. Il n'a pas hésité à me faire confiance.

José sourit.

— Tu ne l'as pas reconnu avec son casque, mais c'est lui qui était à la tête de l'équipe SWAT l'an dernier.

— Emily Schumacher ? demandai-je et il hocha la tête.

Les urgentistes s'étaient éloignés un instant et il se pencha vers moi en grimaçant de douleur.

— Écoute, j'apprécierais vraiment un rapport détaillé de ta part, mais il vaut probablement mieux que tu t'en ailles tout de suite. À mon avis, dans dix minutes, le FBI va débarquer. Disons que je t'ai perdue de vue dans la confusion générale.

Je m'étais détendue, heureuse d'avoir rempli ma mission avec succès, et sa remarque me réveilla. Je n'avais vraiment pas envie de parler au FBI pour l'instant. J'avais comme l'impression que ça pourrait mener à un changement de domicile assez permanent.

— J'y vais. Je t'enverrai mon rapport.

Jen me raccompagna jusqu'à ma voiture.

— Merci pour l'hélicoptère, dis-je d'un ton gêné. Et désolée pour les impacts de balle.

— Je m'en moque. Tout ce qui m'intéresse, c'est que Troy, José et Bernard soient sains et saufs. Et surtout, que tu t'en sois sortie. Je sais que tout a changé, mais ta chambre à Manassah est toujours là pour toi, au cas où.

J'ouvris mes bras et elle s'y lova tout naturellement.

— Jen, tout ira bien. J'ai des choses à faire cette semaine. Des trucs « étranges ». Je ne sais pas exactement quand je serai de retour, mais je te promets qu'on parlera. Juré. Je répondrai à toutes tes questions.

Et je prendrai le risque de te perdre.

Nous nous séparâmes et je m'en allai avant que le FBI puisse me mettre le grappin dessus.

J'avais résolu l'affaire de Jen. Tucker était mort, Jen avait de nouveau le contrôle de son entreprise, les loups ne la dérangeraient plus, Troy était en sécurité et, entre Morales et le FBI, c'en était fini de ZK. Certes, Frank Hoben était encore en liberté et je dormirais mieux quand il serait sous les verrous, mais il était davantage mon problème que celui de Jen. Et je ne me faisais pas d'illusions sur qui, de lui ou de Matlal, représentait la plus grosse menace.

Maintenant, il était temps de retourner à mes enquêtes de routine. Génial.

Sur le plan personnel, il fallait que je découvre comment équilibrer mes esprits, ce que cela changerait pour moi et pourquoi je n'étais pas ce que je semblais être. Je devais aussi comprendre ce que cela signifiait d'être à la tête de ma propre Maison et comment aider David à survivre à son crusis. À long terme, il fallait que je trouve un moyen d'amener Diana devant le président.

Mais avant tout cela, je devrais faire face à Matlal devant l'Assemblée. Et ça allait saigner.

Je n'étais pas encore devenue ce que je risquais de devenir. Mais je ne résistais plus.

Deux semaines de plus avaient passé, et je n'étais ni morte, ni morte-vivante, ce que je considérais toujours comme un exploit.

En espérant pouvoir en dire autant dans une semaine.

Remerciements

Pour une profession prétendument solitaire, il faut beaucoup d'aide pour écrire un livre.
Merci à l'équipe Totally Barkin, pour ses cris d'encouragements, et à Stella et Shelley qui nous ont coachés.
Merci à l'équipe de couverture de la version originale : Claire Curtis, Ian Wilson et Maria Askew.
Merci à mes lecteurs pour leurs retours : Jessica, Gail, Peter et Patricia. Mais aussi Sue, Ann et Steve. Merci à Steve et Mark pour leurs conseils techniques.
Merci à mon éditrice, Lauren Sweet, la dame au samovar et à l'œil de lynx.
Et surtout, merci à ma femme et à ma famille.

Achevé d'imprimer en juillet 2018
Par CPI France
N° d’impression : 3029505
Dépôt légal : août 2018
Imprimé en France
81122729-1